『홍길동전』 경판 30장본의 첫 페이지
경판본은 서울 지역에서 상업적 유통을 목적으로 목판에 글씨를 새겨 인쇄한 것이기에 '시민의 문학'으로서의 고전소설의 면모를 가장 잘 보여주는 텍스트라 할 수 있다. 프랑스 파리 동양어학교 소장

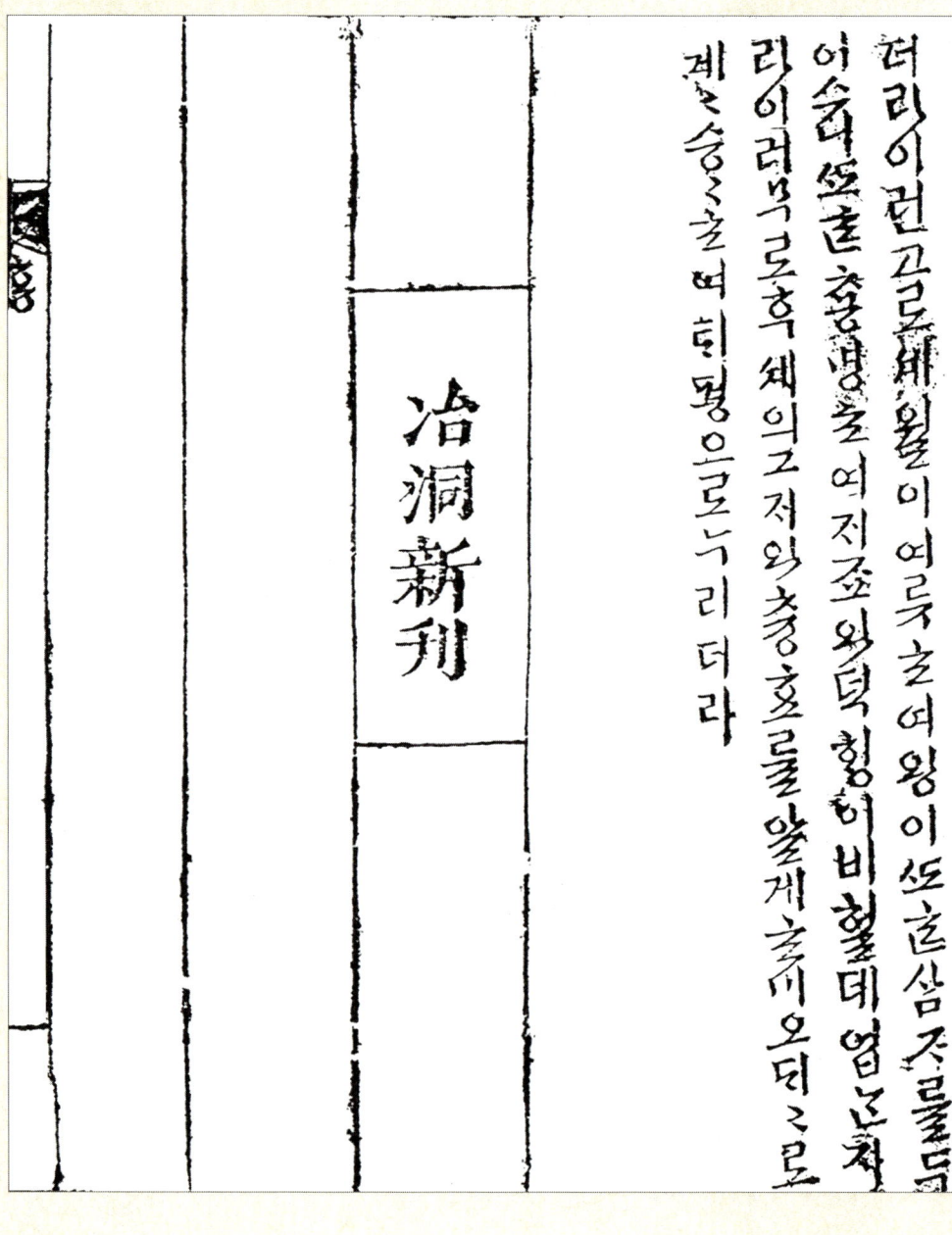

더라 이런 고 두 내월이 이러루 호여 왕이 쓰호 삼 조룰룰두

어스다 쓰호 츙명호 여진조 와 덕 형 히 비 혈데 염논쳐

리 이러두 그로호 쎄 의그 저 와 츙효룰 알게 호께 오더 로

젹 슝스 호 뎌 뒤 몡 으로누 리 더라

冶洞新刊

『홍길동전』 경판 30장본의 마지막 페이지
후기後記 '야동신간冶洞新刊'은 "야동에서 새로 간행하다"라는 뜻으로, '야동'은 현재 서울의 중구 순화동과 의주로 2가 일대이다. 경판 30장본은 후기에 간행 시기를 밝히지 않아, 이를 전혀 짐작할 수 없다. 1890년경에 간행되었을 것이라고 추정하기도 하나, 추정일 뿐이다.

종일 열낙ᄒ더디 ᄯᅡᆯ득오셕 ᄌ릅이 졋각 ᄋᆞᆯᄃᆞ르

대한남 젼듕ᄒᆞ더니 ᄋᆞᆯ외 박 발노 옹이 쳥졍 장ᄋᆞᆯ집

이쇽며 ᄀᆞᆯ쓰리학 쳥의 ᄂᆞᆸㄹㄴ싱의오르매 모슌이ᄋᆞᆯᄒᆞ녀

ᄋᆞᆯ그 다 인간부긔 외 영뇩어 엇더ᄒᆞ뇌 ㅎ 페 우 어 외로쳐

쇼 아ᄆᆞᆷ ᄋᆞᆯᄯᅡ ᄅᆞᆯ빈낫시다 ᄒᆞᆫ긔지 로 가세 엇더 ᄒᆞᄂᆞᆫ ㄹ 짓ㄸ

헛던 육 한쟝으로 낙건ᄋᆞᆯ 치다 ㅎ 련거켠 빅 역 이 뎐지

젼ᄒᆞᄋᆞᆯ 뎌니 ᄆᆞᆯ득 왕퍄ᄃ 왕비 긴ᄃᆞ 엽 내지랴 삼지의

ᄯᅵ든 시베 이ᄅᆞᆯ보리 ᄫᆞᆼ 즉 ᄒᆞ여 ᄋᆞᆯ 쟝젼 동곡 허 다 가져 ㄱㅅ

판 팍 ᄋᆞᆯ갓 쵸외 로 쎠 신ᄂᆞᆼ ᄋᆞᆯ 펴 ᄒᆞ여 안장ᄒᆞ 리ᄂᆞᆼ

호 ᄅᆞᆯ 평능 이 라 ᄒᆞ 이 리 ᄒᆞ 쇄 적 즉 시 왕 외 의 ᄋᆞᆯ ㄴㅣ빈ᄆᆞ

ᄅᆞᆯ고 환도 회로ᄅᆞᆯ 배 ᄆᆞᆯᄼᅥ 쳔쇄 ᄅᆞᆯᄇᆞ 리 ᄆᆞ 각 으 의 슈

ᄌᆞᄋᆞᆯᄀᆞ랴 외박 셩ᄋᆞᆯ 인ᄆᆞ ᄒᆞ 며 심 년 북쇄ᄅᆞᆯ 겸 간ᄆᆞ

혀 타 ᄒᆞ시다 ㅃ셩 인빈 ᄋᆞᆯ ㄱㄷ ᄋᆞᆯ 일 깃 타 라 왕 이 쳔 이

ᄇᆞ걸 지 어 쳔능 의 쳔례 ᄒᆞ시 ᄋᆞ 신ᄋᆞᆯ 쳐 뎨 로 쎠 슐ᄋᆞᆯ

『전우치전』의 대표적 이본인 '경판 37장본 전운치전'의 표지와 첫 페이지
'경판 37장본 전운치전'은 '경판 30장본 홍길동전'과 함께 경판본의 원조元祖에 해당하는 매우 중요한 텍스트이다.
한국학중앙연구원 소장

화셜고려쌀의 남셔부더ㅣ힝일의잇뎡셩이 잇더ㅣ셩

이오명은슉이오 별호는교화션셩이라 더ㄹ공후ㅈ

촌으로슉 의게 이르러는 쳥운의쏫이 업쉬 봄월산님

의슘어글름 셩호며 혹벗을모 화산쳔과 표동월를

문답호여셰월를 허비호ㄴ시인이로 길를산즁쳐셔

라혼더ㅣ부인회신ㄴ잠영거 죡이오 고한뎡으로여셕

락이 겸비호ㄴ 쇠시샹 형샹 화호여동즁십여 년의슬회

각을 믈즉호야 다ㄱ 호더ㄴ 일른은 회시일몽을어더

니뎐샹의로조ㅊ을ㅣ렌구름이나려 오녀구름속으로셔셩

의동진ㅂ년화를젹히나와부인과 친빅왈즈드ㅂㅁㅇ유산

의쉬취악호 뎐동이려더뎐솅의득죄호여인간의니

치시민갈곳을모로으니부인은어엿비너기소셔호여부인

이더ㅣ희호여라삼션애향호ㄴ의ㅔ

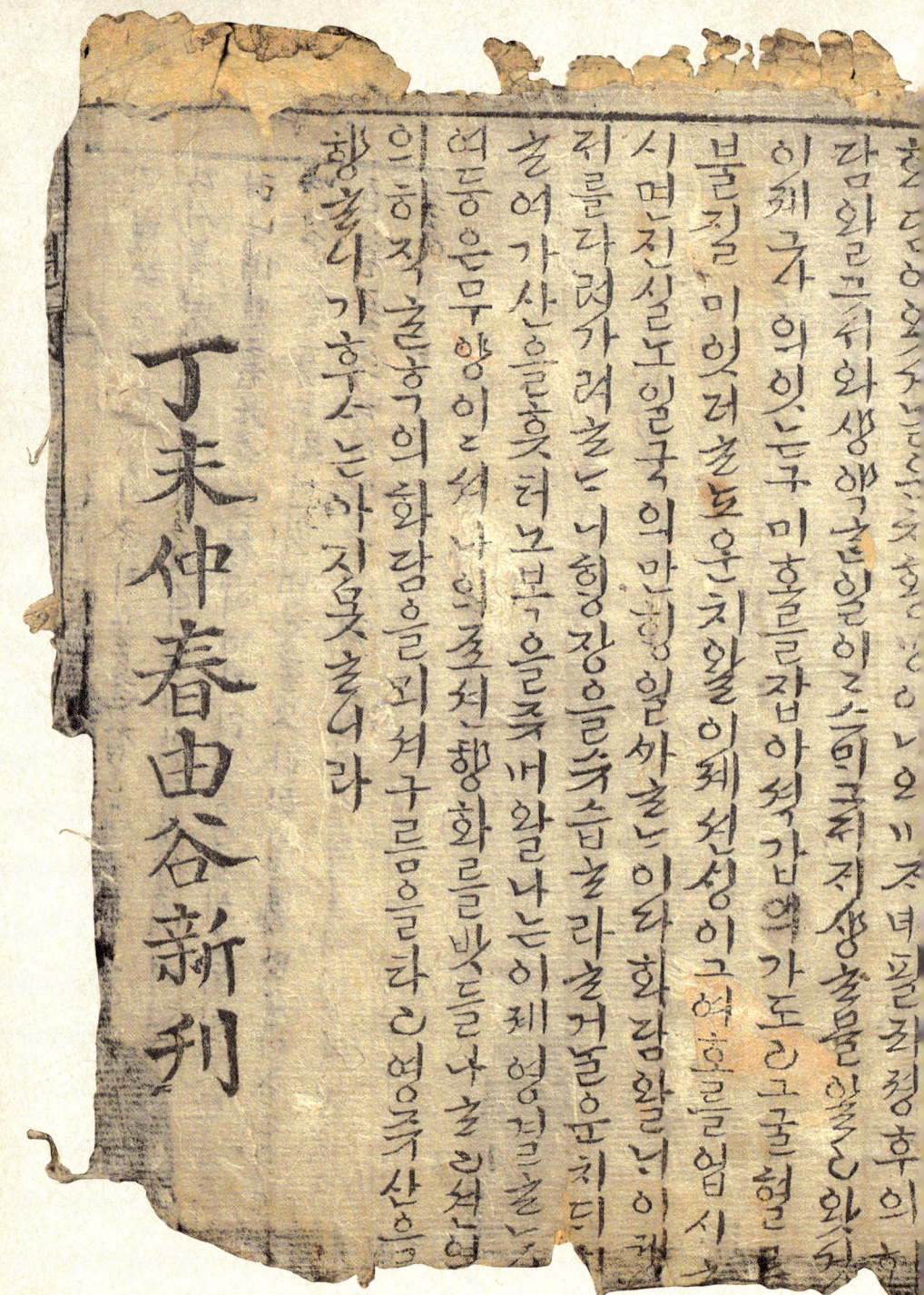

'경판 37장본 전운치전'의 마지막 페이지

후기後記 '정미 중춘 유곡 신간丁未 仲春 由谷 新刊'은 "정미년 음력 2월에 유곡에서 새로 간행하다"라는 뜻이다. 정미년은 1847년일 것으로 추정하고 있다. '유곡'은 유동(由洞 또는 油洞)으로, 현재 서울의 중구 을지로 1가 일대이다.

라 말고 그 관겨 ᄃᆡ 관겨 ᄒᆞ믈

ᄭᅳᆯ산문ᄭᅥ의 잇셔ᄂᆞᆫ 쳥무

김이 할ᄂᆞ번신ᄂᆞᆫ어슯으ᄆᆡ여

신ᄂᆞᆫ여보라미되여 ᄂᆞᆯ며ᄂᆞᆫ지 화

들므ᄅᆞ러 박지ᄅᆞᆫ 져ᄆᆡ화 ᄃᆡ깃ᄒᆞᆫ

ᄆᆞ상ᄒᆞᆯ여 잇ᄉᆞ레이ᄌᆞ하니 셔리우

리 낫ᄉᆞᆷ을모르니 겨위 을ᄯᆞᆷᄂᆞᆫᆺᄉᆞᄃᆡ

ᄆᆡ잇ᄉᆞ오니 ᄅᆞᆫ션셩은 ᄌᆞᆫ방이ᄯᆞᆯ

너거니와 ᄅᆞᆨ그런무 상ᄒᆞᆯ을 화쳐

가그ᄃᆡ모ᄶᆡᆫ친이 기쉬후의 남져고

너 엇 여ᄃᆡᄂᆞᆫ우니화 션셩의괴훈졍도

인ᄂᆞᆫ여ᄒᆞᆨ졀슬후의 진이ᄆᆞ딘어오슬

친을 ᄇᆞᆼ향ᄒᆞᆯᄆᆡ 져일ᄂᆞᆫ 화루ᄂᆞᆯ여 운쳐무부인

홍길동전·전우치전

한국
고전
문학
전집

007

홍길동전 · 전우치전

김현양 옮김

문학동네

머리말

　『홍길동전』과 『전우치전』을 교감·주석하고 현대 한국어로 쉽게 풀어 간행한다. 『홍길동전』은 우리나라 사람이면 누구나 알고 있는 이른바 '국민 고전'이다. 『전우치전』 또한 『홍길동전』에 비길 수는 없어도 제법 알려진 작품이다.

　이 두 작품은 여러 출판사에서 이미 여러 차례 출간해 소개한 바 있다. 그렇기에 이 두 작품의 출간 의뢰를 받았을 때, 여러 이본異本 가운데 어떤 것을 선택할 것인가를 놓고 고심했다. 결국 『홍길동전』은 '경판 30장본'을, 『전우치전』은 '전운치전 경판 37장본'을 저본底本으로 선택했다.

　왜 이 두 판본을 택했는가? 무엇보다 이 두 텍스트는 여러 이본을 대표하는 것임에도 불구하고 제대로 교감·주석되어 간행되지 않았기 때문이다. 경판본은 서울 지역에서 상업적 유통을 목적으로 목판木板에 글씨를 새겨 인쇄한 것이기에, '시민의 문학'으로서의 고전소설의 면모를 가장 잘 보여주는 텍스트라 할 수 있다. 『홍길동전』과 『전우치전』의 경판본의 이본은 여럿 전해지는데, 이 가운데 '경판 30장본 홍길동전'과 '경판 37장본 전운치전'은 원조元祖에 해당되는 매우 중요한 텍스트이다. 그럼에도 불구하고 이 두 텍스트가 제대로 교감·주석되어 간행되지 않은 것은 텍스트의 존재 혹은 그 전모가 뒤늦게 알려졌기 때문이다. '고전'을 독자에게 소개하는 데서 오는 보람은 여럿 있을 것이다. 하지만 그 가운데 무엇보다도 으뜸은 잘 알려지지는 않았지만 중요한 의미가 있는 텍스트를 소개하는 것일 터. 역주자는 이 책의 간행을 통해 그러한 보람을 얻을 수 있게 되었다.

소설은 본질적으로 '불온'하다. 그렇기에 18~19세기의 사대부들은 소설을 짓고 읽는 사람들을 나무라고 공박했다. 그 가운데 『홍길동전』과 『전우치전』은 더욱 불온하다. 홍길동과 전우치(전운치)는 사회적 '차별'과 '억압' 혹은 '횡포'에 대해 에둘러 말하지 않는다. 비판할 것을 대놓고 비판하며 자신의 능력으로 이를 즉각 시정하려고 행동한다. 이런 면을 함께 갖고 있기에 『홍길동전』과 『전우치전』은 소설사의 '정전'으로 높이 평가됐던 것이다.

하지만 탈근대의 기류가 휘몰아치는 요즘, 『홍길동전』과 『전우치전』에 대한 관심은 예전만 못하다. 홍길동과 전우치가 현실에서 벗어나 그들만의 공간으로 떠났듯이, 현실의 문제를 비판적으로 제기하고 이를 현실에서 시정하려고 하는 일이 무망無望하다 여긴 것일까? 그럼에도 불구하고 홍길동과 전우치를 호명해 지금 여기로 불러내는 일이 그치지 않는 것은 아직도 혹은 여전히 홍길동과 전우치가 살았던 '시대의 우울'이 지속되고 있기 때문일 터이다.

이 책을 간행하기까지 많은 분들의 도움을 받았다. 입력된 원문을 교정해준 전상욱 선생, 서울대 규장각에서 자료를 복사해준 정주아 선생에게 고마운 마음을 전한다. '경판 30장본 홍길동전'의 복사본 파일을 제공해준 홍윤표 선생님과 '경판 37장본 전운치전'의 원문 파일을 제공해준 한국학중앙연구원에 감사의 말씀을 드린다. 『홍길동전』 '경판 30장본'의 중요성을 조언해주신 이윤석 선생님, 초고를 검토해주신 장효현 선생님께도 감사의 말씀을 드린다. 간행의 전 과정에서 애써준 문학동네 편집부의 고마움은 이루 말할 수 없다.

　　많은 분들의 도움을 받았으나, 원문 교감과 주석, 현대어역의 모든 책임이 내게 있다. 능력이 닿지 않아 잘못되었거나 미흡한 점이 여러 곳 있을 것이다. 모자란 곳을 깁고 보탤 것을 약속하며 질정叱正을 구한다.

2010년 7월
용인 함박산 아래 구석진 연구실에서
김현양 쓰다

차례

【 일러두기 】

현대어역본

◉— 저본
- 현대어역본의 저본은 원문주석본의 저본과 동일한 것이다.

◉— 표기
- 현대 한국어 맞춤법에 따라 표기했다. 띄어쓰기나 문장부호의 표시도 이에 따라 했다.
- 『전우치전』의 경우, '전운치전 경판 37장본'을 저본으로 삼았으나, '전우치전'이 널리 알려져 있는 점을 고려해 책의 제목을 『전우치전』으로 정했다. 그러나 본문에서는 원본대로 '전운치'를 그대로 살렸다.
- 원문주석본과 동일하게 이야기의 전개를 고려해 단락을 나누고 제목을 붙였다.

◉— 역주
- 원문의 의미를 훼손하지 않으면서 중등학교 교육을 받은 사람이면 누구나 읽고 이해할 수 있도록 풀어 썼다.
- 한자를 병기함으로써 의미 파악이 가능한 어휘는 한자를 병기했다.
- 의미 파악이 어려운 어휘는 그 어휘가 등장하는 그곳에다 주석을 달았다.
- 의미를 알 수 없는 어휘는 빼거나 추정해 풀어쓰지 않고 미상^{未詳}으로 처리했다.

원문주석본

◉— 저본
- 이 책에 수록된 『홍길동전』은 프랑스 파리 '동양어학교'에 소장되어 있는 '경판 30장본'이다. 『전우치전』은 '한국학중앙연구원'에 소장되어 있는 '전운치전 경판 37장본'이다.

표기

- 표기는 저본을 그대로 따랐다. 단 이야기의 전개를 고려해 단락을 나누고 제목을 붙였다.
- 현대 한국어 맞춤법에 맞게 띄어쓰기를 했으며, 문장부호를 붙였다.
- 모든 한자어에 한자를 병기했다. 하지만 자주 또는 금방 되풀이되는 경우에는 또 다시 병기하지 않았다.
- '쳐시'와 같이 어간에 주격조사 'ㅣ'가 붙은 한자어의 경우에는 '(處士ㅣ)'와 같이 한자를 병기하면서 주격조사를 함께 표기했다.

교감

- 『홍길동전』의 경우에는 경판본 계열의 이본들—특히 경판 24장본과 대조하여 교감했다. 『전우치전』의 경우에는 서울대학교 규장각에 소장되어 있는 필사본인 일사본—鎰本과 고려대학교 도서관 등에 소장되어 있는 활자본인 신문관본, 이 두 이본과 대조하여 교감했다.
- 주석에 [교감]으로 표기해 교감임을 알 수 있도록 했다.
- 같은 용례가 반복되는 경우나 문맥을 통해 쉽게 알 수 있는 경우에는 반복해 교감하지 않았다.
- 판독하지 못한 글자는 'ㅁ'로 표시하였다.

주석

- 의미 파악이 어려운 어휘나 어구를 현대 한국어 맞춤법에 맞게 표제어를 고쳐 제시하고 주석을 달았다. 하지만 이 같은 어휘나 어구가 반복될 경우 반복해 주석을 달지는 않았다.
- 사전에서 쉽게 찾을 수 있거나 한자를 병기함으로써 의미 파악이 가능한 어휘는 가급적 주석을 달지 않았다. 하지만 쉽게 찾을 수 있는 어휘라도 본문 이해에 꼭 필요한 어휘는 주석을 달았다.
- 의미를 명확히 파악할 수 없는 어휘는 가급적 추정 하지 않고 미상未詳으로 처리했다.

홍길동전

홍길동의 탄생

　조선국 세종조 시절에 한 재상이 있었으니, 성은 홍이고 이름은 알 수 없다. 대대로 내려오는 명문거족名門巨族. 이름나고 크게 번창한 집안 출신으로 어린 나이에 과거에 올라 벼슬이 이조판서에 이르렀으니 명망이 조야 朝野. 조정과 민간에 으뜸이었으며, 충忠과 효孝를 겸비해 그 이름이 온 나라를 뒤흔들었다. 일찍이 두 아들을 두었으니, 큰아들의 이름은 인형으로 정실부인 유씨 소생이요, 둘째아들의 이름은 길동으로 시비侍婢. 곁에서 시중을 드는 계집종 춘섬의 소생이었다.

　전에 홍공洪公이 길동을 낳을 때 꿈을 꾸었는데, 갑자기 천둥과 벼락이 진동하면서 청룡이 긴 수염을 포개지도록 돌리며 공을 향해 달려들었다. 공이 놀라 깨니 한바탕 꿈이었으나 마음속으로 크게 기뻐하며 생각했다.

　'내가 이제 용꿈을 꾸었으니 반드시 귀한 자식을 낳으리라.'

　즉시 내당內堂. 안방으로 들어가니 유씨 부인이 내려와 맞았다. 공이 기쁜 마음으로 어여쁜 손을 잡아끌며 진정으로 가까이하려고 하자, 부인이 정색하며 말했다.

"체통을 존중하시는 상공께서 경박한 어린애의 비루한 행동을 하시니, 첩은 이를 받들어 행하지 않겠습니다."

부인이 말을 마치고 나서 손을 뿌리치고 나가니 공이 매우 무안했다. 분한 마음을 참지 못하고 외당外堂, 사랑방에 나와 부인의 어리석음을 한탄하고 있는데, 마침 시비 춘섬이 차를 올리러 왔다. 주위가 고요한 틈을 타 춘섬을 이끌고 협실夾室, 곁방로 들어가 진정으로 가까이하여 사랑했다.

이때 춘섬의 나이는 열여덟이었다. 춘섬이 한번 몸을 허락한 후로는 문밖에 나가지도 않고 다른 사람에게 시집가려고도 하지 않았으므로, 공이 기특하게 여겨 곁에 두고 첩으로 삼았다. 춘섬이 그달부터 태기가 있어 열 달 만에 옥동자를 낳으니, 그 기골이 비범해 과연 영웅호걸의 기상이었다. 공이 한편으로는 기뻤으나 그 아이를 유씨 부인에게서 낳지 못한 것을 한탄했다.

서자의 한

　길동이 점점 자라 여덟 살이 되니, 그 총명함이 다른 사람을 능가했다. 하나를 들으면 백을 통하니 공이 더욱 사랑하고 소중히 여겼다. 그러나 근본이 천생賤生인지라, 호부호형呼父呼兄, 아버지를 아버지라 부르고 형을 형이라 부름을 하면 문득 꾸짖으며 못 하게 했으니, 길동이 열 살 넘도록 감히 아버지와 형을 부르지 못했다. 게다가 종들도 그를 천대하니 원통한 마음이 뼈까지 사무쳐 마음을 정하지 못하고 방황했다.

　9월 보름이 되니, 둥근 달은 밝게 비추고 맑은 바람은 쓸쓸히 불어와 사람의 마음속에 여러 생각을 불러일으켰다. 길동이 서당에서 글을 읽다가 책상을 밀치며 탄식했다.

　"대장부가 세상에 태어나 공맹孔孟, 공자와 맹자의 가르침, 즉 유학의 가르침을 본받지 못하면, 차라리 병법兵法을 외워 대장군의 도장圖章을 허리에 비껴 차고 여러 나라를 정벌하여 나라에 큰 공을 세우고 이름을 만 대에 빛내는 것이 장부가 즐길 일이라. 나는 어찌하여 일신一身이 적막한가! 아버지와 형이 있으나 호부호형을 못 하니 심장이 터질 것 같도다. 어찌 원통하지 않겠는가!"

말을 마치고 나서 뜰에 내려와 검술을 공부하고 있는데, 마침 홍공도 달빛을 구경하다가 길동이 배회하는 것을 보고 즉시 불러 물었다.

"네 무슨 흥이 있어 깊은 밤에 잠을 자지 않느냐?"

길동이 공손하게 대답했다.

"소인도 마침 달빛을 사랑하고 있었습니다. 대개 하늘이 만물을 내심에 오직 사람이 귀하오나, 소인에게 이르러서는 귀함이 없사오니 어찌 사람이라 하오리까?"

공이 그 말을 짐작하나 짐짓 책망해 말했다.

"네 무슨 말인고?"

길동이 두 번 절하고 아뢰었다.

"소인이 평생 서러운 것은, 대감의 정기를 받아 당당한 남자가 되어 부모님이 낳아 길러준 은혜가 깊사온데, 그 부친을 부친이라 못 하고 그 형을 형이라 못 하니 어찌 사람이라 하오리까?"

길동의 눈물이 단삼單衫, 윗도리에 입는 홑옷을 적시니, 공이 듣기에 비록 측은하나 만일 그 뜻을 위로하면 마음이 방자해질까 걱정되어 오히려 크게 꾸짖었다.

"재상가 천비賤婢의 소생이 비단 너뿐이 아니거든, 네 어찌 방자함이 이와 같으냐? 앞으로 다시 이런 말을 하면 눈앞에 두지 않으리라."

길동은 감히 한마디 말도 더 고하지 못하고 땅에 엎드려 눈물만 흘릴 뿐이었다. 공이 물러가라 명하니, 길동이 침소로 돌아와 슬퍼함을 그치지 않았다.

길동이 본디 재주가 뛰어나고 도량이 넓으나 마음을 진정하지 못하여 밤이면 잠을 이루지 못했다. 하루는 어머니 침소에 가 길동이 울면서 말했다.

"소자, 어머님과 더불어 전생의 연분이 귀중하여 금세今世에 모자지

간母子之間이 되었으니 은혜가 망극하옵니다. 그러나 소자의 팔자가 기박奇薄하여 천한 몸이 되오니 품은 한이 깊사옵니다. 장부가 세상에 살면서 남의 천대를 받는 것이 당치 않은 일이라. 소자가 자연히 기운을 억제하지 못하여 어머님 슬하를 떠나려 하옵니다. 엎드려 바라오니, 어머님은 소자를 염려하지 마시고 귀한 몸을 보중하옵소서."

그 어미가 듣고 크게 놀라 말했다.

"재상가 천비의 소생이 너뿐이 아니거든 어찌 마음을 좁게 먹어 이 어미의 애를 태우느냐?"

길동이 대답하기를,

"옛날 장충張忠의 아들 길산*은 천생이었으나, 열세 살에 그 어미를 이별하고 운봉산雲峯山에 들어가 도를 닦아 아름다운 이름을 후세에 남겨 전했습니다. 소자도 그를 본받아 세상을 벗어나려 하오니 어머님은 안심하시고 후일을 기다리옵소서. 그간 곡산모의 행색을 보니 상공相公. 재상을 높여 이르던 말의 총애를 잃을까 하여 우리 모자를 원수같이 아는지라. 큰 화를 입을까 하옵나니 어머님은 소자가 나가는 것을 염려하지 마옵소서"

하니, 그 어미 또한 슬퍼했다.

---

* 길산: 장길산(張吉山). 조선 숙종 때 황해도 구월산(九月山)을 중심으로 전국적으로 활동한 군도(群盜)의 우두머리.

길동을 죽여야 하옵니다

원래 곡산모는 곡산谷山. 황해도 곡산군에 있는 면 기생으로 상공에게 사랑받는 첩이 되었는데, 이름은 초란이었다. 매우 교만하고 방자하여 제 마음에 맞지 않으면 공에게 참소讒訴. 윗사람에게 남을 헐뜯음하였으니, 이로 인해 집안에 폐단이 셀 수 없을 정도였다. 특히 저는 아들이 없는데 춘섬은 길동을 낳아 상공이 매양 귀하게 여기는 것을 마음속으로 원망하여 길동을 없애려고 일을 꾀했다.

하루는 초란이 흉계를 생각해내고는 무녀巫女를 청해 말했다.

"내 일신을 평안하게 하는 일은 곧 길동을 없애는 것이다. 만일 내 소원을 이루어준다면 그 은혜를 후히 갚으리라."

무녀가 듣고 기뻐하며 대답했다.

"지금 흥인문興仁門. 동대문 밖에 관상을 아주 잘 보는 여자가 있는데, 사람의 상을 한번 보면 전후前後 길흉을 판단한다고 합니다. 이 사람을 청하여 소원을 자세히 일러주고 상공에게 추천하여 전후의 일을 본 듯이 고하면, 상공이 틀림없이 크게 미혹되어 그 아이를 없애고자 하실 것이니, 그때를 타 여차여차하면 어찌 묘책이 아니겠습니까?"

초란이 크게 기뻐하여 먼저 은자銀子. 은돈 오십 냥을 주며 관상녀를 청하여 오라고 하니, 무녀가 하직하고 물러갔다.

이튿날 홍공이 내당에 들어와 부인과 함께 길동의 비범함을 일컫고 다만 천생임을 한탄하며 진정으로 말씀을 나누고 있었는데, 문득 한 여자가 들어와 대청 아래에서 문안을 올렸다. 공이 괴이하게 여기면서 물었다.

"그대는 어떤 여자이며 무슨 일로 왔느냐?"

그 여자가 말했다.

"소인은 관상 보는 일을 하는데, 마침 상공의 문 앞에 이르렀습니다."

공이 이 말을 듣고 길동의 장래 일을 알고자 하여 즉시 불러 길동의 상을 보게 하니, 관상녀가 가만히 보다가 놀라며 말하기를,

"이 공자公子. 높은 집안의 아들의 상을 보니 천고의 영웅이요, 일대의 호걸이옵니다. 다만 지체어떤 집안이나 개인이 사회에서 차지하고 있는 신분이나 지위가 부족하오나 다른 염려는 없을까 하나이다"

하며 다른 말을 하려다가 주저하거늘, 공과 부인이 매우 이상하게 여겨 물었다.

"무슨 말이든지 바른대로 이르라."

관상녀가 마지못해 주변 사람들을 내보내고 말했다.

"공자의 상을 보니 가슴속에 조화가 무궁하고 미간에 산천 정기가 영롱하오니 과연 왕이나 제후의 기상이옵니다. 장성하면 장차 멸문지화滅門之禍. 한 집안이 다 죽임을 당하는 끔찍한 재앙를 당하오리니 상공은 살피시옵소서."

공이 듣고 놀라서 아무 말 없이 한참을 있다가 마음을 정하고는 말했다.

"사람의 팔자는 도망하기 어렵거니와 너는 이런 말을 누설하지 말라."

이렇게 당부하고 약간의 은자를 주어 관상녀를 보냈다. 이후로 공이 길동을 산속 정자에 머물게 하고 일거수일투족을 엄숙하게 살폈다. 길동은 이런 일을 당하자 더욱 설움을 이기지 못하나 어찌할 수 없어 육도삼략六韜三略, 중국의 오래된 병서(兵書)인『육도』와『삼략』과 천문지리天文地理를 공부했다. 공이 이 일을 알고 크게 근심하여 말했다.

"이놈이 본디 재주가 있으니, 만일 분수에 넘치는 마음을 품으면 관상녀의 말과 같이 되리니 이를 장차 어찌하리오."

이때 초란이 무녀, 관상녀와 내통하여 공의 마음을 놀라게 한 후, 길동을 없애려고 많은 돈을 들여 자객을 구했으니, 그 이름은 특재라. 자초지종을 자세하게 이르고 초란이 공에게 고했다.

"일전에 왔던 관상녀가 사람의 일을 귀신같이 알아내던데, 길동의 일을 어찌 처치하려 하십니까? 천첩도 놀라 두려워하고 있사옵니다. 일찍 저 아이를 없애는 것이 좋을 듯하옵니다."

공이 이 말을 듣고 눈썹을 찡그리며 말하기를,

"이 일은 내 손안에 있으니 너는 번거롭게 굴지 말라"

하고 물리쳤으나, 자연 심사가 어수선하여 밤이면 잠을 이루지 못해 병이 나고 말았다. 부인과 좌랑佐郞, 조선시대 육조(六曹)의 정육품 벼슬 인형이 크게 근심하며 어찌할 줄 모르는데, 초란이 자기 곁으로 모셔다놓고는 고했다.

"상공의 병환이 위중하심은 길동을 두었기 때문입니다. 저의 얕은 소견으로는 길동을 죽여 없애면 상공도 쾌차하실 뿐 아니라 가문도 보존할 것이오니, 어찌 이를 생각하지 아니하십니까?"

부인이 말했다.

"아무리 그렇다고 하나 천륜이 지중하니 차마 그 일을 어찌 행하겠는가?"

초란이 말했다.

"듣자 하니 특재라는 자객이 사람 죽이는 것을 주머니 속에서 물건 꺼내듯 한다고 하옵니다. 그에게 많은 돈을 주어 밤에 들어가 길동을 해하게 하면, 상공이 아신다 하더라도 어찌할 수 없사오리니 부인은 다시 생각하소서."

부인과 좌랑이 눈물을 흘리며 말했다.

"이는 차마 못 할 바이나, 첫째는 나라를 위함이요, 둘째는 상공을 위함이요, 셋째는 가문을 보존하기 위함이라. 너의 계교대로 행하라."

초란이 크게 기뻐하며 다시 특재를 불러 이 말을 자세히 이르고, 오늘 밤으로 급히 행하라 하니, 특재가 응낙하고 밤이 깊어지기만을 기다렸다.

한편, 길동은 그 원통한 일을 생각하면 잠시도 머물지 못할 일이지만, 상공의 엄명이 중하므로 어찌할 길이 없어 밤마다 잠을 이루지 못했다. 그날 밤 촛불을 밝히고 『주역』*을 보며 깊이 생각하다가, 문득 들으니 까마귀가 세 번 울고 가는 것이었다. 길동이 괴이하게 여겨 혼자 말하기를,

"이 짐승은 본디 밤을 꺼리거늘, 지금 울고 가니 심히 불길하도다"

하고, 잠깐 팔괘**를 벌여 점을 쳐보고는 크게 놀라 책상을 물리고 둔갑법遁甲法. 마음대로 자기 몸을 감추거나 다른 것으로 변하게 하는 방법을 행하여 동정을 살피고 있었다. 사경四更. 새벽 한시에서 세시 사이쯤 되자 한 사람이 비수를 들고 천

---

* 『주역周易』: 고대 중국의 철학서로 육경(六經)의 하나. 만상(萬象)을 음양(陰陽) 이원으로 설명하여 그 으뜸을 태극이라 하였고 거기서 64괘를 만들었는데, 이에 맞추어 철학, 윤리, 정치상의 해석을 덧붙였다.
** 팔괘(八卦): 중국 상고시대에 복희씨가 지었다는 여덟 가지 괘. 세상의 모든 현상을 음양을 겹쳐 나타낸 『주역』의 여덟 가지 상.

천히 방문을 열고 들어왔다. 길동이 급히 몸을 감추고 진언眞言. 비밀스러운 어구을 외우니, 홀연 한바탕 음산한 바람이 일어나며 집은 간데없고 첩 첩산중에 풍경이 거룩했다. 특재가 크게 놀라 길동의 조화가 신기함을 알고 비수를 감추고 피하고자 하나, 갑자기 길이 끊어지고 층암절벽이 앞을 가리니 진퇴유곡進退維谷. 이러지도 저러지도 못하고 꼼짝할 수 없는 궁지이었다. 사 방으로 방황하고 있을 때 문득 피리 소리가 들렸다. 정신을 차려 살펴 보니, 한 소년이 나귀를 타고 오며 피리 불기를 그치고 꾸짖었다.

"네 무슨 일로 나를 죽이려 하느냐? 죄 없는 사람을 해하면 어찌 하 늘의 재앙이 없으리오."

소년이 진언을 외우니, 홀연 한바탕 검은 구름이 일어나며 큰비가 퍼붓듯이 쏟아지고 모래와 돌이 날렸다. 특재가 정신을 수습하여 살펴 보니 길동이었다. 비록 그 재주를 신기하게 여기나 '어찌 나를 대적하 리오?' 하고 달려들며 큰 소리로 말했다.

"너는 죽어도 나를 원망하지 말라. 초란이가 무녀, 관상녀와 함께 상공과 의논하고 너를 죽이려 한 것이니, 어찌 나를 원망하리오?"

특재가 칼을 들고 달려드니, 길동이 분한 마음을 참지 못해 요술妖術 로 특재의 칼을 빼앗아 들고 크게 꾸짖었다.

"네 재물을 탐하여 사람 죽이는 것을 좋아하니 너같이 무도한 놈을 죽여 후환을 없애리라."

길동이 한번 칼을 드니 특재의 머리가 방 가운데로 떨어졌다. 길동 이 분한 마음을 이기지 못해 그날 밤 바로 관상녀를 잡아 특재가 죽은 방에 들이밀고 꾸짖기를,

"네 나와 무슨 원수를 졌기에 초란과 더불어 나를 죽이려 했느냐?" 하고 칼로 베니, 어찌 가련하지 않으리오!

집 떠나는 길동

이때 길동이 두 사람을 죽이고 하늘을 살펴보니, 은하수는 서쪽으로 기울고 달빛은 희미하여 시름을 돕는지라. 또 분한 마음을 참지 못해 초란마저 죽이려고 하다가 상공이 사랑하심을 깨닫고 칼을 던지며, 집을 떠나 살길을 찾자 생각하고는 곧바로 상공 침소에 나아가 하직을 아뢰고자 했다. 이때 공이 창밖에 인적이 있음을 괴이하게 여겨 창을 열고 보니, 길동이었다.

공이 길동을 가까이 불러 말했다.

"밤이 깊었는데 네 어찌 자지 않고 이리 방황하느냐?"

길동이 땅에 엎드려 대답했다.

"소인이 일찍이 부모님께서 낳아 길러주신 은혜를 만분의 일이나 갚을까 하였더니, 집안에 의롭지 못한 사람이 있어 상공께 참소하고 소인을 죽이려 했사옵니다. 겨우 목숨은 보전하였으나, 상공을 모실 길이 없기에 오늘 상공께 하직을 고하나이다."

공이 크게 놀라며 말했다.

"네 무슨 변괴가 있기에 어린아이가 집을 버리고 어디로 가려 하느냐?"

길동이 대답하기를,

"날이 밝으면 자연 아시게 될 것입니다. 소인의 신세는 흘러가는 뜬구름과 같사옵니다. 상공께서 버린 자식이 어찌 참소할 수 있겠사옵니까?"

하며, 두 줄기 눈물이 하염없이 흘러내려 말을 잇지 못했다. 공이 그 모습을 보고 측은하게 여겨 타이르며 말했다.

"내 너의 품은 한을 짐작하나니, 오늘부터 호부호형을 허락하노라."

길동이 두 번 절하며 말했다.

"소자의 지극한 한을 아버님께서 풀어주시니 죽어도 한이 없사옵니다. 엎드려 바라건대 아버님은 만수무강하옵소서."

길동이 두 번 절하고 하직하니, 공이 붙들지 못하고 다만 무사하기만을 당부했다.

길동은 또 어머니 침소에 가 이별을 고했다.

"소자가 지금 슬하를 떠나고자 하옵니다. 다시 모실 날이 있을 것이오니 어머님은 그사이 귀중한 몸을 보중하소서."

춘섬이 이 말을 듣고 무슨 변괴가 있었음을 짐작하여, 하직하는 아들을 보고 손을 잡고 통곡하며 말했다.

"네 어디로 향하고자 하느냐? 한집에 있어도 처소가 너무 멀어 매양 그리워하더니, 이제 너를 정처 없이 보내고 어찌 살겠느냐? 너는 쉬이 돌아와 모자 상봉하기를 바라노라."

길동이 두 번 절한 후 하직하고 문을 나섰다. 구름낀 먼 산은 첩첩한데 정처 없이 길을 떠나니, 어찌 가련하지 않으리오!

한편, 초란은 특재에게서 아무 소식이 없자 매우 의아하여 사정을 알아보니, 길동은 간데없고 특재와 계집의 시신만 방 안에 있다고 했다. 초란이 혼비백산하여 급히 부인에게 고하니, 부인 또한 크게 놀라 좌랑을 불러 이 일을 이르고 상공께도 고했다. 공이 대경실색하며 말했다.

"길동이 밤에 와 슬피 하직을 고하여 이상하게 여겼더니, 이런 일이 있었도다."

좌랑이 감히 숨기지 못하고 초란이 한 일을 고하니, 공이 더욱 분노하여 초란을 내치는 한편, 가만히 그 시체들을 없애고 노복奴僕, 사내종을 불러 이 일을 입 밖에 내지 말라고 당부했다.

도적 두목에서 활빈당 행수로

길동이 부모를 이별하고 문을 나섰으나, 한 몸 둘 데가 없었다. 정처 없이 가다가 한 곳에 다다랐는데, 경치가 매우 뛰어났다. 인가ᄉᄀ를 찾아 점점 안으로 들어가니 큰 바위 밑에 돌문이 닫혀 있었다. 가만히 그 문을 열고 들어가니 평평하고 넓은 들판에 수백 호 인가가 즐비하고, 여러 사람이 모여 잔치를 즐기고 있었다. 그곳은 도적의 소굴이었다. 도적들이 문득 길동을 보고 그 사람됨이 녹록지 않음을 반기며 물었다.

"그대는 어떤 사람이기에 이곳에 찾아왔느냐? 이곳에는 영웅이 모여 있으나 아직 두목을 정하지 못했으니, 그대 만일 뛰어난 능력이 있어 참여하고자 한다면 저 돌을 들어보라."

길동이 이 말을 듣고 다행히 여겨 두 번 절하며 말했다.

"나는 경성 홍판서의 천첩 소생 길동이라 하오. 집안의 천대를 받지 않으려고 온 세상을 정처 없이 다니다가 우연히 이곳에 들어왔소. 모든 호걸이 동료가 되자 이르시니 감사하거니와, 장부가 어찌 저만한 돌 들기를 근심하리오."

길동이 그 돌을 들어 수십 보를 걸어가다가 던지니, 그 돌의 무게가 천 근인지라, 도적들이 일시에 칭찬했다.

"과연 장사로다. 우리 수천 명 중에 이 돌을 들 자가 없더니, 오늘 하늘이 도우시어 장군을 주셨도다."

도적들이 길동을 윗자리에 앉힌 다음, 술을 차례로 권하고 백마白馬를 잡아 맹세하며 굳게 약속하니, 사람들이 모두 일시에 응낙하고 하루 종일 즐겼다.

이후로 길동이 여러 사람들과 더불어 무예를 연습하니 몇 달 지나지 않아 군법軍法이 갖춰졌다.

하루는 여러 사람들이 말했다.

"우리가 벌써부터 합천 해인사를 쳐 재물을 빼앗으려고 했으나, 지략이 부족하여 실행하지 못했소이다. 이제 장군의 의향은 어떠하십니까?"

길동이 웃으며 말했다.

"내 장차 군대를 움직일 것이니 그대들은 내 지휘대로 하라."

길동이 푸른 도포에 검은 띠를 두르고는 나귀를 타고 종자從者. 종속되어 따라다니는 사람 몇 사람을 데리고 나가며 말하기를,

"내 그 절에 가 동정을 살피고 오리라"

하며 가니, 그 모습이 완연한 재상가 자제라.

길동이 그 절에 들어가 먼저 주지승을 불러 말했다.

"나는 경성 홍판서댁 자제라. 이 절에 글공부하러 왔거니와, 내일 백미 스무 석을 보낼 것이니 음식을 정갈히 차리면 너희들과 함께 먹으리라."

그러고는 절 안을 두루 살펴본 후 후일을 기약하고 산문 어귀로 나오니, 여러 중들이 기뻐하였다.

길동이 돌아와 백미 스무 석을 보내고 사람들을 불러 말했다.

"내 아무 날에 그 절에 가 이리이리하리니, 그대들은 뒤를 쫓아와 이리이리하라."

그날을 기다려 종자 수십 명을 데리고 해인사에 이르니 중들이 맞이해 들어갔다. 길동이 노승을 불러 물었다.

"내가 보낸 쌀로 음식하는 데 부족하지 않았느냐?"

노승이 말했다.

"어찌 부족했겠습니까. 매우 황송하고 감격스럽사옵니다."

길동이 윗자리에 앉아 중들을 모두 청하여 각기 상을 받게 하고 먼저 술을 마시며 차례로 권하니, 모든 중들이 황송해했다. 길동이 상을 받은 후 먹다가, 문득 모래를 가만히 입에 넣고 깨무니, 그 소리가 매우 컸다. 중들이 듣고 놀라 사죄하자, 길동이 거짓으로 크게 화를 내며 꾸짖었다.

"너희들이 어찌 음식을 이다지 부정하게 했느냐? 이는 반드시 나를 업신여기는 것이라."

길동이 종자에게 분부하여 중들을 모두 한 줄로 결박하여 앉히니, 중들이 겁을 먹고 어찌할 줄 몰랐다. 이윽고 도적 수백여 명이 한꺼번에 달려들어 모든 재물을 제 것 가져가듯 하니, 중들이 보고 다만 입으로 소리만 지를 따름이었다.

마침 이때 절에서 허드렛일을 하는 일꾼이 나갔다가 돌아와 이 일을 보고는 즉시 관가에 고하니, 합천 원圓. 수령이 듣고 관군을 모아 그 도적을 잡으라고 명했다. 수백 명의 관군이 도적의 뒤를 쫓다가 문득 보니, 송낙 예전에 여승이 주로 쓰던. 송라를 우산 모양으로 엮어 만든 모자을 쓰고 장삼을 입은 중 하나가 산에 올라 외쳤다.

"도적이 북쪽 작은 길로 갔으니, 빨리 가 잡으소서."

관군은 그 절의 중이 가르쳐주는 것으로 여겨 비바람처럼 빠르게 북쪽 작은 길로 도적을 쫓아갔으나, 날이 저문 후까지 잡지 못하고 돌아갔다.

길동이 도적들을 남쪽 큰길로 보내고 저 홀로 중의 옷을 입고 관군을 속인 후 무사히 소굴로 돌아오니, 모든 도적들이 벌써 빼앗아온 재물을 가지고 와 있었다. 그들이 일시에 나와 사례를 하니, 길동이 웃으며 말했다.

"장부가 이만한 재주도 없으면 어찌 여러 사람의 두목이 되겠소?"

이후 길동이 스스로 이름 부르기를 활빈당*이라 하여 조선 팔도를 다니며 각 읍 수령에게 의롭지 못한 재물이 있으면 탈취하고, 몹시 가난하고 의지할 곳 없는 자가 있으면 구제하며, 백성은 해치지 아니하고, 나라에 속한 재물은 추호도 범하지 아니하니, 이윽고 도적들도 길동의 뜻에 복종하게 되었다.

---

* 활빈당(活貧黨): 예전에 부자의 재물을 빼앗아 가난한 사람을 도와주기 위하여 결성된 무리.

홍길동을 잡아들이라

하루는 길동이 사람들을 모아 의논하기를,

"지금 함경 감사는 탐관오리로, 백성을 착취하고 괴롭혀 모든 백성들이 견디지 못하고 있도다. 우리들이 이를 그저 두지는 못하리니 그대들은 나의 지휘대로 하라"

하고, 아무 날 밤에 기약을 정하고 한 사람씩 흘러들어가 남문 밖에 불을 질렀다. 이에 감사가 크게 놀라 그 불을 끄라고 명하니, 관속官屬. 지방 관아의 아전과 하인들과 백성들이 한꺼번에 내달려나와 불을 껐다. 그동안 길동의 수백 명 도적의 무리는 일제히 성안으로 달려들어 창고를 열고 전곡錢穀. 돈과 곡식과 무기를 빼앗아 북문으로 달아나니, 성안이 요란하여 마치 물 끓는 듯했다.

감사는 뜻밖의 변고에 어찌할 줄 모르다가, 날이 밝은 후에 창고의 무기와 전곡이 없어진 것을 보고는 대경실색하여 그 도적 잡기에 힘썼다. 그러던 중 홀연 북문에 방榜이 붙었는데,

아무 날 전곡을 도적질한 자는 활빈당 행수行首. 무리의 우두머리 홍길동
이라.

하니, 감사가 군사를 움직여 그 도적을 잡으려 했다.

　　한편 길동은 도적들과 함께 많은 전곡을 도적질했으나, 행여 길에서
잡힐까 염려하여 둔갑법과 축지법縮地法. 먼 거리를 가깝게 하는 술법을 행하여 처
소로 돌아오니, 이제 막 날이 새려고 했다.

　　하루는 길동이 사람들을 모아 의논하기를,

　　"이제 우리가 합천 해인사에서 재물을 빼앗고 또 함경 감영에서 전
곡을 도적질하여 그 소문이 파다하거니와, 나의 이름을 써서 감영에
붙였으니 오래지 않아 잡히기 쉬울 것이라. 그대들은 나의 재주를 보
라"

하고, 즉시 초인草人. 짚으로 만든 사람 인형 일곱을 만들어 진언을 외우고 혼백
을 붙였다. 그러자 일곱 길동이 동시에 팔을 뽐내며 크게 소리치고 한
곳에 모여 야단스럽게 이야기하니, 어느 것이 진짜 길동인지 알지 못
할 정도였다. 팔도에 하나씩 흩어져 각각 사람 수백 명씩 거느리고 다
니니, 그중에 진짜 길동이 어느 곳에 있는지 알 수 없었다.

　　여덟 길동이 팔도에 다니며 바람과 비를 불러일으키는 술법을 행하
여 각 읍 창고의 곡식을 하룻밤 사이에 종적 없이 가져가고, 서울로 가
는 봉물封物. 시골에서 서울의 왕이나 벼슬아치에게 바치던 물건을 의심할 겨를 없이 모조
리 탈취했다. 팔도 각 읍이 소란하여 밤에는 능히 잠을 자지 못하고,
길에는 행인이 끊어질 정도였으니, 이 때문에 팔도가 요란했다. 결국
감사가 이 일로 장계狀啓. 왕명을 받고 지방에 나가 있는 신하가 중요한 일을 왕에게 보고하던 일
또는 그 문서를 올렸으니, 그 내용은 대강 이러했다.

　　난데없이 홍길동이란 큰 도적이 나타나, 능히 바람과 구름을 만들

고 각 읍의 재물을 빼앗으며, 서울로 봉송하는 물건이 올라가지 못하게 하는 등 장난함이 헤아릴 수 없으니, 그 도적을 잡지 못하면 장차 어느 지경에 이를 줄 알지 못하옵니다. 엎드려 바라건대 성상聖上. _{살아 있는 임금을 높여 이르는 말}은 좌우 포도청에 명하여 잡게 하소서.

임금께서 보시고 크게 놀라 포도대장을 부르라 명하는 동안에도, 연이어 팔도에서 장계가 올라왔다. 계속 뜯어 보시니 도적의 이름이 다 홍길동이라 하였고, 전곡 잃은 날짜를 보니 한날한시였다. 임금께서 크게 놀라 말씀하셨다.

"이 도적의 용맹과 술법은 옛날 치우*라도 당하지 못할 것이로다. 아무리 신기한 놈인들 어찌 한 몸이 팔도에 있어 한날한시에 도적질을 하겠느냐? 이는 예사 도적이 아니로다. 잡기 어려우리니, 좌우 포도대장이 군사를 움직여 그 도적을 잡으라."

이때 우포도대장 이흡이 아뢰었다.

"신이 비록 재주는 없사오나 그 도적을 잡아오리니 전하는 근심하지 마소서. 어찌 좌우 포도대장이 나란히 나가오리까?"

임금이 옳게 여겨 급히 길을 떠나라 재촉하시니, 이흡이 하직하고 많은 관졸을 거느리고 길을 떠났다. 각각 흩어져 아무 날 문경에서 모이기로 약속하고, 이흡은 포졸 두셋만 데리고 아무도 못 알아보도록 옷을 바꿔 입고 다녔다.

하루는 날이 저물어 주점을 찾아 쉬고 있는데, 문득 한 소년이 나귀를 타고 들어와 인사를 했다. 포도대장이 답례하자, 그 소년이 문득 한숨을 쉬며 말했다.

---

* 치우(蚩尤): 중국의 여러 고서와 한국의 『환단고기桓檀古記』 등에 등장하는 전설적 인물. 흔히 군신(軍神), 병주(兵主) 등 전쟁의 신으로 통한다.

"하늘 아래 임금의 땅이 아닌 곳이 없고, 그 땅에 사는 백성 가운데 임금의 백성이 아닌 사람이 없다고 하옵니다. 소생이 비록 시골에 살고 있으나 나라를 위해 근심하고 있사옵니다."

포도대장이 짐짓 놀라며 말했다.

"그게 무슨 말이냐?"

소년이 말했다.

"지금 홍길동이란 도적이 팔도로 다니며 난리를 일으켜 인심이 동요하고 있습니다. 그런데도 이놈을 잡지 못하니 어찌 분하지 않겠습니까?"

포도대장이 이 말을 듣고 말했다.

"그대는 기골이 장대하고 말하는 것이 충직하니, 나와 함께 그 도적을 잡는 것이 어떻겠느냐?"

"내 벌써부터 잡고자 했으나 그만한 힘이 있는 사람을 얻지 못했는데, 이제 그대를 만났으니 이 어찌 다행한 일이 아니리오. 그러나 그대 재주를 알지 못하니 조용한 곳으로 가 시험해봅시다."

함께 가다가 한 곳에 이르러 소년이 높은 바위 위에 올라앉으며 말했다.

"그대는 온 힘을 다해 두 발로 나를 차보시오."

그러고는 바위 끝으로 나아가 앉으니, 포도대장이 생각하기를,

'제아무리 힘이 있다 한들 한 번 차면 어찌 떨어지지 않으리오'

하고 온 힘을 다해 두 발로 힘껏 찼다. 그러자 소년이 문득 돌아앉으며 말하기를,

"그대는 과연 장사로다. 내 여러 사람을 시험했으나 나를 움직이게 하는 자가 없었는데, 그대에게 차이니 오장五臟이 울리는 듯하오. 그대 나를 따라오면 길동을 잡을 수 있을 것이오"

하고는 첩첩한 산속으로 들어갔다. 이에 포도대장이 생각하기를,

'나도 힘을 자랑할 만한데, 오늘 저 소년의 힘을 보니 어찌 놀라지 않으리오? 그러나 이곳까지 왔으니, 설마 저 소년 혼자 어찌 길동을 잡을 수 있을까 근심하겠는가?'

하고 따라가는데, 소년이 문득 돌아서며 말했다.

"이곳은 길동의 소굴이라. 내가 먼저 들어가 살펴볼 것이니, 그대는 여기서 기다리시오."

포도대장은 마음속으로 의심되었으나 빨리 잡아오라 당부하고 앉아 있었다. 이윽고 산골짜기에서 홀연 수십 명의 군졸이 요란하게 소리를 지르며 내려왔다. 포도대장이 크게 놀라 피하려고 했으나, 점점 가까이 와 포도대장을 결박하더니 꾸짖으며 말했다.

"네가 포도대장 이흡이냐? 우리는 염라대왕의 명을 받아 너를 잡으러 왔다."

굵은 쇠줄로 목을 옭아매고 비바람 치듯 몰아가니, 포도대장이 혼이 나가 어찌할 줄 몰랐다. 한 곳에 다다라 소리를 지르며 꿇어앉히기에 포도대장이 정신을 진정하고 위를 올려다보니, 광대한 궁궐에 수많은 황건역사黃巾力士, 무력을 맡은 힘센 장수신가 좌우에 버티고 서 있었다. 궁궐 위에는 왕이 자리에 앉아 큰 소리로 꾸짖었다.

"네 변변치 못한 사내 주제에 어찌 홍장군을 잡으려 했느냐? 이런 까닭에 너를 잡아 지옥에 가둘 것이니라."

포도대장이 겨우 정신을 차리고 말했다.

"소인은 인간 세상의 보잘것없는 사람이옵니다. 죄 없이 잡혀왔으니 살려 보내주시기를 바라나이다."

심히 애걸하니, 궁궐 위에서 웃음소리가 나며 꾸짖었다.

"이 사람아! 나를 자세히 보라. 내가 활빈당의 두목 홍길동이라. 그대가 나를 잡으려 하기에 그 힘과 뜻을 알고자 하여, 어제 내가 푸른 옷을 입은 소년으로 변하여 그대를 인도해 이곳에 와서 내 위엄을 보게 한 것이라."

말을 마치자 좌우에 명하여 묶은 것을 풀어주고 대청에 앉히고는 술을 내어 권하며 말했다.

"그대는 부질없이 다니지 말고 빨리 돌아가되, 나를 봤다고 하면 반드시 죄를 물을 것이니 부디 이런 말을 입 밖에 내지 말라."

길동이 다시 술을 부어 권하며 좌우에 명하여 내보내라고 했다. 포도대장이 생각하기를,

'내 이것이 꿈인가 생신가? 어찌하여 이곳에 왔는가?'

하고 길동의 조화를 신기하게 여기며 일어나 나가려 했으나, 갑자기 사지를 움직일 수가 없었다. 이상하게 여겨 정신을 진정하고 주위를 살펴보니 가죽부대 속에 들어가 있었다. 간신히 나와보니 가죽부대 셋이 나무에 걸려 있는데, 차례로 풀어보니 처음 떠날 때 데리고 왔던 하인들이었다. 서로 말하기를,

"이 어찌 된 일인가? 우리가 떠날 때 문경에서 모이자 하였더니, 어찌 이곳에 오게 됐는가?"

하고는 두루 살펴보니 다른 곳이 아니라 장안성長安城. 수도라는 뜻으로 서울을 이르는 말 북악산이었다. 네 사람이 어이없어 장안을 굽어보다가, 이흡이 하인에게 물었다.

"너희는 어찌 이곳에 왔느냐?"

세 사람이 아뢰었다.

"소인들은 주점에서 자고 있었는데, 홀연 비바람에 싸여 이리로 왔사옵니다. 어찌 된 일인지 알지 못하옵니다."

포도대장이 말하기를,

"이 참으로 허무맹랑한 일이니 다른 사람에게 말하지 말라. 길동의 재주는 헤아릴 수 없을 정도니 어찌 사람의 힘으로 잡을 수 있겠느냐? 우리들이 지금 그냥 들어가면 반드시 죄를 면치 못할 것이니, 몇 달을

기다렸다가 들어가도록 하자"

하고는 산에서 내려왔다.

이때 임금께서 팔도에 공문을 보내 길동을 잡아들이라고 하셨으나, 길동이 부리는 변화는 예측할 수 없을 정도였다. 장안 대로를 고관高官의 수레를 타고 왕래하기도 하고, 혹 각 읍에 공문을 보낸 후 쌍가마를 타고 왕래하기도 하며, 혹 암행어사의 모습을 하고 각 읍 수령 중에 탐관오리인 자의 목을 벤 후 '가짜 어사 홍길동의 계문啓聞, 신하가 임금에게 올리던 글'이란 것을 써놓기도 하니, 임금께서 더욱 진노하며 말씀하셨다.

"이놈이 각 도를 다니며 이런 장난을 하되, 아무도 잡지 못하고 있으니 이를 장차 어찌하리오."

삼정승三政丞, 의정부에서 주요 정책을 결정하는 영의정, 좌의정, 우의정과 육판서六判書, 국가의 정무를 나누어 맡아보던 이조, 호조, 예조, 병조, 형조, 공조의 으뜸 벼슬를 모두 모아 의논하는 동안에도 계속해서 장계가 올라왔는데, 이는 다 팔도의 홍길동이 장난한다는 장계였다. 임금께서 차례로 보시고는 크게 근심하시며 좌우를 돌아보고 물으셨다.

"이것은 아마 사람이 아니요 귀신이 폐단을 일으키는 것이니, 조정의 신하 중에 누가 그 근본을 알고 있느냐?"

한 사람이 앞으로 나서며 아뢰었다.

"홍길동은 전임 이조판서 홍아무개의 서자요, 병조좌랑 홍인형의 서출庶出, 첩이 낳은 자식 아우이오니, 지금 그 부자를 잡아들여 친히 물어보시면 자연 아실 것이옵니다."

임금께서 더욱 화를 내며 말씀하셨다.

"이런 말을 어찌 이제야 하느냐?"

즉시 홍아무개는 의금부義禁府, 임금의 명령을 받들어 중죄인을 신문하는 관아에 잡아가두고, 먼저 홍인형을 잡아들여 임금께서 직접 심문하셨다. 임금께서 진노하시어 책상을 치면서 말씀하셨다.

"길동이란 도적이 너의 서출 아우라 들었다. 그런데 어찌 길동이 장난하지 못하도록 막지 아니하고 그냥 두어 나라에 큰 근심거리가 되게 했느냐? 네 만일 잡아들이지 아니하면 네 부자의 충효를 돌아보지 않을 것이니, 빨리 잡아들여 조선에 큰 변고가 없게 하라."

인형이 황공하여 모자를 벗고 머리를 조아리며 말했다.

"신에게 천한 아우가 있어 일찍이 사람을 죽이고 도망한 지 수년이 지났으나 그 종적을 알지 못하옵니다. 신의 늙은 아비는 이 일로 인해 병이 위중해져 거의 돌아가실 지경이옵니다. 길동이 도리에 어긋난 막된 짓으로 전하께 근심을 끼쳤으니, 신의 죄는 만 번 죽어도 아깝지 않사옵니다. 엎드려 바라건대 전하께서는 하해河海. 큰 강과 바다와 같은 은혜를 베푸시어 신의 아비의 죄를 용서하시고 집에 돌아가 병을 돌볼 수 있게 해주신다면, 신이 죽기를 각오하고 길동을 잡아 신의 부자의 죄를 면하고자 하나이다."

임금께서 다 듣고 감동하여 즉시 홍아무개를 용서하시고 인형에게 경상 감사를 내리시며 말씀하셨다.

"경에게 감사라는 직책이 없으면 길동을 잡지 못할 것이라. 일 년 기한을 정해주니 빨리 잡아들이라."

인형이 백배사은百拜謝恩. 거듭 절하며 은혜에 감사함한 후 하직하고 그날로 길을 떠나 경상 감영에 도착했다. 각 읍에 길동을 달래는 방을 붙였는데, 그 방에 말하기를,

사람이 세상에 나서 살아감에 오륜五倫. 유학에서 사람이 지켜야 할 다섯 가지 도리이 으뜸이라. 오륜이 있어 인의예지仁義禮智가 분명한 것이거늘, 이를 알지 못하고 임금과 아버지의 명을 거역하여 불충불효不忠不孝하게 되면 어찌 세상이 용납하리오. 우리 아우 길동은 이런 일을 알 것이니 스스로 형을 찾아와 사로잡히라. 우리 아버님이 너로 말미암아

병이 뼛속까지 파고들었으며, 임금께서 크게 근심하시니 네 죄악이 가득 찼는지라. 이런 이유로 나에게 특별히 감사를 내리시어 너를 잡아들이라 하신 것이니, 만일 잡지 못하면 우리 홍씨 가문이 여러 대 동안 쌓아올린 청덕淸德. 청렴하고 고결한 덕행이 하루아침에 없어질 것이니 어찌 슬프지 않으리오! 바라나니 아우 길동은 이를 생각해 일찍 자수하면 너의 죄도 덜 것이요, 우리 가문도 보존할 것이니, 아! 너는 만 번 생각하여 스스로 나타나거라.

하였다. 감사는 이 방을 각 읍에 붙이고 공무를 전폐한 채 길동이 나타나기만 기다리고 있었다.

하루는 나귀를 탄 한 소년이 하인 수십 명을 거느리고 관아의 문밖에 와 감사 뵙기를 청했다. 감사가 들어오라 하니 그 소년이 마루 위에 올라와 절하며 인사를 올리거늘, 감사가 눈을 들어 자세히 보니 항시 기다리던 길동이었다. 크게 놀라고 기뻐 좌우를 물리치고 그 손을 잡고 목이 메어 눈물을 흘리며 말했다.

"길동아, 네 한번 집을 나간 후로 살았는지 죽었는지 알지 못하여 아버님께서 병이 깊어지셨거늘, 너는 갈수록 불효를 끼칠 뿐 아니라 나라에 큰 근심이 되니, 네 무슨 마음으로 불충불효를 행하며, 또한 도적이 되어 세상에 비할 수 없는 죄를 짓는 것이냐? 이런 이유로 전하께서 진노하시어 나에게 너를 잡아들이라 하셨으니, 이는 피하지 못할 일이라. 너는 일찍 서울로 나아가 전하의 명을 순순히 받으라."

말을 마치자 눈물이 비 오듯 흘렀다. 길동이 머리를 숙이고 말하기를,

"제가 여기 온 것은 아버님과 형을 위태로움에서 구하고자 함이니 어찌 다른 말이 있겠습니까. 대저 대감께서 당초에 천한 길동을 위해 아버지를 아버지라 하고 형을 형이라 부르도록 하셨던들 어찌 이 지경

에 이르렀겠습니까. 지난 일은 말해봤자 쓸데없거니와, 이제 아우를 결박하여 서울로 올려 보내소서"
하고는 다시 말이 없었다. 감사가 이 말을 듣고 슬퍼하면서도 장계를 지어 길동의 목에 칼을 씌우고 발에 족쇄를 채워 수레에 싣고, 건장한 장교 십여 명을 뽑아 죄인을 호송하게 했다. 밤낮으로 쉬지 않고 부지런히 가게 하니, 각 읍 백성들이 길동의 재주를 들었는지라, 잡혀온다는 말을 듣고 길을 메울 정도로 나와 구경했다.

이때 팔도에서 다 길동을 잡아 올리니, 조정과 장안의 백성들은 당황하여 어찌할 줄 모르고 누가 길동인지 알 사람이 없었다. 임금께서도 놀라 신하들을 모두 모으고 친히 심문하고자 하셨다. 여덟 길동을 잡아 올리니, 저희끼리 서로 다투며 아뢰기를,

"네가 진짜 길동이요, 나는 아니라"
하며 싸우니 누가 진짜 길동인지 분간할 수 없었다. 임금께서 괴이하게 여겨 즉시 홍아무개를 불러 말씀하셨다.

"아들 알아보는 데는 아버지만한 사람이 없다 하니, 저 여덟 중에서 경의 아들을 찾아내라."

홍공이 황공하여 머리를 조아리고 죄를 청하며 말하기를,

"신의 천생 길동은 왼쪽 다리에 붉은 혈점血點. 살갗에 피가 맺혀 생긴 점이 있사오니 이를 보면 알 것이옵니다"
하고, 여덟 길동을 꾸짖었다.

"네 지척에 임금님이 계시고 아래에 아비가 있는데도, 이렇게 천고千古에 없는 죄를 지었으니 죽기를 아까워하지 말라."

홍공이 피를 토하고 엎어져 기절하니, 임금께서 크게 놀라 약원藥院. 내의원. 조선시대에 궁중의 의약을 맡아보던 관아에게 구하도록 하셨으나 차도가 없었다. 여덟 길동이 이 광경을 보고 동시에 눈물을 흘리며 주머니에서 환약을 한 개씩 꺼내어 입에 넣어드리니, 홍공이 반나절 후에 정신을 차

리게 되었다.

　여덟 길동이 임금께 아뢰었다.

　"신의 아비가 나라의 은혜를 많이 입었사오니 신이 어찌 감히 괘씸한 일을 행하오리까? 신이 본디 천비 소생이라, 그 아비를 아비라 못하옵고 형을 형이라 못 하오니 평생 한이 맺혔기에 집을 버리고 도적의 무리에 참여했으나, 백성은 추호도 범하지 않았으며 각 읍 수령 중에 백성을 착취하고 괴롭히는 자의 재물만을 빼앗았습니다. 이제 십년이 지나면 떠나갈 곳이 있사오니, 엎드려 빌건대 전하께서는 근심하지 마시고 신을 잡으라는 명령을 거두소서."

　말을 마치고 여덟 길동이 동시에 넘어졌는데, 자세히 보니 다 초인草人이었다. 임금께서 더욱 놀라시며 진짜 길동을 잡으라는 공문을 다시 팔도에 내리셨다.

조선을 떠나다

길동이 초인을 없애고 두루 다니다가 사대문에 방을 붙였다.

요신妖臣, 요사스러운 행동을 하는 신하 홍길동은 아무리 해도 잡지 못할 것이나, 병조판서로 임명하시면 잡힐 것입니다.

임금께서 그 방문을 보시고 조정 신하들을 모아 의논하셨다. 신하들이 말했다.

"이제 그 도적을 잡으려 하다가 잡지 못하고 도리어 병조판서에 제수하는 것은 아니 되옵니다."

임금은 그 말이 옳다고 여겨 다만 경상 감사에게 길동을 잡을 것을 재촉하시니, 경상 감사는 임금의 엄한 명령을 받고 놀랍고 두려워 어찌할 줄 몰랐다.

하루는 길동이 공중에서 내려와 절하고 말했다.

"지금은 진짜 길동이오니 형님은 아무 염려 마시고 아우를 결박하여 서울로 보내소서."

감사가 이 말을 듣고 손을 잡고 눈물을 흘리며 말했다.

"이 철없는 아이야! 너도 나와 동기同氣. 형제인데, 아버지와 형의 교훈을 듣지 않고 온 나라를 소란케 하니 어찌 애달프지 않으리오. 네 이제 진짜 몸으로 와 나를 보고 잡혀가기를 자원하니, 도리어 기특한 아이로다."

급히 길동의 왼쪽 다리를 보니 과연 붉은 혈점이 있었다. 즉시 팔다리를 결박해 수레에 넣고 건장한 장교 수십 명을 뽑아 철통같이 에워싸고 비바람같이 몰아갔으나, 길동의 안색은 조금도 변하지 않았다.

여러 날 만에 서울에 다다랐다. 대궐 문에 이르러 길동이 한 번 몸을 흔들어 움직이니 굵은 쇠줄이 끊어졌다. 수레를 깨고 길동이 공중에 올라 표연히 구름과 안개에 묻혀 사라지니, 장교와 군사들이 어이없어 공중만 바라보며 다만 넋을 잃을 따름이었다. 어찌할 수 없어 이 일을 임금께 아뢰니, 임금께서 듣고 말씀하셨다.

"천고에 이런 일이 어디 있으리오?"

임금께서 크게 근심하시니, 신하들 중 한 사람이 아뢰었다.

"길동이 자신의 소원인 병조판서를 한번 하면 조선을 떠나겠다고 하옵니다. 한번 소원을 풀면 저 스스로 감사할 것이니, 이때를 틈타 잡는 것이 좋을까 하옵니다."

임금께서 이 말을 옳다고 여기시어 즉시 홍길동을 병조판서에 제수하시고 사대문에 방을 붙였다.

이때 길동이 이 말을 듣고 즉시 사모관대紗帽冠帶. 벼슬아치들이 착용하던 관복과 모자에 무소뿔로 장식한 띠를 두르고는 높은 수레를 타고 큰길로 버젓이 들어오면서 외치기를,

"지금 홍판서가 임금께 인사하러 온다"

하니, 병조의 하급 관리들이 맞아 호위하여 궐 안으로 들어갔다. 신하

들이 모두 모여 의논하기를,

"길동이 오늘 사은謝恩하고 나올 것이니, 칼과 도끼로 무장한 군사를 매복하였다가 나오거든 지체 없이 쳐 죽이자"

하고 약속을 정했다.

길동은 궐 안으로 들어가 임금께 절하고 아뢰었다.

"소신의 죄악이 지중하거늘, 도리어 임금의 은혜를 입어 평생 한을 풀고 돌아가옵니다. 전하 곁을 영원히 떠나고자 하오니, 엎드려 바라건대 전하는 만수무강하소서."

말을 마치자 길동이 몸을 공중으로 솟구쳐 구름에 싸여 가니, 가는 곳을 알 수 없었다. 임금께서 보시고 도리어 탄식하며 말씀하시기를,

"길동의 신기한 재주는 고금에 드물도다. 제가 지금 조선을 떠난다고 했으니 다시는 폐단을 일으키는 일이 없을 것이로다. 비록 수상하기는 하나, 장부의 마음을 가졌으니 일단 염려 없을 것이로다"

하시고, 팔도에 길동의 죄를 용서하는 문서를 내리고 길동 잡는 일을 거두셨다.

길동은 제 있던 곳으로 돌아와 도적들에게 분부했다.

"내 다녀올 곳이 있으니, 너희들은 아무 데도 출입하지 말고 내가 돌아오기를 기다려라."

말을 마친 후 즉시 몸을 솟구쳐 남경南京으로 향해 가다가 한 곳에 이르니, 이곳은 율도국이라 부르는 곳이었다. 사방을 살펴보니 산천이 수려하고 사람들이 번성한 것이 가히 몸을 편안히 할 만한 곳이었다. 남경에 들어가 구경한 후에 또 제도라는 섬 안으로 들어가 두루 다니며 산천도 구경하고 인심도 살폈다. 오봉산에 이르니, 이곳은 과연 천하제일의 강산이었다. 붉은 칠을 한 집이 칠백 리에 걸쳐 있었고, 들판이 매우 기름졌다. 길동이 마음속으로 생각하기를,

'내 이미 조선을 하직했으니 이곳에 와 잠시 은거했다가 큰일을 도

모하리라'

하고 훌쩍 원래 있던 곳으로 돌아와 도적들에게 일렀다.

"그대들은 아무 날 양천강변으로 가 배를 많이 지어 모월 모일에 서울 한강에 대령하라. 내 임금께 청하여 벼 일천 석을 얻어올 것이니, 기약을 어기지 말라."

한편 길동의 변란이 없어지자 홍공은 병이 다 나았으며, 임금 또한 근심 없이 지내고 계셨다. 9월 보름께 임금께서 달빛을 받으며 후원後苑을 배회하실 때, 갑자기 한바탕 맑은 바람이 일어나고 공중에서 옥피리 소리가 청아하게 들리더니, 한 소년이 내려와 임금 앞에 엎드렸다. 임금께서 놀라 물으셨다.

"선동仙童. 신선의 시중을 드는 아이이 어찌 인간 세상에 내려왔으며, 무슨 일을 말하고자 하느냐?"

소년이 땅에 엎드려 아뢰었다.

"신은 전임 병조판서 홍길동이옵니다."

임금께서 다시 놀라 물으셨다.

"네 어찌 이 깊은 밤에 왔느냐?"

길동이 대답했다.

"신이 전하를 받들어 만세萬歲 동안 모시려 하였사오나, 한갓 천비의 소생인지라, 문과에 급제해도 옥당玉堂. 임금의 자문기관이었던 홍문관에 참여하지 못할 것이요, 무과에 급제해도 선전관宣傳官. 임금의 명령을 전달하던 선전관청에 속한 무반 벼슬에 천거되지 못할 것이니, 이런 까닭에 마음을 정하지 못하고 팔방으로 여기저기 돌아다녔습니다. 무뢰배들과 함께 관아를 치고 조정을 시끄럽게 한 것은 신의 이름을 드러내어 전하께 알리려는 것이었습니다. 임금의 은혜가 망극하여 신의 소원을 풀어주셨으니 충성으로 섬기는 것이 옳사오나, 그렇게 하지 못하고 전하를 하직하고 조선을 영영 떠나 끝없는 길을 가려 하옵니다. 벼 일천 석을 서강西江에 대어주시면 전하 덕택으로 수천 명의 목숨을 보전할 것이옵니다."

임금께서 즉시 허락하며 말씀하셨다.

"전날 네 얼굴을 자세히 보지 못하였도다. 오늘 비록 달빛 아래이긴 하나 얼굴을 들어 나를 보라."

길동이 이 말에 비로소 얼굴을 들었으나 눈을 뜨지 아니하거늘, 임금께서 말씀하셨다.

"네 어찌 눈을 뜨지 아니하느냐?"

길동이 대답했다.

"신이 눈을 뜨면 전하께서 놀라실까 하옵니다."

임금께서 이 말을 듣고 과연 범상한 인물이 아님을 짐작하고 위로하시니, 길동이 은혜에 감사하고 다시 공중으로 솟구쳐 갔다. 임금께서 그 신기함을 일컬으시며, 날이 밝자 선혜청宣惠廳. 공납품을 관리하던 관아 당상堂上. 정삼품 상(上) 이상의 품계에 해당하는 벼슬에게 벼 일천 석을 서강 강변으로 운반하라 명하셨다. 선혜청 당상은 아무것도 모르고 명령대로 시행하는데, 갑자기 여러 사람들이 큰 배를 대더니 벼를 싣고 가면서 말했다.

"전임 병조판서 홍길동이 임금의 은혜를 많이 입어 벼 일천 석을 얻어 가노라."

이 말을 듣고 선혜청 당상이 그 사유를 임금께 여쭙자, 임금께서 웃으며 말씀하셨다.

"길동은 신기한 사람이라. 그래서 저에게 내려준 것이니라."

요괴를 물리치고 얻은 부인

    길동은 벼 일천 석을 얻어 삼천 명의 무리를 거느리고 조선을 하직해 큰 바다에 배를 띄워 남경 땅 제도라는 섬으로 들어갔다. 거기서 수십만 호의 집을 짓고 농업에 힘쓰며, 재주를 배워 무기창고를 짓고 군법을 연습했다. 이곳은 본래 깊고도 아늑한 곳이라 누구도 알 사람이 없고, 또한 풍족했다.

    하루는 길동이 사람들을 불러 말하기를,

    "내가 망당산에 들어가 화살촉에 바를 약을 얻어올 것이니, 너희들은 그사이에 길목을 잘 지켜라"

하고, 그날로 배를 띄워 망당산으로 향했다. 여러 날 만에 낙천 땅에 이르니, 그곳에는 백룡이라는 큰 부자가 있었다. 그는 일찍이 딸 하나를 두었는데, 인물과 재주가 남달랐으며 아울러 시서詩書에 능통하고 검술 또한 유명했다. 그 부모가 딸을 지극히 사랑하여 천하의 영웅호걸이 아니면 사위를 삼지 않겠다며 두루 사윗감을 구했다.

    하루는 홀연 풍운이 크게 일어나며 천지가 아득하더니, 백룡의 딸이 간데없이 사라졌다. 백룡 부부가 슬퍼하며 많은 재물을 들여 사방으로 찾았으나 끝내 그 종적을 알 길이 없었다. 부부는 밤낮으로 통곡하며 거리로 다니면서 말했다.

"누구라도 내 딸을 찾아만 주면 만금 재물을 줄 뿐만 아니라 반드시 사위로 삼을 것이라."

길동이 지나다가 이 말을 듣고 마음속으로 측은하게 여겼으나, 어찌할 길이 없었다. 망당산으로 향하여 약을 캐며 깊이 들어가다보니, 어느덧 날이 저물었다. 길동이 어찌할까 주저하고 있는데, 마침 사람 소리가 들리며 등불빛이 밝게 비치는 것이 보였다. 마음속으로 다행스럽게 생각하고 그곳을 찾아가니, 사람이 아니라 괴물 여럿이 무리를 지어 앉아 서로 지껄이고 있었다. 가만히 엿보니, 그 모습은 비록 사람이나 짐승의 무리가 분명했다. 원래 이것은 '울동'이라는 짐승인데, 여러 해 동안 산속에 있어 변화가 무궁했다. 길동이 생각하기를,

'내 두루 다녀보았으나 이 같은 것은 처음 보는 것이라. 이제 저것을 잡아 세상 사람들에게 보이리라'

하고 몸을 감추어 활을 쏘니, 그중에 우두머리 놈이 맞았다. 그 짐승이 소리를 지르며 달아나니, 길동이 따라가 잡으려다가 생각하기를,

'밤이 이미 깊었고 산이 험하니 어찌 잡을 수 있으리오'

하고 큰 나무에 의지해 밤을 지냈다.

날이 밝자 활과 화살을 감춰 보이지 않게 하고 두루 더듬으며 약을 캐고 다니는데, 갑자기 괴물 두셋이 길동을 보고는 놀라 물었다.

"이곳은 누구라도 올라다니지 못하는데, 그대는 무슨 일로 이곳까지 이르렀느냐?"

길동이 대답했다.

"나는 조선 사람으로 의술을 아는데, 이곳에 선약仙藥. 신선이 만든 장생불사의 영약이 있다는 말을 듣고 찾아왔다가 우연히 그대들을 만났으니, 참으

로 다행스럽도다.”

그 짐승이 듣고 크게 기뻐 길동을 자세히 보며 말했다.

“나는 이 산속에 있은 지 오래되었소. 우리 대왕이 부인을 새로 맞아 지난밤에 잔치를 벌여 즐기고 있었는데, 불행히도 화살을 맞아 매우 위중하게 되었소. 그대가 나를 위해 선약으로 우리 대왕을 살려주시면 은혜를 크게 갚을 것이니, 함께 처소로 가 상처를 보는 것이 어떻겠소?”

길동이 이 말을 듣고 생각하기를,

‘그놈이 지난밤에 내 화살을 맞고 다친 놈이로구나’

하고 함께 가서 보니 길에 흘린 피가 그 문까지 이르렀다. 그 짐승이 길동을 문 앞에 세우고 들어가더니, 이윽고 나와 들어오기를 청했다. 길동이 들어가보니 화려하게 채색한 누각이 웅장한데, 그 가운데 흉악한 요괴가 의자에 누워 신음하다가 길동이 들어오는 것을 보고 몸을 겨우 일으키면서 말했다.

“내가 우연히 하늘에서 날아온 화살을 맞아 죽을 지경에 이르렀는데, 아까 시중드는 자의 말을 듣고 그대를 청했으니, 이는 하늘이 명의名醫를 보내시어 나를 살리고자 함이라. 바라건대 그대는 재주를 아끼지 말라.”

길동이 감사의 인사를 한 후 속여 말하기를,

“이 상처를 보니 별로 중상은 아닌 것 같사옵니다. 먼저 먹는 약을 쓰고 그 다음에 바르는 약을 쓰면 불과 삼 일이면 쾌차하실 것이니, 대왕은 생각해보시옵소서”

하니, 그 요괴가 이를 곧이듣고 크게 기뻐했다.

길동이 평소 온갖 환약을 가지고 다녔는데, 이때 그중 독한 약을 찾아내어 작은 요괴에게 주며 말했다.

“이 약을 급히 갈아 써라.”

모든 요괴가 크게 기뻐하며 즉시 더운물에 갈아 먹이니, 잠시 후에 대왕이 배를 두드리고 눈을 실룩이며 소리를 지르다가 두어 번 뛰어오르더니 죽었다. 작은 요괴들이 이 광경을 보고 길동에게 달려들어 칼로 찌르려 했다.

"내 너 같은 흉한 도적놈을 베어 우리 대왕의 원수를 갚으리라"
하고 한꺼번에 달려드니, 길동이 혼자 당해내지 못하고 공중에 솟아올라 풍백風伯, 바람을 주관하는 신을 불러 큰바람을 일으키며 활을 무수히 쏘았다. 모든 요괴가 아무리 천년을 묵어 조화를 부린다고는 하나 어찌 길동의 신기한 술법을 당하리오. 한바탕 싸움으로 모든 요괴를 다 죽이고, 도로 요괴가 사는 곳으로 들어가 남은 요괴까지 모조리 죽였다.

그때 한 돌문 안에 있던 두 어린 여자가 죽으려 하니, 길동이 이를 보고 계집 요괴인 줄 알고 마저 죽이려고 했다. 그러자 그 계집이 울며 애걸했다.

"저희는 요괴가 아니라 사람입니다. 이곳 요괴에게 잡혀와 벗어나지 못해 죽으려 했더니, 천만다행으로 장군이 들어와 요괴를 다 죽여 없애셨습니다. 저희를 요괴로 알지 마시고 남은 목숨을 구하여 고향에 돌아가게 하옵소서."

그들이 울면서 간곡히 애걸하니, 길동이 그 모습을 보고 전에 길에서 들었던 딸 잃은 사람의 말이 생각났다. 행여 그 여자인가 하여 자세히 보니, 그 꽃 같은 얼굴과 달 같은 자태가 과연 경국지색傾國之色, 임금이 혹하여 나라가 기울어져도 모를 정도의 미인이었다. 그들에게 사는 곳을 물으니, 한 사람은 낙천현 백룡의 딸이요, 또 한 사람은 조철의 딸이었다.

길동이 마음속으로 희한하게 여겨 즉시 그 여자를 인도하여 낙천현으로 갔다. 백룡을 찾아가서 자초지종을 말하고 그 여자를 보게 하니, 백룡 부부가 잃었던 딸을 보고 정신없이 서로 붙들고 울었다. 조철 또한 그 딸을 만나니, 죽었던 자식 본 것보다 더 반가워했다.

이날 백룡이 조철과 의논한 후 즉시 일가친척을 모으고 큰 잔치를 열어 길동을 맞아 사위를 삼으니, 첫째 부인은 백소저요, 둘째 부인은 조소저였다. 길동이 나이 이십이 넘도록 원앙^{鴛鴦. 금실이 좋은 부부}의 재미를 모르다가 하루아침에 두 부인을 얻어 두 집안이 즐거움을 얻었으니, 그들의 마음속에 굳게 맺힌 간곡한 정은 비할 데가 없었다.

아버지가 돌아가시다

　이럭저럭 이곳에서 지낸 날이 오래되자, 길동은 원래 살던 곳인 제도로 돌아가기로 했다. 두 집의 재산과 모든 친척을 거느리고 제도로 가니, 사람들이 모두 반겼다. 별도로 부인의 처소를 정하고 세월을 보내고 있었다.

　이때는 7월 보름께였다. 하루는 길동이 마음으로 슬퍼하면서 문득 천문ㅈㅊ을 살피고는 눈물을 흘렸다. 백소저가 물었다.

　"무슨 일로 슬퍼하십니까?"

　길동이 탄식하며 말했다.

　"나는 천지간에 용납지 못할 불효자요. 내 본래 이곳 사람이 아니라 조선국 홍승상의 천첩 소생으로, 사람 대접을 못 받는 것이 평생 한이 되었다오. 장부의 뜻을 펼 길이 없기에 부모를 하직하고 이곳에 와 몸을 의지하였으나, 내 늘 하늘의 별을 보며 부모의 안부를 살피고 있었소. 그런데 아까 하늘을 보니 아버님께서 병환이 위중하시어 오래지 않아 세상을 버리실 것이오. 그러나 내 몸은 만 리 밖에 있어 때에 맞추어 가지 못하기에 이로 인해 슬퍼하고 있었소."

백소저는 그제야 길동의 근본을 알고 슬퍼했다.

이튿날 길동이 월봉산에 올라가 넓은 땅을 얻어, 그날부터 일꾼들을 풀어 뫼 만드는 일을 시작했는데, 석물石物. 무덤 앞에 세우는 돌로 만든 물건과 무덤의 규모를 국릉國陵과 가깝게 했다. 또한 여러 사람 중 지략 있는 자를 불러 큰 배 한 척을 준비시키고, 조선국 서강 강변에 대라고 명했다. 그 자신은 즉시 머리를 깎아 스님의 모습으로 작은 배를 타고 조선국으로 향했다.

한편 홍판서는 길동이 멀리 떠나간 후로 조금도 근심 없이 지냈으나, 나이 팔십이 되자 홀연 병을 얻어 점점 위중해졌다. 홍판서는 부인과 장자 인형을 불러 말했다.

"내 나이 팔십이라. 이제 죽어도 한이 없으나, 다만 길동이 살았는지 죽었는지 알지 못하고 죽으니 눈을 감지 못하겠도다. 제가 죽지 않았으면 반드시 찾아올 것이니, 부디 서자라 차별하지 말고 제 어미를 잘 대접하라."

말을 마친 후 숨을 거두니, 일가가 망극해했다. 범절을 잘 갖추어 초상을 극진히 치렀으나, 장사 지낼 묘지를 구하지 못하여 안타까워하고 있었는데, 하루는 하인이 들어와 아뢰었다.

"문밖에 어떤 중이 와 승상의 영위靈位. 상가에서 모시는 혼백의 신위에 조문하고자 하옵니다."

모두 이상하게 여기면서 들어오라고 하니, 그 중이 들어와 대성통곡했다. 이를 보고 여러 사람들이 서로 말했다.

"상공이 전에 친하게 지내던 중이 없었는데, 누구이기에 저토록 애통해하는고?"

잠시 후 길동이 여막廬幕. 상제가 거처하는 초막으로 나아가 상제를 보고 한바탕 통곡하더니 말했다.

"형님은 어찌 아우를 모르십니까?"

그제야 상제가 자세히 보니 전에 폐단을 일으키던 서출 아우 길동이었다. 상제가 길동을 붙들고 통곡하며 말했다.

"이 무지한 아이야, 그사이 어디 갔었느냐? 아버님이 생시에 늘 너를 생각하시어, 임종 때 유언이 간절하셨다. 너를 위하여 눈을 감지 못하겠노라 하셨으니, 어찌 사람의 자식으로 차마 견딜 수 있었겠느냐?"

말을 마친 후 길동의 손을 이끌고 내당으로 들어가 부인께 보이고, 즉시 초당에 있는 춘섬을 불러 보게 하니, 두 사람이 서로 한바탕 통곡을 했다. 잠시 후 춘섬이 정신을 차려 길동을 보고 말했다.

"네 어찌 중이 되어 다니느냐?"

길동이 대답했다.

"소자 처음에는 마음을 잘못 먹고 폐단을 일으키기를 일삼았더니, 아버님과 형이 화를 당하실까 염려하여 조선 땅을 떠나, 머리를 깎고 중이 되어 풍수지리 보는 술법을 배워 살아왔습니다. 이제 아버님이 세상을 버리셨음을 짐작하고 찾아왔으니, 어머님은 지나치게 슬퍼하지 마옵소서."

부인과 춘섬이 이 말을 듣고 눈물을 거두며 물었다.

"네 풍수지리를 배웠으면 천하에 유명할 것이니, 너는 아버님을 위해 장사 지낼 묘지를 얻어보거라."

길동이 대답했다.

"소자가 과연 넓은 땅을 얻었사오나 천 리 밖에 있사오니, 상을 치르기 어려워 이를 근심하고 있사옵니다."

좌랑 인형은 본디 길동의 재주를 알고 있었으나, 한편으로는 허황된 것으로 여기고 있었다. 그러나 그 효성이 지극함을 알기에 이 말을 듣고 크게 기뻐하며 말했다.

"아우가 이미 명당을 얻었다면 어찌 먼 거리를 근심하겠는가?"

길동이 말했다.

"형님의 말씀이 이러하시면 내일 상구喪柩. 시체를 넣은 관를 발인하시지요. 아우가 벌써 안장할 날까지 택일하여 뫼를 만들어놨사오니 형님은 염려하지 마소서."

길동이 모친 춘섬을 데려가고자 청하니, 부인과 좌랑이 마지못해 허락했다.

이때 상구를 모시고 형제가 그 뒤를 따르며 어머니와 함께 서강 강변에 이르니, 길동이 지시한 배가 이미 와서 기다리고 있었다. 일제히 배에 올라 출발하니, 망망대해에 순풍이 일어나며 그 빠르기가 화살 같았다. 한 곳에 다다르니, 사람들이 배 수십 척을 띄우고 길동이 오기를 기다리고 있었다. 길동의 배를 보고는 반기며 좌우로 호위하니, 그 형세가 거룩했다. 인형이 의아해하며 길동에게 물었다.

"이 어찌 된 연고냐?"

길동이 그제야 자초지종을 일일이 고하며 말했다.

"제가 비록 깃도이* 다니나, 저 사는 곳을 보시면 기름진 땅이 천 리이고 창고에 쌓인 곡식이 무수하며 두 집 처가의 재산이 풍족하니, 어찌 이만한 것을 형세 있다고 하겠습니까?"

산 위로 점점 올라가니 산봉우리 빼어나고 산세가 거룩했다. 한 곳에 다다라 정해놓은 곳을 가리키거늘, 인형이 자세히 보니 산맥은 심히 아름다우나 산소를 꾸며놓은 격식이 마치 국릉 같았다. 인형이 크게 놀라 물었다.

"이 일이 어찌 된 일인고?"

길동이 말했다.

"형님은 조금도 놀라지 마옵소서."

---

* 미상(未詳).

길동이 시간에 맞춰 하관한 후, 즉시 승복을 상복으로 갈아 입고 새로 애통해하니, 인형과 춘섬 또한 아무것도 모르고 애통해했다. 장례를 마친 후 함께 길동의 처소로 돌아가니, 백씨와 조씨가 중당에서 일어나 나와 맞으며 시어머니와 시아주버니를 모시고 비로소 예를 갖추어 인사를 올리니, 인형과 춘섬이 반기며 길동의 신기함에 탄복하고 칭찬했다.

이럭저럭 여러 날이 지나자, 길동이 그 형에게 말했다.

"이제 아버님의 뫼를 이곳에 모셔 대대로 장수와 재상이 끊이지 않을 것이니, 형님은 바삐 고국으로 돌아가소서. 형님은 생시에 아버님을 많이 모셨으니, 아우는 사후에 모셔 제사를 극진히 하오리니 조금도 염려하지 마옵소서. 또한 이후 다시 만날 때가 있을 것이니, 오늘 길을 떠나 태부인太夫人. 남의 어머니를 높여 부르는 말로 여기서는 인형을 낳은 홍판서의 처를 가리킴께서 기다리시는 일이 없게 하소서."

인형이 이 말을 듣고 옳게 여겨 하직하니, 벌써 사람들에게 분부하여 돌아갈 채비를 다 갖추어놓았다. 출발한 지 여러 날 만에 본국에 도착하여 어머니를 뵙고 길동의 전후 일을 자세히 말씀드리며 넓은 땅을 얻어 안장한 사연을 말씀드리니, 부인 또한 신기하게 여겼다.

율도국 왕이 되다

길동이 아버지 산소를 제도 땅에 모시고 아침저녁으로 제사를 정성 껏 지내니, 사람들이 모두 탄복했다. 세월이 물같이 흘러 삼년상을 마친 후 다시 모든 영웅을 모아 무예를 연습하며 농업에 힘쓰니, 불과 몇 년 사이에 군대와 곡식이 모두 풍족해졌는데, 이를 아는 이는 아무도 없었다.

이때 율도국이란 나라가 있었으니, 그 넓이는 수천 리요, 사방이 막혀 있어 과연 견고하고 풍요로운 나라였다. 길동이 매양 이곳에 뜻을 두어 왕위를 빼앗고자 했는데, 이제 삼년상을 마치고 기운이 활발하여 세상에 두려워할 사람이 없게 되었다.

하루는 길동이 사람들을 불러 의논했다.

"내 처음 사방으로 다닐 적에 율도국에 뜻을 두고 이곳에 머물렀는데, 이제 자연스레 마음이 크게 움직이니 운수가 열렸음을 알겠노라. 그대들이 나를 위해 군대를 징발하면 율도국 치는 것은 두려운 일이 아닐 것이니, 어찌 큰일을 도모하지 못하겠는가?"

길동이 스스로 선봉이 되고 마숙을 후군장後軍將. 뒤에 있는 군대를 거느린 장수으로 삼아 정예군사 오만 명을 거느리고 날을 정해 출병하니, 이때는 갑자년 음력 9월이었다. 길동이 대군을 지휘하여 율도국 철봉산 아래에 다다르니, 철봉 태수 김현충이 난데없이 군마軍馬가 이르렀음을 보고 크게 놀라 왕에게 보고하고 군대를 거느려 나가 싸웠다. 선봉장 길동이 현충을 맞아 싸우는데, 본래 현충이 용맹하므로 쉽게 물리치지 못할 것을 알고는 장수들을 모아 의논했다.

　　"우리가 이곳에 들어와 이미 무기와 말은 많이 얻었으나, 걱정되는 것은 다만 식량이라. 만일 오랫동안 적을 물리치지 못하면 큰일을 이루지 못할 것이니, 계교로써 철봉 태수를 잡고 그 군량을 얻어 도성을 치면 어찌 쉽게 이기지 않으리오."

　　길동이 장수들을 동서남북으로 보내 매복하게 하고, 후군장 마숙에게 정예병사 오천 명을 거느려 싸움을 걸도록 했다. 태수 김현충이 내달려와 맞서 싸우다가, 몇 번 겨루지도 않고 마숙이 거짓으로 패한 척하며 본진으로 돌아오니, 현충이 그 뒤를 쫓아왔다. 길동이 이때를 틈타 공중을 향해 진언을 외우니, 오방신장五方神將. 다섯 방위를 지키는 다섯 신이 대군을 거느리고 일제히 에워쌌다. 동쪽은 청제靑帝 장군이요, 남쪽은 적제赤帝 장군이요, 서쪽은 백제白帝 장군이요, 북쪽은 흑제黑帝 장군이요, 가운데는 길동이 황금투구에 큰 칼을 들고 거침없이 쳐들어가, 칼 한 번 제대로 부딪치기도 전에 현충이 탄 말을 찔러 엎어지게 하고 큰 소리로 꾸짖었다.

　　"네 죽기가 아깝거든 흔쾌히 항복하여 천명을 어기지 말라."

　　태수가 애걸하며 말했다.

　　"소장이 이미 잡혀왔으니 얼마 남지 않은 목숨을 구하소서."

　　길동이 태수가 항복하는 모습을 보고 좌우에 명하여 결박한 것을 풀어주며 위로한 후, 철봉성을 지키게 하고 군사를 거느려 도성을 쳤다.

먼저 격서檄書, 적군을 달래거나 꾸짖기 위한 글를 써 율도왕에게 전하니, 그 내용은
다음과 같았다.

의병장 홍길동이 글월을 율도왕에게 전하노라. 대저 임금은 한 사
람의 임금이 아니요, 천하 사람의 임금이라. 이러므로 탕왕*이 걸**
을 정벌하시고, 무왕***이 주****를 정벌하신 것은 하늘의 이치로 자
연히 된 일이라. 내 일찍이 군사를 일으켜 율도국을 치매, 먼저 철봉
성에 항복받고 물밀듯이 밀고 들어가니 지나는 곳마다 투항하지 않
은 자가 없었도다. 이제 왕이 싸우고자 하면 싸우고, 그렇지 아니하
면 일찍 항복하여 살기를 도모하라.

율도왕이 끝까지 다 읽은 후 크게 놀라 말하기를,
"우리나라가 전적으로 철봉성을 믿고 지내왔거늘, 이제 철봉성을
잃었으니 어찌 적의 형세를 당하리오"
하고는 바로 자결하니, 세자와 왕비 모두 따라 자결했다.
길동이 성안으로 들어가 백성을 위로하고 소와 양을 잡아 여러 장수
와 군졸에게 베풀었다. 길동이 왕위에 오르니, 때는 을축년 정월 28일
이었다.
모든 장수들에게 각각 벼슬을 내리니, 마숙은 좌승상으로, 최철은

---

* 탕왕(湯王): 중국 은나라의 초대 왕. 걸왕을 격파하고 박(毫)에 도읍을 정하여 국호를 상이라
칭했다. 제도와 전례(典禮)를 정비하고 13년간 재위하였다. 그가 걸을 멸한 행위는 주나라 무왕
이 은나라 주를 토벌한 일과 더불어 올바른 혁명이라 불린다.
** 걸(桀): 중국 하(夏)나라의 마지막 왕. 은나라의 탕왕에게 멸망하였다. 은나라의 주와 더불어
동양 폭군의 전형으로 불린다.
*** 무왕(武王): 중국 주(周)나라의 초대 왕. 은왕조를 무너뜨리고 주왕조를 창건하여, 호경(鎬
京)에 도읍하고 중국 봉건제도를 창설하였다. 후대에 현군(賢君)으로 평가받았다.
**** 주(紂): 중국 은나라의 마지막 왕. 지혜와 체력이 뛰어났으나, 주색을 일삼고 포학한 정치
로 인심을 잃어 주나라 무왕에게 살해되었다.

우승상으로 삼고, 그 나머지 사람들 또한 각각 벼슬을 올려주었다. 김길은 순무안찰사巡撫按察使로 삼아 율도국 삼백육십 주를 돌아다니며 관리하게 하니, 조정의 모든 벼슬아치들이 일제히 천세千歲. 오래 살기를 축수하는 말를 부르며 하례드렸고, 모든 백성들이 그 덕을 칭송했다.

왕이 이어 부인 백씨와 조씨를 왕비로 봉하고, 부친을 추존追尊. 왕위에 오르지 못하고 죽은 이에게 임금의 칭호를 주던 일하여 현덕왕으로 봉했으며, 모친 춘섬은 대비로, 백룡과 조철은 부원군으로 봉하여 궁실을 내려주었다. 또한 부친의 능호陵號를 선릉이라 하고 선릉 위에 올라 제문을 지어 제사 지내고, 모부인 유씨를 현덕왕비로 봉했으며, 환관宦官. 내시들과 가까이서 모시는 신하들을 제도로 보내 대비와 왕비를 영접하도록 했다.

왕이 즉위한 지 삼 년에 온 나라가 태평하여 사방에 일이 없고 국태민안國泰民安. 나라가 태평하고 백성이 편안함하니 왕의 은덕이 탕왕에 비길 정도였다.

하루는 왕이 태평연太平宴. 나라가 평안함을 기념하여 벌이는 잔치을 열고 모든 신하들을 모아 즐기면서, 모친 대비를 모시고 지난 일을 생각하며 서글프게 한숨을 쉬고 탄식하며 말했다.

"소자가 당초 집에 있을 적에, 만일 자객의 손에 죽었다면 어찌 오늘날 이같이 되었겠사옵니까?"

눈물을 흘리며 용포龍袍. 임금이 입던 정복인 곤룡포를 적시니, 대비와 왕비가 더욱 슬퍼했다.

왕이 조회를 마치고 백룡을 가까이 불러 말했다.

"과인이 지금 왕위에 있으나 본디 조선 사람으로 우연히 이렇게 되었으니, 미천한 처지에 과분한 것이라. 조선 임금이 과인을 위해 벼 일천 석을 내려주셨으니, 그 은덕이 하해와 같도다. 어찌 그 망극한 성덕을 잊을 수 있으리오. 이제 경에게 사례드리게 하려 하니, 경은 수고를 아끼지 말고 수천 리 먼 길을 무사히 다녀오기 바라노라."

즉시 표문表文. 마음에 품은 생각을 적어서 임금에게 올리는 글을 짓고 홍씨 문중에 전할 편지를 써주고 벼 일천 석을 큰 배에 실어 관군 수십 명에게 운반하게 하니, 백룡이 명을 받들고 조정에서 물러나와 그날로 길을 떠나 조선으로 향했다.

한편 조선의 임금께서는, 길동의 말대로 벼 일천 석을 주어 보낸 후 십 년이 가까워오도록 소식이 없자 이상하다고 여기셨다. 하루는 문득 율도왕의 표문이라 하고 올리는 것이 있어 놀라 뜯어보니, 다음과 같았다.

전임 병조판서 율도국왕 신 홍길동은 돈수백배頓首百拜. 머리가 땅에 닿도록 수없이 절을 함하옵고 표문을 조선국 성상 폐하께 올리옵니다. 신은 본디 천비 소생으로 못된 마음이 편협하여 성상의 천심天心을 어지럽게 하였사오니, 이러한 불충이 없사옵니다. 또한 신의 아비는 천한 자식으로 말미암아 병이 들었사오니 이만한 불효가 없사옵니다. 전하께서 이런 죄를 용서하시고 병조판서를 시키시고 벼 일천 석을 내려주셨으니, 이 망극한 은혜를 갚을 길이 없사옵니다. 신이 사방으로 떠돌다가 자연히 군사를 모으게 되었으니 정예병사가 수천이었습니다. 율도국에 들어가 한 번 북을 쳐 나라를 얻고 외람되이 왕위에 오르게 되었으니, 평생 한이 없사옵니다. 이러하므로 매양 성상의 큰 덕을 앙모仰慕. 우러러 그리워함하여 벼 일천 석을 갚사오니, 엎드려 바라건대 성상은 신의 외람한 죄를 용서하시고 만수무강하옵소서.

임금께서 표문을 보시고는 크게 놀라고 크게 칭찬하셨다. 즉시 홍인형을 불러 율도왕의 표문을 보여주시며 희한한 일이라 말씀하셨다. 이때 홍인형은 참판 벼슬에 올라 있었는데, 이날 마침 길동의 서찰을 보고 놀라던 차에 임금의 명을 받고 즉시 입궐하여 엎드려 아뢰었다.

"신의 아우 길동이 타국에 가서 비록 귀하게 되었사오나, 이는 실로 성상의 큰 덕이옵니다. 아뢰올 말씀은 없사오나 신의 돌아가신 아비의 산소를 길동이 율도국 근처에 썼사오니, 전하께서 신을 위하여 일 년 말미를 주시면 다녀올까 하옵니다."

임금께서 이를 옳다 여기시어 허락하시고, 홍인형에게 율도국 위유사慰諭使. 어명으로 파견하던 임시 벼슬를 제수하시며 유서諭書. 임금이 내리던 명령서를 내리셨다. 인형이 하직 인사를 올리고 집에 돌아와 어머니께 임금 앞에서 했던 말들을 고하니, 부인이 말했다.

"오늘 길동의 서찰을 보니 나보고 다녀가라 말했으나 기력이 부족하여 마음을 먹지 못하고 있었는데, 네 이제 성묘할 말미를 얻었다고 하니 조각*이 신통하도다. 나도 너와 함께 갈 것이니 너는 바삐 행장을 차리거라."

인형이 만류하지 못하고 부인을 모시고 길을 나서니, 석 달 만에 제도에 있는 묘소 아래에 이르렀다. 율도왕이 벌써 멀리 나와 공경하여 맞으니 그 태도가 엄숙했으며, 여러 왕비들이 함께 나와 맞이하니 그 위엄 있는 모습이 거룩했다. 이어 산소에 올라 성묘한 후, 궐 안에 들어가 큰 잔치를 베풀어 축하했다. 각 읍 수령들이 모두 각각 비단을 드리며 천세를 부르니, 모든 백성들이 즐거워하지 않는 이가 없었다.

여러 날이 지나자, 홀연 대부인 유씨가 병을 얻어 백약百藥이 소용없게 되었다. 부인이 탄식하며 말하기를,

"몸이 만 리 타국에 와 죽게 되었으니 한심하도다. 네 아버지 산소를 한번 보고 고국에 돌아가지 못하고 죽게 되었으니, 슬프다! 천명을 어찌하겠느냐?"

하고 죽으니, 궁중 사람들이 모두 망극해하며 슬퍼했다. 형제가 장례

* 미상.

를 갖추어 선릉에 합장하고 밤낮으로 슬퍼하더니, 몇 달이 지난 후 인형이 율도왕에게 말했다.

"못난 형이 이곳에 온 지도 벌써 석 달이 지났도다. 불행히 모친이 세상을 떠나셨으니, 망극한 것은 피차 마찬가지로다. 오래 머물지 못하고 이제 본국으로 돌아가려 하니, 마음이 몹시 서운하나 머물 길 없으니 어진 아우는 몸을 보중保重하라."

인형은 그날로 길을 떠나 여러 날 만에 조선에 도착한 후 궐에 들어가 임금께 인사 올리고 지난 일들을 아뢰었다. 임금 또한 모친상 당한 일을 슬피 여기시고, 삼 년이 지난 후에 즉시 조정에 들어오라 당부하셨다.

한편 율도왕이 형을 보내고 정사를 돌보는 중에 모친 대비 또한 병을 얻어 죽으니, 왕의 애통함은 이루 헤아릴 수 없을 정도였다. 예를 갖추어 선릉에 안장하고 아침저녁으로 제사를 지극 정성으로 지내니, 그 효행을 알기에 충분했다.

홍길동, 세상을 뜨다

세월이 물같이 흘러 삼 년을 지내고 나라 정사를 게을리하지 않으니, 태평성대가 요순堯舜. 고대 중국의 성왕인 요임금과 순임금 시절에 비길 정도였다.

왕이 일찍이 세 아들과 두 딸을 두었으니, 큰아들의 이름은 헌으로 백씨 소생이었다. 둘째아들의 이름은 창으로 조씨 소생이며, 셋째아들의 이름은 열로 궁녀의 소생이었고 두 딸도 궁녀의 소생이었다. 아들들 모두 모습과 언행이 부모를 닮아 기골이 장대하고 문장과 필법이, 일세一世 기남자奇男子. 재주와 슬기가 남달리 뛰어난 남자였다. 왕이 아름답게 여겨 큰아들을 세자로 봉하고, 밑의 둘은 각각 군君. 왕의 종친이나 외척 및 공신에게 내리던 작위에 봉했으며, 두 딸은 차차 부마駙馬. 임금의 사위를 간택해 혼인시키니, 그 거룩함이 온 나라에 진동했으며 그 위엄 있는 모습은 비길 데가 없었다.

왕이 등극한 지 삼십 년에 나이 칠십이 되었다. 세상에 머물 날이 오래지 않을 것임을 짐작하고, 적송자赤松子. 중국 고대에 비를 다스렸다는 신선의 자취를 찾고자 했다.

하루는 왕이 후원 영락전에 올라 광대와 풍악을 갖추고 비빈妃嬪, 왕비
와 후궁과 시녀를 모아 즐기며 산천의 경치를 완상하며 노래를 지어 불렀
는데, 그 노래는 다음과 같다.

세상사를 생각하니 풀 끝에 맺힌 이슬 같도다
백 년을 산다 하나 이 또한 뜬구름이라
귀천貴賤이 때가 있으니 다시 보기 어렵도다
천지간 정해진 운수는 사람의 힘으로 못 하리로다
슬프다! 소년이 어제러니 오늘 백발 될 줄 어찌 알았으리오
아마도 안기생安期生, 천년 동안 장수한 것으로 이름난 고대 중국의 선인과 적송자를
좇아 세상을 이별함이 옳도다

두 왕비와 함께 종일 즐기고 있는데, 갑자기 오색구름이 궁궐을 두
르고 향내 진동하더니 한 백발노인이 청려장青藜杖, 명아줏대로 만든 지팡이을 짚
고 속발관束髮冠, 머리카락이 흐트러지지 않도록 의식을 거행할 때 쓰던 도사들의 모자을 쓰고 학
창의鶴氅衣, 소매가 넓고 뒤 솔기가 갈라진 흰옷의 가를 검은 천으로 넓게 댄 웃옷을 입고 누대 위
로 오르며 공손하게 말했다.

"그대 인간 세상의 부귀와 영욕이 어떠했느뇨? 이제 우리가 서로 한
곳에 모일 때를 만났으니 함께 가는 것이 어떠하냐?"

노인이 짚었던 육환장六環杖, 중이 짚는, 고리가 여섯 개 달린 지팡이으로 난간을 치
니, 홀연 천둥 벼락이 천지에 진동하더니 문득 왕과 두 왕비가 간데없
었다. 세 아들과 모든 시녀들이 이를 보고 망극하여 한바탕 통곡하다
가 빈 관을 갖추고 예로써 새 능을 정하여 안장하고 능의 이름을 형릉
이라 했다.

세자가 즉시 왕위에 올라 조정의 모든 신하들을 모아 조회를 베푸
니, 신하들이 천세를 불렀다. 또한 각 읍에 죄인을 용서하는 공문을 내

려 백성을 위로하고 십 년간 세금을 경감하라 명하시니, 모든 백성들이 그 덕을 칭송했다. 왕이 친히 제문을 지어 선릉에 제사를 올리시고 신하들의 벼슬을 차례로 올려주니, 조정과 민간에 칭송이 자자했으며 해마다 풍년이 들어 격양가*를 불렀다.

　세월이 빠르게 흘러 왕이 세 아들을 두었는데, 그들 또한 총명하여 재주와 덕행이 비할 데 없었다. 이렇게 하여 후세에 그 재주와 충효를 알게 함이라. 자손들이 대를 이어 태평성대를 누리더라.

---

* 격양가(擊壤歌): 풍년이 들어 농부가 태평한 세월을 즐기는 노래. 중국 요임금 때, 태평한 생활이 즐거워 불렀다고 한다.

전
우
치
전

전운치의 탄생

고려 말 남서부 땅에 한 이름난 선비가 있었으니, 성은 전이요, 이름은 숙이고, 호는 운화 선생이라 하였다. 대대로 내려오는 명문가의 자손이었으나, 벼슬에 뜻이 없어 산속에 숨어 지냈다. 글을 숭상하고 때때로 벗을 모아 산천과 풍월을 문답問答하며 세월을 보내니, 사람들은 그를 산중 처사處士. 벼슬을 하지 않고 초야에 묻혀 사는 선비라 불렀다.

부인 최씨 또한 대대로 높은 벼슬을 지낸 집안의 자손으로, 태도와 마음씨가 바르고 얌전하며 아름다운 용모와 덕성을 겸비했다. 부부가 서로 공경하며 십여 년간 화목하게 살아왔으나, 슬하에 자식이 없어 쓸쓸함을 밤낮으로 탄식했다.

하루는 최씨 부인이 꿈을 꾸었는데, 하늘에서 떼구름이 몰려 내려오더니 그 구름 속에서 푸른 옷을 입은 동자가 푸른 연꽃을 손에 쥐고 나와 부인에게 두 번 절하며 말했다.

"소자는 영주산瀛州山. 중국 고대 전설상의 신선이 산다는 산에서 약초를 캐던 선동仙童. 신선의 시중을 드는 아이이온데, 하늘에서 죄를 지어 인간 세상으로 쫓겨나

갈 곳을 모르오니, 부인은 소자를 어여삐 여기소서.”

부인이 크게 기뻐하며 동자에게 다시 물으려 하다가 문득 꿈에서 깨어나니, 몸과 마음이 황홀하여 전숙에게 꿈속의 일을 이야기했다.

전숙이 다 들은 후에 말하기를,

“우리 팔자가 기박하여 자식이 없을까 슬퍼했는데, 부인이 꾼 꿈이 이러하니, 이는 반드시 하늘이 우리에게 귀한 자식을 점지해주신 것이오”

하고 기뻐하더니, 과연 그달부터 태기가 있었다.

열 달이 지난 어느 날, 상서로운 구름이 집을 빙 두르더니 향내가 진동했다. 전숙은 집 안을 깨끗이 치우고 출산할 때를 기다렸다. 부인이 산통으로 정신이 혼미한 가운데 눈을 들어 보니, 전에 꿈에서 보았던 동자가 들어오는 것이었다. 반가운 와중에 다시 정신이 아득해지더니, 이윽고 옥동자를 낳았다. 전숙이 크게 기뻐하며 부인을 보살피는 한편 아이를 살펴보니, 용모가 화려하고 기골이 장대했다. 전숙이 더욱 기뻐하며 말했다.

“이 아이는 꿈에서 보았던 동자이니 이름을 구름 운雲에 보낼 치致, 운치라고 합시다. 자字는 꿈속에서 본 신선인 몽중선夢中仙이라 하고, 호는 전씨 집안의 아이니 구십자ㅁ十子, 'ㅁ十'은 전(田)자를 풀어 나눈 것라 합시다.”

전숙이 운치를 귀하게 여겨 사랑하는 마음은 비할 데가 없었다.

운치가 점점 자라 일곱 살이 되자, 전숙은 운치에게 글을 가르쳤다. 운치가 매우 총명하여 하나를 들으면 열을 아니, 운치를 사랑하는 마음이 더했다.

그러나 운치가 열 살이 되던 해에, 아, 슬프도다! 기쁜 일이 다하면 슬픈 일이 닥치는 것은 고금에 늘 있는 일이라, 전숙이 갑자기 병을 얻어 온갖 약을 다 써도 효험이 없었다.

전숙이 부인을 불러 말했다.

"내 헤아려보니 머지않아 저세상으로 갈 것 같소. 아이가 장성하는 것을 지켜보지 못함이 가장 큰 한이니, 부인은 모름지기 슬픔을 이겨내서 내 부탁을 저버리지 말고 운치를 잘 키우시오. 그리하여 영화榮華도 보고 조상 제사도 잘 받들어 오래도록 탈 없이 잘사시오."

부인이 이 말을 듣고는 정신을 잃고 울면서 말을 이루지 못했다.

며칠 후, 전숙이 세상을 뜨자 부인은 가슴을 두드리고 몸부림치면서 통곡했다. 운치 또한 하늘과도 같은 아버지의 은혜를 생각하며 자주 기절하니, 부인이 망극한 중에도 운치를 염려하여 극진히 위로했다.

비록 나이는 어렸지만 운치는 법도에 어긋나지 않도록 시종 극진히 상을 치러 선산先山. 조상의 무덤이 있는 산에 안장했다. 또한 어머니를 모시고 지극한 효성으로 삼년상을 지내니, 온 마을 사람들이 탄복했다.

호정狐精을 먹고 천서天書를 얻다

전숙의 친구인 윤공은 세상의 문장을 두루 익혀 만 리 앞을 내다볼 수 있는 사람이었다. 운치는 서책을 가지고 윤공에게 가서 학문을 배웠다.

하루는 운치가 일찍 일어나 서책을 가지고 서당으로 가느라 산 고개를 넘는데, 무성한 대나무숲에서 한 여자가 소복을 단정히 입고 앉아 울고 있었다. 운치가 못 본 척하고 그냥 지나쳤다가 윤공에게 글을 배운 후 집으로 돌아오다보니, 그때까지 그 여자는 여전히 울고 있었다. 이상하게 여겨 가까이 가서 보니 나이는 열다섯이나 열여섯쯤 되어 보이는데, 옥같이 아름다운 모습이 운치의 마음을 사로잡았다.

운치가 그 여자에게 다가가 위로하며 물었다.

"낭자는 어디에 살며, 무슨 일로 아침부터 한낮이 되도록 슬피 울고 있소?"

그 여자는 울음을 그치더니 부끄러움을 머금고 대답했다.

"나는 이 산 아래 살고 있는데, 서러운 일이 있어서 울고 있소."

여자는 우는 까닭을 숨기고 말하지 않으려 했다. 운치가 곁으로 다가가 다시 간곡히 묻자, 여자가 마지못해 대답했다.

"나는 맹어사의 딸이오. 다섯 살 때 어머님을 잃고 계모가 들어왔는데, 계모가 아버님께 거짓으로 나의 죄를 고해 나를 죽이려 하고 있소. 그래서 밤낮으로 서러워 울면서 스스로 목숨을 끊으려 하나, 차마 하지 못하고 이렇게 울고만 있소."

운치는 이 말을 듣고 몹시 불쌍한 마음이 들어 말했다.

"사람이 죽고 사는 것은 하늘이 정하는 일이오. 낭자의 몸은 부모가 주신 것임을 생각하여 살아갈 방도를 찾아보시오."

운치가 말을 마친 후 여자의 고운 손을 잡았는데, 여자는 조금도 냉정한 기색이 없었다. 이윽고 두 사람은 기쁜 마음으로 한몸이 되어 즐겁게 정을 나누었다. 서로 떠날 때가 되자 거듭 헤어짐을 아쉬워하며 돌아갔다.

이튿날 운치가 윤공에게 가다가 그곳에 이르니, 그 여자가 나와 운치를 부르며 말했다.

"내 벌써 이곳에 와 공자를 기다린 지 오래되었소."

운치는 그 여자를 반겨 손을 잡고 즐기다가,

"이곳에서 기다려주시오"

하고는 서당으로 갔다.

운치를 보자 윤공이 말했다.

"네 오다가 여자를 범하였으니, 글을 배운다 해도 천지의 조화를 통하지 못할 것이로다. 네 이제 돌아가면 그 여자를 다시 만날 것이다. 그 여자가 입에 구슬을 머금고 있을 것이니, 그 구슬을 빼앗다가 내게 보이거라."

윤공의 명을 받은 운치는 그곳에 이르러 여자를 다시 만났다. 고운 손을 잡고 대나무숲 속에 들어가 사랑을 나누면서 보니, 과연 입속에 구슬이 있었다. 운치가 한번 구경하기를 청했지만, 여자는 기꺼이 허락하지 않았다. 그러자 운치가 정색하며 말했다.

"낭자도 집 안에 들어앉아 있는 규중처녀요, 나도 혼인하지 않은 도령이니, 서로 부모님께 고하고 원앙새처럼 쌍을 지어 백년해로하고자 했거늘, 어찌 낭자는 나의 뜻을 좇지 아니하시오?"

여자는 이 말을 듣고 사랑하는 마음을 못 이겨 입을 대고 혀로 구슬을 굴려 운치 입에 넣어주었다. 운치가 구슬을 받아 입에 넣고 오랫동안 주지 않자, 여자는 보채다 못해 운치의 입을 벌리고 구슬을 꺼내려 했다. 이에 운치는 구슬을 삼켜버렸고, 여자는 구슬을 찾다가 없음을 보고는 말 한마디 못 하고 큰 소리로 울면서 들로 내려갔다. 무안해진 운치가 돌아와 윤공에게 자초지종을 고하자, 윤공이 말했다.

"네 이미 호정狐精. 여우의 넋을 먹었으니 천문과 지리에 통달할 것이며, 지살地煞. 풍수지리에서 터가 좋지 못한 데서 생기는 모질고 독한 귀신의 기운 일흔두 가지의 변화를 부릴 것이다. 또 올해 4월에는 진사 벼슬을 할 것이니, 이후의 일들을 조심하거라."

한편 운치가 열다섯 살이 되자 문장은 이태백李太白을 누르고 필법은 왕희지王羲之를 대적할 정도가 되었으며, 호정을 먹은 후로는 서른여섯 가지 변화에 능통하게 되었다. 이때 나라에서 과거를 보니, 운치가 이에 응시해 글을 지어 바친 후 장원에 올랐다. 사흘 동안의 유가遊街. 과거에 급제한 사람이 시험관과 선배 급제자와 친척을 방문하던 일를 마치고 집으로 돌아와 어머니를 뵈니, 최부인이 한편으로는 기뻐하고 한편으로는 슬퍼하며 말했다.

"네 아버님이 살았을 적에 과거 보는 것을 좋아하지 아니하시더니, 이제 너의 영광을 보니 어찌 기쁘지 아니하리오."

이럭저럭 세월이 물같이 흘러 다음해 봄이 되자, 운치는 명산대천名山大川을 찾아다녔다. 세금사라는 절에 이르러 보니, 천여 칸이나 되는 절집이 거미줄에 싸여 있고 아무도 없었다. 마음속으로 이상하게 여기며 성림사로 내려오니 네댓 명의 노승이 나와 운치를 맞았다. 운치가 세금사에 무슨 곡절이 있는지 물으니, 노승이 말했다.

"세금사와 이곳 성림사에는 중이 천여 명이나 되었는데, 사오 년 동안 두 절에 변고가 있었습니다. 이에 중생들이 견디지 못하고 모두 흩어져서 간 곳을 모릅니다. 세금사는 다 비었고 이 절에는 노승을 포함해 불과 네댓 명뿐입니다."

"이는 반드시 요망한 귀신의 장난 때문이로다."

운치는 이렇게 말하고 집으로 돌아와 어머니께 세금사의 일을 고했다.

"이후로는 조심하거라."

최부인이 말하니, 이후 운치는 농업에 힘쓰며 어머니를 봉양했다.

하루는 운치가 어머니께 세금사에 가서 공부해 내년에 과거를 보겠다고 말했다.

"전에 들으니 그 절에는 요망한 귀신이 많아 사람을 해친다고 하던데, 어찌 그곳에 가려 하느냐?"

어머니의 말에 운치가 대답했다.

"사악한 것이 올바른 것을 범하지 못하는 법이오니, 어찌 요망한 귀신이 해를 끼치겠습니까? 어머님은 과히 걱정하지 마십시오."

그러고는 즉시 행장을 차려 세금사로 향했다. 가다가 한 곳에 이르니, 층암절벽 위에 허름한 옷을 입은 노인이 지팡이를 짚고 한가롭게 서 있었다. 운치가 다가가 예를 갖춰 인사하자, 노인이 말했다.

"그대는 누구이기에 수고롭게 예의를 갖추느냐?"

운치가 대답했다.

"노인께서 여기 계신데 어찌 소자가 무심히 지나치리까?"

"내 그대에게 줄 것이 있어 이곳에서 기다린 지 오래라."

노인이 소매에서 끈과 부적 한 장을 주면서 말했다.

"자연히 쓸데가 있으리라."

이렇게 말하고는 노인이 갑자기 사라졌다. 운치는 공중을 향해 감사 인사를 하고 끈과 부적을 가지고 세금사로 들어가 시중드는 아이에게 처소를 깨끗이 치우도록 명했다.

성림사 중에게 저녁밥을 시켜 먹고 촛불을 밝혀 글을 읽고 있는데, 삼경三更. 밤 열한시에서 새벽 한시 사이쯤 되어 문득 문이 열리더니 한 여자가 들어와 곁에 앉았다. 눈을 들어 보니 나이는 열넷쯤 되어 보였는데, 눈부시게 아리따운 용모는 모란이 아침 이슬을 머금은 듯했고, 고운 태도는 수양버들이 봄바람을 못 이기는 듯하여, 가히 장부의 간장을 녹일 정도였다.

운치가 정신이 황홀하여 물었다.

"낭자는 어디에 살기에 무슨 까닭으로 깊은 밤에 여기까지 왔소?"

여자가 대답했다.

"저는 본디 양반집 부녀자로, 장양 태수로 가는 남편을 따라가다가 도적을 만나 식솔들은 다 죽고 물건도 모두 잃고 저만 홀로 목숨을 건져 도망쳤습니다. 낮에는 산속에 숨고 밤에는 걸어 고향을 찾아가다가, 멀리서 창밖으로 불빛이 새어나오는 것을 보고 사람이 살고 있는 집이라 여겨 찾아왔습니다. 남자가 글 읽는 소리라는 것은 분명히 알았으나, 제 한 몸이 너무도 고달픈지라 체면 같은 것은 생각지 않고 들어왔사오니, 원컨대 상공께서 저의 목숨을 구해주시면 훗날 결초보은 結草報恩. 죽은 뒤에라도 은혜를 잊지 않고 갚음 하겠사옵니다."

운치가 말했다.

"화禍와 복福은 사람 마음대로 못 하는 것이오. 도적을 만났으나 위험에서 벗어나 이곳에 오게 된 것은 또한 다행이거니와, 낭자는 댁이 어디이고 나이는 몇이오?"

여자가 대답했다.

"저희 집은 서울 남문 밖이고, 나이는 열일곱이로소이다."

운치가 말했다.

"나와 동갑이구려. 서울은 여기서 삼백여 리나 떨어져 있는데, 여자 혼자 어찌 갈 수 있겠소. 실로 염려가 되오."

여자가 탄식하며 말했다.

"상공은 저의 사정을 불쌍히 여겨 하룻밤 머물러 가도록 허락해주소서."

운치가 대답했다.

"내 집안이 가난하여 지금까지 아내를 맞지 못했소. 내년 봄에 운좋게 과거에 급제한다면 혼인할 수 있을까 바라고 있었는데, 오늘밤에 낭자를 만나니 이 또한 연분이라. 원하건대 우리 둘이 인연을 맺어 백년동락百年同樂함이 어떻겠소?"

여자는 이 말을 듣더니 고개를 숙이고 아무 말도 하지 않았다. 부끄러워하는 그 모습이 촛불 아래서 더욱 아름다웠다.

운치가 책상을 물리며 말했다.

"내 그냥 한 말 때문에 낭자가 이렇게 노여워하시니 도리어 내가 무안하오. 낭자는 깊이 생각하여 앞날을 그르치지 마시오."

여자가 속으로 오랫동안 깊이 생각하더니 말했다.

"비록 저의 형편이 매우 절박하나 선비 집안 출신입니다. 차라리 죽을지언정 어찌 치욕을 기꺼이 받아들이겠습니까? 하지만 상공의 말씀을 들으니 감사한 마음을 이루 다 표현할 길이 없습니다. 훗날 소녀의 원수를 갚아주신다면 그 말씀을 어찌 따르지 아니하겠습니까?"

운치가 이 말을 듣고 마음이 통하여 그녀와 잠자리를 같이했다.

"오늘은 좋은 날이니 마땅히 합환주合歡酒, 신랑 신부가 서로 잔을 바꾸어 마시는 술로 천지신명께 맹세합시다."

운치가 대나무 병에 든 술을 술잔에 가득 부어 먼저 먹고 또 부어 권하니, 여자가 감히 거역하지 못하고 마셨다. 운치가 또 한 잔을 부어 권하자 여자가 굳이 사양했다.

운치가 말했다.

"술을 한두 잔 먹는다 해서 무슨 상관 있겠소."

이 말에 여자가 마지못해 먹으니, 운치가 다시 한 잔을 마시고 또 한 잔을 부어 권했다. 여자가 끝끝내 사양하자 운치가 정색하며 말했다.

"여자가 남자에게 순종하여 따르는 것이 옳거늘 어찌 이렇게 무례하오?"

여자가 운치의 기색을 보고 억지로 받아 마신 후에 정신이 혼미하여 자리에 쓰러져 코를 골자, 운치는 그제야 여자의 옷을 벗기고 가슴에 붉은 글씨로 진언眞言. 비밀스러운 어구을 썼다. 그래도 아무런 흔적이 나타나지 않자 여우가 분명하다고 여기고는, 끈으로 손발을 동여매고 송곳으로 정수리를 쑤시고 방망이로 두드리니, 여자가 놀라 깨어 큰 소리로 말했다.

"상공이시여, 이 무슨 일입니까?"

운치가 크게 꾸짖어 말했다.

"이 몹쓸 여우년아! 네가 이 절에 못된 짓을 하여 생명을 살해하는 고로, 사람들에게 해를 끼치지 못하도록 내 너를 죽이고자 여기서 기다린 지 오래되었도다."

송곳으로 여기저기를 쑤시니 요괴가 견디지 못하고 본색을 드러냈다. 금빛 털에 꼬리가 아홉 달린 여우로 변하여 살려달라 애원하니, 운치가 말했다.

"나에게 호정을 하나 주면 너를 살려주리라."

구미호가 말했다.

"호정은 뱃속에 있습니다. 호정보다 나은 천서天書. 하늘의 계시를 적은 책 세 권이 있으니 목숨을 살려주소서."

운치는 본디 글공부하는 선비인지라, 책이라는 말을 듣더니 반가워하며 말했다.

"그 책이 어디 있느냐?"

요괴가 말했다.

"제 굴 안에 있으니 저를 풀어주시면 가져오겠습니다."

운치가 크게 화를 내며 송곳으로 두루 쑤시니, 요괴가 말했다.

"발에 맨 것을 풀어주시면 상공과 함께 가서 책을 드리겠습니다."

운치가 그 말을 옳게 여겨 여우의 발을 풀어준 후 여우 굴로 따라가니, 큰 산에 커다란 바위가 있고 그 아래에 굴이 있었다. 그 안으로 오리나 들어가니, 소나무와 대나무가 창창하고 시냇물이 잔잔하게 흐르는 곳에 단청 빛이 찬란한 집들이 무수히 많았다.

운치가 여우를 앞세우고 들어가니 고운 옷을 입은 시녀들이 나와 맞으며,

"아기씨께서 오늘 사냥하러 가셨다가 이렇게 오셨으니 맛있게 먹겠구나"

하고 달려들었다. 몹시 화가 난 운치가 요괴들을 일일이 쳐 죽이고 구미호를 송곳으로 쑤셨다. 구미호가 견디지 못하고 시녀에게 말하기를,

"네 빨리 가서 성적함成赤函. 물품을 넣어두는 그릇 안에 있는 책 세 권을 가져오너라"

하니 요괴가 급히 가져왔다.

운치가 받아들고 보니 이는 천서라. 글자를 알아볼 수 없어 구미호에게 그 뜻을 가르쳐달라고 하니, 구미호가 말했다.

"손을 풀어주시면 가르쳐드리겠습니다."

운치가 송곳으로 찌르며 방망이를 드니 구미호가 허락했다. 운치가 끈은 풀어주지 않고,

"내가 있는 절로 가자"

하며 구미호를 데리고 세금사로 왔다. 술을 마신 후에 구미호를 앉히고 천서 상권上卷을 배워 하룻밤에 모두 통달하니, 이는 귀신도 헤아리기 어려운 술법이었다. 그제야 운치는 여우의 손을 풀어주고는 등에 붙였던 부적을 떼어 천서 상권에 붙이고 말하기를,

"내 너를 죽여 후환을 없애려고 했으나 도리어 네 은혜를 입었기에 살려 보내주니, 앞으로 다시는 변고를 일으키지 마라"

하니, 구미호가 사례하고 돌아갔다.

얼마쯤 시간이 흐른 후 문득 큰 바람이 일어나 문이 열리더니, 푸른 구름 속에서 외치는 소리가 들렸다.

"구십자야! 끈은 찾아가고 부적은 두고 가노라."

운치가 급히 나가보니 푸른 구름이 하늘로 올라가고 있었다. 공중을 향해 감사 인사를 드리고 방으로 들어가니, 홀연 한 선비가 나귀를 타고 들어와 섬돌 아래 내리는데, 이는 윤공이었다. 운치가 황망히 맞아 말씀을 올리니 윤공이 말했다.

"이 책은 선비가 읽어선 안 되는 것이거늘 네 어찌 보느냐?"

운치가 미처 대답하지 못하고 있는데, 윤공이 간데없이 사라졌다. 크게 놀라 살펴보니 천서 한 권이 없었다.

어디로 갔는지 의심하고 있는데 문득 계집의 곡소리가 점점 가까이 들려왔다. 운치가 나가 보니, 자기 유모가 머리를 풀어헤친 채 울면서 말했다.

"어머님께서 어제는 평안하시다가 하룻밤 사이에 돌아가셨으니, 상공은 빨리 가보십시오."

운치가 크게 놀라 급히 서책을 치우면서 보니, 눈 깜짝할 사이에 유모는 간데없고 천서 한 권이 또 없어졌다. 운치가 크게 화를 내며 말했다.

"흉악한 요물이 나를 하찮게 여겨 이렇게 속이니, 내 이제 여우 굴로

가서 책을 찾고 요괴를 모두 쓸어버리겠노라."

운치가 방망이와 송곳을 가지고 여우 굴로 가는데, 산천이 깊고 길이 아득하여 찾을 수가 없었다. 다시 돌아와 생각하기를,

'이 요괴가 부리는 변화는 예측하기 어려우니, 가히 이곳에 오래 머물지 못하리라'

하고 서책을 챙겨서 집으로 돌아왔다.

천서 가운데 상권은 부적을 붙였기에 요물이 빼앗아가지 못한 것이었다.

임금을 속여 얻은 황금 대들보

운치는 집에 돌아와 천서를 공부하여 부리지 못하는 술법이 없게 되었다. 과거에도 뜻이 없어 스스로 생각하기를,

'내 벼슬을 해서 어머님을 봉양하려면 시간이 너무 오래 걸릴 것이라'

하여 한 가지 계교를 생각해냈다. 운치는 몸을 흔들어 선관仙官, 신선 세계에서 벼슬살이를 하는 신선으로 변한 다음 오색구름을 타고 하늘로 올라가더니, 바로 대궐 안으로 들어갔다. 대명전大明殿에 들어가 자리하니 상서로운 기운이 공중에 어려 궁중이 황홀했다. 이에 조정의 신하들이 당황하여 어찌할 줄 모르고 갈팡질팡하다가 임금께 아뢰기를,

"고금에 드문 변괴가 일어났사옵니다"

하니, 임금께서 크게 놀라 여러 신하들을 불러모아 의논하셨다.

운치가 자욱한 구름 안개 속에 서서 청의동자靑衣童子, 신선의 시중을 드는 푸른 옷을 입은 사내아이에게 외치게 했다.

"고려국 임금은 옥황상제의 명령을 들으라."

임금께서 바닥에 깔 자리와 향로를 올려놓은 상을 갖춰놓게 하고 나아가 보시니, 한 선관이 금관을 쓰고 붉은색 도포를 두른 채 동자를 좌우에 세워놓고 오색구름 가운데 단정하게 서 있었다. 임금께서 네 번 절한 후에 땅에 엎드리시자 운치가 말했다.

"하늘의 훌륭한 궁궐이 오래되어 낡고 헐었기에, 이제 이를 손질하고자 하여 인간 세상의 여러 나라에 이 뜻을 전하니, 모든 물건을 다 바쳤으나 다만 황금 대들보 하나만 없도다. 옥황상제께서 그대의 나라에 황금이 풍족함을 아시고, 이제 이 같은 뜻을 전하시니, 대들보를 올리는 7월 7일 오시午時, 오전 열한시부터 오후 한시까지 길이가 십 척 오 촌, 너비가 삼 척 이 촌인 대들보를 대령하라. 만일 그때까지 대령하지 못하면 큰 변을 당할 것이로다."

말을 마치자 신선이 연주하는 듯한 음악 소리가 은은히 나며 오색구름이 남쪽을 향해 갔다. 임금께서 남쪽 하늘을 향해 네 번 절하시고 궁전에 올라 문무文武 신하들을 모아놓고 의논하시니, 좌우 신하들이 아뢰었다.

"팔도의 관아에 공문을 보내 금을 거둬들여 하늘의 명을 받드는 것이 옳을까 하나이다."

임금께서 이를 옳게 여기시어 즉시 팔도의 관아에 공문을 보내 금을 모으고, 장인을 불러 길이와 너비에 맞게 대들보를 만들도록 하셨다. 드디어 제때에 다 만들어지자, 임금께서는 삼 일 동안 몸과 마음을 깨끗이 하고 선관이 오기를 기다리셨다.

이날 진시辰時, 오전 일곱시부터 아홉시에 오색구름이 궁궐 안에 자욱하고 향기가 진동하더니, 이윽고 선관이 구름에 싸여 내려왔다. 그 양쪽에는 청의동자가 학을 타고 내려와 갈고리 모양의 쇠로 황금 대들보를 걸어 올려 고운 구름으로 싸니, 남쪽으로 무지개가 뻗치고 오색구름이 동서로 흩어졌다.

임금과 여러 신하들이 향로를 올린 상 앞으로 나아가 네 번 절하고
궁전으로 올라갔고, 신하들은 임금께 축하 인사를 드렸다.

운치를 잡아들이라

운치는 임금을 속이고 황금 대들보를 얻었으나, 이로 인해 나라에는 금이 동나게 되었다. 대들보를 팔려고 하면 이를 수상하게 여길 것이므로, 운치는 문득 한 가지 계교를 생각해냈다. 운치가 대들보의 머리를 베어가지고 성안으로 들어가 팔려고 하자, 마침 포교捕校. 포도부장가 보고는 의심하여 물었다.

"이 금은 어디서 났으며, 값은 얼마나 하느냐?"

운치가 대답했다.

"이 금은 출처가 있으며, 값은 오백 금이오."

이에 그 포교가 말하기를,

"그대 집을 알려주면 내가 내일 돈을 가지고 가겠다"

하니, 운치가 대답했다.

"우리 집은 송악산 남서부에 있으며, 내 이름은 전운치라 하오."

포교가 운치와 약속한 후 관가에 이 사실을 고하자 태수가 말하기를,

"이는 반드시 무슨 사연이 있는 것이니, 이를 자세히 알아본 후에 그 놈을 사로잡는 것이 좋으리라"

하고 우선 은자銀子. 은돈 오백 냥을 주어 대들보를 사오라고 했다. 포교 가 즉시 남서부로 가 운치에게 은자를 주니, 운치는 은자를 받고 금을 주었다. 포교가 금을 받아가지고 돌아와 태수에게 고하니, 태수가 이 를 보고 크게 놀라며 말했다.

"이 금은 대들보의 머리가 분명하니, 우선 잡아다가 그 진위를 알아 보고 임금께 장계狀啓. 왕명을 받고 지방에 나가 있는 신하가 중요한 일을 왕에게 보고하던 일 또는 그 문서를 올릴 것이로다."

태수가 장교 십여 명과 포교 등을 보내니, 장교 등이 남서부에 가서 운치를 잡으려 했다. 운치는 이들에게 음식을 잘 대접하면서 말했다.

"너희가 수고롭게 왔으나 나는 가지 않을 것이다. 너희 태수의 힘으 로는 나를 잡지 못할 것이요, 임금께서 명령을 내리시면 그때 잡혀가 겠노라."

이렇게 말하며 운치가 조금도 움직이지 않자, 장교 등이 감히 손을 대지 못하고 돌아가서 태수에게 이 사실을 고했다. 이에 태수가 크게 놀라 운치를 토벌할 병사 오백 명을 보내 운치의 집을 에워싸고 잡아 오라 명하는 한편, 이 사연을 임금께 아뢰었다. 임금께서는 크게 화를 내며 모든 신하들을 불러모아 의논하시고, 운치를 의금부義禁府. 임금의 명령 을 받들어 중죄인을 신문하던 관아로 잡아들이라 명령하셨다.

이때 운치는 은자를 얻어 음식을 준비해 어머니께 드리는데, 갑자기 서울에서 운치를 잡아들이라는 명령이 내리니 이를 듣고 곰곰이 계교 를 생각했다. 때맞춰 금부도사禁府都事. 의금부에 속하여 중죄인을 신문하는 벼슬와 포 교 등이 병사를 거느리고 와 운치의 동정을 살피더니 잡으려고 했다.

운치는 먹물 담는 병을 꺼내놓고 어머니께 말했다.

"어서 이 병으로 들어가십시오."

부인이 먹병으로 들어가자 운치 또한 그 안으로 들어갔다. 금부도사와 포교 등이 이상하게 여겨, 달려들어 병 주둥이를 단단히 막아 들고서 밤낮으로 달리자, 병 속에서 외치는 소리가 났다.

"내 난리를 피하여 병 속에 들어왔는데, 누가 주둥이를 막아 숨이 막혀 죽겠으니, 막은 것을 빼라."

금부도사가 못 들은 척하고 급히 달려 임금 앞에 이르러 운치를 잡은 자초지종을 아뢰니, 임금께서 말씀하셨다.

"운치가 비록 요술을 부린다 하나, 어찌 병 속에 들어갔겠느냐?"

그때 운치가 병 속에서 소리를 지르며 말했다.

"갑갑하오니 병마개를 빼주소서."

임금께서는 그제야 운치가 병 안에 들어갔음을 아시고, 조정의 신하들에게 어찌하면 좋을지 물으셨다. 신하들이 아뢰어 말했다.

"이놈의 요술을 예측하기 어려우니 소홀히 다루다가는 도망갈 것입니다."

이에 임금께서 명령을 내려 가마솥에 기름을 끓이고 먹병을 넣으니, 운치가 병 속에서 외쳐 말했다.

"신의 집이 가난하여 밤낮으로 떨고 지냈는데, 오늘은 더운 곳에 들어와 몸을 녹이니 나라의 은혜가 망극하옵니다."

아침부터 밤늦도록 끓이니 기름이 다 졸아들었다. 임금께서 병을 깨뜨리라 하시니, 병은 산산조각이 났으되 안에는 아무것도 없고 병 조각마다 달음질하여 임금 앞에 나오며 말했다.

"소신 전운치, 여기 있나이다."

임금께서 크게 노하여 그 조각들을 모아 다시 기름에 끓이라 명하셨다. 또한 전운치의 집을 헐어버리고 물을 대어 못으로 만들라 하시며, 운치를 잡아오라 하시니, 대신들이 아뢰었다.

"이 요망한 도적을 잡을 수 없으니, 후환을 덜고자 하시면 사대문에

'운치가 스스로 나타나면 죄를 용서해주고 벼슬을 주리라'는 방을 붙이소서. 만일 운치가 스스로 나타나거든 막중한 임무를 맡겨 다시 전하의 뜻을 어김이 있거든 그때 죽이는 것이 마땅할까 하나이다."

임금께서 그 말이 옳다고 여겨 즉시 사대문에 다음과 같은 방을 붙이게 하셨다.

전운치가 비록 국가에 죄를 지었으나, 그 재주를 아껴 특별히 죄를 용서하고 벼슬을 줄 것이니 어서 스스로 나타나거라.

백성의 억울함을 풀어주다

　한편 운치는 어머니를 모시고 산속으로 들어가 은자를 쓰면서 구름을 타고 사방을 마음대로 왕래하며 지냈다. 하루는 한 곳에 이르니 백발노인이 슬피 울고 있었다. 운치가 다가가 까닭을 물으니, 노인이 말했다.

　"내 나이 칠십에 자식 하나가 있는데, 억울하게 살인을 저지른 죄인으로 몰렸기에 서러워한다네."

　운치가 그 억울한 사정을 자세히 물으니, 노인이 말했다.

　"우리 동네에 왕씨 성을 가진 사람이 있는데, 그 계집이 고와서 내자식이 사사로이 정을 통하며 왕래했네. 그런데 그 계집이 음란하여 또 조씨 성을 가진 자와 정을 통하다가 왕가에게 들켜서 두 놈이 서로 치고받으며 싸웠다네. 마침 내 자식이 갔다가 싸움을 말리고 조가를 보냈는데, 왕가가 죽어버렸다네. 그러자 그 사촌이 이 일을 관가에 고해 살인 사건이 되었는데, 조가는 양문기의 문객^{門客. 세력 있는 집에 머물면서 밥을 얻어먹고 지내는 사람}이라서 그 연줄로 벗어나고, 내 자식이 살인을 저지른 것으로 문서를 만들어 죄인이 되었기에 이처럼 서러워하는 것이네."

운치가 말했다.

"진실로 그러하다면 내 마땅히 아드님이 무사하도록 하겠습니다."

노인과 헤어진 후에 몸을 흔들어 맑은 바람이 되어 양문기의 집에 가니, 마침 양문기는 외당外堂. 사랑방에서 거울에 얼굴을 비춰보고 있었다. 운치가 다시 왕가로 변해 곁에 서 있으니, 양문기가 이상하게 여겨 거울을 거두고 돌아보았으나 아무것도 없었다.

'대낮에 요귀가 나를 희롱하니 이상하구나.'

이렇게 생각하고 다시 거울을 보니, 아까 보았던 그 사람이 서서 말하기를,

"나는 이번에 조가 손에 죽은 왕가이다. 상서尙書. 육부의 으뜸 벼슬가 잘못 알고 억울하게 이가를 가두고 조가를 놓아주니, 이제 만일 원수를 갚아주지 않으면 내 가만히 있지 않겠노라"

하고는 갑자기 사라졌다. 양문기가 크게 놀라 급히 심문할 준비를 하고 조가를 잡아들여 엄하게 물으니, 조가가 억울하다고 변명을 했다. 이때 왕가가 들어와 큰 소리로 말하기를,

"이 못된 조가놈아! 무슨 이유로 내 아내를 겁탈하고 나를 죽였느냐? 너는 내가 용서할 수 없는 원수인데, 어찌 억울하게 이가에게 죄를 돌리려 하느냐?"

하고는 갑자기 사라지니, 조가가 놀라고 두려워 허둥지둥하였다.

양문기 또한 놀라 조가를 엄히 벌하며 사실을 캐물으니, 조가가 이를 견디지 못해 낱낱이 시인하자 즉시 이가를 풀어주고 조가에게 벌을 내렸다.

운치가 이가를 구한 후에 구름을 타고 가다가 굽어보니 저잣거리에서 두 사람이 돼지머리를 붙들고 다투고 있었다. 운치가 내려와 그 까닭을 물으니, 한 사람이 대답했다.

"돼지머리를 쓸 일이 있어 먼저 값을 정했는데, 저 사람이 관리랍시고 빼앗아가려 해 다투고 있소."

운치가 관리를 속이려고 진언을 외우니, 그 돼지머리가 입을 벌리고 관리를 물려고 했다. 그러자 관리가 놀라 달아났다.

거만한 선비를 혼내다

운치가 또 한 곳에 이르니, 풍악 소리 낭자하고 노랫소리가 어지럽게 들려왔다. 운치가 그 자리로 나아가 예의를 갖춰 인사하고 말했다.

"나는 지나가는 나그네인데 여러분께서 즐기는 것을 구경하고자 하노라."

이에 젊은 선비들이 답례하고 서로 통성명을 했다. 운치가 눈을 들어 살펴보니, 기생 십여 명이 각각 음악을 연주하며 가사를 읊고 있는 가운데, 소씨 성을 가진 선비와 설씨 성을 가진 선비가 가장 거만하게 굴었다. 운치가 속으로 비웃으며 여러 선비들과 말을 주고받다가 술과 안주가 나오자 이렇게 말했다.

"소생이 형들의 사랑을 입어 이토록 진귀한 음식을 맛보니 감사하옵니다."

설생이 말했다.

"우리가 비록 가난하나 이름난 기생과 진귀한 음식이 많으니, 형은 아마도 이런 것을 처음 보았을 것이오."

운치가 웃으며 말했다.

"그렇기는 하지만, 오히려 갖추지 못한 것이 많소."

"무엇이 미비하단 말이오?"

"우선 시원한 수박이 없고, 새콤한 복숭아와 달콤한 포도도 없으니 무엇을 갖췄다 하리오?"

여러 선비가 웃으며 말했다.

"형은 생각이 없도다. 지금은 늦봄인데, 그 과일들이 어디 있단 말이오?"

운치가 대답했다.

"한 곳에 온갖 과일이 열려 있는 것을 보았소."

설생이 물었다.

"그렇다면 형이 지금 사올 수 있겠소?"

"사올 수 있는지 어디 한번 크게 내기를 해봅시다."

운치가 종자를 데리고 어느 동산에 가서 보니, 나무에 복숭아가 달려 있었다. 종자에게 나무에 올라가 따서 짊어지게 하고, 그 아래 포도가 드리워 있으니 또 따서 짊어지게 했다. 들로 내려가니 수박이 넝쿨에 열려 있어 스무 개를 따서 짊어지고 돌아오니, 여러 사람들이 크게 놀라 과일을 먹으며 매우 신기하게 여겼다.

운치가 크게 취하여 소생과 설생을 속이고자 두 사람을 향해 진언을 외우니, 이윽고 두 사람이 말했다.

"몸이 몹시 무겁고 마음이 매우 괴롭고 어지러우니 이상하도다."

운치가 말했다.

"형들은 예의를 모르고 건방지도다. 형들에게 기생이 꼭 필요할까 싶소이다."

두 사람이 화를 내며 말했다.

"우리가 내시도 아닌데, 어찌 기생이 필요치 않다고 하시오?"

운치가 웃으며 말했다.

"두 형은 화내지 말고 손을 바지 속에 넣어 만져보시오."

설생이 이 말을 듣고 손으로 만져보다가 소생에게 말했다.

"고환이 간데없고 판판하니, 이 어찌 된 일인가?"

소생이 보여달라 하여 설생이 내보여주니 과연 그 자리에 아무것도 없었다. 소생 또한 제 물건을 만져보니 역시 아무것도 없었다. 두 사람이 크게 놀라 말했다.

"아까 전형이 우리를 조롱하더니 과연 이런 변이 생겼도다. 장차 이를 어찌하리오?"

또 기생 가운데 한 계집이 배 아래 작은 문이 사라지고 배 위에 구멍이 생겨 어찌할 줄 몰라했다. 그러자 그중에 제일 총명하고 유식한 은생이라는 자가 문득 깨달아 운치에게 빌면서 말했다.

"저희가 눈이 어두워 형에게 죄를 지었으니, 바라건대 형은 용서해주시오."

운치가 말했다.

"염려 마시오. 자연히 도로 나을 것이오."

선비와 기생년이 기뻐하며 만져보니 예전과 똑같았다. 그들이 감사 인사를 하며 말했다.

"신선이 강림하신 줄 모르고 하마터면 병신이 될 뻔했나이다."

곤경에 처한 백성을 구해주다

운치가 구름을 타고 동쪽으로 가다 보니 여러 사람이 한 곳에 모여 의논하기를,

"창고지기 장씨는 착하고 효성스러운 사람인데, 만일 억울하게 죽는다면 아깝고 참혹한 일이다"

하며 탄식하고 있었다. 운치가 내려가 물으니 한 사람이 대답했다.

"호조戶曹. 육조 가운데 호구, 조세 등 경제에 관한 일을 맡아 보던 관아의 창고지기 장계창이란 사람은 어질고 효성스럽고, 어려운 사람 돕기를 좋아하는데, 문서를 잘못 작성한 탓에 자기가 쓰지 않은 은자 이천 냥이 부족하게 되어 그 죄로 형벌을 받는다기에 탄식하고 있소."

운치가 불쌍히 여겨 다시 구름을 타고 형벌받는 곳에 가서 기다리니, 과연 한 소년이 수레에 매달려오고 그 뒤를 젊은 계집이 울면서 따라오고 있었다. 운치가 사람들에게 물으니, 그 사람이 장계창이었다. 동정을 살피니, 옥졸獄卒. 옥에 갇힌 사람을 맡아 지키던 사람이 죄인을 내려놓고 형벌을 집행할 때가 되었음을 외치고 있었다.

운치가 바람이 되어 장계창 부부를 거두어 하늘로 올라갔다. 감형관 監刑官, 형의 집행을 감시하고 감독하는 관리이 크게 놀라 이 일을 임금께 아뢰니, 임금도 놀라시고 조정 신하들도 의아하게 여겼다.

운치가 집에 돌아와 장계창 부부를 내려놓고 약을 먹이니, 얼마 있다가 깨어나 어찌 된 영문인지 몰라했다. 운치는 앞뒤 사정을 말해주고, 어머니에게도 이 사연을 고했다.

운치가 또 구름을 타고 가다가 어떤 사람이 통곡하는 것을 보고 그 사연을 물으니, 그 사람이 대답했다.

"나는 한재경이라는 사람인데, 아버지 상을 당했으나 장사 지낼 돈이 없고 칠십 노모를 봉양할 길이 없어 서러워 울고 있소."

운치가 이를 불쌍히 여겨 소매에서 족자 하나를 내주며 말했다.

"이 족자를 집에 걸고 '고직아' 하고 불러 대답하는 자가 있으면 은자 백 냥을 달라고 하라. 그러면 백 냥을 내줄 것이니 그 은자로 장사를 지내고, 또 매일 한 냥씩만 달라고 해 노모를 봉양하라. 하지만 만일 더 달라고 하면 큰일날 것이니 부디 조심하라."

그 사람이 반신반의하며 운치의 사는 곳과 이름을 묻고는 집으로 돌아왔다. 돌아와 족자를 펴보니 아무것도 없고 큰 집만 하나 그려져 있는데, 집 앞에는 동자를 그리고 문에 자물쇠를 채워놓았다. 그 사람이 시험 삼아 "고직아" 하고 부르니, 과연 그림 속에서 동자가 대답하고 나왔다. 그 사람이 놀라며 은자 백 냥을 달라고 하니 동자가 은자 백 냥을 꺼내와 앞에 놓았다. 재경은 그 은자로 장사를 지내고, 매일 "고직아" 하고 불러 은자 한 냥을 달라고 하여 하루씩 썼다.

하루는 돈 쓸 곳이 있어 생각하기를,

'은자 백 냥을 꾸어 쓴들 무슨 상관이 있으리오'

하고 고직이를 불러 말했다.

"쓸 곳이 있어 은자 백 냥을 먼저 꾸어 쓰려고 하노라."

고직이 허락하지 않자 재경이 여러 차례 달래며 말하니, 고직이 대답하지 않고 들어가 문을 열었다. 재경이 따라 들어가 은자 백 냥을 가지고 나오려 하는데 창고 문이 닫혔다. 재경이 놀라서 고직을 불렀지만 아무 대답이 없자 크게 화가 나 발로 문을 박차고 나왔다.

때마침 호조 판서가 조정에 나가 집무를 시작할 채비를 갖추는데 고직이 아뢰었다.

"창고 안에서 사람 소리가 나니 매우 수상하옵니다."

호조 판서가 이 말을 듣고 이상히 여겨 하급 관리들을 모아 문을 여니, 한 놈이 은자를 가지고 서 있었다. 관리들이 크게 놀라 물었다.

"네 어떤 도적이기에 이곳에 들어왔느냐?"

재경이 화를 내며 말했다.

"너희들은 누군데 남의 창고 안에 들어와 이러느냐?"

이에 관리들이 재경을 결박하고 호조 판서에게 아뢰니, 호조 판서가 재경을 계단 아래에 꿇리고 꾸짖었다. 그제야 재경이 주위를 살펴보니 제집이 아니라 관가였다.

재경이 크게 놀라 말했다.

"내 어찌 이곳에 왔을까? 이것이 꿈인가 생시인가?"

재경이 어찌 된 일인지 영문을 모르니, 호조 판서가 말했다.

"네 창고 안에 들어와 은을 훔치려 한 죄는 죽어 마땅하니, 네가 속한 도적의 무리를 모두 아뢰어라."

재경이 자초지종을 다 고하니 호조 판서가 그 족자의 출처를 물었다. 이에 전운치와 만난 사연을 아뢰니 호조 판서가 말했다.

"전운치를 언제 보았느냐?"

"본 지 사오 개월 되었으며, 집은 남서부라 하더이다."

호조 판서가 재경을 가두고 창고에 있는 물건을 조사해보니, 은자는 하나도 없고 청개구리만 가득했다. 또 다른 창고를 보니 돈은 없고 누런 뱀만 가득 똬리를 틀고 있었다. 호조 판서가 괴이하게 여겨 이 사연을 임금께 아뢰니, 임금께서 여러 신하들을 모아 의논하셨다.

이때 각 창고의 관원들이 보고하기를,

"창고의 쌀이 벌레로 변했나이다"

또 각 군영에서 보고하기를,

"창고 안에 있던 무기가 다 없어지고 나뭇가지만 쌓였나이다"

또 궁궐 내시가 보고하기를,

"말린 해물이 생선으로 변했나이다"

또 궁녀가 보고하기를,

"궁녀들의 족두리가 금까마귀로 변해 날아가고, 내전_{內殿}에 큰 호랑이가 들어와 궁인을 해쳤나이다"

하거늘, 임금께서 크게 놀라 활 잘 쏘는 궁노수_{弓弩手. 활과 쇠뇌를 쏘던 군사를}뽑아 내전에 들여보내니 궁녀마다 큰 호랑이를 타고 있었다. 차마 활을 쏘지 못하고 임금께 보고하니, 임금께서 크게 화를 내시며 궁녀를 앞질러 쏘라 하셨다. 이에 궁노수가 들어가 동시에 활을 쏘려 하는데, 갑자기 검은 구름이 일어나며 호랑이를 탄 궁녀가 구름에 싸여 하늘로 올라갔다.

임금께서 말씀하시기를,

"이는 다 전운치의 요술이니 이놈을 잡아야 나라가 태평하리라"

하니 호조 판서가 아뢰었다.

"가둬둔 도적 또한 전운치와 한패이니 빨리 죽이옵소서."

임금께서 허락해 재경을 처형하려 할 때 문득 거센 바람이 크게 일어나며 재경이 간데없이 사라지니, 이는 운치가 구한 것이었다.

선전관을 속이다

한편 운치가 두루 다니다가 사대문에 붙은 방을 보고는 비웃으며 대궐 앞으로 나아가 외쳤다.

"소신 전운치, 죄를 스스로 아뢰옵나이다."

승정원承政院. 조선시대 왕의 비서기관에서 이 일을 임금께 아뢰니, 임금께서 생각하시기를,

'이놈이 환술幻術. 남의 눈을 속이는 기술이 뛰어나 도처에서 난리를 일으키니, 차라리 벼슬을 주어 달래자. 그런 다음에도 만일 다시 난리를 일으키면 그때 가서 죽이리라'

하고 대궐로 들어오라 하시니 운치가 들어와 땅에 엎드렸다.

"네 죄를 아느냐?"

임금의 말에 운치가 더욱 납작 엎드리며 사죄했다.

"신의 죄는 백 번 죽는다 해도 애석하지 않을 정도이니 무슨 말을 아뢰겠사옵니까."

이에 임금께서 말씀하시기를,

"네 재주를 아껴 죄를 용서하고 벼슬을 내리니, 너는 모름지기 충성을 다하라"

하고 선전관宣傳官. 임금의 명령을 전달하던 선전관청에 속한 무관 벼슬 사복시司僕寺. 궁중의 가마나 말을 관리한 관아 내승內乘. 사복시에 속하여 말과 수레를 맡아 보던 벼슬아치의 벼슬을 내리시니, 운치는 그 은혜에 감사하고 물러나와 묵을 곳을 정했다.

운치가 대궐에서 숙직을 하고 있는데, 아침마다 선전관들이 아랫사람을 심하게 괴롭혔다. 차례대로 몽둥이로 때리니, 운치가 가만히 돌기둥을 빼서 선전관이 잡고 있는 몽둥이를 맞혔다. 이에 몽둥이를 잡은 손바닥까지 맞으니 선전관이 손이 아파 더이상 치지 못하고, 때리기를 그쳤다.

어느덧 여러 달이 지나니, 선전관들이 하인에게 분부하여 운치에게 허참례許參禮. 새로 부임하는 벼슬아치가 선배 벼슬아치에게 음식을 차려 대접하던 일종의 신고식하기를 재촉했다. 운치가 말했다.

"내일 해 뜰 무렵에 백사장으로 모두 나오시게 하라."

다음날 모든 선전관이 말을 타고 나오며 살펴보니, 푸른 차일遮日. 햇볕을 가리기 위해 치는 포장이 공중에 솟아 있고, 고운 빛깔의 자리를 좌우에 벌여놓았으며, 맑은 풍악 소리며 풍성하게 갖춘 음식이 매우 화려했다.

여러 사람이 차례로 자리에 앉은 후에 상을 들여와 잔을 돌려 취기가 오르니, 운치가 말했다.

"오늘 모신 분들이 모두 즐거워하나 옆에 아무도 없이 노는 것은 참으로 재미가 없습니다. 원컨대 전에 친했던 계집을 데려오려 하니, 어떠하십니까?"

여러 사람이 취중에 기뻐하며 말했다.

"전조사曹司. 하급 관료를 이르는 말가 이렇게 호기 있는 줄은 몰랐네. 그대 재주대로 하게."

운치가 즉시 하인을 데리고 나는 듯이 남문으로 들어가니 여러 사람

이 말하기를,

"전조사가 하는 일이 이렇듯 기특하니, 족히 큰 도적이라도 감당할 것이로다"

하고 칭찬했다. 오래지 않아 운치가 많은 계집을 몰아와 장막 밖에 세워두고, 다시 큰 상을 들여와 즐기고 있었다. 운치가 나아가 말했다.

"제가 모신 분들의 분부를 듣고 계집을 데려왔으니, 한 사람씩 앞에 두고 흥을 돋우는 것이 어떻겠습니까?"

여러 사람이 다 좋다고 하니, 운치가 먼저 한 계집을 불러 제일 윗사람 앞에 앉히며 말했다.

"너는 떠나지 말고 착실히 모셔라."

이어서 차례대로 한 사람씩 앉으니, 이는 모두 선전관의 아내였다. 모든 선전관이 서로 알까 두려워하며 아무 말도 못 하고 마음속으로만 크게 분노했다. 드디어 상을 물리고 각각 말을 타고 급하게 돌아가니, 하인들은 이유를 모르고 다 이상하게 여겼다.

선전관들이 각각 집으로 돌아가는데, 급한 소식을 전하러 오는 이도 있고, 청심환을 구하러 약방으로 가는 이도 있으며, 의원을 청하여 침을 맞는 이, 상을 당해 통곡하는 이 등 집집마다 놀라 어찌할 바를 모르고 분주했다. 선전관이 그 까닭을 물으니, 이는 모두 부인의 갑작스런 죽음 때문이었다.

김선전관이 집에 돌아오니 시비侍婢, 곁에서 시중을 드는 계집종가 아뢰었다.

"부인께서 아까 옷을 마름질하다가 갑자기 세상을 떠나셨습니다."

김선전관이 크게 화를 내며 말했다.

"이것이 아까 백사장 허참례 놀음에 기생이 되어 전가놈과 함께 와서 여러 사람들에게 욕을 보이더니, 어찌 양반집 부녀자의 행실이 이와 같으리오. 이제 나는 벼슬도 못 하고 가문도 망할 것이니, 이 원통한 한을 어찌 헤아릴 수 있으리오."

이때 시비가 급하게 소식을 아뢰었다.

"부인께서 깨어나셨습니다."

선전관이 화를 멈추고 급히 내당으로 들어가니, 부인이 몸을 일으켜 앉으며 말했다.

"첩이 아까 잠깐 졸고 있는데, 붉은 도포를 입은 자가 졸지에 첩을 잡아냈습니다. 그러더니 누런 옷을 입은 하인이 달려들어 장옷여자들이 나들이할 때 얼굴을 가리느라고 머리부터 길게 내려 쓰던 옷을 씌우고 말을 태워 어느 곳으로 데려갔습니다. 가보니 나 같은 부인이 많습디다. 어쩔 줄 몰라하는데 전선전관이란 놈이 내 뒤꼭지를 잡아 상공 앞에 앉히며 '착실히 모셔라' 말하고는, 이어서 차례대로 하나씩 앉혔습니다. 선전관들이 쭉 자리에 앉아 상을 받다가 별안간 상공이 성난 얼굴빛을 띠면서 일어나 말에 올라타고 돌아가니, 다른 사람들도 안을 돌아보지 아니하고 몹시 성을 내며 흩어졌습니다. 첩도 다른 계집들과 함께 몰려 방황하다가 깨어나니 한바탕 꿈이었습니다. 집안 사람들은 내가 죽은 줄만 알고 초상난 것을 알리고 통곡하니, 이런 변괴가 어디 있겠습니까?"

김선전관이 이 말을 듣고 어이없어했다. 모든 선전관도 원통하고 분함을 이기지 못하며 말했다.

"무도한 대역죄인 전운치놈이 조정에 들어와 우리들을 욕보이니, 언제 이놈을 죽여서 한을 풀리오?"

전운치가 모든 선전관을 속이고 돌아와 생각하기를,

'내가 나라에 죽을죄를 면하고 오히려 벼슬을 받으니, 임금의 은혜가 망극하도다. 마땅히 개과천선하여 극진히 충성하리라'

하고는 수신병공*하고 직사**를 다스리며, 사복시에서 관리하던 말을 잘 돌보아 말이 살찌고 병이 없으니 조정에서 기특히 여겼다.

* 미상.
** 미상.

염준과의 대결

　한편 가달산에 염준이라는 자가 있는데, 매우 용맹하고 무예가 출중
했다. 강도 수천 명을 모아 산채山寨. 산적들의 소굴를 이룬 뒤, 촌가를 노략
질하고 각 읍을 쳐서 무기와 전량錢糧. 돈과 곡식을 탈취하고 사람을 살해
하니, 이로 인해 각 읍이 소란스러웠다. 감사가 이 사실을 임금께 보고
하니, 임금께서 크게 근심하여 여러 신하들을 모아 의논하셨다.

　"도적이 이처럼 힘이 강하고 번성하니, 누가 능히 이 도적을 소멸하
겠는가?"

　이 말에 아무도 감히 대답하는 자가 없었는데, 갑자기 한 사람이 신
하들 가운데서 나오며 아뢰었다.

　"신이 전하의 은혜를 입은 것이 망극하옵니다. 비록 재주는 없으나
염준의 머리를 베어 전하의 근심을 덜어드릴까 하나이다."

　임금께서 보시니, 이는 전운치라. 임금께서 크게 기뻐하시며 여러
신하들에게 물으셨다.

　"경들의 생각은 어떠한가?"

여러 신하들이 다 마땅하다고 아뢰니, 임금께서 말씀하셨다.

"병력을 얼마나 뽑아 쓰려고 하느냐?"

"적의 세력이 크다고 하니 신이 홀로 나아가 형세를 탐지한 후에 군대를 움직이는 것이 좋을까 하옵니다."

임금께서 허락하시고 칼을 주며 마음대로 호령하라 하시니, 운치가 은혜에 감사하며 조정에서 물러나왔다.

다음날 밤에 운치는 구름을 타고 남서부로 가서 어머니를 뵙고 임금의 명을 받아 적의 세력을 탐지하러 가는 사연을 말씀드리니, 부인이 경계하여 말했다.

"적의 허와 실을 모르고 함부로 들어가는 것은 매우 위태로운 일이니, 극진히 조심하여 임금과 어버이의 바람을 저버리지 말라."

운치는 명을 받들고 서울로 돌아와, 날이 새자 포교 등 십여 명을 데리고 길을 나섰다. 감영에 이르러 포교 등을 머물게 하고 홀로 칼을 가지고 몸을 흔들어 독수리로 변한 다음 가달산에 들어가 보니, 염준이 커다란 양산을 받치고 백마를 타고 울긋불긋한 저고리와 붉은 치마를 입은 미녀들을 좌우에 세워두고 종자 백여 명을 거느린 채 산행을 하고 있었다. 갑자기 염준이 분부했다.

"오늘은 각 도에 나갔던 장수들이 돌아올 것이니, 내일 큰 소 열 마리만 잡고 잔치할 준비를 하거라."

운치가 염준을 살펴보니, 기골이 장대하고 얼굴빛이 붉고 눈이 방울 같고 수염이 바늘을 묶어 세운 듯하니 과연 일세 호걸이었다. 운치가 문득 한 가지 계교를 생각하고, 나뭇잎을 훑어 신병神兵을 만들어 창과 검을 들게 하고 깃발을 벌여 진을 굳게 쳤다.

운치가 머리에는 두 마리 봉황이 새겨진 쌍봉투구를 쓰고 몸에는 붉은색 전포戰袍, 장수가 입던 긴 웃옷를 입고 칼을 들고 오추마烏騅馬, 검은 털에 흰 털이 섞인 말를 타고는 적진 입구를 깨부술 듯 들어가 보니 성문이 굳게 닫혀 있었다. 운치가 진언을 외우자 성문이 저절로 열렸다. 말을 몰아 들어가며 좌우를 살펴보니, 빛나는 집이 사방에 늘어서 있는데 그 모습이 매우 번화했다.

운치가 사방을 둘러본 후 독수리로 변신하여 후원에 들어가 보니, 염준이 황금의자에 앉아 여러 장수를 좌우에 앉히고 그 뒤에는 미녀 수백 명이 열을 지어 앉아 잔을 받고 있었다. 운치가 그 동정을 보고자 하여 진언을 외우니, 무수한 독수리가 하늘을 덮으며 내려와 사람들 앞에 놓인 상을 다 거두어가지고 하늘로 올라갔다. 이에 거센 바람이 크게 일어나 모래가 날리며 돌이 굴러들어오니, 그 자리에 있던 사람들이 모두 크게 놀라 눈도 뜨지 못하고 바람에 날려 쓰러졌다. 차일과 돗자리 같은 물건까지 다 날아가 공중으로 올라가니, 염준은 넋이 나가 언덕 위 나뭇등걸을 붙들고 정신을 차리지 못하고 모든 군사는 떡과 고기를 들고 바람에 날려 뒹굴뒹굴 구르며 혹 똥물을 토하기도 했다.

사시巳時, 오전 아홉시부터 열한시에서 오시午時, 오전 열한 시부터 오후 한 시까지 떠들썩하고 어수선하다가 염준과 장졸들이 겨우 정신을 차려보니, 갑자기 흰 눈이 퍼담아 붓듯 내리고 있었다. 순식간에 십여 길길이의 단위. 한 길은 사람의 키 정도이나 쌓여 눈도 뜨지 못하고 어찌할 줄 몰라 허둥거리고 있는데, 문득 바람이 그치며 눈(雪) 물이 흔적도 없이 사라졌다.

염준이 대청에 나와 종 모양의 방울을 흔들어 장졸을 모으고 괴이한 변고에 대해 말하며 서로 다투고 있을 때, 문득 한 군사가 아뢰었다.

"한 장수가 군사를 몰아 동문을 깨부수고 들어오고 있습니다."

염준이 크게 놀라 군사를 재촉하여 형세를 가다듬고 진영 문 앞으로 창을 빼들고 말을 몰아 나가니, 운치가 크게 호통치며 말했다.

"너는 어떤 놈이기에 억세고 모진 힘만 믿고 산중에 무리를 지어 고을을 침범하고 백성을 살해하느냐? 너 같은 쥐새끼 무리를 다 잡아 국법을 바로 세우려 하니, 네 목숨이 아깝거든 빨리 항복하여 하늘의 명을 순순히 받들라."

이에 염준이 매우 화가 나 꾸짖으며 말했다.

"내 하늘의 뜻에 순응하고 백성의 뜻을 따라 장차 무도한 임금을 없애고 도탄에 빠진 백성을 구하고자 하거늘, 네 어찌 감히 나에게 항거하느냐?"

말을 마치고 달려드니, 두 사람이 말을 타고 서로 싸우는데 창칼이 수십여 차례 부딪쳤다. 염준의 창날은 햇빛을 가리고 운치의 칼에서 번쩍이는 빛은 공중의 무지개가 되었으니, 흡사 두 마리의 호랑이가 빈산에서 먹이를 다투고 두 마리의 용이 푸른 바다에서 여의주를 다투는 모양이었다. 두 장수가 정신이 점점 씩씩하여 승부를 가리지 못했는데, 날이 이미 저무니 양 진영에서 꽹과리를 쳐 군사를 거두어들였다. 염준이 진으로 돌아오자 장수들이 칭찬하며 말했다.

"어제 변괴를 만나 마음이 놀랐으나 오늘 호랑이 같은 장수를 능히 대적하시니 하늘이 도우신 것입니다. 허나 적장 또한 용맹이 뛰어나니 장군은 가볍게 여기지 마소서."

염준이 웃으며 말했다.

"적장이 비록 용맹하나 내 어찌 저를 두려워하리오. 내일은 반드시 운치를 잡고 바로 도성으로 향할 것이라."

다음날 진영 문을 열고 염준이 나와 크게 외치기를,

"전운치는 빨리 나와 나의 칼을 받으라. 금일은 맹세코 승부를 결정하리라"

하며 좌충우돌하니, 운치가 크게 화를 내고 말을 내몰아 칼을 춤추듯 휘두르며 바로 염준에 대항했다. 창칼을 부딪쳐 겨루기를 삼십여 번 하였으나, 염준의 창법에는 조금도 빈틈이 없었다. 운치가 생각하기를,

'무예로는 염준을 당하지 못하리라'

하고 몸을 흔들어 진짜 몸은 공중에 오르게 하고 가짜 몸은 염준을 대

적하게 하면서 크게 외쳤다.

"내 평생 살생을 안 했으나 네가 이제 천명天命을 거역하기에 마지 못해 너를 죽이나니 나를 원망하지 말라."

운치가 칼을 들어 염준을 치려 하다가 다시 생각하기를,

'내 어찌 쉽게 살생을 하리오. 마땅히 이놈을 사로잡으리라'

하고 공중에 올라 칼을 번뜩이며 급히 외쳤다.

"내 재주를 보아라!"

염준이 크게 놀라 하늘을 우러러보니 한 떼구름 속에서 번개가 일어 나는데, 이는 번개가 아니라 운치의 칼에서 나는 빛이었다. 염준이 얼 굴빛이 하얗게 질려 진으로 돌아가려 하는데, 앞에서 운치가 칼을 들 고 길을 막았다. 뒤에서도 운치가 따르며, 좌우 또한 운치가 에워싸며 들어오고, 머리 위에서는 구름을 타고 칼춤을 추며 염준의 머리를 치 려 하니, 염준이 정신이 어지러워 말 아래로 떨어졌다. 이에 운치가 구 름에서 내려와 가짜 운치로 하여금 군사들에게 호령하여 염준을 결박 해 본진으로 보내도록 했다. 이어 운치는 말을 달려 적진으로 들이치 니, 적진의 장수와 병졸들이 염준이 사로잡히는 것을 보고 스스로 손 을 묶어 항복했다. 운치가 그들을 계단 아래 꿇리고 달래며 말했다.

"너희들이 역적을 도와 천명에 항거했으니 그 죄는 백 번 죽어도 아 깝지 않다. 그러나 내 특별히 죄를 용서하니, 너희들은 고향에 돌아가 농사에 힘쓰며 선량한 백성이 되거라."

적장 등이 머리를 조아리며 두 번 절하고 각자 헤어졌다. 그 모습이 마치 옛날 중국 한漢나라 때 공신인 장자방*이 가을 달밤에 계명산에서

---

* 장자방(張子房)은 중국 한나라의 건국 공신 '장양(張良)'의 성과 호를 함께 부르는 말이다. 장 양은 한나라 고조 유방을 도와 천하를 통일하여, 소하, 한신과 함께 한나라 창업의 삼걸(三傑)로 일컬어진다. 항우의 군사를 포위하고 초(楚)나라 노래를 불러 초나라 군사를 도망치게 한 '사면 초가(四面楚歌)'의 계책을 생각해낸 이가 장양이다.

이향가離鄉歌 한 곡조를 슬피 부르니 초楚나라의 강동 출신 자제들이 고향을 생각하며 흩어진 것과 같았다.

운치는 염준의 내실로 들어가 미녀 수백 명을 다 놓아주고 각각 제 집으로 돌려보냈다. 진으로 돌아와서는 장대將臺. 장수가 지휘하던 대에 앉아 좌우에 명하여 염준을 장대 아래에 꿇리고 성난 목소리로 크게 꾸짖었다.

"네 재주와 용맹이 있으면 마땅히 충성을 다해 임금을 섬겨 대대로 임금의 사랑을 받음이 옳거늘, 감히 반역을 꾀하는 마음을 품어 나라를 소란케 하니 그 죄를 어찌 너그러이 용서하리오?"

운치가 무사에게 명하여 군영 문 밖에서 목을 베라 하니, 염준이 슬퍼하며 죄를 빌었다.

"저의 죄는 삼족三族을 멸해도 마땅하오나, 장군의 덕으로 목숨만 살려주시면 마땅히 잘못을 고쳐 장군을 따를까 하옵니다."

이에 운치가 말하기를,

"네 진실로 개과천선한다면 어찌 아름답지 아니하겠는가?"

하고 무사에게 명하여 결박한 것을 끌러주고 위로하여 고향으로 돌려보냈다. 또한 신병神兵을 거두어들이고 싸움에서 승리했음을 조정에 보고한 후 즉시 길을 떠나 대궐에 나아가 임금께 정중히 절을 올리니, 임금께서 불러 보시고 적을 물리친 전말을 물으셨다. 운치가 자초지종을 자세히 아뢰자, 임금께서 수없이 칭찬하시며 많은 상을 내려주셨다.

다시 선전관을 혼내다

운치가 서울로 돌아온 후 조정 신하들이 모두 와서 운치의 공을 치하했으나, 오직 선전관만이 한 사람도 와보는 이가 없었다. 이는 백사장 허참례 때 욕보인 일로 미워하는 마음이 있었기 때문이다. 이에 운치가 다시 그들을 속이려고 했다.

하루는 사경四更. 새벽 한시에서 세시 사이 때 달빛이 밝게 비치고 푸른 하늘에 구름 한 점 없었다. 운치가 오색구름을 타고 힘이 센 신장神將. 잡귀를 몰아내는 장수신인 황건역사黃巾力士와 온갖 도깨비들을 다 모은 다음, 신장을 불러 분부했다.

"빨리 가서 모든 선전관을 잡아오라."

신장이 명령을 듣고 가더니 이윽고 선전관들을 다 잡아왔다. 운치는 구름의자에 앉아 좌우에 신장 등을 늘어세우고 등불을 휘황찬란하게 밝혔다. 이어 성난 목소리로 말하기를,

"황건역사는 어디 있느냐? 모든 죄인을 잡아들이라"

하니, 황건역사 등이 일제히 명령을 듣고 각각 한 사람씩 잡아들였다.

선전관들이 겁나고 두려워 땅에 엎드려 눈을 치떠 보니, 귀신과 신장이 좌우에 늘어서 있는데 그 모습이 매우 엄숙했다. 운치가 큰 소리로 꾸짖으며 말했다.

"내 전날 희롱하고자 그대들의 부인을 잠깐 욕되게 하였으나 어찌 그렇듯 미워하는 마음을 품고 나를 심히 푸대접하는가? 내 일찍이 그대들을 잡아다가 지옥에 보내려고 했으나, 밤이면 천상에서 벼슬아치로 해야 할 일이 많고 낮이면 나라에서 맡긴 임무에 골몰하느라 지금까지 미뤄왔거니와, 이제는 마지못해 너희들을 지옥에 보내 고행을 겪게 하여 거만하게 사람을 업신여기던 죄를 갚게 하고자 하노라."

운치가 말을 마친 후에 황건역사를 불러 명했다.

"네 이 죄인들을 지옥에 데려가서 염라대왕에게 넘겨라. 이 죄인들을 지옥에 가두어 팔만 겁이 지나거든 다음 생에 짐승으로 태어나게 하라."

모든 선전관이 이 말을 듣자 더욱 정신이 떨리고 혼백이 몸에서 떨어져나가는 듯했다. 선전관들이 슬피 빌면서 말했다.

"우리들이 어리석어 죄를 지었으니, 바라건대 동료 간의 의리를 생각하여 죄를 용서하소서."

운치가 오랫동안 속으로 깊이 생각하다가 말했다.

"내 너희들을 지옥에 보내 고행을 겪게 해야 할 것이지만, 전날의 친분을 생각하여 아직은 잠시 용서하거니와, 이후를 보아가며 처치할 것이로다."

이어 말하기를,

"몰아서 내쳐라"

하니, 모든 선전관이 문득 깨달으매 한바탕 꿈이었다. 온몸에 땀이 흘러 비단이불을 적셨고, 정신이 아득했다.

그후에 모든 선전관이 관청에 모여 그날 꿈에 있었던 일을 말하니 모두 똑같았다. 이후부터 선전관들은 운치를 각별히 극진하게 대접했다.

역모를 꾸몄다고 모함당하다

하루는 임금께서 호조 판서에게 물으셨다.

"전날에 호조의 은과 돈이 다 변했다고 했는데, 지금은 어떠하냐?"

호조 판서가 대답했다.

"전날과 그대로 변함없이 있나이다."

이 말을 듣고 임금께서 크게 근심하시자 운치가 나서서 아뢰었다.

"원하옵건대 신이 각처에 있는 창고의 변고를 자세히 살펴 폐하께 아뢰고자 하옵니다."

임금께서 허락하시니, 운치가 즉시 호조 판서와 함께 호조로 나아가 창고 문을 열어 살펴보니 은이 예전처럼 있었다. 호조 판서가 크게 놀라 말했다.

"내 어제 창고를 조사할 때는 청개구리만 있더니, 밤사이에 도로 은이 되었으니 참으로 괴이하도다."

바깥쪽 창고를 열어보니 또한 예전과 같았으며 각 병영의 무기도 마찬가지이니, 모두 놀라고 신기하게 여겼다. 운치가 살펴본 후 임금께 그대로 아뢰니, 임금께서 기뻐하시며 운치가 요술을 부려 된 일이라 짐작하셨다.

이때 간의대부諫議大夫, 임금에게 잘못을 고치도록 간하던 벼슬가 임금께 여쭈어 말했다.

"호서 지방에서 네다섯 사람이 모여 역모를 꾀한다고 고발자가 문서를 가지고 신에게 왔기에 고발자를 가두고 아뢰옵니다."

임금께서 말씀하시기를,

"과인이 덕이 없어 도적이 봉기하니 어찌 한심치 아니하리오"

하고 의금부와 포도청에 명하여 잡아들이라 하니, 즉시 잡아왔다. 임금께서 직접 신문하시니, 그중 한 놈이 아뢰었다.

"전운치를 임금으로 삼아 백성을 진정시키고자 하였으나 이제 일이 발각되었으니, 만 번 죽어도 애석하지 않습니다."

이때 운치는 문사낭청問事郎廳, 죄인을 신문할 때 기록과 낭독을 맡아 보던 임시 벼슬으로 임금을 곁에 모시고 서 있었는데, 뜻밖에 역적의 진술에 이름이 오르게 된 것이었다. 임금께서 크게 화를 내며 말씀하셨다.

"전운치가 필경 역모를 꾸밀 줄 알았더니, 이제 진술에 그 이름이 나왔도다."

이에 신속하게 운치를 잡아내리고 형구刑具, 형벌을 가하거나 고문을 하는 데 쓰는 기구를 갖춘 후 임금께서 명령을 내리셨다.

"내 전날에 네 죄를 용서하고 벼슬을 주었더니, 국가의 은혜에 감복感服, 감동하여 충심으로 탄복함하지는 아니하고 이제 역률逆律, 역적을 처벌하는 법률을 범했으니, 변명하지 말고 죽으라."

임금께서 나졸에게 엄히 명하시기를,

"한 매에 죽이라"

하니, 나졸이 온 힘을 다해 치려고 했으나 팔이 아파 매를 들지 못했다.

운치가 아뢰었다.

"신의 전후 죄상은 만 번 죽어 마땅하오나, 오늘 역률을 범했다 함은 천만 억울하옵니다."

이렇게 말하며 마음속으로 생각하기를,

'이는 반드시 나를 모함해서 해치려는 자가 있어 이리된 것이니, 어찌 애달프지 아니하리오'

하고 다시 아뢰었다.

"신이 이제 죽을진대 평생 배운 재주를 세상에 전하지 못할 것입니다. 엎드려 바라건대 폐하는 신의 소원을 풀게 하소서."

임금께서 생각하시기를,

'이놈의 재주가 매우 기이하니 한번 시험해보리라'

하고는 명령을 내리셨다.

"네 무슨 재주가 있느냐?"

운치가 대답했다.

"신이 그림을 잘 그리니, 나무를 그리면 점점 자라고 짐승을 그리면 걸어가고 산을 그리면 초목이 나는 고로, 세상에서 명화名畵라 하옵나이다. 이 그림을 세상에 전하지 못하고 죽으면 원혼冤魂이 될 것이옵나이다."

임금께서 생각하시기를,

'이놈이 죽어 원혼이 되면 괴로운 일이 생길 것이다'

하고 즉시 묶은 것을 끌러주고 붓과 먹, 종이를 주었다. 운치가 붓을 들어 산수를 그리니, 만학천봉萬壑千峰, 겹겹의 깊고 큰 골짜기와 수많은 산봉우리에 만 길이나 되는 폭포를 산꼭대기에서 흘러내리게 하고, 시냇가에는 버들가지가 늘어지게 했다. 그 아래 안장 없은 나귀를 그린 후에, 붓을 던지고 네 번 절하니, 임금께서 말씀하셨다.

"너는 죽을 죄인인데, 네 번 절하는 것은 무슨 뜻이냐?"

운치가 아뢰기를,

"신은 이제 폐하를 하직하고 산속으로 들어가나이다"

하고는 나귀 등에 올라 산속으로 들어가니, 문득 간데없이 사라졌다.

임금께서 크게 화를 내며 말씀하시기를,

"내가 이놈에게 또 속았으니 이를 장차 어찌하리오?"

하시며 좌우에 명하여 그림을 불태우라 하시고, 죄인들을 다시 엄히 심문하여 자백을 받은 후에 끌어내 목을 베어 죽이라 명하셨다.

또한 운치에게 속은 것을 못내 원통하게 생각하여 각 도에 공문을 보내, 운치를 잡아들이는 자가 있으면 천금의 상과 벼슬을 주겠다고 하셨다.

누가 왕연희인가

운치가 요술을 부려 임금을 속이고 죽을 액ㄸ. 모질고 사나운 운수에서 벗어나 집에 돌아와 어머니께 전후사연을 고하니, 부인이 크게 놀라며 말했다.

"앞으로는 몸을 감추고 다시는 조정에 나가지 마라. 네 임금을 속였으니 그 죄는 천지간에 용납되지 못할 것이로다. 네 죽은 뒤에 무슨 면목으로 조상을 뵈려 하느냐?"

어머니가 한바탕 크게 책망하니, 운치는 어머니의 경계를 들은 후에 산속에서 조용히 글공부에만 힘썼다.

간혹 나귀를 타고 경치를 구경했는데, 어느 날 한 곳에 이르러 보니 젊은 중이 고운 계집을 데리고 산속으로 들어가더니, 잠시 후 그 여자가 나무에 올라 자살하려 했다. 운치가 마침 촌가村家에서 술을 사먹고 산 위로 올라오다가 이를 보고 놀라, 급히 나아가 묶은 것을 풀고 손발을 주물러주었다. 여자가 정신을 차리자 까닭을 물으니, 그 여자가 말했다.

"아까 지나가던 중은 남편이 살았을 때 친하게 지내던 자입니다. 저는 일찍이 홀로된 후 수절하며 지냈는데, 오늘은 남편이 돌아가신 날이라, 그 중놈이 와 달래면서 말하기를 '우리 절에 가서 제를 올리자'며 같이 가기를 간청하니 믿어 의심치 않고 따라갔습니다. 그런데 그놈이 엉큼한 마음으로 이곳에 와서 저를 겁탈하여 절개를 깨뜨리니 살아서 쓸데없겠기에 자결하고자 한 것입니다."

운치는 그 여자를 위로하여 제집으로 보냈다. 다시 산에 올라가니, 큰 암자가 있고 어제 보았던 중놈이 거기에 있었다. 운치가 가만히 진언을 외우며 기운을 내 입김을 부니, 그 중이 변하여 전운치가 되었다.

그 절에 그냥 머물며 동정을 살피고 있는데, 마침 포도청에서 기찰譏察, 범인을 체포하려 수소문하고 염탐하며 행인을 검문하던 사람이 왔다가 그 중놈을 보더니 전운치로 여기고 급히 태수에게 고했다. 태수가 크게 기뻐하며 병사를 보내 그 중놈을 잡아 결박하여 서울로 올려보냈다. 임금께서 즉시 몸소 심문하고자 준비를 갖추게 하셨는데, 승정원에서 아뢰었다.

"각 도와 읍에서 전운치를 잡아들인 것이 삼백육십 명이오니, 이는 분명 전운치의 요술인가 하나이다."

임금께서 크게 화가 났으나 어떻게 처리할지 생각지 못하고 있는데, 도승지 왕연희가 아뢰었다.

"전운치의 환술은 예측하기 어렵사옵니다. 이번에도 그럴 염려가 있사오니, 진짜 가짜를 가리지 말고 모두 다 베어버리는 것이 좋겠습니다."

임금께서 이 말이 옳다고 여겨 십자각十字閣에 자리하신 후 모든 전운치를 잡아들여 차례로 베고 있는데, 그중 한 사람이 나아가 아뢰었다.

"신은 전운치가 아니라 도승지 왕연희이옵니다."

임금께서 보시니, 분명 왕연희였다. 좌우 신하들에게 물으시니 신하들이 대답했다.

"이는 전운치이옵니다."

이에 임금께서 탄식하시기를,

"국운이 불행하여 요괴가 이처럼 장난하니, 종사宗社,종묘와 사직이라는 뜻으로, 나라를 이르는 말를 어찌 보전하겠는가? 역적 하나를 죽이려고 죄 없는 신하와 억울한 백성만 수없이 죽이겠도다"

하시고 심문을 그치셨다.

이때 운치는 구름 속에서 요술을 행하여 몸을 왕연희로 바꾸고 궐문을 나오니, 하인들이 마부와 말을 대령했다가 모시고 왕연희의 집으로 돌아갔다. 운치가 바로 내당으로 들어가 왕연희의 부인과 말을 주고받았으나, 집안 사람 누구도 전운치인 줄 전혀 알지 못했다.

이때 진짜 왕연희가 궐에서 나와 하인을 찾았으나 아무도 없었다. 이상하게 여겨 동료의 말을 빌려 타고 집에 돌아오니 하인들이 문 앞에 있었다. 왕연희가 크게 화를 내면서 집에 와 있는 까닭을 묻자 하인들이 말하기를,

"소인들이 아까 상공을 모셔왔는데 어찌 또 상공이 계십니까?"

하고 얼굴을 찬찬히 살펴보았다. 왕연희가 괴이하게 여겨 내당으로 들어가 보니 시비들이 손뼉을 치며 말하기를,

"이 어찌 된 일인가? 아까 우리 상공이 나와 계시거늘, 이 어찌 된 일인가?"

하며 지껄이고 있었다.

왕연희가 아무것도 모르고 침실로 들어가니, 과연 다른 왕연희가 부인과 이야기를 나누고 있었다. 왕연희가 크게 화를 내며 꾸짖어 말하기를,

"너는 어떤 놈이기에 감히 사대부 집에 들어와 내 부인과 말을 주고받고 있느냐?"

하고 종들에게 호령했다.

"저놈을 빨리 결박하라!"

이에 운치가 말하기를,

"웬 놈이 내 얼굴을 하고 내당에 들어와 부인을 겁탈하려 하니, 이런 변이 어디 있느냐?"

하고 하인에게 호령하여,

"빨리 몰아 내쳐라"

하니, 하인들이 이 거동을 보고 누가 까마귀의 암수를 구분할 수 있다고 말하겠는가? 어찌할 바를 모르고 있는데, 운치가 도리어 호령하며 말했다.

"내 전에 들으니 요물은 사람의 형상을 오래 쓰지 못한다 하더라."

운치가 왕연희를 향해 물을 뿜고 주사朱沙. 수은으로 이루어진 황화 광물로 붉은색 안료나 약재로 쓴다를 내어 바르니, 왕연희가 변하여 구미호가 되었다. 노복奴僕. 사내종들이 그제야 칼과 몽둥이를 들고 달려들어 쳐죽이려 하자, 운치가 이를 말리며 말했다.

"이 일은 큰 변고이니, 나라에 고하여 처치할 것이다. 그때까지 단단히 동여매 방 안에 가두고 잘 지키거라."

이에 노복들이 명령을 듣고 왕연희를 결박하여 가두었다.

왕연희는 뜻하지 않은 변고를 당했으나 말을 하면 여우의 소리가 났다. 정신이 아득하여 그저 눈물만 흘리고 누워 있으니, 겉은 짐승의 모양이나 속은 사람이라. 운치가 생각하기를,

'며칠 더 속이면 살지 못하리라'

하고 그날 밤 사경에 왕연희에게 가서 말했다.

"네 나와 원수진 일이 없는데, 나를 죽여 나라에 공을 세우려 하기에 내가 먼저 너를 죽여 한을 씻으려 했으나, 내 평생 살생을 하지 않기로 마음먹었기에 너를 용서하니, 너는 마땅히 다시는 이런 행실을 하지 말라."

운치가 진언을 외우니 도로 왕연희가 되었다. 왕연희는 그제야 운치의 요술로 그리된 줄 알고 두려워하며 말했다.

"전공㬎㬎의 높은 재주를 모르고 잘못하여 죄를 범하였습니다."

왕연희가 수없이 감사 인사를 하니, 운치가 다시 당부하기를,

"너를 구하고 내가 돌아간 후에 집안이 시끄러울 것이니 여차여차하라"

하고는 남서부로 갔다.

왕연희가 즉시 노복을 불러 말했다.

"그 요괴를 자세히 보라."

노복들이 방에 가보니 요괴가 간데없었다. 모두 놀라 그대로 고하니, 왕연희가 화난 체하며 말하기를,

"너희들이 집을 잘못 지켜 이렇게 되었도다"

하고 노복들을 수없이 꾸짖은 후 물러가게 했다.

미인도에서 나온 선랑^{仙娘}

운치가 다시 암자에 가보니 그 중이 운치의 모습 그대로 있었다. 운치가 중을 향해 물을 뿜고 진언을 외우니, 도로 본래의 모습이 되었다. 운치가 크게 책망하며 말했다.

"네 중이 되어 불도^{佛道}를 숭상할 것이지, 수절하는 계집을 유인해 겁탈하여 자결하는 지경에 이르게 했으니, 그 죄는 만 번 죽어도 가볍지 않도다. 너를 전운치의 모습으로 바꾸어 죽게 하고자 했으나, 차마 살생을 하지 못해 너를 살리려 돌아와 다시 본모습을 내주니, 앞으로는 그런 행실을 하지 말라."

운치가 집으로 돌아오다가 한 곳에 이르러 보니, 여러 소년이 족자를 가지고 서로 다투어 보면서 칭찬했다.

"이 족자의 그림은 천하의 명화라."

운치가 나아가 보니 이는 곧 미인도라. 미인이 아이를 안고 희롱하는 모습인데, 입으로 말하는 듯 눈으로 보는 듯 마치 살아 움직이는 것 같았다. 운치가 한 가지 계교를 생각하고 웃으며 말했다.

"그대들은 이 그림이 어딜 봐서 명화라고 이렇게 지나치게 칭찬하느냐?"

그중 오생이라는 자가 대답했다.

"그대의 눈이 높아 그런 것이겠으나, 물정 모르는 말을 하지 말라. 이 그림은 말하는 듯 보는 듯하니 어찌 명화가 아니겠는가?"

운치가 웃으며 값을 물으니 오생이 대답했다.

"은자 오십 냥이니, 그림에 비하면 오히려 값이 적도다."

이에 운치가 말하기를,

"내게도 족자 하나가 있으니 그대들은 보라"

하고 소매 안에서 미인도를 내놓으니, 그 미인이 매우 아름다웠다. 푸른 저고리에 붉은 치마를 입고 머리에 화관花冠을 썼는데, 과연 천하에 제일가는 미인으로 그 아름다움을 견줄 데가 없었다. 여러 사람이 보고는 칭찬하며 말했다.

"이 그림도 마치 살아 있는 듯하니 우리 족자와 견줄 만하도다."

운치가 비웃으며 말했다.

"그대의 족자도 좋지만 그림의 생기는 이 족자만 못하다. 이 그림의 격을 보라."

운치가 족자를 걸어놓고 가만히 부르기를,

"주酒선랑仙娘, 선녀 같은 처녀은 어디 있느냐?"

하니 갑자기 그 미인이 대답하며 동자를 데리고 나왔다.

"모든 공자에게 술을 부어드려라."

운치가 말하니, 선랑이 대답하고 잔에 술을 따라드렸다. 운치가 먼저 마시고 차례로 여러 사람이 받아 마셨는데, 매우 달고 톡 쏘는 맛이 있었다. 여러 사람에게 술잔을 다 돌린 후 선랑이 술상을 거두어 그림 속으로 들어가니, 사람들이 크게 놀라 서로 말했다.

"이 그림은 하늘의 조화도 아니요 꿈속의 희롱도 아니니, 만고에 희한한 보배라."

오생이 말하기를,

"내가 시험해보리라"

하고 운치에게 부탁했다.

"우리들이 술이 모자라니 원컨대 주선랑을 불러 술을 더 청해보리라."

운치가 허락하니, 오생이 가만히 주선랑을 불러 말했다.

"술이 모자라니 더 먹기를 청하노라."

이에 주선랑이 대답하고 자신은 술병을 들고 동자는 상을 가지고 전처럼 나와 병을 기울여 술을 부어주었다. 오생이 먼저 먹고 나머지 사람들이 차례로 한 잔씩 마신 후에 일어나 사례하며 말했다.

"오늘 그대를 만나 좋은 술을 먹고 신기한 일을 보았으니 참으로 행운이로다."

운치가 말했다.

"이 족자 그림이 비록 생기는 있으나 쓸데없도다. 그림의 술을 먹고 무슨 사례를 하느냐?"

오생이 말했다.

"족자가 쓸데없거든 내게 팔고 가는 것이 어떠한가?"

"부디 갖고자 하는 사람이 있거든 팔겠노라."

오생이 값을 물으니 운치가 말했다.

"술병을 가진 이는 주선랑이요, 술은 일생 동안 마르지 아니하니, 이는 극진한 보배라. 그러므로 은자 천 냥을 받고자 하노라."

이에 오생이 말하기를,

"값이 얼마인지는 따지지 말고 형은 우리 집으로 가는 것이 어떻겠는가?"

하니 운치가 허락하고 함께 오생의 집에 가서 족자를 주며 말했다.

"내 다음날 올 테니 값을 준비해두라."

운치가 간 후에 오생이 만취하여 족자를 외당外堂 벽에 걸어놓고 보니, 주선랑이 병을 들고 서 있었다. 오생이 그 고운 태도를 흠모하여 옥 같은 손을 잡아 무릎 위에 앉히고, 사랑하는 마음을 이기지 못해 막 잠자리로 나아가려고 하는데, 갑자기 문이 열리더니 오생의 처 민씨가 급히 달려들어왔다. 원래 민씨는 질투하는 데 선봉이요, 샘내는 데 대장이라. 남의 일을 보아도 칼을 들고 내달려오는 성격인데, 그날 밤 오생이 주선랑을 희롱하는 것을 보고는 매우 화가 나 선랑을 때리려 했다. 그러나 선랑은 이미 그림이 되었는지라, 민씨가 더욱 분노하여 족자를 떼어내 찢어버리니, 오생이 매우 놀라며 말했다.

"남의 족자를 사려고 은자 천 냥에 약속했는데, 임자가 오면 어찌하겠는가?"

민씨가 말하기를,

"임자가 오면 내 마땅히 꾸짖고 욕할 것이로다"

하며 서로 다투고 있을 때, 마침 운치가 왔다. 오생이 운치를 맞으며 그 사연을 말하니, 운치가 듣고는 민씨를 속이려고 민씨에게 쇠실로 엮은 그물을 씌우니 속은 사람이나 몸은 이무기로 변했다. 말을 하려 해도 말이 나오지 않고, 일어나려고 해도 몸을 움직일 수 없었다.

운치가 오생에게 말했다.

"그대를 위해 족자를 두고 갔는데 이제 보배가 없어졌으니, 그대를 만난 것이 불행이었도다. 그대의 집에 큰 변이 날 것이니 조심하라."

"무슨 변고인가?"

"그대 집에서 천 년 묵은 짐승이 그대의 부인이 되어 소란을 일으킬 것이로다."

"무슨 일로 요괴가 소란을 일으키겠는가?"

"그대 부인이 내 족자를 찢었기에 요괴가 되어 소란을 일으킬 것이니, 그대는 방문을 열어보라."

운치의 말에 오생이 믿지 못하고 방문을 열어보니, 과연 민씨는 간데없고 길이가 세 발두 팔을 양옆으로 벌렸을 때의 길이은 되는 이무기가 엎드려 있었다. 오생이 크게 놀라 얼굴빛이 하얗게 질린 채 나와서 운치에게 말했다.

"과연 이무기가 있으니 죽여버리겠노라."

운치가 말리며 말하기를,

"그 요괴는 천 년을 묵은 정령精靈이니, 만일 죽이면 큰 화가 일어날 것이다. 내 부적 한 장을 이무기의 허리에 붙여두면 오늘밤 자연히 없어질 것이로다"

하고 부적을 꺼내 이무기의 허리에 붙이고 당부했다.

"문을 열어보지 말라."

그러고는 돌아가 날이 새기를 기다렸다가, 다시 오생의 집으로 가서 민씨를 보고 꾸짖으며 말했다.

"네 남편을 업신여겨 사납고 악한 행동을 일삼고, 질투를 숭상하여 심지어 남의 족자를 찢고 나를 욕하였다. 그 죄로 쇠그물을 씌워 돌구멍에 넣고 고초를 겪게 하려고 했으나, 이제라도 잘못을 고치고자 한다면 그물을 벗겨주리라."

민씨가 고개를 끄덕이자, 운치가 진언을 외우니 그물이 저절로 벗겨졌다. 이에 민씨가 놀라 허둥지둥 일어나 거듭 절하며 감사했다.

강림도령의 질타

운치가 집으로 돌아오다가 전에 함께 공부했던 양봉안이라는 사람을 찾아가보니, 병이 들어 누워 있었다. 운치가 놀라 병의 증세를 자세히 물으니, 양생이 말했다.

"배와 가슴이 아프고 식음을 전폐한 지 오래니 다시 일어나지 못할 듯하네."

운치가 맥을 짚어보더니 말했다.

"이 병은 사람을 생각하여 난 병이니, 누구 때문에 이 병이 났는가?"

"과연 그렇다네. 다름이 아니라 남문 안 회현동에 사는 정씨란 여자가 있는데, 경국지색傾國之色, 임금이 혹하여 나라가 기울어져도 모를 정도의 미인이나 일찍이 남편을 잃고 홀로 지내고 있네. 우리 삼촌 집과 이웃해 있어 담 사이로 우연히 본 후 사모하는 마음이 날로 간절하여 병세가 이와 같으니, 필경 오래 살지는 못할까 하네."

"말 잘하는 매파를 보내 혼인할 뜻을 전해보게."

"그 여자 절개가 특별하니 혼인 성사는커녕 오히려 욕만 먹을 걸세."

"그렇다면 내가 형을 위해 그 여자를 데려오면 어떻겠는가?"

"형이 아무리 재주가 뛰어나나 그 여자를 데려오지는 못할 것이니 부질없이 마음 쓰지 말게."

"형은 염려 마시게."

말을 마친 운치는 곧장 구름을 타고 갔다.

한편 정씨는 일찍이 남편을 잃고 혼자 지내며 밤낮으로 슬퍼하며 죽으려 하였으나, 위로 노모가 계시고 다른 형제자매가 없으니, 모녀가 의지하여 세월을 보내고 있었다.

하루는 정씨가 마음이 뒤숭숭하여 방 안을 배회하고 있는데, 문득 구름 속에서 한 선관이 붉은색 도포에 옥대玉帶를 두르고 머리에 금관을 쓰고 손에는 옥홀玉笏, 벼슬아치가 임금을 만날 때 손에 쥐던 물건을 쥐고 나타나 맑고 낭랑한 목소리로 부르며 말했다.

"주인 정씨는 나와서 옥황상제의 명을 들으라."

정씨가 이 말을 듣고 어머니께 고하니, 그 어머니가 놀라며 괴이하게 여겨 급히 마루 위에 향안香案, 제사 때 향로나 향합을 올려놓는 상을 차려놓고 정씨는 뜰에 내려와 엎드렸다.

운치가 말했다.

"문선랑아! 인간 세상의 재미가 어떠하냐? 이제 천상요지반도연*에 참석하라."

정씨가 옥황상제의 명을 듣고 크게 놀라며 말했다.

"저는 인간의 더러운 몸이고 또한 죄인이니, 어찌 천상에 오르겠습

---

* 천상요지반도연(天上瑤池蟠桃宴): 신선이 살고 있다는 하늘 연못인 요지에서 삼천 년마다 한 번씩 열매가 열린다는 복숭아인 반도를 차려놓고 벌이는 잔치.

니까?"

운치가 말하기를,

"문선랑은 인간 세상의 더러운 물을 먹어 천상의 일을 잊었도다"

하며 호리병에 향기로운 선약仙藥을 가득 부어 동자에게 권하게 했다. 정씨가 받아서 마시니 정신이 아득하여 아무것도 모를 지경이었다. 운치가 정씨를 구름에 싸서 공중에 오르니, 그 어머니가 공중을 향해 수없이 하례했다.

이때 강림도령*이 모든 거지를 모아 저잣거리로 다니며 양식을 구걸했는데, 홀연 향취가 코를 휩싸며 고운 구름이 동남쪽으로 흘러갔다. 강림도령이 위를 보고 손을 들어 구름을 한번 가리키자 구름 문이 저절로 열리며 선관과 고운 계집이 땅으로 떨어지니, 이는 전운치였다. 운치가 정씨를 데리고 구름을 타고 공중을 가고 있는데, 문득 검은 기운이 공중으로 오르더니 술법이 저절로 풀려 땅에 떨어진 것이었다. 운치가 크게 놀라 좌우를 살펴보니 아무것도 없었다. 괴이하게 여겨 다시 술법을 행하려 하는데, 문득 한 거지 아이가 나와 큰 소리로 꾸짖었다.

"필부匹夫, 평범한 사내 전운치는 들으라. 네 요술을 배워 하늘을 속이고 열녀의 절개를 깨뜨리려 하니 어찌 하늘이 무심하겠느냐? 그러므로 나에게 너와 같은 놈을 죽이라 한 것이니, 나를 원망하지 말라."

이에 몹시 화가 난 운치가 차고 있던 칼을 빼 위협하려 하자, 그 칼이 백호白虎로 변하여 도리어 운치를 해치려 했다. 운치가 의심하여 피하고자 했으나, 갑자기 발이 땅에 붙어 움직일 수가 없었다. 급히 변신하려고 했으나 술법을 부릴 수 없었다. 운치가 크게 놀라 살펴보니, 그

---

* 강림도령(降臨道令): 무속에서는 수명이 다한 사람을 잡아 저승으로 데려가는 염라대왕의 사자를 말함. 여기서는 신선 세계에서 내려온 총각으로 볼 수 있다.

아이의 모습이 남루하나 도술이 높은 것을 알고는 몸을 굽히고 빌며 말했다.

"소생이 눈은 있으나 눈망울이 없어 선생을 몰라보았으니, 그 죄는 만 번 죽어도 애석하지 않사오나, 늙으신 어머니가 살아 계시고 집이 가난하여 능히 봉양할 수 없어 부득이 임금을 속인 것이요, 둘째는 목숨을 도모하기 위한 것이며, 지금 정씨의 절개를 해하려 한 것은 병든 벗을 살리려 한 것이오니, 원컨대 선생은 죄를 용서하시고 선도仙道를 가르치소서."

강림도령이 말했다.

"그대가 말하지 않아도 나는 벌써 알고 있었도다. 국운이 불행하여 그대 같은 사람이 요술로 변란을 일으키니 그대를 죽이려 하였으나, 그대 노모의 사정을 생각하여 아직 살려두는 것이다. 그러니 이제 빨리 정씨를 데려다가 제집에 두고 양봉안은 좋은 계교로 살려내라. 정씨를 대신할 사람이 있도다. 일찍이 부모를 여의고 홀로 의지할 곳 없어 극히 가난하나 마음이 어질며, 성은 정씨요 나이 또한 스물넷이니, 그대 만일 내 말을 어기면 몸에 큰 화가 미칠 것이로다."

운치가 사례하며 말했다.

"선생의 높으신 존함을 알고자 하나이다."

그 사람이 대답하기를,

"나는 강림도령이니, 세상을 희롱하고자 하여 두루 다니고 있노라"

하고 요술 행하는 법을 도로 풀어주었다.

운치가 즉시 정씨를 데리고 정씨 집에 가서 공중에서 그 어머니를 불러 외치기를,

"아까 옥경玉京, 옥황상제가 산다는 하늘 위의 가상공간에 올라가니 옥황상제께서 이르시기를, '문선랑의 죄가 아직 다하지 못했으니 도로 인간 세상에 보내어 고행을 더 하게 한 후 데려오라' 하시기에 도로 데려왔으니, 부

디 선량한 마음을 닦게 하라"

하며 향기로운 약을 꺼내 정씨 입에 넣으니, 이윽고 정씨가 깨어 정신을 차렸다.

운치가 다시 강림도령에게 가서 그 여자의 거처를 물으니, 강림도령이 환형단換形丹, 모습을 바꾸게 하는 약을 주며 그 집을 가르쳐주었다. 운치가 하직하고 그 집을 찾아가니, 다 쓰러져가는 초가집에 한 여자가 시름에 잠겨 홀로 앉아 있었다. 운치가 나아가 달래며 말했다.

"낭자의 고단한 처지는 내 이미 알고 있도다. 낭자의 나이 스물넷이 되도록 출가하지 못하여 외로운 처지가 불쌍한지라, 내 낭자를 위해 중매를 서고자 하노라."

낭자가 부끄러워 머리를 숙이거늘, 운치가 바로 환형단을 먹이고 물을 뿜으며 진언을 외우니 의심할 나위 없는 정씨녀의 얼굴이 되었다. 운치는 정씨에게 양생이 병든 곡절과 정씨녀를 데려가던 사연을 이르며 여차여차하라고 시키고, 보자기를 씌워 구름을 타고 양생의 집으로 갔다. 그 여자를 외당에 두고 내실에 들어가 양생을 보며 말했다.

"과연 정씨의 절행이 높아 감히 말도 꺼내지 못하고 그냥 왔노라."

양생이 처량하게 탄식하며 말했다.

"형의 재주로도 성사치 못했으니 어찌 다시 마음먹을 수 있겠소."

이에 운치가 여러 모로 타이르며 놀리다가 말했다.

"내 이번에 정씨는 못 데려왔지만 정씨보다 열 배나 더 고운 미인을 얻어왔노라."

양생이 말했다.

"내 미인을 많이 보았으나 정씨 같은 인물은 없었으니, 형은 모름지기 농담하지 말라."

"내 어찌 병자와 희롱하겠는가? 지금 외당에 두고 왔는데, 이는 경국지색이라. 나가보면 알 것이로다."

양생이 반신반의하며 마지못해 일어나 외당에 나가보니, 과연 소복을 입은 한 미인이 있었는데, 두렷한 얼굴은 가을 하늘에 뜬 보름달이요, 또렷한 눈길은 샛별 같아 그 곱고 아름다운 모습은 비할 데가 없었다. 한 번 보니 이는 자나 깨나 늘 생각하던 정씨이거늘, 양생이 정신이 황홀하여 술에 취한 듯 미친 듯 반갑고 즐거움을 차마 못 이겨 이후 병세가 점점 나아졌다.

서화담을 따라 세상을 버리다

운치가 호주를 보려고 예단禮緞. 예물로 보낼 비단을 갖추어 호주 땅으로 갔다. 이때 서화담*이 시동侍童. 심부름하는 아이에게 분부했다.

"오늘 오시午時에 전씨 성을 가진 사람이 올 것이니 초당을 깨끗이 치우라."

운치는 산 어귀에 다다라 천천히 걸으며 두루 구경하고 있었다. 소나무와 대나무는 푸르고 골짜기에 흐르는 물은 잔잔한데, 사슴과 노루는 벗을 찾아다니고 백학은 춤을 추며 희롱하니, 이는 과연 별천지요, 인간 세상이 아니었다. 운치가 대나무숲 사이에 있는 사립문에 나아가 문을 두드리니, 한 동자가 나와 물었다.

"선생이 전공田公이십니까?"

---

* 서화담(徐花潭): 조선 중종 때의 유학자 서경덕(徐敬德, 1489~1546). 이기론(理氣論)의 본질을 연구하여 이기일원설을 체계화했다. 황진이, 박연폭포와 함께 개성을 대표한 송도삼절(松都三絶)로 불렸고, 황진이의 유혹을 물리친 일화가 유명하다.

운치가 말했다.

"동자는 나를 어찌 아는가?"

"아침에 선생님이 일러주셨기에 아옵니다."

운치가 크게 기뻐하며 동자에게 예물을 받들어 드리게 하고 뵙기를 청하니, 화담이 즉시 초당으로 청해 손님과 주인의 예를 갖추어 맞이하고 말씀을 나누었다.

운치가 말했다.

"소생이 선생의 높으신 이름을 우레같이 듣고 천 리를 멀다 않고 왔사오니, 선생의 가르침을 바라나이다."

화담이 사양하며 말했다.

"전공이 나를 본받으러 왔구나. 내 무슨 도학道學이 있기에 이처럼 지나치게 칭찬하느냐? 내 들으니 그대 술법이 높아 모르는 일이 없다 하기에 한번 보기를 원했더니, 이제 만나매 평생에 큰 행운이로다."

운치가 일어나 고마움을 표하고 종일 한가롭게 이야기를 나누었는데, 화담이 계집종에게 명하여 술과 안주를 재촉했다. 또 칼을 빼 벽 위에 꽂으니, 신선이 마시는 영출주가 술동이에 흘러 잠깐 사이에 한 항아리가 차자 즉시 칼을 뺐다. 북쪽 벽에 걸려 있는 그림에는 아름답게 채색한 누각이 뚜렷하고, 사창紗窓. 비단으로 바른 창을 열고 보니 울긋불긋 고운 옷을 입은 선녀가 술상을 갖추어 들고 나와 운치 앞에 놓더니 잔을 받들어 술을 권했다. 운치가 받아 먹어보니 극히 향기로웠다.

운치가 화담에게 감사 인사를 했다.

"소생이 선경仙境. 신선이 사는 곳에 이르러 신선의 술과 진수성찬을 맛보았으니, 지극히 감사하옵니다."

이에 화담이 웃으며 말했다.

"그대 어찌 하찮은 술과 안주를 이렇듯이 칭찬하는가?"

운치와 화담이 서로 술잔을 주고받는데, 문득 한 선생이 소박한 옷차림으로 들어와 말했다.

"앉아 계신 손님은 누구시오?"

화담이 말하기를,

"남서부에 사는 전공이다"

하고 운치를 향해 말했다.

"이 사람은 나의 아우 용담인데, 그대와 한 번도 본 적이 없기에 손님을 대하는 도리를 잃었으니 그대는 용서하라."

운치가 눈을 들어 용담을 보니 눈썹과 눈이 맑고 빼어나며 골격이 좋아 그 위엄 있는 풍채가 사람을 놀라게 했다. 이윽고 용담이 운치에게 예를 갖추며 말했다.

"선생의 높은 술법을 들은 지 오래됐으나 오늘에야 서로 만나게 되니 너무 늦었습니다. 그러나 원컨대 선생의 도술을 한번 구경하고자 합니다."

운치가 말했다.

"변변치 못한 사람이 어찌 도술이 있겠소?"

용담이 두세 차례 간청하자 운치가 한번 시험해보고자 하여 즉시 진언을 외우니, 용담이 쓴 관이 뿔이 세 발이나 되는 소머리로 변해 자리 위로 떨어져 눈을 실룩이며 입을 벌렸다. 용담이 자기가 쓴 관을 소머리로 만든 것을 보고 노하여 즉시 진언을 외우니, 운치가 썼던 갓이 돼지머리로 변해 바위 위로 떨어져 어금니를 드러내고 귀를 떨며 기었다.

운치가 생각하기를,

'이 사람의 재주가 비상하니 가히 한번 겨뤄보리라'

하고 돼지머리를 향해 진언을 외우니 돼지머리가 세 갈래 긴 창으로 변했다. 용담 또한 소머리를 향해 진언을 외우니 소머리가 큰 칼로 변했다.

긴 창과 큰 칼이 공중으로 올라가 어우러져 싸우니, 창과 검이 햇빛에 빛났다. 용담이 또 부채를 던지며 진언을 외우니 칼과 부채가 적룡과 청룡으로 변했고, 이에 운치가 쥐고 있던 부채 장식을 던지니 창과 부채 장식이 백룡과 흑룡으로 변했다. 네 마리 용이 어우러져 싸우는데, 구름과 안개가 자욱하고 벼락이 진동하여 좀처럼 승부를 가리지 못했다.

청룡과 적룡이 점점 기운이 빠지자 화담이 생각하기를,

'두 사람이 재주를 겨루다가는 결국 좋지 않으리라'

하고 연적硯滴. 벼루에 먹을 갈 때 쓰는, 물을 담아두는 그릇을 위로 던지니, 갑자기 모두 땅에 떨어져 도로 본래의 모습으로 변했다.

이에 운치가 먼저 갓을 집어 쓰고 부채 장식을 거둔 후에 부드럽게 말했으나, 용담은 기분 좋게 부채와 관을 거두지 않았다. 운치가 하직하며 말하기를,

"오늘 외람되게 재주를 겨뤄 선생의 높은 도술을 욕되게 했으니, 그 죄 가장 크옵니다. 후일에 사죄하겠습니다"

하고 돌아가니, 화담이 운치를 보내고 용담을 꾸짖으며 말했다.

"너는 청룡, 적룡을 내고 운치는 백룡, 흑룡을 내니, 청은 목木이며 적은 화火요, 백은 금金이며 흑은 수水니, 오행五行에서 금이 목을 이기고 수가 화를 이기는 격이라. 네 어찌 운치를 이기겠는가? 하물며 내 집에 온 손님과 부질없이 겨루어 해하고자 하였느냐?"

용담이 겉으로는 사죄했으나 마음속으로는 운치에게 매우 화가 나서 해할 뜻을 가지고 있었다.

그후 삼 일 만에 운치가 화담을 찾아뵈니, 화담이 말했다.

"내 그대에게 부탁할 일이 있으니 즐거이 따르겠느냐?"

"무슨 일인지요?"

"남해에 큰 산이 있으니 이름은 화산이요, 그 산속에 도인이 있으니

호가 운수 선생이라. 내 어렸을 때 그에게 학문을 배웠는데, 그 선생이 여러 번 편지를 부쳤으나 지금껏 회답하지 못했도다. 이제 그대를 만났으니, 그대가 가히 다녀오겠느냐?"

운치가 흔쾌히 허락하자, 화담이 말했다.

"내 생각하건대 화산은 바다 가운데 있으니 쉽게 다녀오지는 못할까 하노라."

운치가 말했다.

"소생이 비록 재주는 없사오나 순식간에 다녀오겠습니다."

화담이 끝내 믿지 않자, 운치가 마음속으로 화담이 자신을 하찮게 여기는가 하여 말했다.

"소생이 만일 순식간에 다녀오지 못하거든, 여기서 죽어도 다시는 산문山門을 나가지 않겠습니다."

화담이 말하기를,

"진실로 그러하면 가려니와 행여 실수가 있을까 염려하노라"

하고 즉시 편지를 써서 주니, 운치가 받아 해동청 보라매로 변신하여 공중에 올라 바다 가운데로 향했다.

가면서 바라보니 난데없는 그물이 앞을 가렸거늘, 운치가 넘어가려 했으나 오르는 대로 그물 또한 높아져 앞을 가렸다. 운치가 아무리 높이 솟아 그물을 넘으려 해도 그물은 점점 따라 높아져 하늘에 닿았고, 그물코를 꿰어놓은 줄은 물속에 잠겨 있었다. 또한 좌우로 높이 떠서 가려 해도 그물이 하늘 끝까지 닿아 있어 화산으로 갈 수 없었다. 그렇게 십여 일을 죽을 만큼 애쓰다가 할 수 없이 돌아와 화담을 보고 바다 가운데서 고생한 사연을 아뢰자, 화담이 말했다.

"그대 큰소리치고 갔으나 다녀오지 못했으니 산문을 나가지 않는 것이 어떠하뇨?"

운치가 무안하여 달아나려고 하자 화담이 알고 살쾡이로 변신하여 달려들었다. 일이 급하기에 운치가 보라매로 변신하여 날아가려 하자, 화담은 청사자로 변해 운치를 물어 쓰러뜨리고 크게 꾸짖으며 말했다.

"그 정도의 요술로 임금을 속이고 함부로 장난하여 버릇이 없으니 어찌 죽이지 아니하리오?"

운치가 애걸하며 말했다.

"선생의 도술이 높으심을 모르고 높으신 위엄을 범하였으니 지은 죄가 커서 죽어 마땅하오나, 소생에게는 노모가 있사오니 원컨대 선생은 남은 목숨을 살려주소서."

화담이 말했다.

"내 이번에는 살려주지만 다시는 그런 버릇없는 일을 행하지 말고 그대 어머니를 봉양하다가 어머니가 돌아가신 후에 나와 영주산에 들어가 신선의 도를 닦는 것이 어떻겠느냐?"

이에 운치가 말하기를,

"선생의 교훈대로 받들어 행하겠습니다"

하고 하직한 후 집에 돌아와 요술을 행하지 않고 어머니를 봉양했다.

세월이 물처럼 흘러 운치의 어머니가 돌아가시니, 운치가 예를 갖추어 선산에 안장하고 삼 년을 받들었다.

하루는 화담이 찾아오자, 운치가 놀라 다급히 나와 맞았다. 인사를 마치고 자리에 앉은 후 화담이 말했다.

"그대와 약속한 일이 있기에 그대 상중喪中에 있는 것을 알고도 찾아왔도다. 이제 그 산에 있는 구미호를 잡아 돌상자에 가두고 그 굴에 불을 지르는 것이 어떻겠느냐?"

운치가 말했다.

"이제 선생이 그 여우를 없애라 하시면, 진실로 온 나라에 아주 다행스런 일일 것입니다."

화담이 말하기를,

"내 이제 그대를 데려가려 하니, 행장을 꾸리거라"

하니 운치가 크게 기뻐하며 재산을 노복들에게 나눠주며 말했다.

"이제 영원히 이별하려 하니, 너희들은 탈 없이 지내면서 내 조상의
제사를 받들어다오."

운치가 조상의 무덤에 하직한 후 화담을 모시고 구름을 타고 영주산
으로 향하니, 그 뒷일은 알지 못하겠다.

| 원본 |

홍길동전

홍길동의 탄생

화셜(話說). 됴션국(朝鮮國) 세종됴(世宗朝) 시졀(時節)의 흔 지상(宰相)
이 이시니 셩(姓)은 홍(洪)이오, 명(名)은 뫼(某ㅣ)라. 디디(代代) 명문거족
(名門巨族)으로 쇼년(少年) 등과(登科)ᄒ여 벼술이 니죠판셔(吏曹判書)의
니르미, 물망(物望)이 됴야(朝野)의 읏듬이오, 츙효(忠孝) 겸비(兼備)ᄒ기
로 일홈이 일국(一國)의 진동(震動)ᄒ더라. 일즉 두 아들을 두어시니,
일ᄌ(一子)ᄂ 일홈이 인형이니 뎡실(正室) 뉴시 쇼싱(所生)이오, 일ᄌᄂ
일홈이 길동(吉童)이니 시비(侍婢) 츈셤의 쇼싱이라.

션시(先時)의 공(公)이 길동을 나흘 ᄶᆡ의 일몽(一夢)을 어드니, 문득
뇌정벽녁(雷霆霹靂)이 진동(震動)ᄒ며 쳥룡(靑龍)이 슈염(鬚髥)을 거스리
고¹⁾ 공의게 향ᄒ여 다라들거늘, 놀나 ᄭᆡ다르니 일장츈몽(一場春夢)이라.
심즁(心中)의 디희(大喜)ᄒ여 싱각ᄒ되²⁾,

‘니 이졔 룡몽(龍夢)을 어더시니 반ᄃ시 귀혼 자식을 나흐리라’

---

1) 거스리고: 거사리고. 긴 것을 힘 있게 빙빙 돌려서 포개어지게 하고.
2) [교감] 싱각ᄒ되: 싱각ᄒ되. 생각되기를.

호고 즉시(卽時) 너당(內堂)으로 드러가니, 부인(夫人) 뉴시(柳氏) 니러 맛거놀, 공이 흔연(欣然)이 그 옥슈(玉手)를 니그러3) 정(正)이 친압(親狎)고져 호거놀, 부인이 정식(正色) 왈(曰),

"샹공(相公)이 체위(體威) 존즁(尊重)호시거놀, 년쇼(年少) 경박즈(輕薄子)의 비루(鄙陋)호믈 힝(行)코져 호시니, 첩(妾)은 봉힝(奉行)치 아니호리로쇼이다"

호고, 언파(言罷)4)의 손을 쩔치고 나가거놀, 공이 가쟝 무류(無聊)5)호여 분긔(憤氣)롤 춤지 못호고 외당(外堂)의 나와 부인의 지식(智識)이 업스믈 한탄(恨歎)호더니, 맛춤 시비 츈셤이 츠(茶)롤 올니거로, 그 고요호믈 인호여 츈셤을 잇글고 협실(夾室)의 드러가 정이 친압호니, 이쩌 츈셤의 나히 십팔(十八)이라. 흔 번 몸을 허(許)흔 후로 문외(門外)의 나지 아니호고 타인(他人)을 취홀 쑷이 업스니, 공이 긔특(奇特)이 넉여 인호여 잉쳡(媵妾)6)을 삼아더니, 과연 그달붓허 퇴긔(胎氣) 잇셔 십삭(十朔)만의 일긔(一個) 옥동(玉童)을 싱(生)호니, 긔골(氣骨)이 비범(非凡)호여 진짓 영웅호걸(英雄豪傑)의 긔샹(氣像)이라. 공이 일변(一邊) 깃거호나 부인의게 나지 못호믈 한(恨)호더라.

---

3) [교감] 니그러: 이끌어.
4) 언파(言罷): 말을 끝냄.
5) 무료(無聊): 부끄럽고 열없음.
6) 잉쳡(媵妾): 옛날에 귀인에게 시집가는 여인이 데리고 가던 시첩(侍妾). 귀인의 시중을 드는 첩.

서자의 한

길동이 점점 ᄌᆞ라 팔세(八歲) 되ᄆᆡ, 총명(聰明)이 과인(過人)ᄒᆞ여 ᄒᆞᆫ아 흘1) 드르면 빅(百)을 통(通)ᄒᆞ니 공(公)이 더옥 ᄋᆡ즁(愛重)ᄒᆞ나, 근본(根本) 천싱(賤生)이라. 길동이 ᄆᆡ양(每樣) 호부호형(呼父呼兄)ᄒᆞ면 문득 ᄭᅮ지져 못ᄒᆞ계 ᄒᆞ니, 길동이 십세(十歲) 넘도록 감히 부형(父兄)을 부르지 못ᄒᆞ고, 비복(婢僕) 등이 천ᄃᆡ(賤待)ᄒᆞᆷ믈 각골통한(刻骨痛恨)ᄒᆞ여 심ᄉᆞ(心思)ᄅᆞᆯ 졍(定)치 못ᄒᆞ더니, 츄구월(秋九月)2) 망간(望間)3)을 당ᄒᆞᄆᆡ, 명월(明月)은 죠요(照耀)ᄒᆞ고 쳥풍(淸風)은 쇼슬(蕭瑟)ᄒᆞ여 사ᄅᆞᆷ의 심회(心懷)ᄅᆞᆯ 돕ᄂᆞᆫ지라. 길동이 셔당(書堂)의셔 글을 닑다가 문득 셔안(書案)을 밀치고 탄(歎) 왈(曰),

"대쟝부(大丈夫ㅣ) 셰상(世上)의 나ᄆᆡ 공밍(孔孟)4)을 본밧지 못ᄒᆞ면, 찰아리 병법(兵法)을 외와 대쟝닌(大將印)5)을 요하(腰下)의 빗기 ᄎᆞ고 동

---

1) [교감] ᄒᆞᆫ아흘: 하나를.
2) 츄구월(秋九月): 음력 9월.
3) 망간(望間): 음력 보름께.
4) 공맹(孔孟): 공자(孔子)와 맹자(孟子)의 가르침. 즉 유학의 가르침.

정서벌(東征西伐)ᄒᆞ여, 국가(國家)의 디공(大功)을 셰우고 일홈을 만디(萬代)의 빗니미 쟝부(丈夫)의 쾌ᄉᆡ(快事ㅣ)라. 나는 엇지ᄒᆞ여 일신(一身)이 젹막(寂寞)ᄒᆞ고 부형이 이시되 호부호형을 못 ᄒᆞ니 심쟝(心腸)이 터질지라. 엇지 통한(痛恨)치 아니리오?"

ᄒᆞ고 말을 맛츠며 쓸의 나려 검술(劍術)을 공부(工夫)ᄒᆞ더니, 맛ᄎᆞᆷ 공이 ᄯᅩ흔 월ᄉᆡᆨ(月色)을 구경ᄒᆞ다가 길동의 비회(徘徊)ᄒᆞᆷ믈 보고 즉시(卽時) 불너 문(問) 왈,

"네 무ᄉᆞᆷ 흥(興)이 이셔 야심(夜深)토록 잠을 ᄌᆞ지 아니ᄒᆞᄂᆞᆫ다?"

길동이 공경(恭敬) 디(對) 왈,

"쇼인(小人)이 맛ᄎᆞᆷ 월ᄉᆡᆨ을 사랑ᄒᆞ미여니와, 대개 하ᄂᆞᆯ이 만물(萬物)을 니시미 오직 사ᄅᆞᆷ이 귀(貴)ᄒᆞ오나, 쇼인의게 니ᄅᆞ러는 귀ᄒᆞ오미 업스오니 엇지 사ᄅᆞᆷ이라 ᄒᆞ오리잇가?"

공이 그 말을 짐작(斟酌)ᄒᆞ나 짐즛 칙(責) 왈,

"네 무ᄉᆞᆷ 말인고?"

길동이 지비(再拜) 고(告) 왈,

"쇼인이 평ᄉᆡᆼ(平生) 셜운 바ᄂᆞᆫ, 대감(大監) 졍긔(精氣)로 당당(堂堂)ᄒᆞ온 남ᄌᆡ(男子ㅣ) 되여ᄉᆞ오니 부ᄉᆡᆼ모휵지은(父生母慉之恩)[6]이 깁ᄉᆞ거늘, 그 부친(父親)을 부친이라 못 ᄒᆞ옵고, 그 형(兄)을 형이라 못 ᄒᆞ오니 엇지 사ᄅᆞᆷ이라 ᄒᆞ오리잇가?"

ᄒᆞ고 눈물을 흘여 단삼(單衫)을 젹시거ᄂᆞᆯ, 공니 쳥파(聽罷)[7]의 비록 측은(惻隱)ᄒᆞ나 만일 그 ᄯᅳᆺ을 위로(慰勞)ᄒᆞ면 ᄆᆞ름[8]이 방ᄌᆞ(放恣)ᄒᆞᆯ가 져어 크게 ᄭᅮ지져 왈,

"지샹가(宰相家) 쳔비(賤婢) 쇼ᄉᆡᆼ(所生)이 비단(非但) 너ᄲᅮᆫ이 아니여든,

---

5) 대장인(大將印): 대장이 가지던 도장.
6) 부ᄉᆡᆼ모휵지은(父生母慉之恩): 부모가 낳아 길러준 은혜. 부ᄉᆡᆼ모육지은(父生母育之恩)이라고도 함.
7) 쳥파(聽罷): 듣기를 다 마침.
8) [교감] ᄆᆞ름: ᄆᆞ음. 마음.

네 엇지 방즈ᄒ미 이 ᄀᆞᆺᄒ뇨 ᄎᆞ후(此後) 다시 이런 말이 이시면 안전(眼前)의 용납(容納)지 못ᄒ리라"

ᄒ니 길동이 감(敢)이 일언(一言)을 고치 못ᄒ고 다만 복지유쳬(伏地流涕)9)ᄲᅮᆫ이라. 공이 명(命)ᄒ여 물너가라 하거늘, 길동이 침쇼(寢所)로 도라와 슬허ᄒ믈 마지아이ᄒ더라.

길동이 본ᄃᆡ 지긔(才氣) 과인(過人)ᄒ고 도량(度量)이 활달(豁達)ᄒ지라. 마음을 진졍(鎭靜)치 못ᄒ여 밤이면 줌을 닐우지 못ᄒ더니, 일일(一日)은 길동이 어미 침쇼의 가 울며 고 왈,

"쇼지(小子ㅣ) 모친(母親)으로 더부러 젼싱(前生) 년분(緣分)이 즁(重)ᄒ여 금셰(今世)의 모지(母子ㅣ) 되오니 은혜(恩惠) 망극(罔極)ᄒ온지라. 그러나 쇼지의 팔지(八字ㅣ) 긔박(奇薄)ᄒ여 쳔ᄒᆞᆫ 몸이 되오니 품은 한이 깁ᄉᆞ온지라. 쟝뷔(丈夫ㅣ) 셰상(世上)의 쳐(處)ᄒ미 남의 쳔ᄃᆡ 바드미 불가(不可)ᄒ온지라. 쇼지 즈연(自然) 긔운을 억졔(抑制)치 못ᄒ여 모친 슬하(膝下)를 쩌나려 ᄒ오니, 복망(伏望) 모친은 쇼즈를 념녀(念慮)치 마르시고 귀쳬(貴體)를 보즁(保重)ᄒ쇼셔."

그 어미 쳥파의 ᄃᆡ경(大驚) 왈,

"지상가 쳔싱(賤生)이 너ᄲᅮᆫ이 아니여든 엇지 협(狹)ᄒᆫ 마음을 발(發)ᄒ여 어미 간쟝(肝腸)을 ᄉᆞ로난요10)?"

길동이 ᄃᆡ 왈,

"녯날 쟝츙(張忠)의 ᄋᆞ들 길산(吉山)11)은 쳔싱이로되 십삼셰(十三歲)의 그 어미를 니별(離別)ᄒ고 운봉산(雲峰山)의 드러가 도(道)를 닷가 아름다온 일홈을 후셰(後世)의 유젼(遺傳)ᄒ여시니, 쇼지 그를 효측(效則)ᄒ여 셰샹을 버셔나려 ᄒ오니, 모친은 안심(安心)ᄒ샤 후일(後日)을 기다

---

9) 복지유쳬(伏地流涕): 땅에 엎드려 눈물을 흘림.
10) ᄉᆞ로난요: 사르다. 태워서 남김없이 없애버리다.
11) 길산(吉山): 장길산(張吉山). 조선 숙종 때 황해도 구월산(九月山)을 중심으로 전국적으로 활동한 군도(群盜)의 우두머리. 『숙종실록肅宗實錄』에 장길산에 관한 기사가 짧게 언급되어 있으나, 생몰 연도나 다른 행적에 대해서는 기록되어 있지 않다.

리쇼셔. 건간[12] 곡산모(谷山母)의 힝식(行色)을 보니 샹공(相公)의 춍(寵)을 닐흘가 ᄒ여 우리 모ᄌ를 원슈(怨讐)갓치 아ᄂ지라. 큰 화(禍)를 닙을가 ᄒ옵ᄂ니 모친은 쇼ᄌ 나가믈 념여치 마르쇼셔"

ᄒ니 그 어미 ᄯ혼 슬허ᄒ더라.

12) [교감] 건간: 근간(近間). 요사이.

길동을 죽여야 하옵니다

원니(元來) 곡산모(谷山母)는 본디 곡산(谷山)[1] 기성(妓生)으로 샹공(相公)의 춍쳡(寵妾)이 되어시니 일홈은 쵸난이라. 가쟝 교만(驕慢) 방즈(放恣)ᄒ여 졔 심즁(心中)의 불합(不合)ᄒ면 공(公)긔 춤쇼(讒訴)ᄒ니, 이러무로 가즁(家中) 폐단(弊端)이 무슈(無數)ᄒᆫ 즁, 져는 ᄋᆞ들이 업고 츈셤은 길동을 나아 샹공이 미양 귀(貴)히 녁이믈 심즁의 앙앙(怏怏)ᄒ여 업시ᄒ믈 도모(圖謀)ᄒ더니, 일일(一日)은 흉계(凶計)를 싱각ᄒ고 무녀(巫女)를 쳥(請)ᄒ여 왈(曰),

"나의 일신(一身)을 평안(平安)게 ᄒ문 이곳 길동을 업시기에 잇는지라. 만일 나의 쇼원(所願)을 닐우면 그 은혜를 후히 갑흐리라"

ᄒ니 무녜(巫女ㅣ) 듯고 깃거 디(對) 왈,

"지금 홍인문(興仁門)[2] 밧긔 일등(一等) 관상녜(觀相女ㅣ) 이시니, ᄉᆞ람의 상(相)을 ᄒᆞᆫ번 보면 젼후(前後) 길흉(吉凶)을 판단(判斷)ᄒᆞ느니, 이 ᄉ

---

1) 곡산(谷山): 황해도 곡산군에 있는 면.
2) 홍인문(興仁門): 홍인지문(興仁之門). 지금 서울시 종로구 종로6가에 있는 성문인 동대문.

람을 쳥ᄒ여 쇼원을 ᄌ시 니르고, 샹공긔 쳔거(薦擧)ᄒ여 젼후ᄉ(前後事)을 본 다시 고ᄒ면, 샹공의 필연(必然) 디혹(大惑)ᄒ샤 그 ᄋ희(兒孩)를 업시코져 ᄒ시리니, 그ᄢᅦ를 타 여ᄎ여ᄎ(如此如此)ᄒ면 엇지 묘계(妙計) 아니리잇고."

쵸난이 디희(大喜)ᄒ여 먼져 은ᄌ(銀子) 오십냥(五十兩)을 쥬며 샹ᄌ(相者)를 쳥ᄒ여 오라 ᄒ니, 무녜 하직(下直)고 가니라.

잇튼날 공이 니당(內堂)의 드러와 부인(夫人)으로 더부러 길동의 비범(非凡)ᄒ물 닐ᄏ르며 다만 쳔싱(賤生)이믈 한탄(恨歎)ᄒ고 졍(正)히 말슴ᄒ더니, 문득 흔 녀ᄌ(女子ㅣ) 드러와 당하(堂下)의 문안(問安)ᄒ거늘, 공이 고이(怪異)히 녁여 문(問) 왈,

"그ᄃᆡ는 엇더흔 녀지완디 무슴 일노 왓ᄂᆞ뇨?"

그 녀지 왈,

"쇼인(小人)은 관샹ᄒ기로 일숨더니, 맛춤 샹공 문하(門下)의 니르려ᄂᆞ니이다."

공이 ᄎ연3)을 듯고 길동의 니ᄉ(來事)를 알고져 ᄒ여 즉시(卽時) 불너 뵈니, 샹녜 이윽히 보다가 놀나며 왈,

"이 공ᄌ(公子)의 샹을 보니 쳔고(千古) 영웅(英雄)이오 일디호걸(一代豪傑)이로되, 다만 지체4) 부죡(不足)ᄒ오니 다른 염녀(念慮)는 업슬가 ᄒᆞ이다"

ᄒ고 말을 니고져 ᄒ다가 쥬져(躊躇)ᄒ거늘, 공과 부인이 가장 고히 녁여 문 왈,

"무슴 말을 바른디로 니르라."

샹녜 마지못ᄒ여 좌우(左右)를 물니치고 왈,

"공ᄌ의 샹을 보온즉, 흉즁(胸中)의 죠홰(造化ㅣ) 무궁(無窮)ᄒ고, 미간

---

3) [교감] ᄎ연: 차언(此言). 이 말.
4) 지체: 지체. 대대로 전해 내려오는 지위나 문벌.

(眉間)의 산천(山川) 졍긔(精氣) 영농(玲瓏)ᄒ오니, 진짓 왕후(王侯)의 긔상(氣像)이라. 장셩(長成)ᄒ면 장ᄎᆞᆺ 멸문지화(滅門之禍)5)를 당ᄒ오리니, 샹공은 살피쇼셔."

공이 쳥파(聽罷)의 경ᄋᆞ(驚訝)ᄒ여 묵묵(默默) 반향6)의 ᄆᆞᄋᆞᆷ을 졍ᄒ고 왈,

"스람의 팔ᄌᆞ(八字)는 도망키 어렵거니와 너는 이런 말을 누셜(漏泄)치 말나"

당부(當付)ᄒ고 약간(若干) 은ᄌᆞ를 쥬어 보ᄂᆞ니라. 츠후(此後)로 공이 길동을 산졍(山亭)7)의 머물게 ᄒ고 일동일졍(一動一靜)을 엄슉(嚴肅)히 살피니, 길동이 이를 당ᄒᆞ민 더욱 셜우믈 이긔지 못ᄒᆞ나 홀 길 업셔 육도삼약(六韜三略)8)과 텬문지리(天文地理)를 공부(工夫)ᄒ더니, 공이 이 일을 알고 크게 근심ᄒᆞ여 왈,

"이놈이 본ᄃᆡ 지죄(才操ㅣ)9) 잇스미, 만일(萬一) 범남(氾濫)ᄒ 의ᄉᆞ(意思)를 두면 상녀(相女)의 말과 갓ᄒ리니 이를 장ᄎᆞᆺ 엇지ᄒ리?"

ᄒ더라.

이ᄯᅥ 초난이 무녀와 상ᄌᆞ를 교통(交通)ᄒ여 공의 마음을 놀납게 ᄒ고, 길동을 업시코져 ᄒ여 쳔금(千金)을 바려 ᄌᆞᄀᆡᆨ(刺客)을 구ᄒ니 일홈은 특지라. 젼후ᄉᆞ를 ᄌᆞ시 니르고 쵸난이 공긔 고(告) 왈,

"일젼(日前) 상녀 아는 일이 귀신(鬼神)갓트미, 길동의 일을 엇지 쳐치(處置)ᄒ시ᄂᆞ니잇고? 쳔쳡(賤妾)도 놀납고 두려워ᄒ옵ᄂᆞ니, 일즉 져를

---

5) 멸문지화(滅門之禍): 한 집안이 죽임을 당하는 끔찍한 재앙.

6) 반향: 반상(半晌). 반나절.

7) 산졍(山亭): 산속에 지은 정자.

8) 육도삼략(六韜三略): 중국의 오래된 병서(兵書)인 『육도六韜』와 『삼략三略』을 아울러 이르는 말. 『육도』는 중국 주(周)나라의 신하인 여상(呂尙)이 지었다는 병서로, 「문도文韜」「무도武韜」「용도龍韜」「호도虎韜」「견도犬韜」「표도豹韜」로 구성되어 있다. 『삼략』은 중국 진(秦)나라 말의 은사(隱士)이자 병법가(兵法家) 황석공(黃石公)이 태공(太公) 여상의 병법을 부연하여 전한시대의 개국공신 장양(張良)에게 전수해주었다고 알려진 병서로, 「상략上略」「중략中略」「하략下略」세 편으로 이루어져 있다.

9) 재죄(才操): '재주'의 원말.

업시험만 갓지 못ᄒ리로쇼이다.”

공이 이 말을 듯고 눈셥을 찡긔여 왈,

“이 일은 니 쟝즁(掌中)의 잇스이 너는 번거이 구지 말나”

ᄒ고 물니치나, 심ᄉᆡ(心思ㅣ) ᄌᆞ연(自然) 산난(散亂)ᄒ여 밤이면 ᄌᆞᆷ을 닐
우지 못ᄒ고 인ᄒ여 병(病)이 된지라. 부인과 좌랑(佐郞)10) 인형이 크게
근심ᄒ여 아모리 헐 줄 모로더니, 쵸난이 겻히 뫼셔다가 고 왈,

“샹공 환휘(患候ㅣ) 위즁(危重)ᄒ시문 길동을 두시미라. 쳔(淺)ᄒ온 소
견(所見)은 길동을 죽여 업시ᄒ면 샹공의 병환(病患)도 쾌ᄎᆞ(快差)ᄒ실
ᄲᆞᆫ 아녀 문호(門戶)을 보존(保存)ᄒ오리니 엇지 이를 싱각지 아니시ᄂᆞᆫ잇
고?”

부인 왈,

“아모리 그려나 텬뉸(天倫)이 지즁(至重)ᄒ니 ᄎᆞᆷ아 엇지 힝(行)ᄒ리
오?”

쵸난 왈,

“듯ᄌᆞ오니 특지라 ᄒᄂᆞᆫ ᄌᆞ긱이 잇셔 ᄉᆞ롬 죽이믈 낭즁취믈(囊中取
物)11)갓치 혼다 ᄒ오니, 쳔금을 쥬어 밤의 드러가 ᄒᆡ(害)ᄒ오면, 샹공이
아르시나 헐 길 업스올리니 부인은 ᄌᆡ삼(再三) 싱각ᄒ쇼셔.”

부인과 좌랑이 눈물을 흘녀 왈,

“이ᄂᆞᆫ ᄎᆞᆷ아 못 헐 비로디, 쳣지ᄂᆞᆫ 나라을 위ᄒ미오, 둘지ᄂᆞᆫ 샹공을
위ᄒ미오, 셋치ᄂᆞᆫ 문호를 보존ᄒ미라. 너의 계교(計巧)디로 힝ᄒ라12).”

쵸난이 디희ᄒ여 다시 특지를 불녀 이 말을 ᄌᆞ시 니르고, 금야(今夜)
의 급(急)히 힝ᄒ라 ᄒ니, 특지 응낙(應諾)고 밤들기를 기다리더라.

ᄎᆞ셜(且說). 길동이 그 원통(冤痛)혼 일을 싱각ᄒᄆᆡ 시긱13)을 머무지

---

10) 좌랑(佐郞): 조선시대 육조(六曹)의 정6품 벼슬로 육조의 실무를 관장했다. 특히 이조와 병조
   정랑은 좌랑과 함께 전랑(銓郞)이라고 하여 반드시 문과 출신을 임명했다. 이들은 당하관의
   인사 전담, 청요직 관원 추천, 후임자 천거 등 특별한 권한을 소유였다.
11) 낭중취물(囊中取物): 주머니 속의 물건을 얻는다는 뜻으로, 아주 쉬운 일을 이르는 말.
12) [교감] 힝혀라: 힝ᄒ라. 행하라.

못헐 일이로되, 샹공의 엄녕(嚴令)이 지중ᄒ무로 홀 길 업셔 밤이면 줌을 닐우지 못ᄒ더니, 초야(此夜)의 쵹(燭)을 밝히고 『쥬역周易』14)을 줌심(潛心)ᄒ다가, 문득 드르니 가마귀 셰 번 울고 가거눌, 길동이 고이히 넉여 혼ᄌ말노 니르되,

"이 즘싱은 본디 밤을 쩌리거눌 이졔 울고 가니 심히 불길(不吉)ᄒ도다"

ᄒ고 줌간 팔괘(八卦)15)를 버려보고 디경(大驚)ᄒ여 셔안(書案)을 물니고 둔갑법(遁甲法)을 힝ᄒ여 그 동졍(動靜)을 살피더니, 스경(四更)16)은 ᄒ여 ᄒ 스롬이 비슈(匕首)를 들고 완완(緩緩)이 방문(房門)을 열고 드러오ᄂᆞᆫ지라. 길동이 급히 몸을 감쵸고 진언(眞言)17)을 념(念)ᄒ니, 홀연(忽然) 일진음풍(一陣陰風)18)이 니러나며 집은 간디업고 쳡쳡(疊疊)ᄒᆫ 산즁(山中)의 풍경(風景)이 거록ᄒ지라. 특지 디경ᄒ여 길동의 조홰(造化ㅣ) 신긔(神奇)ᄒ믈 알고 비슈를 감쵸아 피(避)코져 ᄒ더니, 문득 길이 ᄭᆫ쳐지고 층암절벽(層巖絶壁)이 가리와시니 진퇴유곡(進退維谷)이라. 스면(四面)으로 방황(彷徨)ᄒ더니, 무득 져[笛] 쇼리 들니거눌, 정신(精神)을 찰혀 살펴보니 일위(一位) 쇼동(小童)이 나귀를 타고 오며 져 불기를 그치고 ᄭᅮ지져 왈,

"네 무솜 일노 나를 쥭이려 ᄒᄂᆞᆫ다? 무죄(無罪)ᄒᆫ 스롬을 회(害)ᄒ면 엇지 텬익(天厄)이 업스리오?"

ᄒ고 진언을 념ᄒ더니, 홀연 일진흑운(一陣黑雲)19)이 니러나며 큰비 붓

---

13) [교감] 시직: 시긱(時刻). 짧은 시간.
14) 『주역周易』: 고대 중국의 철학서로 육경(六經)의 하나. 만상(萬象)을 음양(陰陽) 이원(二元)으로 설명하여 그 으뜸을 태극이라 했고, 거기서 64괘를 만들었는데, 이에 맞추어 철학, 윤리, 정치상의 해석을 덧붙였다.
15) 팔괘(八卦): 중국 고대 전설상의 제왕 복회(伏羲)가 지었다는 여덟 가지 괘. 세상의 모든 현상을 음양을 겹쳐 나타낸 『주역』의 여덟 가지 상.
16) 사경(四更): 새벽 1시에서 3시 사이.
17) 진언(眞言): 비밀스러운 어구.
18) 일진음풍(一陣陰風): 한바탕 몰아치는 음산한 바람.
19) 일진흑운(一陣黑雲): 한바탕 일어나는 먹구름.

드시 오고 스셕(沙石)이 날니거놀, 특지 졍신을 슈습(收拾)ᄒ여 살펴보니 길동이라. 비록 그 ᄌ죠를 신긔히 역이나, '엇디 나를 ᄃ젹(對敵)ᄒ리오?' ᄒ고 다라들며 ᄃ호(大呼) 왈,

"너는 죽어도 나를 원(怨)치 말나. 쵸난이 무녀와 샹ᄌ로 ᄒ여금 샹공과 의논(議論)ᄒ고 너를 죽이려 ᄒ미니, 엇지 나를 원망(怨望)ᄒ리오?"

ᄒ고 칼을 들고 다라들거놀, 길동이 분긔(憤氣)를 ᄎᆷ지 못ᄒ여 요슐(妖術)노 특지의 칼을 아셔 들고 ᄃ미(大罵) 왈,

"네 ᄌ물(財物)을 탐(貪)ᄒ여 스람 죽이믈 죠히 넉이니 너 갓튼 무도(無道)ᄒᆫ 놈을 죽여 후환(後患)을 업시ᄒ리라"

ᄒ고 ᄒᆫ 번 칼흘 드니 특지의 머리 방즁(房中)의 나려지는지라. 길동이 부긔(憤氣)를 니긔지 못ᄒ여 이 밤의 바로 샹녀를 잡아 특지 죽은 방의 드리치고 ᄭ우지져 왈,

"네 날노 더부러 무슴 원슈(怨讐ㅣ) 잇관ᄃ 쵸난과 ᄒᆫ가지로 나를 죽이려 ᄒ더냐?"

ᄒ고 버히니, 엇지 가련(可憐)치 아이ᄒ리오?

집 떠나는 길동

이때 길동이 냥인(兩人)을 죽이고 건상(乾象)¹⁾을 살펴보니, 은하슈(銀河水)는 셔(西)흐로 기우러지고, 월식(月色)은 희미(稀微)ᄒ여 슈회(愁懷)를 돕ᄂ지라. 분긔(憤氣)를 춤지 못ᄒ여 또 쵸난을 죽이고져 ᄒ다가, 샹공(相公)이 ᄉ랑ᄒ시믈 씨닷고 칼을 더지며 망명도싱(亡命圖生)ᄒ믈 싱각ᄒ고 바로 샹공 침쇼(寢所)의 나아가 하직(下直)을 고(告)코져 ᄒ더니, 이때 공이 창외(窓外)의 인젹(人迹) 잇스믈 괴히 녁여 창을 열고 보니, 이 곳 길동이라. 인견(引見)²⁾ 왈(曰),

"밤이 깁허거늘 네 엇지 ᄌ지 아니ᄒ고 이리 방황(彷徨)ᄒᄂ다?"

길동이 복지(伏地) 디(對) 왈,

"쇼인(小人)이 일즉 부싱모휵지은(父生母慉之恩)을 만분지일(萬分之一)이나 갑흘가 ᄒ여더니, 가닉(家內)의 불의지인(不義之人)이 잇셔 샹공긔 춤쇼(讒訴)ᄒ고 쇼인을 죽이려 ᄒ오미, 계오 목슘은 보젼(保全)ᄒ여스오

---

1) 건상(乾象): 하늘의 현상이나 일월성신이 돌아가는 이치.
2) 인견(引見): 윗사람이 아랫사람을 불러서 만나봄.

나 샹공을 뫼실 길 업슙기로 금일(今日) 샹공긔 하직을 고(告)ᄒ나이다"

ᄒ거놀, 공이 디경(大驚) 왈,

"네 무슴 변괴(變故ㅣ) 잇관딩 어린 ᄋ희 집을 바리고 어딩로 가려 ᄒ
는다?"

길동이 디 왈,

"날이 붉으면 ᄌ연(自然) 아르시련이와 쇼인의 신셰(身世)ᄂ 부운(浮
雲)과 갓스오니, 샹공의 바린 ᄌ식(子息)이 엇지 참쇼(讒訴)를 두리이닛
고?"

ᄒ며 쌍뉘(雙淚ㅣ) 종횡(縱橫)ᄒ여 말을 일우지 못ᄒ거놀, 공이 그 형상
(形象)을 보고 측은(惻隱)이 녁여 기유(開諭) 왈,

"너 너의 품은 한(恨)을 짐작(斟酌)ᄒᄂ니, 금일(今日)노붓터 호부호형
(呼父呼兄)ᄒ믈 허(許)ᄒ노라."

길동이 지빈(再拜) 왈,

"쇼ᄌ(小子)의 일편지한(一片之恨)을 야얘(爺爺ㅣ)³⁾ 푸려쥬옵시니 죽어
도 한이 업도쇼니다. 복망(伏望) 야야(爺爺)ᄂ 만슈무강(萬壽無彊)ᄒ옵쇼
셔"

ᄒ고 지빈 하직ᄒ니, 공이 붓드지 못ᄒ고 다만 무ᄉ(無事)ᄒ믈 당부(當
付)ᄒ더라.

길동이 ᄯ 어미 침쇼의 가 니별(離別)을 고ᄒ여 왈,

"쇼지 지금 슬하(膝下)들⁴⁾ 써나오믹 다시 뫼실 날이 잇스오리이 모친
(母親)은 그ᄉ이 귀쳬(貴體)를 보즁(保重)ᄒ쇼셔."

츈낭(春娘)이 이 말을 듯고 무슴 변괴(變怪) 잇스믈 짐작ᄒ나, ᄋᄌ(兒
子)의 하직ᄒ믈 보고 집슈(執手) 통곡(痛哭) 왈,

"네 어딩로 향(向)코져 ᄒᄂ다? 혼집의 잇셔도 쳐쇠(處所ㅣ) 쵸원(超

---

3) 야야(爺爺): 예전에 아버지를 높여 이르던 말.
4) [교감] 슬하들: 슬하를.

156

遠)⁵⁾ᄒ여 미양 연연(戀戀)ᄒ더니, 이제 너를 정쳐(定處) 업시 보ᄂᆞ고 엇지 잇스리오? 너ᄂᆞᆫ 슈이 도라와 모ᄌᆡ(母子ㅣ) 샹봉(相逢)ᄒᄆᆞᆯ 바라노라."

길동이 ᄌᆞ비 ᄒ직(下直)ᄒ고 문(門)을 나ᄆᆡ, 운산(雲山)이 쳡쳡(疊疊)ᄒ여 지향(指向) 업시 힝(行)ᄒ니, 엇지 가련(可憐)치 아니리오?

ᄎ셜(且說). 쵸난이 특ᄌᆡ의 쇼식(消息) 업스ᄆᆞᆯ 십분(十分) 의오(疑訝)ᄒ여 ᄉᆞ긔(事幾)⁶⁾를 탐지(探知)ᄒ니, 길동은 간ᄃᆡ업고 특ᄌᆡ의 죽엄과 계집의 시신(屍身)이 방즁(房中)의 잇다 ᄒ거날, 쵸난이 혼비빅산(魂飛魄散)ᄒ여 급히 부인긔 고ᄒᆫᄃᆡ, 부인이 쏘ᄒᆫ 디경ᄒ여 좌랑(佐郞)을 불너 이 일을 닐으며 샹공긔 고ᄒ니, 공이 디경실식(大驚失色) 왈,

"길동이 밤의 와 슬피 하직을 고ᄒᆞᄆᆡ 고히 녁여더니, 이 일이 잇도다."

좌랑이 감히 은휘(隱諱)치 못ᄒ여 쵸난의 실ᄉᆞ(實事)를 고ᄒᆫᄃᆡ, 공이 더욱 분노(憤怒)ᄒ여 일변(一邊) 쵸난을 ᄂᆞ치고 가마니 그 시쳬(屍體)를 업시ᄒ며 노복(奴僕)을 불너 이런 말을 ᄂᆡ지 말나 당부ᄒ더라.

---

5) 초원(超遠): 아득히 멂.
6) 사기(事幾): 일이 되어가는 가장 중요한 기틀.

도적 두목에서 활빈당 행수로

각셜(却說). 길동이 부모(父母)를 니별(離別)ᄒ고 문(門)을 나미 일신(一身)이 표박(漂泊)ᄒ여 정처(定處) 업시 힝(行)ᄒ더니, ᄒᆫ 곳의 다다르니 경긔(景槪) 절승(絶勝)ᄒᆫ지라. 인가(人家)를 ᄎᆞᄌ 졈졈 드러가니 큰 바회 밋희 셕문(石門)이 닷쳐거눌, 가마니 그 문을 열고 드러가니 평원(平原) 광야(廣野)의 슈빅호(數百戶) 인가(人家ㅣ) 즐비(櫛比)ᄒ고, 여러 ᄉᆞ룸이 모다 잔치ᄒ며 즐기니, 이곳은 도적(盜賊)의 굴혈(掘穴)이라. 문득 길동을 보고 그 위인(爲人)이 녹녹(碌碌)지 아니믈 반겨 문(問) 왈(曰),

"그디ᄂᆞᆫ 엇던 ᄉᆞ룸이완디 이곳의 ᄎᆞᄌ왓ᄂᆞ뇨? 이곳은 영웅(英雄)이 모도여시나 아직 괴슈(魁首)를 졍치 못ᄒ여시니, 그디 만일 용녁(勇力)이 잇셔 춤예(參預)[1]코져 헐진디, 져 돌을 드러보라."

길동이 이 말을 듯고 다힝(多幸)ᄒ여 지비(再拜) 왈,

"나ᄂᆞᆫ 경셩(京城) 홍판셔(洪判書)의 쳔쳡(賤妾) 쇼싱(所生) 길동이러니,

1) 참예(參預): 참여(參與). 어떤 일에 끼어들어 관계함.

가즁(家中) 쳔디(賤待)를 밧지 아니려 ᄒᆞ여 ᄉᆞ희(四海) 팔방(八方)으로 정쳐 업시 단니더니, 우연(偶然)이 이곳의 드러와 모든 호걸(豪傑)의 동뇨(同僚) 되믈 니르시니, 불승감ᄉᆞ(不勝感謝)[2]ᄒᆞ거니와 쟝뷔(丈夫ㅣ) 엇지 져만흔 돌 들기를 근심ᄒᆞ리오?"

ᄒᆞ고, 그 돌을 드러 슈십보(數十步)를 ᄒᆡᆼᄒᆞ다가 더지니, 그 돌 무긔[3] 쳔근(千斤)이라. 졔젹(諸賊)이 일시(一時)의 칭찬(稱讚) 왈,

"과연 쟝ᄉᆡ(壯士ㅣ)로다. 우리 슈쳔명(數千名) 즁의 이 돌 들 지(者ㅣ) 업더니, 오날날 하날이 도으샤 쟝군(將軍)을 쥬시미로다"

ᄒᆞ고 길동을 상좌(上座)의 안치고 슐을 ᄎᆞ례(次例)로 젼(傳)ᄒᆞ고, 빅마(白馬)를 좁아 밍셰(盟誓)ᄒᆞ며 언약(言約)을 굿게 ᄒᆞ니, 즁인(衆人)이 일시의 응낙(應諾)ᄒᆞ고 죵일(終日) 즐기더라.

이후로 길동이 졔인(諸人)으로 더부러 무예(武藝)를 연습(練習)ᄒᆞ여 슈월지닉(數月之內)의 군법(軍法)이 졍졔(整齊)흔지라. 일일(一日)은 졔인(諸人)이 니르되,

"아등(我等)이 발셔 합쳔(陜川) 하인ᄉᆞ[4]를 쳐 그 지믈(財物)을 탈츄(奪取)코져 ᄒᆞ나 지략(智略)이 부죡(不足)ᄒᆞ여 그죠[5]를 발(發)치 못ᄒᆞ여더니, 이졔 쟝군의 의향(意向)이 엇더ᄒᆞ시이잇고?"

길동이 쇼(笑) 왈,

"닉 쟝ᄎᆞ(將次) 발군(發軍)ᄒᆞ리니 그디 등은 지위(指揮)디로 ᄒᆞ라"

ᄒᆞ고, 쳥포(靑袍) 흑디(黑帶)의 나귀를 타고 죵ᄌᆞ(從者) 슈인(數人)을 다리고 나가며 왈,

"닉 그 졀의 가 동졍(動靜)을 보고 오리라"

ᄒᆞ고 가니, 완연(完然)흔 지샹가(宰相家) ᄌᆞ졔(子弟)라.

---

2) 불승감사(不勝感謝): 고마움을 이기지 못함.
3) [교감] 무긔: 무게.
4) [교감] 하인ᄉᆞ: 해인사(海印寺). 경상남도 합천군 가야면 치인리 가야산 서남쪽 기슭에 있는 절. 고려대장경판을 보관하고 있어 법보사찰이라고도 한다.
5) [교감] 그죠: 거죠(擧措). 큰일을 저지름.

그 졀의 드러가 먼져 슈승(首僧)을 불너 니르되,

"나는 경셩 홍판셔 딕 ᄌ졔라. 이 졀의 와 글공부ᄒ라 왓거니와, 명일(明日)의 빅미(白米) 이십셕(二十石)을 보닐 거시니, 음식(飮食)을 졍(淨)히 찰이면 너의들노 ᄒᆞᆫ가지로 먹으리라"

ᄒ고, 스즁(寺中)을 두루 살펴보며 후일(後日)을 긔약(期約)ᄒ고 동구(洞口)를 나오니, 졔승(諸僧)이 깃거ᄒ더라. 길동이 도라와 빅미 니십셕(二十石)을 보ᄂᆡ고, 즁인(衆人)을 불너 왈,

"니 아모 날은 그 졀의 가 이리이리ᄒ리니, 그ᄃᆡ 등은 뒤흘 좃ᄎ와 이리이리ᄒ라"

ᄒ고 그날을 기다려 죵ᄌ 슈십인(數十人)을 다리고 하인스의 니르니, 졔승이 마ᄌ 드러가니, 길동이 노승(老僧)을 불너 문 왈,

"니 보닌 쌀노 음식이 부죡지 아니ᄒ더뇨?"

노승 왈,

"엇지 부죡ᄒ리잇가? 너무 황감(惶感)ᄒ여이다."

길동이 샹좌(上座)의 안고 졔승을 일졔(一齊)이 쳥(請)ᄒ여 각기 상(床)을 밧게 ᄒ고, 먼져 슐을 마시며 ᄎ례로 젼ᄒ니, 모든 즁이 황감ᄒ여ᄒ더라. 길동이 상을 밧고 먹더니, 문득 모릭를 가마니 닙의 너코 씨무니, 그 쇼리 큰지라. 졔승이 듯고 놀나 샤죄(謝罪)ᄒ거늘, 길동이 거즛 딕로(大怒)ᄒ여 ᄭ우지져 왈,

"너희 등이 엇지 음식을 이다지 부졍(不淨)케 ᄒ뇨? 이눈 반다시 능멸(凌蔑)ᄒ미라"

ᄒ고, 죵ᄌ의게 분부(分付)ᄒ여 졔승을 다 ᄒᆞᆫ 줄의 결박(結縛)ᄒ여 안치니, 스즁(寺中)6)이 황겁(惶怯)ᄒ여 아모리 헐 줄 모로ᄂ지라. 이윽고 딕적(大賊) 슈빅여 명(數百餘名)이 일시의 다라드러 모든 직물을 졔 것 가져가듯 ᄒ니, 졔승이 보고 다만 닙으로 쇼리만 지를 ᄯ름이라.

---

6) 사즁(寺中): 절 안에 있는 모든 사람.

잇쩌 불목한7)이 맛춤 나갓다가 이런 일을 보고 즉시(卽時) 관가(官家)의 고(告)ᄒ니, 합쳔 원(員)8)이 듯고 관군(官軍)을 죠발(調發)9)ᄒ여 그 도젹을 줍으라 ᄒ니, 수빅 쟝교(將校) 도젹의 뒤를 쫏칠싀, 문득 보니 흔 즁이 숑낙10)을 쓰고 쟝삼(長衫)11) 닙고, 뫼[山]의 올나 웨여12) 왈,

"도젹이 북편(北便) 쇼로(小路)로 가니 뿔니 가 잡으쇼셔"

ᄒ거늘, 관군이 그 졀 즁인가 ᄒ여 풍우(風雨)갓치 북편 쇼로로 ᄎᄌ가다가, 날이 져문 후 잡지 못ᄒ고 도라가니라. 길동이 졔젹을 남편(南便) 디로(大路)로 보니고 졔 홀노 즁의 복식(服色)으로 관군을 속여 무ᄉ히 굴혈노 도라오니, 모든 ᄉᄅ이 발셔 지물을 슈탐(搜探)ᄒ여 왓ᄂᆫ지라. 일시의 나와 사례(謝禮)ᄒ거늘, 길동이 쇼 왈,

"쟝뷔 이만 지죄(才操ㅣ) 업스면 엇지 즁인(衆人) 괴슈 되리오?"

ᄒ더라.

이후로 길동이 ᄌ호(自號)를 할빈당(活貧黨)이라 ᄒ여 됴션(朝鮮) 팔도(八道)로 단니며 각 읍(各邑) 슈령(守令)이 불의(不義)로 지물이 잇스면 탈취ᄒ고, 혹 지빈무의(至貧無依)13)흔 지 잇스면 구졔(救濟)ᄒ며, 빅셩(百姓)을 침범(侵犯)치 아니ᄒ고, 나라의 속헌 지물은 츄호(秋毫)도 범(犯)치 아니ᄒ니, 이러무로 졔젹이 그 의취(意趣)를 항복(降服)ᄒ더라.

---

7) 불목한: 불목하니. 절에서 밥을 짓고 물을 긷는 일을 맡아서 하는 사람.
8) 원(員): 수령(守令).
9) 조발(調發): 징발(徵發). 군사로 쓸 사람을 강제로 뽑아 모음.
10) 숑낙: 송낙. 예전에 여승이 주로 쓰던, 송라를 우산 모양으로 엮어 만든 모자.
11) 쟝삼(長衫): 중의 웃옷. 검은 베로 길이가 길고, 품과 소매를 넓게 만든다.
12) 웨여: 외쳐.
13) 지빈무의(至貧無依): 매우 가난하여 의지할 곳조차 없음.

홍길동을 잡아들이라

일일(一日)은 길동이 졔인(諸人)을 모호고 의논(議論) 왈(曰),

"이졔 함경감시(咸鏡監司ㅣ) 탐관오리(貪官汚吏)로 쥰민고틱(浚民膏澤)[1]
ᄒᆞ여 ᄇᆡᆨ셩(百姓)이 다 견듸지 못ᄒᆞᆫ지라. 우리 등이 그져 두지 못ᄒᆞ리
니 그듸 등은 나의 지휘(指揮)ᄃᆡ로 허라"

ᄒᆞ고, ᄒᆞᆫ아식 흘녀 드러가 아모 날 밤의 긔약(期約)을 졍ᄒᆞ고 남문(南
門) ᄇᆞ끠 불을 지르니, 감시(監司ㅣ) 딕경(大驚)ᄒᆞ여 그 불을 구허라 ᄒᆞ
니, 관쇽(官屬)[2]이며 ᄇᆡᆨ셩드리 일시(一時)의 니다라 그 불을 구헐ᄉᆡ, 길
동의 슈ᄇᆡᆨ(數百) 젹당(賊黨)이 일시의 셩듕(城中)의 다라드러 창고(倉庫)
를 열고 젼곡(錢穀)과 군긔(軍器)를 슈탐(搜探)ᄒᆞ여 북문(北門)으로 다라
나니, 셩듕이 요란(搖亂)ᄒᆞ여 물 ᄭᅳᆯᄐᆞᆺ ᄒᆞᆫ지라. 감시 불의지변(不意之
變)[3]을 당ᄒᆞ여 아모리 헐 쥴 모로더니, 날이 ᄇᆞᆰ은 후 살펴보니 창고의

1) 쥰민고택(浚民膏澤): 재물을 마구 착취하여 백성을 괴롭힘.
2) 관쇽(官屬): 지방 관아의 아전과 하인을 통틀어 이르던 말.
3) 불의지변(不意之變): 뜻밖에 당한 변고.

군긔와 젼곡이 뷔여거눌, 감시 대경실식(大驚失色)ㅎ여 그 도젹(盜賊) 줍기를 힘쓰더니, 홀연(忽然) 북문의 방(榜)을 붓쳐시되,

아모 날 젼곡 도젹흔 즈는 활빈당(活貧黨) 힝슈(行首)[4] 홍길동이라

ㅎ엿거눌, 감시 발군(發軍)ㅎ여 그 도젹을 줍으려 ㅎ더라.

  츠셜(且說). 길동이 졔젹(諸賊)과 흔가지로 젼곡을 만히 도젹ㅎ여시나, 힝혀 길의셔 줍힐가 넘녀(念慮)ㅎ여 둔갑법(遁甲法)과 츅지법(縮地法)을 힝(行)ㅎ여 쳐쇼(處所)의 도라오니 날이 시고져 ㅎ여더라. 일일은 길동이 졔인(諸人)을 모호고 의논 왈,

  "이졔 우리 합쳔 하인ᄉ(海印寺)의 가 지물(財物) 탈취(奪取)ㅎ고 쏘 함경 감영(監營)의 가 젼곡을 도젹ㅎ여 쇼문(所聞)이 파다(頗多)ㅎ런니와 나의 셩명(姓名)을 써 감영의 붓쳐시니 오리지 아이ㅎ여 줍히기 쉬을지라. 그더 등은 나의 지죠(才操)를 보라"

ㅎ고 즉시(卽時) 쵸인(草人)[5] 일곱을 민드러 진언(眞言)을 념ㅎ고 혼빅(魂魄)을 붓치니, 일곱 길동이 일시의 팔을 쏨니며 크게 소리ㅎ고 흔 곳의 모다 난만(爛漫)이 슈작(酬酌)ㅎ니, 어늬 거시 졍(正) 길동인지 아지 못ㅎ는지라. 팔도(八道)의 흔아식 홋허지되, 각각 스룸 슈빅여명(數百餘名)식 거느리고 단니니, 그즁의도 졍 길동이 어늬 곳의 잇는 줄 아지 못ㅎ네라. 여둛 길동이 팔도의 단니며 호풍환우(呼風喚雨)[6]ㅎ는 슐법(術法)을 힝ㅎ니, 각 읍 창곡(倉穀)이 일야간(一夜間)의 종젹(蹤迹) 업시 가져가며, 셔울 오는 봉물(封物)[7]을 의심(疑心) 업시 탈취ㅎ니, 팔도 각 읍이 쇼요(騷擾)ㅎ여 밤의 능히 줌을 즈지 못ㅎ고 도로의 힝인(行人)

---

4) 행수(行首): 한 무리의 우두머리.
5) 초인(草人): 짚으로 만든 사람 모양의 물건.
6) 호풍환우(呼風喚雨): 요술로 바람과 비를 불러일으킴.
7) 봉물(封物): 예전에 시골에서 서울의 왕이나 벼슬아치에게 바치던 물건.

이 쓴쳐시니, 이러무로 팔되(八道ㅣ) 요란흔지라. 감시 이 일노 장계(狀啓)8)흐니, 디강(大綱) 하여시되,

　난디업는 홍길동이란 디젹(大賊)이 잇셔, 능히 풍운(風雲)을 짓고 각 읍의 지물을 탈취흐오며 봉숑(封送)흐는 물종(物種)이 올나가지 못흐여 작난(作亂)이 무슈(無數)흐오니, 그 도젹을 줍지 못흐오면 장춧(將次) 어니 지경(地境)의 니를 쥴 아지 못흐오리니, 복망(伏望) 성샹(聖上)은 좌우(左右) 포쳥(捕廳)으로 줍게 흐쇼셔

흐여더라. 샹(上)니 보시고 디경허샤 포장(捕將)을 명쵸(命招)9)흐실시, 연(連)흐여 팔도 장계(狀啓)를 올니는지라. 연흐여 써혀10) 보시니, 도젹의 일홈이 다 홍길동이라 흐엿고, 젼곡 일흔 일즈(日字)를 보시니 흔날 흔시라. 샹이 크게 놀나샤 갈오샤디,

　"이 도젹의 용밍(勇猛)과 슐법은 녯날 치위(蚩尤ㅣ)11)라도 당치 못흐리로다. 아모리 신긔(神奇)흔 놈인들 엇지 흔 몸이 팔도의 잇셔 흔날흔시의 도젹흐리오? 이는 심상(尋常)헌 도젹이 아니라. 줍기 어려오리니, 좌우 포장(捕將)이 발군흐여 그 도젹을 줍으라"

흐시니, 잇써 우포쟝 니흡이 쥬(奏) 왈,

　"신(臣)이 비록 지죄(才操ㅣ) 업스오나 그 도젹을 줍아오리니 전하(殿下)는 근심 마르쇼셔. 이졔 좌우 포쟝이 엇지 병츌(幷出)12)흐오리잇가?"

　샹이 올히 녁이샤 급히 발힝(發行)흐믈 지쵹흐시니, 니흡이 하직(下直)

8) 장계(狀啓): 왕명을 받고 지방에 나가 있는 신하가 자기 관하의 중요한 일을 왕에게 보고하던 일. 또는 그런 문서.
9) 명초(命招): 임금의 명으로 신하를 부름.
10) 써혀: 뜯어.
11) 치우(蚩尤): 중국 고대의 전설적인 제왕. 염제(炎帝)의 후예로, 구려족(九黎族)의 수령. 외모가 기이하고 성격이 사나웠으며, 신출귀몰한 재주와 무기로 황제(黃帝)와의 전쟁에서 연전연승했지만, 최후에 탁록(涿鹿)의 전투에서 패하여 죽었다 한다. 전쟁의 신으로 받들어진다.
12) 병출(幷出): 함께 나란히 나감.

ᄒ고 허다(許多) 관졸(官卒)을 거ᄂᆞ리고 발힝헐ᄉᆡ, 각각 훗터져 아모 날 문경(聞慶)13)으로 모도이믈 약속(約束)ᄒ고, 니흡이 약간 포졸(捕卒) 수삼인(數三人)을 다리고 변복(變服)ᄒ고 단니더니, 일일은 날이 져믈ᄆᆡ 쥬졈(酒店)을 ᄎᆞᄌ 쉬더니, 문득 일위(一位) 쇼년(少年)이 나귀를 타고 드러와 뵈거ᄂᆞᆯ, 포쟝이 답녜(答禮)ᄒᆞᆫᄃᆡ, 그 쇼년이 문득 흔슘지며 왈,

"보천지하(普天之下)의 막비왕토(莫非王土)요, 솔토지민(率土之民)이 막비왕신(莫非王臣)이라14) ᄒ니, 쇼싱(小生)이 비록 향곡(鄕曲)15)의 잇스나 국가(國家)를 위ᄒ여 근심이로쇼니다."

포쟝이 겨즛 놀나며 왈,

"이 엇지 니르미뇨?"

쇼년 왈,

"이제 홍길동이란 도적이 팔도로 단니며 작난ᄒᆞᄆᆡ 인심(人心)이 쇼동(騷動)ᄒᆞ오니, 이놈을 줍지 못ᄒᆞ오니 엇지 분한(憤恨)치 아니리오?"

포쟝이 이 말을 듯고 왈,

"그ᄃᆡ 긔골(氣骨)이 쟝ᄃᆡ(壯大)ᄒ고 언에(言語ㅣ) 츙직(忠直)ᄒ니 날과 ᄒᆞᆫ가지로 그 도적을 줍으미 엇더ᄒᆞ요?"

쇼년 왈,

"니 발셔 줍고져 허나 용녁(勇力) 잇ᄂᆞᆫ 스룸을 엇지 못ᄒᆞ여더니, 이제 그ᄃᆡ를 만나시니 엇지 만힝(萬幸)이 아니리오마는, 그ᄃᆡ 직죠를 아지 못ᄒ니 그윽ᄒᆞᆫ 곳의 가 시험(試驗)허ᄌ"

ᄒ고 ᄒᆞᆫ가지로 힝ᄒ더니, ᄒᆞᆫ 곳의 니르러 놉흔 바회 우희 올나 안즈며 니르되,

"그ᄃᆡ 힘을 다ᄒᆞ여 두 발노 나를 ᄎᆞ라"

---

13) 문경(聞慶): 지금 경상북도 북서부에 있는 시.
14) 보천지하(普天之下)의~막비왕신(莫非王臣)이라: 드넓은 하늘 아래 임금의 땅이 아닌 곳이 없고 그 땅에 사는 백성 가운데 임금의 백성이 아닌 사람이 없다.
15) 향곡(鄕曲): 촌구석.

ᄒᆞ고난 ᄆᆞᄎ히 나아 안거ᄂᆞᆯ, 포쟝이 ᄉᆡᆼ각ᄒᆞ되,

'졔아모리 용녁이 잇슨들 ᄒᆞᆫ 번 ᄎᆞ면 졔 엇지 아니 ᄶᅥ러지리오?'

ᄒᆞ고, 평ᄉᆡᆼ(平生) 힘을 다ᄒᆞ여 두 발노 미오 ᄎᆞ니, 그 쇼년이 문득 도라안즈며 왈,

"그ᄃᆡ 진짓 쟝ᄉᆞ(壯士)로다. 니 여러 스룸을 시험ᄒᆞ되 나를 요동(搖動)ᄒᆞᄂᆞᆫ 지 업더니, 그ᄃᆡ의게 치이미 오쟝(五臟)이 울이ᄂᆞᆫ 듯ᄒᆞ도다. 그ᄃᆡ 나를 ᄯᅡ라오면 길동을 줍으리라"

ᄒᆞ고, 쳡쳡(疊疊)ᄒᆞᆫ 산곡(山谷)으로 드러가거ᄂᆞᆯ, 포쟝이 ᄉᆡᆼ각ᄒᆞ되,

'나도 힘을 ᄌᆞ랑헐 만ᄒᆞ더니, 오날 져 쇼년의 힘을 보니 엇지 놀납지 아니리오? 그러나 이곳가지 왓스니 셜마 져 쇼년 혼ᄌᆞ라도 길동 줍기를 근심ᄒᆞ리오?'

ᄒᆞ고 ᄯᅡ라가더니, 그 쇼년이 문득 돌쳐셔며 왈,

"이곳이 길동의 굴혈(掘穴)이라. 니 몬져 드러가 탐지(探知)헐 거시니, 그ᄃᆡᄂᆞᆫ 여긔셔 기ᄃᆞ리라."

포쟝이 마음의 의심되나 ᄲᆞᆯ니 줍아오물 당부(當付)ᄒᆞ고 안ᄌᆞ더니, 이윽고 호련(忽然) 산곡으로 좃ᄎᆞ 슈십(數十) 군졸(軍卒)이 요란(搖亂)이 쇼리 지르며 ᄂᆞ려오ᄂᆞᆫ지라. 포쟝이 디경ᄒᆞ여 피(避)코져 ᄒᆞ더니, 졈졈 갓가이 와 포쟝을 결박(結縛)ᄒᆞ며 ᄭᅮ지져 왈,

"네 포도디쟝 니흡인다? 우리 등이 지부왕(地府王)[16] 명(命)을 바다 너를 줍으려 왓다"

ᄒᆞ고 쳘식(鐵索)으로 목을 올가 풍우(風雨)갓치 모라가니, 포쟝이 혼불부쳬(魂不附體)[17]ᄒᆞ여 아모란 쥴 모로ᄂᆞᆫ지라. ᄒᆞᆫ 곳의 다다라 쇼리 지르며 ᄭᅮᆯ녀 안치거ᄂᆞᆯ, 포쟝이 졍신(精神)을 진졍(鎭靜)ᄒᆞ여 치미러[18] 보니, 궁궐(宮闕)이 광ᄃᆡ(廣大)ᄒᆞᆫᄃᆡ 무슈ᄒᆞᆫ 황건역ᄉᆞ(黃巾力士)[19] 좌우의

---

16) 지부왕(地府王): 지부의 왕이라는 뜻으로, '염라대왕'을 달리 이르는 말.

17) 혼불부쳬(魂不附體): 혼비백산. 몹시 놀라 넋을 잃음.

18) 치미러: 위쪽을 향해 올려.

버럿고, 젼상(殿上)의 일위 군왕(君王)이 좌탑(坐榻)20)의 안즈 여셩(勵 聲)21) 왈,

"네 요마(幺麼)22) 필부(匹夫)로 엇지 홍쟝군(洪將軍)을 줍으려 ᄒᆞᄂᆞᆫ고? 이러무로 너를 줍아 풍도셩(酆都城)23)의 가도리라."

포쟝이 계오 졍신을 출혀 왈,

"쇼인은 인간(人間)의 흔미(寒微)흔 사롬이라. 무죄(無罪)이 잡혀왓스 니 살녀 보니믈 바라ᄂᆞ이다"

ᄒᆞ고 심이 이걸(哀乞)ᄒᆞ거늘, 젼상(殿上)의셔 우슘쇼리 나며 꾸지져 왈,

"이 사롬아! 나를 즈시 보라. 나는 곳 활빈당(活貧黨) 힝슈 홍길동이 라. 그디 나를 줍으려 ᄒᆞ미 그 용역(勇力)과 뜻을 알고져 ᄒᆞ여 작일(昨 日)의 니 쳥포쇼년(靑袍少年)으로 그디를 인도(引導)ᄒᆞ여 이곳의 와 나 의 위엄(威嚴)을 뵈게 ᄒᆞ미라"

ᄒᆞ고 언파(言罷)의 좌우를 명ᄒᆞ여 민 거슬 글너 당(堂)의 안치고 슐을 나와 권(勸)ᄒᆞ며 왈,

"그디는 부졀업시 단니지 말고 썰니 도라가되, 나를 보왓다 ᄒᆞ면 반 다시 죄칙(罪責)이 잇슬 거시니 부디 이런 말을 니지 말나"

ᄒᆞ고, 다시 술을 부여 권ᄒᆞ며 좌우를 명ᄒᆞ여,

"니여보니라"

ᄒᆞ니 포쟝이 싱각ᄒᆞ되, 니가 이거시 꿈인가, 싱신(生時)가? 엇지ᄒᆞ여 이 의 왓스며, 길동의 됴화(造化)를 신긔(神奇)히 녁여 니러24) 가고져 ᄒᆞ더 니, 호련(忽然) 사지(四肢)를 요동(搖動)치 못ᄒᆞᄂᆞ지라. 고히 녁여 졍신 을 진졍(鎭靜)ᄒᆞ여 살펴보니, 가죽25)부디(負袋) 속의 드러거늘, 간신(艱

---

19) 황건역사(黃巾力士): 귀신 가운데 무력을 맡은 장수신인 신장(神將)의 하나. 힘이 세다고 한다.
20) 좌탑(坐榻): 아무런 장식이 없이 나무로 만들어 관아에서 쓰던 의자.
21) 여셩(勵聲): 성이 나서 큰 소리를 지름. 또는 그 소리.
22) 요마(幺麼): 변변하지 못함. 또는 그런 사람.
23) 풍도셩(酆都城): 도가에서 '지옥'을 이르는 말. 풍도(酆都).
24) 니러: 일어나.

辛)이 나와 본즉 부디 셰이 남긔26) 걸여거늘, 츠례(次例)로 글너 너여 보니 쳐음 쪄날 졔 다리고 왓던 하인(下人)이라. 셔로 니르되,

"이거시 엇진 일고? 우리 쪄날 졔 문경으로 모히즈 ᄒᆞ여더니, 엇지 이곳의 왓논고?"

ᄒᆞ고, 두로 살펴보니, 다른 곳 아니오, 쟝안셩(長安城)27) 북악(北岳)28)이 라. 亽인(四人)이 어이업셔 쟝안을 구버보며 하인ᄃᆞ려 일너 왈,

"너는 엇지 이곳의 왓ᄂᆞ뇨?"

삼인(三人)이 고(告) 왈,

"쇼인 등은 쥬졈(酒店)의셔 즈옵더니, 호련 풍운(風雲)의 ᄲᅡ이여 이리 왓亽오니 무슨 연고(緣故)를 아지 못ᄒᆞ미로쇼이다."

포쟝 왈,

"이 일이 가쟝 허무밍랑(虛無孟浪)ᄒᆞ니 남의게 젼셜(傳說)치 말나. 그 러나 길동의 지죄 불측(不測)ᄒᆞ니 엇지 인녁(人力)으로ᄡᅥ 줍으리오? 우 리 등이 이졔 그져 드러가면 필경(畢竟) 죄를 면치 못ᄒᆞ리니 아직 슈 월(數月)을 기ᄃᆞ려 드러가즈"

ᄒᆞ고 나려오더라.

츠시(此時) 샹이 팔도의 힝관(行關)29)ᄒᆞ샤 길동을 줍아드리라 ᄒᆞ시되, 그 변화(變化ㅣ) 불측ᄒᆞ여 쟝안 디로(大路)로 혹 쵸헌(軺軒)30)도 타고 왕 니(往來)ᄒᆞ며, 혹 각 읍의 노문(路文)31) 노코 쌍교(雙轎)32)도 타고 왕니 ᄒᆞ며, 혹 어亽(御使)의 모양(模樣)을 ᄒᆞ여 각 읍 슈령(守令) 즁 탐관오리

---

25) 가죡: 가죽.
26) 남긔: 나무에.
27) 쟝안셩(長安城): 수도라는 뜻으로 서울을 이르는 말.
28) 북악(北岳): 서울의 경복궁 북쪽에 있는 북악산.
29) 힝관(行關): 관아에 공문을 보내던 일.
30) 쵸헌(軺軒): 조선시대에 종이품 이상의 벼슬아치가 타던 수레. 긴 줏대에 외바퀴가 밑으로 달 리고, 앉는 데는 의자 비슷하게 되어 있으며, 두 개의 긴 채가 달려 있다.
31) 노문(路文): 조선시대에 공무로 지방에 가는 벼슬아치의 도착 예정일을 미리 그곳 관아에 알 리던 공문.
32) 쌍교(雙轎): 쌍가마. 말 두 마리가 각각 앞뒤 채를 메고 가는 가마.

ᄒᆞ는 쟈(者)를 문득 션참후계(先斬後啓)33)ᄒᆞ되, 가어ᄉᆞ(假御使) 홍길동의 계문(啓聞)34)이라 ᄒᆞ니, 샹이 더옥 진노(震怒)ᄒᆞᄉᆞ 왈,

"이놈이 각 도의 ᄃᆞ니며 이런 작난을 ᄒᆞ되, 아모도 줍지 못ᄒᆞ니 이를 쟝ᄎᆞᆺ 엇지ᄒᆞ리오?"

ᄒᆞ시고, 삼공뉵공(三公六卿)35)을 모와 의논ᄒᆞ시더니, 연ᄒᆞ여 쟝계(狀啓) 오르되, 다 팔도의 홍길동이 작난ᄒᆞ는 쟝계라. 샹이 ᄎᆞ례로 보시고 크게 근심ᄒᆞ샤 좌우를 도라보시며 문(問) 왈,

"이놈이 아마도 ᄉᆞ룸은 아니요 귀신(鬼神)의 작폐(作弊)니, 됴신(朝臣) 즁 뉘 그 근본(根本)을 짐작(斟酌)ᄒᆞ리오?"

일인(一人)이 츌반(出班)36) 쥬 왈,

"홍길동은 젼님(前任) 니죠판셔(吏曹判書) 홍모(洪某)의 셔ᄌᆞ(庶子)요 병됴좌랑(兵曹佐郎) 홍인형의 셔졔(庶弟)오니, 이졔 그 부ᄌᆞ(父子)를 나리(拿來)37)ᄒᆞ여 친문(親問)ᄒᆞ시면 자연 아르실가 ᄒᆞᄂᆞ니다."

샹이 익노(益怒) 왈,

"니런 말을 엇지 이졔야 ᄒᆞ는다?"

ᄒᆞ시고 즉시 홍모는 금부(禁府)38)로 나슈(拿囚)39)ᄒᆞ고, 먼져 인형을 줍 아드려 친국(親鞫)40)ᄒᆞ실ᄉᆡ, 텬위(天位) 진노ᄒᆞᄉᆞ 셔안(書案)을 쳐 가로 샤되,

"길동이란 도적이 너의 셔졔라 ᄒᆞ니, 엇지 금단(禁斷)치 아니ᄒᆞ고 그

---

33) 션참후계(先斬後啓): 군율을 어긴 자를 먼저 처형한 뒤 임금에게 아뢰던 일.

34) 계문(啓聞): 신하가 임금에게 올리던 글.

35) 삼공육경(三公六卿): 조선시대에 삼정승(三政丞)과 육조판서(六曹判書)를 통틀어 이르던 말. 삼정 승은 의정부에서 국가 주요 정책을 결정하는 일을 맡아보던 세 벼슬로, 영의정, 좌의정, 우의 정을 이른다. 육조판서는 조선시대에 정무(政務)를 나누어 맡아보던 여섯 관부(官府)인 이조, 호조, 예조, 병조, 형조, 공조판서를 이른다.

36) 출반(出班): 여러 신하 가운데 특별히 혼자 나아가 임금에게 아룀.

37) 나래(拿來): 죄인을 잡아옴.

38) 금부(禁府): 의금부(義禁府). 임금의 명령을 받들어 중죄인을 신문하는 일을 맡아 하던 관아.

39) 나수(拿囚): 죄인을 잡아 가둠.

40) 친국(親鞫): 임금이 중죄인을 몸소 신문하던 일.

져 두어 국가의 디환(大患)이 되게 ᄒᆞᄂᆞ뇨? 네 만일 줍아드리지 아니ᄒᆞ
면 너의 부즈의 츙효(忠孝)를 도라보지 아니리니 섈니 줍아드려 됴션
(朝鮮) 디변(大變)을 업게 ᄒᆞ라."

인형이 황공(惶恐)ᄒᆞ여 면관돈슈(免冠頓首)[41] 왈,

"신의 쳔헌 아니[42] 잇셔 일즉 스룸을 쥭이고 망명도쥬(亡命逃走)ᄒᆞ온
지 슈년(數年)이 지나오되, 그 죵젹(蹤跡)을 아옵지 못ᄒᆞ와 신의 늙은
아비 일노 인ᄒᆞ여 신병(身病)이 위즁(危重)ᄒᆞ와 명지죠셕(命在朝夕)[43]이
온 즁, 길동니 무도불측(無道不測)ᄒᆞ무로 셩샹(聖上)의 근심을 끼치오니,
신의 죄 만스무셕(萬死無惜)[44]이오니, 복망 젼하는 하ᄒᆡ지튁(河海之澤)
을 드리옵셔 신의 아비 죄를 샤(赦)허샤 집의 도라가 죠병(調病)케 ᄒᆞ
시면, 신이 쥭기로ᄡᅥ 길동을 줍아 신의 부즈의 죄를 쇽(贖)ᄒᆞ올가 ᄒᆞ나
이다."

샹이 문파(聞罷)의 텬심(天心)이 감동(感動)허스, 즉시 홍모를 샤ᄒᆞ시
고 인형으로 경상감스(慶尙監司)를 졔슈(除授)허스 왈,

"경(卿)이 만일 감스의 긔구(器具)[45] 업스면 길동을 줍지 못ᄒᆞᆯ 거시
오, 일년(一年) 한(限)을 졍ᄒᆞ여 쥬느니 슈이 줍아드리라"
ᄒᆞ시니, 인형이 븩비샤은(百拜謝恩)ᄒᆞ고 인ᄒᆞ여 ᄒᆞ직(下直)ᄒᆞ며 즉일(卽
日) 발ᄒᆡᆼᄒᆞ여 감영의 도임(到任)ᄒᆞ고 각 읍의 방을 붓치니, 이는 길동
을 달니는 방이라. 기셔(其書)의 왈,

스룸이 셰샹(世上)의 나믹 오륜(五倫)이 읏듬이오 오륜이 이시믹 인
의녜지(仁義禮智) 분명(分明)ᄒᆞ거늘, 이를 아지 못ᄒᆞ고 군부(君父)의 명
을 거역(拒逆)ᄒᆞ여 불츙불효(不忠不孝)되면 엇지 셰샹의 용납(容納)ᄒᆞ리

---

41) 면관돈수(免冠頓首): 관을 벗고 이마가 땅에 닿도록 머리를 조아림.
42) [교감] 쳔헌 아니: 천한 아이. 천한 아우.
43) 명재조석(命在朝夕): 거의 죽게 되어 곧 숨이 끊어질 지경에 이름.
44) 만사무석(萬死無惜): 만 번 죽어도 아깝지 않음.
45) 기구(器具): 어떤 일을 해결하는 데 수단이 되는 세력.

오. 우리 아오 길동은 이런 일을 알 거시니 스스로 형을 츠즈와 사로
줍히라. 우리 부친(父親)이 널노 말미암아 병니골슈(病入骨髓)⁴⁶⁾호시고
셩샹이 크게 근심호시니, 네 죄악(罪惡)이 관영(貫盈)⁴⁷⁾호지라. 이러무
로 나를 특별(特別)이 도빅(道伯)⁴⁸⁾을 제슈호샤 너를 줍아드리라 호시
니, 만일 줍지 못호면 우리 홍문(洪門)의 누디쳥덕(屢代淸德)이 일죠(一
朝)의 멸(滅)호리니 엇지 슬푸지 아니리오? 브라느니 아오 길동은 일
를 싱각호여 일즉 자현(自現)호면 너의 죄도 덜닐 거시오 일문(一門)을
보죤(保存)호리니, 아지 못게라! 너는 만 번 싱각호여 즈현허라

호엿더라.

감스 이 방을 각 읍의 붓치고 공스(公事)를 젼펴(全廢)호여 길동이 즈
현호기만 기다리더니, 일일은 흔 쇼년이 나귀를 타고 하인 슈십을 거
느리고 원문(院門)⁴⁹⁾ 밧긔 와 뵈오물 쳥흔디, 감시 드러오라 호니, 그
쇼년이 당샹(堂上)의 올나 비알(拜謁)호거늘, 감시 눈을 드러 즈시 보니,
쩌로 기다리던 길동이라. 디경디희(大驚大喜)호여 좌우를 물니치고 그
손을 잡고 오열유체(嗚咽流涕)⁵⁰⁾ 왈,

"길동아, 네 흔번 문을 나미 스싱죤망(死生存亡)을 아지 못하여 부친
계셔 병입고항(病入膏肓)⁵¹⁾호시거늘, 너는 가지록 불효(不孝)를 끼칠 쑨
아녀 국가의 큰 근심이 되게 호니, 네 무숨 마음으로 불츙불효를 힝호
며, 쏘흔 도젹이 되여 셰샹의 비(比)치 못헐 죄를 호는다? 이러무로 셩
샹이 진노호샤 날노 호여금 너를 잡아드리라 호시니, 이는 피(避)치 못
헐리라. 너는 일즉 경스(京師)⁵²⁾의 나아가 텬명(天命)을 슌슈(順受)허라"

---

46) 병입골수(病入骨髓): 병이 뼛속 깊이 스며들 정도로 뿌리 깊고 중함.
47) 관영(貫盈): 가득 참.
48) 도백(道伯): 관찰사. 여기서는 경상감사.
49) 원문(院門): 관아의 문.
50) 오열유체(嗚咽流涕): 목이 메어 눈물을 흘림.
51) 병입고황(病入膏肓): 병이 고치기 어렵게 몸속 깊이 듦.

ᄒ고, 말을 맛츠며 눈물이 비 오듯 ᄒ거눌, 길동이 머리를 슉이고 왈,

"ᄉᆡᆼ(生)이 이의 니르믄 부형의 위ᄐᆡ(危殆)ᄒ물 구(救)코져 ᄒ미니, 엇지 다른 말이 잇스리오? 디져(大抵) 디감(大監)계셔 당쵸(當初)의 쳔ᄒᆞᆫ 길동을 위ᄒᆞ여 부친을 부친이라 ᄒ고 형을 형이라 ᄒ여더들 엇지 이의 니르리잇고? 왕ᄉᆞ(往事)⁵³)는 일너 쓸ᄃᆡ업거니와, 이졔 쇼졔(小弟)를 결박ᄒᆞ여 경ᄉᆞ로 올녀보ᄂᆡ쇼셔"

ᄒ고 다시 말이 업거눌, 감ᄉᆞ 이 말을 드고 일변(一邊) 슬허ᄒᆞ며 일변 쟝계를 ᄡᅧ 길동을 항쇄족쇄(項鎖足鎖)⁵⁴)ᄒ고 함거(艦車)⁵⁵)의 시러 건쟝(健壯)ᄒᆞᆫ 쟝교 십여 명을 ᄲᅡᆫ 압영(押領)⁵⁶)ᄒ게 ᄒ고, 쥬야비도(晝夜培道)⁵⁷)ᄒ여 올녀보ᄂᆞ니, 각 읍 빅셩드리 길동의 지죠를 드러ᄂᆞᆫ지라, 줍아오믈 듯고 기리 머여 구경ᄒ더라.

ᄎᆞ시(此時) 팔도의셔 다 길동을 줍아 올니니, 됴졍(朝廷)과 쟝안(長安) 인민(人民)이 방지쇼죠⁵⁸)ᄒ여 능히 알 니 업더라. 샹이 놀나샤 만죠(滿朝)를 모호시고 친국ᄒ실시, 녀듧 길동을 줍아 올니니 져의 셔로 닷토아 니르되,

"네가 졍 길동이오, 나는 아니라"

ᄒ며 셔로 ᄊᆞ호니, 어ᄂᆡ 거시 졍 길동인지 분간(分揀)치 못ᄒᆞᆯ네라. 샹이 고이히 녁이샤 즉시 홍모를 명쵸허스 왈,

"지ᄌᆞ(知子)는 막여뷔(莫如父ㅣ)⁵⁹)라 ᄒ니, 져 여듧 즁의 경의 ᄋᆞ들을 ᄎᆞᄌᆞ라."

---

52) 경ᄉᆞ(京師): 서울.
53) 왕ᄉᆞ(往事): 지나간 일.
54) 항쇄족쇄(項鎖足鎖): 항쇄와 족쇄. 죄인의 목에 씌우던 칼과 그 발에 채우던 차꼬를 아울러 이르는 말.
55) 함거(艦車): 예전에 죄인을 실어 나르던 수레.
56) 압영(押領): 죄인을 맡아서 데리고 옴.
57) 주야배도(晝夜培道): 밤낮을 가리지 않고 보통 사람 갑절의 길을 걸음.
58) [교감] 방지쇼죠: 망지소조(罔知所措). 너무 당황하거나 급하여 어찌할 줄 모르고 갈팡질팡함.
59) 지자(知子)는 막여부(莫如父): 아들을 알아보는 것은 아비만한 사람이 없음.

홍공(洪公)이 황공ᄒ여 돈슈청죄(頓首請罪)[60] 왈,

"신의 천싱(賤生) 길동은 좌편(左便) 다리의 불근 혈졈(血點)이 잇ᄉ오니 일노 좃ᄎ 알니로쇼이다"

ᄒ고, 여덟 길동을 ᄭ지져 왈,

"네 지쳑(咫尺)의 님군이 계시고 아러로 네 아비 잇거늘, 이럿틋 쳔고(千古)의 업는 죄를 지어시니 죽기를 앗기지 말나"

ᄒ고 피를 토ᄒ며 업더져 긔졀(氣絶)ᄒ니, 샹이 디경허샤 약원(藥院)[61]으로 구허라 ᄒᄒ시되[62] 츄되(差度ㅣ) 업는지라. 여덟 길동이 이 경상(景狀)을 보고 일시의 눈물을 흘니며 낭즁(囊中)으로 좃ᄎ 환약(丸藥) 일기(一個)식 니여 닙의 드리오니 홍공이 반향(半晌) 후 졍신을 ᄎ리는지라. 길동 등이 샹긔 쥬 왈,

"신의 아비 국은(國恩)을 만히 닙어ᄉ오니 신이 엇지 감히 불측흔 힝ᄉ(行事)를 ᄒ올잇가마는, 신은 본디 쳔비(賤婢) 쇼싱이라 그 아비를 아비라 못 ᄒ옵고, 그 형을 형이라 못 ᄒ오니, 평싱 한이 밋쳐ᅀᆞᆸ기로 집을 바리고 젹당의 춤녜(參預)ᄒ오나 빅셩은 츄호불범(秋毫不犯)[63] ᄒ옵고 각 읍 슈령의 쥰민고틱ᄒ는 직물을 탈취ᄒ여ᄊ오나, 이졔 십년을 지니면 ᄯ나가올 곳이 잇ᄉ오니 복걸(伏乞) 셩샹은 근심치 마르시고 신을 줍는 관ᄌ(關子)[64]를 거두옵쇼셔"

ᄒ고, 말을 맛치며 여덟 길동이 일시의 너머지니, 즈시 본즉 다 쵸인(草人)이라. 샹이 더욱 놀나시며 졍 길동 줍기를 다시 힝관ᄒ여 팔도의 나리시니라.

---

60) 돈슈청죄(頓首請罪): 머리를 조아리며 죄를 청함.
61) 약원(藥院): 내의원. 조선시대에 궁중의 의약(醫藥)을 맡아보던 관아를 이른다. 세종 25년(1443)에 내약방(內藥房)을 고친 것으로, 고종 22년(1885)에 전의사로 고쳤다.
62) [교감] ᄒᄒ시되: ᄒ시되.
63) 추호불범(秋毫不犯): 조금도 범하지 않음.
64) 관자(關子): 관문(關文). 조선시대에 동등한 관부 상호간 또는 상급 관부에서 하급 관부로 보내던 공문서.

조선을 떠나다

츠셜(且說). 길동이 쵸인(草人)을 업시후고 두로 단니더니, 스디문(四大門)의 방(榜)을 븟쳐시되,

요신(妖臣) 홍길동은 아모리 후여도 줍지 못후리니 병죠판셔(兵曹判書) 교지(敎旨)[1]를 나리시면 줍히리이다

후엿거눌, 샹(上)이 그 방문(榜文)을 보시고 됴신(朝臣)을 모하 의논(議論)후시니, 졔신(諸臣) 왈(曰),

"이졔 그 도젹(盜賊)을 줍으려 후다가 줍지 못후옵고 도로혀 병죠판셔 졔슈(除授)후시문 불가(不可)후너이다."

샹이 올히 역이샤 다만 경샹감스(慶尙監司)의게 길동 줍기를 지쵹후시더라.

──────

1) 교지(敎旨): 조선시대에 임금이 사품 이상의 벼슬아치에게 주던 사령(辭令).

이쩌 경상감시 엄지(嚴旨)2)를 보고 황공숑율(惶恐悚慄)3)ᄒ여 엇지홀 줄 모로더니, 일일(一日)은 길동이 공즁(空中)으로 나려와 졀ᄒ고 왈(曰),

"쇼제(小弟) 지금은 정작 길동이오니 형장(兄丈)4)은 아모 염녀(念慮) 마르시고 쇼제를 결박(結縛)ᄒ여 경사(京師)로 보닉쇼셔."

감시 이 말을 듯고 집슈유체(執手流涕) 왈,

"이 무거(無據)5)ᄒ 아히야, 너도 날과 동긔(同氣)6)여놀 부형(父兄)의 교훈(敎訓)을 듯지 아니ᄒ고 일국(一國)이 쇼동(騷動)케 ᄒ니 엇지 익둛지 아니리오? 네 이제 정작 몸이 와 나를 보고 줍혀가기를 ᄌ원(自願)ᄒ니 도로혀 긔특(奇特)ᄒ 이로다"

ᄒ고 급히 길동의 좌편(左便) 다리를 보니 과연 홍졈(紅點)이 잇거놀, 즉시(卽時) ᄉ지(四肢)를 결박ᄒ고 함거(轞車)의 너허 건장(健壯)ᄒ 장교(將校) 슈십(數十)을 갈히여7) 쳘통(鐵桶)갓치 쓰고 풍우(風雨)갓치 모라 가되, 길동의 안식(顏色)이 죠곰도 변치 아니ᄒ더라.

여러 날 만의 경셩(京城)의 다다르니, 궐문(闕門)의 니르러는 길동이 ᄒ번 몸을 요동(搖動)ᄒ미 쳘삭(鐵索)8)이 ᄯ허지고 함게(轞車ㅣ) 찌어져 공즁(空中)으로 오르며 표연(飄然)이9) 운무(雲霧)의 뭇쳐 가니, 쟝교(將校)와 졔군(諸軍)이 어이업셔 공즁만 바라보고 다만 넉슬 일흘 ᄯ름이라. 헐 슈 업셔 이 연유(緣由)로 상달(上達)ᄒ온디 샹이 드르시고 왈,

"쳔고(千古)의 일런 일이 어디 잇스리오?"

ᄒ시고 크게 근심ᄒ시니, 졔신(諸臣) 즁 일 인이 쥬(奏) 왈,

2) 엄지(嚴旨): 임금의 엄중한 명령.
3) 황공숑율(惶恐悚慄): 위엄이나 지위 따위에 눌리어 두려움.
4) 형장(兄丈): 나이가 엇비슷한 친구 사이에서, 상대편을 높여 이르는 이인칭 대명사. 여기서는 형을 높여 부른 말.
5) 무거(無據): 아직 철이 들지 않음.
6) 동기(同氣): 형제와 자매, 남매를 통틀어 이르는 말.
7) 갈히여: 가리어. 가려. 여럿 가운데서 골라 뽑아.
8) 쳘삭(鐵索): 쇠로 꼰 동아줄.
9) 표연(飄然)이: 표연히. 바람처럼 가볍게. 거침없이.

"길동의 소원(所願)이 병죠판셔를 흔번 지니면 됴션(朝鮮)을 써나리라 ᄒ오니, 흔번 졔 원(願)을 풀면 졔 스스로 샤은(謝恩)ᄒ오리니, 이ᄶᆡ를 타 줍으미 조흘가 ᄒ나이다."

샹이 올히 역이스 즉시 홍길동으로 병죠판셔를 졔슈ᄒ시고, 스문(四門)의 방을 붓치니라.

잇ᄶᆡ 길동이 이 말을 듯고 즉시 스모관디(紗帽冠帶)[10]의 셔ᄯᅴ[11] 씌고 놉흔 쵸헌(軺軒)을 타고 디로샹(大路上)의 완연(完然)이 드러오며 니로되,

"이졔 홍판셔(洪判書) 샤은ᄒ라 온다"

ᄒ니 병죠(兵曹) 하쇽(下屬)[12]이 마ᄌ 호위(護衛)ᄒ여 궐니(闕內)의 드러갈ᄉᆡ, 빅관(百官)이 의논ᄒ되,

"길동이 오날 스은(謝恩)ᄒ고 나올 거시니 도부슈(刀斧手)[13]를 미복(埋伏)ᄒ엿다가 나오거든 일시의 쳐 죽이라"

ᄒ고 약쇽(約束)을 정ᄒ여더니, 길동이 궐니의 드러가 슉비(肅拜)[14]ᄒ고 쥬 왈,

"소신(小臣)이 죄악(罪惡)이 지즁(至重)ᄒ옵거ᄂᆞᆯ, 도로혀 텬은(天恩)[15]을 닙스와 평싱(平生) 한(恨)을 푸옵고 도라가오니, 영결젼하(永訣殿下)[16]ᄒ오니 복망(伏望) 셩샹(聖上)은 만슈무강(萬壽無疆)ᄒ쇼셔"

ᄒ고 말을 맛치며 몸을 공즁의 소소와[17] 구름의 ᄶᅡ이여 가니, 그 가는 바롤 아지 못ᄒᆞᆯ너라. 샹이 보시고 도로혀 츳탄(嗟歎) 왈,

---

10) 사모관대(紗帽冠帶): 사모와 관대를 아울러 이르는 말. 사모는 고려 말에서 조선시대에 걸쳐 벼슬아치들이 관복을 입을 때 쓰던 모자이며, 관대는 옛날 벼슬아치들의 공복(公服)을 이른다.
11) 서띄: 서대(犀帶). 조선시대에 일품의 벼슬아치가 허리에 두르던 띠. 조복, 제복, 상복에 둘렀으며 무소의 뿔로 장식했다.
12) 하속(下屬): 하인배. 하인의 무리.
13) 도부수(刀斧手): 큰 칼과 큰 도끼로 무장한 군사.
14) 숙배(肅拜): 백성들이 왕이나 왕족에게 하던 절.
15) 천은(天恩): 임금의 은혜.
16) 영결전하(永訣殿下): 임금 곁을 영원히 떠남.
17) 소소와: 솟구쳐.

"길동의 신긔(神奇)흔 지죠(才操)는 고금(古今)의 희한(稀罕)ᄒ도다. 졔 지금 됴션을 써나노라 ᄒ여시니 다시는 작폐(作弊)헐 길 업슬 거시오, 비록 슈상(殊常)ᄒ나 일단 쟝부(丈夫)의 마음이라. 족히 넘녀(念慮) 업슬이라"

ᄒ시고 팔도(八道)의 ᄉ문(赦文)[18]을 ᄂ리와 길동 줍는 공ᄉ(公事)를 거두시니라.

각셜(却說). 길동이 졔 곳의 도라와 졔젹(諸賊)의게 분부(分付)ᄒ되,

"니 단녀올 곳이 잇스니 여등(汝等)은 아모디 츄립(出入) 말고 니 도라오기를 지다리라"

ᄒ고 즉시 몸을 소소와 남경(南京)으로 향하여 가다가 흔 곳의 다다르니, 이는 소위(所謂) 률도국이라. ᄉ면(四面)을 살펴보니, 산쳔(山川)이 쳥슈(淸秀)ᄒ고 인물(人物)이 번셩(繁盛)ᄒ여 가히 안신(安身)헐 곳이라 ᄒ고 남경의 드러가 구경ᄒ며, 또 졔도라 ᄒ는 셤 즁의 드러가 두로 단니며 산쳔도 구경ᄒ고 인심(人心)도 살펴며 단니더니, 오봉산의 니르러는 진짓 졔일강산(第一江山)[19]이라. 쥬회(周回)[20] 칠빅니(七百里)오, 옥야(沃野) 가장 기름진지라. 니심(內心)의 헤오되,

'니 임의 됴션을 하직(下直)ᄒ여스니, 이곳의 와 아직 은거(隱居)ᄒ여다가 대ᄉ(大事)를 도모(圖謀)ᄒ리라'

ᄒ고 표연이 본 곳의 도라와 졔인(諸人)다려 일너 왈,

"그디 아모 날 양쳔 강변(江邊)의 가 비를 만히 지어 모월(某月) 모일(某日)의 경셩 한강(漢江)의 디령(待令)ᄒ라. 니 님군긔 쳥(請)ᄒ여 졍죠(正租)[21] 일쳔셕(一千石)을 구득(求得)ᄒ여 올 거시니, 긔약(期約)을 어긔지 말나"

---

18) 사문(赦文): 죄를 용서한다는 글.
19) 제일강산(第一江山): 경치가 좋기로 으뜸갈 만한 곳.
20) 주회(周回): 둘레.
21) 정조(正租): 벼.

ᄒ더라.

각셜(却說). 홍공(洪公)이 길동이 작난(作亂) 업스무로 신병(身病)이 쾌
츠(快差)ᄒ고, 샹이 ᄯᅩᄒᆫ 근심 업시 지니더니, 츠시(此時) 츄구월(秋九月)
망간(望間)의 샹이 월ᄉᆡᆨ(月色)을 ᄯᅴ여 후원(後苑)의 ᄇᆡ회(徘徊)ᄒ실시, 문
득 일진쳥풍(一陣淸風)이 니러나며 공즁으로셔 옥젹[玉笛] 소리 쳥아(淸
雅)ᄒᆫ 가온ᄃᆡ ᄒᆫ 쇼년(少年)이 ᄂᆞ려와 샹긔 복지(伏地)ᄒ거늘, 샹이 경
문(驚問) 왈,

"선동(仙童)이 엇지 인간(人間)의 강굴(降屈)22)ᄒ며 무슴 일을 니르고
져 ᄒᄂᆞᆫ뇨?"

쇼년이 복지 쥬 왈,

"신(臣)이 젼임(前任) 병죠판셔 홍길동이로쇼이다."

샹이 경문 왈,

"네 엇지 심야(深夜)의 온다?"

길동이 ᄃᆡ(對) 왈,

"신이 젼하(殿下)를 밧드러 만셰(萬歲)를 뫼시려 ᄒ오나, 흔잣 쳔비(賤
婢) 쇼ᄉᆡᆼ(所生)이라. 문과(文科)를 ᄒ오나 옥당(玉堂)23)의 춤녀(參與)치
못ᄒᆞᆯ 거시오, 무과(武科)를 ᄒ오나 션쳔(宣薦)24)의 막히올리니, 이러무
로 마음을 졍치 못ᄒ와 팔방(八方)으로 오뉴(遨遊)25)ᄒ오며 무뢰지당(無
賴之黨)26)으로 관부(官府)의 작폐ᄒ옵고 됴졍(朝廷)을 요란(搖亂)케 ᄒ오
문, 신의 일홈을 들츄와 젼ᄒᆡ(殿下ᄭᅴ) 아르시게 ᄒ오미러니, 국은(國恩)

---

22) 강굴(降屈): 낮은 곳으로 내려와 몸을 굽힘.
23) 옥당(玉堂): 홍문관. 조선시대에 삼사(三司) 가운데 궁중의 경서, 문서 따위를 관리하고 임금의
   자문에 응하는 일을 맡아보던 관아.
24) 선천(宣薦): 새로 무과에 급제한 사람 가운데에서 선전관(宣傳官)의 후보자를 천거하던 일. 선
   전관은 조선시대에 선전관청에 속한 무관 벼슬 또는 그 벼슬아치. 품계는 정삼품부터 종구품
   까지 있었다.
25) 오유(遨遊): 재미있고 즐겁게 놂.
26) 무뢰지당(無賴之黨): 무뢰배. 성품이 막되어 예의와 염치를 모르며, 일정한 소속이나 직업이
   없이 불량한 짓을 하며 돌아다니는 사람.

이 망극(罔極)ㅎ와 신의 쇼원(所願)을 푸러쥬옵시니 츙셩(忠誠)으로 셤기미 올ㅅ오나, 그러치 못ㅎ와 전하를 하직ㅎ옵고 됴션을 영영 쩌나 흔 업슨 길을 가오니, 정조 일쳔 셕을 셔강(西江)으로 다여쥬옵시면 전하 덕틱(德澤)으로 슈쳔 인명(人命)이 보젼(保全)헐가 ㅎ나이다."

샹이 즉시 허락(許諾)ㅎ시고 가로샤디,

"젼일(前日)의 네 얼골을 즈셔이 못 보아더니 금일(今日) 비록 월하(月下)나 얼골을 드러 나를 보라"

ㅎ시니 길동이 비로쇼 얼골은 드나 눈을 쓰지 아니ㅎ거놀, 샹이 가로샤디,

"네 엇지 눈을 쓰지 아니ㅎ난뇨?"

길동이 디 왈,

"신이 눈을 쓰면 젼히 놀나실가 ㅎ누이다."

샹이 츠언(此言)을 드르시고, 과연 범인(凡人)이 아니물 짐작(斟酌)ㅎ시고 위로(慰勞)ㅎ시니, 길동이 은혜(恩惠)를 샤례(謝禮)ㅎ고 도로 공즁의 쇼쇼와 가거놀, 샹이 그 신긔ㅎ물 일큿고 날이 붉으미 션혜당샹(宣惠堂上)[27]의게 젼지(傳旨)허샤 졍조 일쳔 셕을 셔강 강변으로 슈운(輸運)허라 ㅎ시니, 혜당(惠堂)이 아모란 쥴 모로고 거힝(擧行)ㅎ엿더니, 문득 여러 스람드리 큰 비를 디히고 싯고 가며 왈,

"젼임 병죠판셔 홍길동이 텬은을 만히 닙ㅅ와 졍조 쳔 셕을 어더 가노라"

ㅎ거놀, 이 언유(緣由)로 샹달(上達)ㅎ온디, 샹이 쇼(笑) 왈,

"길동은 신긔흔 스람이라 졔게 ㅅ급(賜給)흔 거시라"

ㅎ옵더라.

---

27) 선혜당상(宣惠堂上): 선혜청(宣惠廳)의 당상(堂上). 선혜청은 조선시대에 대동미와 대동목, 대동포 따위의 출납을 맡아보던 관아이며, 당상은 조선시대에 정삼품 상(上) 이상의 품계에 해당하는 벼슬을 통틀어 이르는 말.

요괴를 물리치고 얻은 부인

　각셜(却說). 길동이 정죠(正租) 일쳔셕(一千石)을 엇고 삼쳔(三千) 격당(賊黨)을 거느려 됴션(朝鮮)을 하직(下直)ᄒ고 디히(大海)의 쩌 남경(南京) 싼 졔도 셤으로 드러가 슈십만(數十萬) 집을 지으며 농업(農業)를 힘쓰고, 혹 지죠(才操)를 비아 무고(武庫)를 지으며 군법(軍法)을 연습(練習)ᄒ니, 이곳은 본디 그윽흔 곳이라, 알 이 업고 쏘흔 가산(家産)이 부요(富饒)흔지라.

　일일(一日)은 길동이 졔인(諸人)을 불너 왈(曰),

　"니 망당산의 드러가 살쵹(鏃)의 바를 약(藥)을 어더올 거시니 여등(汝等)은 그스이 읷구¹⁾를 잘 직히라"

ᄒ고 즉일(卽日) 발션(發船)ᄒ여 망당산으로 향헐시, 슈일(數日) 만의 낙쳔 싼히 니르러는 그곳의 만셕(萬石)군 부쟈(富者ㅣ) 잇스니 셩명(姓名)은 빅용이라. 일즉 흔 쌸을 두어시되 인물(人物)과 지질(才質)이 비상(非

──────────

1) [교감] 읷구: 애구(隘口)의 잘못. 험하고 좁은 목.

常)ᄒ고 겸(兼)ᄒ여 시셔(詩書)를 능통(能通)ᄒ며 검슐(劍術)이 쏘흔 유명(有名)ᄒ니, 그 부뫼(父母ㅣ) 극히 ᄉ랑ᄒ여 텬하(天下) 영웅호걸(英雄豪傑) 곳 아니면 ᄉ회2)를 삼지 아니려 ᄒ여 두로 구ᄒ더니, 일일은 호련(忽然) 풍운(風雲)이 뎌작(大作)ᄒ고 텬지(天地) 아득ᄒ더니, 빅룡의 ᄯ이 간디업ᄂᆞᆫ지라. 빅룡의 부뷔(夫婦ㅣ) 슬허ᄒ여 쳔금(千金)을 훗터 ᄉ면(四面)으로 ᄎᄌᄃᆡ 맛ᄎᆞᆷ닉 그 종젹(蹤迹)을 알 길 업ᄂᆞᆫ지라. 부뷔 쥬야(晝夜)로 통곡(痛哭)ᄒ여 거리로 단기며 왈,

"아모라도 닉 ᄯ을 ᄎᄌ쥬면 만금(萬金) 지물(財物)을 쥴 ᄲᆞᆫ 아니라 맛당이 ᄉ회를 숨으리라"

ᄒ거ᄂᆞᆯ, 길동이 지나다가 이 말을 듯고 심즁(心中)의 측은(惻隱)이 녁이나 헐 길 업셔 망당산으로 향ᄒ여 약을 키며 깁히 드러가더니, 날이 임의 져문지라. 졍(正)이 쥬져(躊躇)ᄒ더니, 문득 ᄉ롭의 소릭 ᄂᆞ며 등쵹(燈燭)이 죠요(照耀)ᄒ거ᄂᆞᆯ, 심즁(心中)의 다힝(多幸)ᄒ여 그곳을 ᄎᄌ가니, ᄉ롭은 아니요 괴물(怪物)이 무슈(無數)이 당(黨)을 지어 안져 셔로 조화(鳥話)ᄒ거ᄂᆞᆯ3), 가마니 여어본즉4), 비록 ᄉ롭의 형용(形容)이나 필경(畢竟) 즘싱의 무리라. 원닉(元來) 이 즘싱은 울동이란 즘싱이니, 여러 히 산즁(山中)의 잇셔 변홰(變化ㅣ) 무궁(無窮)흔지라. 길동이 싱각ᄒ되,

'닉 두루 단여보아스나 이 갓튼 거슨 본 디 쳐음이라. 이계 져거슬 줍아 셰상(世上) ᄉ롭을 보게 ᄒ리라'

ᄒ고 몸을 감쵸와 활노 쏘니, 그즁 웃듬 놈이 마즌지라. 그거시 쇼릭를 지르고 다라나거ᄂᆞᆯ, 길동이 다라줍고져 허다가 싱각ᄒ되,

'밤이 임의 깁혀고 산이 험ᄒ니 엇지 줍으리오?'

ᄒ고 큰 남계5) 의지(依支)ᄒ여 밤을 지닉고, 궁시(弓矢)를 감쵸아 업시

2) ᄉ회: 사위.
3) 조화(鳥話)ᄒ거ᄂᆞᆯ: 지저귀거늘. 여기서는 '알 수 없는 말로 지껄이거늘'의 뜻.
4) 여어본즉: 엿본즉.

ᄒ고, 두로 더듬어 약을 키더니, 문득 괴물 슈삼명(數三名)이 길동을 보고 놀나 문(問) 왈,

"이곳은 아모라도 올나 단니지 못ᄒ거ᄂ, 그ᄃ는 무삼 일노 이곳의 니르러ᄂ뇨?"

길동이 답(答) 왈,

"나ᄂ 됴션(朝鮮) ᄉ롬으로셔 의슐(醫術)을 알더니, 이곳의 션약(仙藥)이 잇단 말을 듯고 ᄎᄌ왓더니, 우연(偶然)이 그ᄃ를 만나시니 심(甚)이 다힝ᄒ도다."

그거시 듯고 ᄃ희(大喜)ᄒ여 길동을 ᄌ시 보며 왈,

"나ᄂ 이 산즁의 잇션 지 오리더니, 우리 ᄃ왕(大王)이 부인(夫人)을 ᄉ로 졍(定)ᄒ고 작야(昨夜)의 잔치ᄒ여 즐기더니, 불힝(不幸)이 텬(天)살6)을 마ᄌ 만분위즁(萬分危重)7)ᄒ온지라. 그ᄃ 날을 위ᄒ여 션약으로써 우리 쥬왕(主王)을 살니시면 은혜(恩惠)를 즁(重)히 갑ᄉ오리니, 흔가지로 쳐쇼(處所)의 도라가 상쳐(傷處)를 보시미 엇더ᄒ니잇고?"

길동이 이 말을 듯고 혜오ᄃ,

'이놈이 작야의 ᄂ 살의 상헌 놈이로다'

ᄒ고 흔가지로 가며 보니, 길의 피 흘녀 그 문(門)의 니르러더라. 그거시 길동을 문의 셰우고 드러가더니 이윽고 나와 쳥(請)ᄒ거ᄂ, 길동이 드려가 보니, 화각(畫閣)8)이 장여(壯麗)ᄒ 가온ᄃ 흉악(凶惡)ᄒ 요괴(妖怪) 좌탑(坐榻)의 누어 신음(呻吟)ᄒ다가 길동의 니르믈 보고 몸을 겨오 긔동(起動)ᄒ며 왈,

"복(僕)이 우연이 무슨 살을 마ᄌ 죽기의 니르러쓰니, 앗가 시자(侍者)의 말을 듯고 그ᄃ를 쳥ᄒ여시니 이ᄂ 하ᄂ이 명의(名醫)를 지시(指

---

5) 남게: 나무에.
6) 천(天)살: 하늘에서 날아온 화살. 천살(天煞)로 볼 수도 있다.
7) 만분위즁(萬分危重): 병세가 아주 깊고 위태로움.
8) 화각(畫閣): 채색을 한 누각.

示)ᄒ여 복을 살니미라. ᄇ라ᄂ니 그ᄃ는 지죠를 앗기지 말나."

길동이 ᄉᄉ(謝辭)[9]ᄒ고 속여 이르되,

"이 상쳐를 보니 별노 중상(重傷)치 아니ᄒ여스니, 몬져 ᄂ치(內治)헐 약을 쓰고 후의 바를 약을 쓰면 불과(不過) 삼일(三日)이면 쾌ᄎ(快差)ᄒ리니, 그ᄃ는 싱각ᄒ여 ᄒ쇼셔."

그 요괴 고지 듯고 ᄃ희ᄒᄂ지라.

길동이 본ᄃ 온갓 환약(丸藥)을 가지고 단니더니, ᄎ시(此時) 이 일을 보고 그중 독ᄒ 약을 ᄎᄌᄂ여 소뇨(小妖)를 쥬며 왈,

"이 약을 급피 가라 쓰라."

모든 요괴 ᄃ희ᄒ여 즉시(卽時) 온슈(溫水)의 가라 먹이니, 식경(食頃)은 ᄒ여 비를 두다리고 눈을 실눅이며 소ᄅ를 지르더니, 두어 번 쒸놀다가 죽ᄂ지라. ᄌ근 요괴 등이 이 형상(形狀)을 보고 길동의게 다라드러 칼노 지르려 ᄒ며 왈,

"너 너 갓튼 흉젹(凶賊)을 버허 우리 ᄃ왕의 원슈(怨讐)를 갑흐리라" ᄒ고 일시(一時)의 다라드니, 길동이 홀노 당치 못ᄒ여 공중(空中)의 쇼ᄉ며 풍빅(風伯)[10]을 불너 큰 바롬이 니러나게 ᄒ고 활노 무슈이 쏘니, 모든 요괴 아무리 쳔년(千年)을 묵어 죠홰(造化ㅣ) 잇스나 엇지 길동의 신긔(神奇)ᄒ 슐법(術法)을 당ᄒ리오? ᄒ밧탕 ᄊ홈의 모든 요괴를 다 죽이고 도로 젹실(賊室)의 드러가 요괴를 씨 업시 죽이더니, ᄒ 돌문 속의 두 쇼년(少年) 녀ᄌ(女子ㅣ) 잇셔 셔로 죽으려 ᄒ거눌, 길동이 보고 계집 요괴라 ᄒ여 마ᄌ 죽이려 ᄒᄃ, 그 계집이 울며 이걸(哀乞) 왈,

"쳡(妾) 등은 요괴 아니요 인간(人間) ᄉ롭으로셔 이곳 요괴의게 즙히여와 버셔나지 못ᄒ무로 죽으려 ᄒ더니, 텬ᄒ(天幸)으로 쟝군(將軍)이 드러와 허다(許多) 요괴를 다 죽여 업시ᄒ시민, 쳡 등을 요괴로 아지

---

9) 사사(謝辭): 고마운 뜻을 나타내는 말.
10) 풍백(風伯): 바람을 주관하는 신.

마르시고 잔명(殘命)을 구ᄒᆞ여 고향(故鄕)의 도라가게 ᄒᆞ옵쇼셔."

울며 무슈이 이걸ᄒᆞ니, 길동이 그 형상을 보고 젼(前)의 올 졔 길의 셔 쑬 일흔 ᄉᆞ롬의 말을 드런ᄂᆞᆫ지라, 힝해11) 그 녀ᄌᆞᆫ가 ᄒᆞ여 ᄌᆞ시 보니, 화용월틱(花容月態) 진짓 경국지식(傾國之色)이라. 인ᄒᆞ여 거쥬(居住)를 무르니 ᄒᆞ나흔 낙쳔현 빅용의 ᄯᆞᆯ이오, ᄒᆞ아흔 됴쳘의 ᄯᆞᆯ이라. 길동이 ᄂᆡ심(內心)의 희한(稀罕)이 역겨 즉시 그 녀ᄌᆞ를 인도(引導)ᄒᆞ여 낙쳔현의 가 빅용을 ᄎᆞᄌᆞ보고 젼후슈말(前後首末)을 니르며 그 녀ᄌᆞ를 뵈니, 빅용의 부뷔 일허던 녀ᄋᆞ(女兒)를 보고 여취여셩(如醉如醒)12)ᄒᆞ여 셔로 붓들고 울며, 됴쳘도 ᄯᅩ흔 그 녀ᄋᆞ를 만나 죽어던 ᄌᆞ식 보니도곤 더ᄒᆞ더라. 이날 빅용이 됴쳘과 의논(議論)ᄒᆞ고 즉시 일가친쳑(一家親戚)을 모호고 디연(大宴)을 비셜(排設)ᄒᆞ며 홍ᄉᆡᆼ(洪生)을 마ᄌᆞ ᄉᆞ회를 삼으니, 쳣지ᄂᆞᆫ 빅쇼졔(白小姐ㅣ)오, 둘지ᄂᆞᆫ 됴쇼졔(趙小姐ㅣ)라. 길동이 나히 이십이 넘도록 원앙(鴛鴦)의 ᄌᆞ미를 모로더니 일죠(一朝)의 양쳐(兩妻)를 취ᄒᆞ여 양가(兩家)로 낙(樂)을 보니, 그 견권지졍(繾綣之情)13)이 비(比)헐 디 업더라.

11) [교감] 힝해: 힝여. 행여.
12) 여취여셩(如醉如醒): 취한 듯 깬 듯. 정신이 오락가락하는 상태를 뜻함.
13) 견권지졍(繾綣之情): 마음속에 굳게 맺혀 잊히지 않는 정.

아버지가 돌아가시다

이러무로 나리 오러미 쳐쇼(處所)를 싱각ᄒ고 졔도로 갈시, 두 집 가산(家産)이며 모든 친쳑(親戚)을 거느리고 졔도로 가니, 모든 스룹이 반기며 별노이[1] 부인(夫人) 쳐쇼를 졍ᄒ고 셰월(歲月)을 보ᄂ더니, 이쩍는 칠월(七月) 망간(望間)이라. 길동이 일일(一日)은 ᄆ음이 ᄌ연(自然) 슬허ᄒ더니 문득 텬문(天文)을 살피고 눈물을 흘니거ᄂ, 빅쇼졔(白小姐]) 문(問) 왈(曰),

"무슴 일노 슬허ᄒ시ᄂ니잇고?"

길동이 탄(歎) 왈,

"나는 텬지간(天地間)의 용납(容納)지 못헐 불효ᄌ(不孝子]]라. 니 본ᄃ 이곳 스룹이 아니오, 됴션국(朝鮮國) 홍승상(洪丞相)의 쳔쳡(賤妾) 쇼싱(所生)으로 스람의 춤녀(參與)치 못ᄒ미 평싱(平生) 한(恨)이 미친지라. 쟝부(丈夫)의 지긔(志氣)를 펼 길 업ᄂ고로 부모(父母)를 하직(下直)ᄒ고

---

1) 별노이: 별도로. 따로따로

이곳의 와 몸을 의지(依支)ᄒ여시나, 너 녀양² 부모의 안부(安否)를 텬상(天上) 셩두(星斗)³로 살피더니, 앗가 건상(乾象)을 본즉 부친(父親)계셔 병환(病患)이 위즁(危重)허샤 오러지 아니ᄒ여셔 셰상(世上)을 ᄇ리실지라. 너 몸이 만니(萬里) 밧긔 잇셔 밋쳐 득달(得達)치 못ᄒ기기로 일노 인ᄒ여 슬허ᄒ노라."

빅쇼졔 그졔야 그 근본(根本)을 알고 비감(悲感)ᄒ여ᄒ더라. 잇튼날 길동이 월봉산의 올나가 일쟝(一場) 디지(大地)⁴를 엇고, 그날부터 역군(役軍)을 푸러 산역(山役)을 시쟉(始作)ᄒ되, 셕물(石物)⁵ 범졀(凡節)이 국능(國陵)의 갓갑게 허라 ᄒ고, 졔인(諸人) 즁 지모(智謀) 잇ᄂᆫ 즈를 불너 큰 비 ᄒᆫ 쳑을 쥰비(準備)ᄒ되 됴션국 셔강(西江) 강변(江邊)의 디후(待候)허라 ᄒ고, 즉시 머리를 싹가 디ᄉ(大師)의 모양(模樣)으로 져근 비를 타고 됴션국으로 향ᄒ니라.

각셜(却說). 홍판셔(洪判書ㅣ) 길동이 멀니 간 후로 반졈(半點) 근심이 업시 지너미, 년만(年滿)⁶ 팔슌(八旬)의 호련(忽然) 득병(得病)ᄒ여 졈졈 위즁ᄒ지라. 부인과 쟝즈(長子) 인형을 불너 왈,

"너 나히 팔십(八十)이라. 죽으나 무한(無恨)이로되 다만 길동의 ᄉ성(死生)을 아지 못ᄒ고 죽으니, 눈을 감지 못할지라. 졔 죽지 아니시면 반다시 ᄎᄌ올 거시니, 부디 젹셔(嫡庶)를 분변(分辨)치 말고 졔 어미를 디졉(待接)허라"

ᄒ고 인ᄒ여 명(命)이 진(盡)ᄒ니, 일기(一家ㅣ) 망극(罔極)ᄒ여 쵸죵범졀(初終凡節)⁷을 극진(極盡)이 헐신, 쟝ᄉ(葬事) 지닐 산지(山地)를 구치 못ᄒ여 졍(正)히 민망(憫惘)ᄒ더니, 일일은 하인(下人)이 드러와 보(報)ᄒ되,

---

2) [교감] 녀양: 매양.

3) 셩두(星斗): 별.

4) 대지(大地): 좋은 묏자리.

5) 셕물(石物): 무덤 앞에 돌로 만들어놓은 여러 가지 물건.

6) 연만(年滿): 나이가 아주 많음.

7) 초종범절(初終凡節): 초상을 치르는 것에 관한 모든 절차.

"문(門)밧긔 엇던 즁이 와 영위(靈位)의 죠문(弔問)코져 ᄒᆞᄃᆡ이다"

ᄒᆞ거놀, 모다 고히 여겨 드러오라 ᄒᆞ니, 그 즁이 드러와 방셩ᄃᆡ곡(放聲大哭)ᄒᆞ니, 졔인(諸人)이 셔로 니르되,

"샹공(相公)이 젼일(前日) 친근(親近)ᄒᆞᆫ 즁이 업더니, 엇던 즁이완ᄃᆡ 져ᄃᆡ도록 ᄋᆡ통(哀慟)ᄒᆞᄂᆞᆫ고?"

ᄒᆞ더라. 반향(半晌) 후, 길동이 여막(廬幕)8)의 나아가 상인(喪人)을 보고 일장통곡(一場痛哭)허다가 왈,

"형장(兄丈)이 엇지 쇼졔(小弟)를 모로시ᄂᆞ녓가?"

ᄒᆞ거놀, 상인이 그졔야 ᄌᆞ시 보니 젼일 쟉난(作亂)ᄒᆞ던 셔졔(庶弟) 길동이라. 붓들고 통곡(痛哭) 왈,

"이 무지(無知)ᄒᆞᆫ ᄋᆞ희야, 그ᄉᆞ이 어ᄃᆡ 갓더뇨? 부공(父公)이 싱시(生時)의 ᄆᆡ양 너를 싱각ᄒᆞ시고, 님죵(臨終)의 유연9)이 간졀(懇切)ᄒᆞ시고, 너를 위ᄒᆞ여 눈을 감지 못ᄒᆞ노라 ᄒᆞ시니, 엇지 인ᄌᆞ(人子)의 ᄎᆞ마 견ᄃᆡ리오?"

ᄒᆞ고 그 손을 닛글고 ᄂᆡ당(內堂)의 드러가 부인긔 뵈고, 즉시 쵸당(草堂)의 츈낭을 불너 보게 ᄒᆞ니, 셔로 일쟝통곡ᄒᆞ다가 인ᄉᆞ(人事)를 찰혀 길동의 모양을 보고 왈,

"네 엇지 즁이 되여 단니ᄂᆞ뇨?"

길동이 ᄃᆡ(對) 왈,

"소ᄌᆞ(小子ㅣ) 쳡음10)의 ᄆᆞᄋᆞᆷ을 그릇 먹고 쟉난ᄒᆞ기로 일삼더니, 부형(父兄)니 화(禍)를 보실가 넘녀(念慮)ᄒᆞ여 됴션지경(朝鮮地境)을 ᄯᅥ나오미, 삭발위승(削髮爲僧)ᄒᆞ고 지슐(地術)11)을 비왓 싱도(生道)12)를 삼아더

---

8) 여막(廬幕): 무덤 가까이 지어놓고 상제가 거처하는 초막.
9) [교감] 유연: 유언(遺言).
10) [교감] 쳡음: 처음.
11) 지술(地術): 풍수지리설에 바탕을 두고 지리를 보아 묏자리나 집터 따위의 좋고 나쁨을 알아내는 술법.
12) 생도(生道): 생로(生路). 살아가는 방도.

니, 이졔 부친이 기세(棄世)ᄒ시믈 짐죽(斟酌)ᄒ고 왓스오니 모친(母親)
은 과도(過度)히 슬허 마ᄅ쇼셔."

부인과 츈낭이 이 말을 듯고 눈물을 거두며 문 왈,

"네 지슐을 비와시면 쳔하(天下)의 유명(有名)ᄒ리니, 너는 부공을 위
ᄒ여 쟝ᄉ 지닐 산지를 어더보라."

길동이 디 왈,

"쇼지 과연 디지를 어더스오나 쳔리(千里) 밧긔 잇스오니 힝상(行喪)
ᄒ미 어렵스와 일노 근심이로쇼이다."

좌랑(佐郞) 의형[13]이 본디 길동의 지죠(才操)를 아나 일변(一邊) 허황
(虛荒)이 녀기ᄂ지라. 그러나 그 효셩(孝誠)이 지극(至極)ᄒ믈 아ᄂ고로
이 말을 듯고 디희(大喜) 왈,

"현졔(賢弟) 이미 길지(吉地) 곳 어더시면 엇지 원노(遠路)를 근심ᄒ리
오?"

길동 왈,

"형쟝의 말슴이 니러ᄒ시면 명일(明日) 상구(喪柩)[14]를 발힝(發行)ᄒ쇼
셔. 쇼졔 벌셔 안쟝(安葬)헐 퇴일(擇日)가지 ᄒ여 산역을 임의 시작ᄒ여
쓰오니 형쟝은 념녀치 마ᄅ쇼셔"

ᄒ고 졔 모친 츈낭 다려가믈 쳥ᄒ니, 부인과 좌랑이 마지못ᄒ여 허락
(許諾)ᄒ니라.

ᄎ시(此時) 길동이 상구를 뫼시고 형졔 뒤흘 ᄯᆞ르며 졔 모친과 ᄒᆫ가
지로 셔강 강변의 니르니, 길동의 지휘(指揮)ᄒᆫ 비 임의 디후ᄒᆫ지라.
일시(一時)의 비의 올나 힝션(行船)ᄒ니, 망망디ᄒᆡ(茫茫大海)의 슌풍(順
風)이 니러나미 ᄲᅡ르기 살 갓튼지라. ᄒᆫ 곳의 다다르니 졔인(諸人)이
슈십(數十) 션쳑(船隻)을 ᄭᅴ우고 길동의 오기를 기다리다가 보고 반기며

---

13) [교감] 의형: 인형.
14) 상구(喪柩): 죽은 이의 시체를 넣은 관(棺).

좌우(左右)로 호위(護衛)ᄒ여 가니, 긔구(器具ㅣ) 거룩ᄒ지라. 인형이 길동을 보고 의ᄋ(疑訝)ᄒ여 길동다려 문 왈,

"이 엇진 년괴(緣故ㅣ)뇨?"

길동이 그졔야 젼후ᄉ(前後事)를 일일히 고(告)ᄒ며 왈,

"쇼졔 비록 깃도이15) 단니나 거쳐(居處)ᄒ물 구경ᄒ여, 옥야(沃野) 쳔니(千里)의 창곡(倉穀)이 무슈(無數)ᄒ고, 두 집 쳐가(妻家)의 지산(財産)이 풍족16)ᄒ니 엇지 이만 긔구(器具)를 잇ᄃ ᄒ리요?"

ᄒ며 산상(山上)으로 졈졈 옥나가니17) 봉만(峰巒)18)이 쎈혀나 산셰(山勢) 거룩ᄒ지라. 흔 곳의 다다라 졍흔 곳을 가로쳐놀, 인형이 ᄌ시 보니 산믹(山脈)은 심이 아름다오나 치산(治山)19) 범졀이 국능갓치 ᄒ여거눌, 더경(大驚) 문 왈,

"이 일이 엇진 일고?"

길동 왈,

"형쟝은 죠곰도 놀나지 마로쇼셔"

ᄒ고 시긱(時刻)을 기다려 하관(下棺)흔 후, 즉시 승(僧)의 복식(服色)을 곳쳐 최복(衰服)20)을 닙고 시로이 이통(哀慟)ᄒ니, 인형과 츈낭이 아모란 줄 모로고 이통ᄒ더라. 쟝녜(葬禮)를 맛친 후 흔가지로 길동의 쳐쇼로 도라가니, 빅시(白氏)와 됴시(趙氏) 즁당(中堂)의 나리21) 마ᄌ 존고(尊姑)22)와 슉슉(叔叔)23)을 뫼시고 비로쇼 녜(禮)ᄒ니, 좌랑이며 츈낭이 반기며 길동의 신긔ᄒ물 탄복(歎服) 칭사(稱謝)ᄒ더라.

---

15) 깃도이: 미상.
16) [교감] 풍족: 풍족(豊足).
17) [교감] 옥나가니: 올라가니.
18) 봉만(峰巒): 꼭대기가 뾰족뾰족하게 솟은 산봉우리.
19) 치산(治山): 산소를 매만져서 다듬음.
20) 최복(衰服): 아들이 부모, 증조부모, 고조부모의 상중에 입는 상복(喪服).
21) [교감] 나리: '나려'의 오기. 일어나.
22) 존고(尊姑): 시어머니를 높여 이르는 말.
23) 슉슉(叔叔): 시아주버니를 문어적으로 이르는 말.

이러구러 여러 날이 되미 길동이 그 형다려 일너 왈,

"이졔 친산(親山)을 니곳의 뫼셔시니 디디(代代)로 쟝상(將相)이 끈치지 아일 거시니, 형쟝은 밧비 고국(故國)의 도라가쇼셔. 형쟝은 야야(爺爺) 싱시의 만히 뫼셔시니 쇼졔는 야야 샤후(死後)의 뫼셔 향화(香火)²⁴⁾를 극진이 ᄒ오리니 죠곰도 넘여 마르시고, ᄯᅩᄒᆞᆫ 일후(日後) 만날 쩌 잇스리니 금일(今日) 발힝ᄒᆞ여 티부인(太夫人)의 기다리미 업게 ᄒᆞ쇼셔."

좌랑이 이 말을 듯고 그러히 녁여 인ᄒᆞ여 하직ᄒᆞ니, 발셔 졔인(諸人)의게 분부(分付)ᄒᆞ여 힝즁(行中) 범졀을 쥰비(準備)ᄒᆞ여더라. 힝ᄒᆞᆫ 지 여러 날 만의 본국(本國)의 득달(得達)ᄒᆞ여 모부인(母夫人)을 뵈옵고 길동의 젼후ᄉᆞ를 ᄌᆞ시 고ᄒᆞ며 디지를 어더 안쟝ᄒᆞᆫ 연유(緣由)를 고ᄒᆞ니, 부인이 ᄯᅩᄒᆞᆫ 신긔히 역이더라.

---

24) 향화(香火): 향을 피운다는 뜻으로 제사를 이르는 말.

율도국 왕이 되다

각셜(却說). 길동이 부친(父親) 산쇼(山所)를 졔 쓴히 뫼시고 죠셕졔전(朝夕祭奠)을 지셩(至誠)으로 지니니, 졔인(諸人)이 탄복(歎服) 아니리 업더라. 셰월(歲月)이 여류(如流)ㅎ여 삼상(三喪)[1]을 맛치고 다시 모든 영웅(英雄)을 모와 무예(武藝)를 연습(練習)ㅎ며 농업(農業)을 힘쓰니 불과(不過) 슈년지니(數年之內)의 병정양죡(兵精糧足)[2]ㅎ여 뉘 알 니 업더라.

ᄎ시(此時) 율도국이란 나라히 잇스이, 지방(地方)이 슈쳔니(數千里)오, ᄉ면(四面)이 막히여 진짓 금셩쳘이(金城千里)[3]오 텬부지국(天府之國)[4]이라. 길동이 미양 이곳을 유의(留意)ㅎ여 왕위(王位)를 앗고져 ㅎ더니, 이졔 삼년상(三年喪)을 지니고 긔운(氣運)이 활발(活潑)ㅎ여 셰상(世上)의 두

---

1) 삼상(三喪): 부모의 상을 당해 삼년 동안 거상(居喪)하는 일. 삼년상(三年喪).
2) 병정양죡(兵精糧足): 병사는 정예하고 군량은 넉넉하다는 뜻.
3) 금성천리(金城千里): 성이 견고하고 길게 뻗쳐 있다는 뜻으로, 방어력이 탄탄함을 비유적으로 이르는 말. 중국의 시황제가 진나라의 견고함을 자랑한 데서 유래한다.
4) 천부지국(天府之國): 땅이 기름져 온갖 산물이 많이 나는 나라.

릴 스룸이 업는지라. 일일(一日)은 길동이 졔인을 불너 의논(議論) 왈(曰),

"니 당쵸(當初)의 스방(四方)으로 단닐 졔 율도국을 유의ᄒ고 이곳의 머무더니, 이졔 마음이 즈연(自然) 디발(大發)ᄒ니 운쉬(運數ㅣ) 녈니믈 알지라. 그디 등은 나를 위ᄒ여 일군(一軍)을 죠발(調發)ᄒ면 죡(足)히 율도국 치기는 두리지 아니리니 엇지 디스(大事)를 도모(圖謀)치 못ᄒ리오?"

ᄒ고 길동이 스스로 션봉(先鋒)이 되고 마슉으로 후군쟝(後軍將)을 삼아 정병(精兵) 오만(五萬)을 거느리고 튁일(擇日) 츌스(出師)ᄒ니, 이ᄯᅢ는 갑즈(甲子) 츄구월(秋九月)이라. 길동이 디군(大軍)을 휘동(麾動)[5]ᄒ여 율도국 쳘봉산 하(下)의 다다르니, 쳘봉 티슈(太守) 김현튱이 난디업는 군민(軍馬ㅣ) 니르믈 보고 디경(大驚)ᄒ여 일변(一邊) 왕의게 보(報)ᄒ고 일군을 거느려 니다라 ᄊᆞ호거늘, 션봉쟝(先鋒將) 길동이 마즈 ᄊᆞ홀시, 현튱이 본디 용밍(勇猛)이 이시무로 길동이 죠련(卒然)이 파(破)치 못헐 줄 알고 제쟝(諸將)을 모화 의논 왈,

"우리 이곳의 드러와 발셔 군긔(軍器) 마필(馬匹)은 만히 어더시나, 두리는 바는 다만 양식(糧食)이라. 만일 날이 오리도록 파치 못ᄒ며[6] 디스를 닐우지 못ᄒ리니, 계교(計巧)로써 쳘봉 티슈를 줍고 그 군양(軍糧)을 어더 도셩(都城)을 치면 엇지 쉽지 아니리오"

ᄒ고 쟝슈(將帥)를 동셔남북(東西南北)의 보니여 미복(埋伏)ᄒ고, 후군쟝 마슉으로 정병 오쳔(五千)을 거느려 ᄊᆞ홈을 도도게 ᄒ니, 티슈 김현튱이 니다라 ᄊᆞ홀시, 슈 합(合)[7]이 못 ᄒ여 마슉이 거즛 피ᄒ여 본진(本陣)으로 도라오니, 현튱이 뒤흘 ᄯᆞ로는지라. 길동이 ᄯᅢ를 타 공즁(空中)을 향ᄒ고 진언(眞言)을 넘(念)ᄒ니, 이윽고 오방신쟝(五方神將)[8]이 디군

---

5) 휘동(麾動): 지휘하여 움직이게 함.

6) [교감] 못ᄒ며: '못ᄒ면'의 오기.

7) 합(合): 칼이나 창으로 싸울 때, 칼이나 창이 서로 마주치는 횟수를 세는 단위.

8) 오방신쟝(五方神將): 다섯 방위를 지키는 다섯 신. 동쪽의 청제(靑帝), 서쪽의 백제(白帝), 남쪽의 적제(赤帝), 북쪽의 흑제(黑帝), 중앙의 황제(黃帝).

(大軍)을 거느려 일시(一時)의 에워싸니, 동(東)은 쳥졔(靑帝) 쟝군(將軍)이오, 남(南)은 젹졔(赤帝) 쟝군이오, 셔(西)는 빅졔(白帝) 쟝군이오, 북(北)은 흑졔(黑帝) 쟝군이오, 가온디 길동이 황금(黃金) 투고[9]의 디도(大刀)를 들고 즛쳐 드러가니, 반(半) 합이 못 ᄒ여 현츙의 탄 말을 질너 업지르고 디즐(大叱) 왈,

"네 죽기를 앗기거든 쾌히 항복(降伏)ᄒ여 텬명(天命)을 어긔지 말나."

티쉬 익걸(哀乞) 왈,

"쇼쟝(小將)이 임의 줍히여왓스니 잔명(殘命)을 구ᄒ쇼셔"

ᄒ거늘, 길동이 티슈의 항복ᄒ는 냥을 보고 좌우(左右)를 명(命)ᄒ여 그 민 거술 글너 위로(慰勞)ᄒ고, 인ᄒ여 철봉셩을 직히게 ᄒ고 군ᄉ(軍士)를 거느려 도셩(都城)을 칠시, 먼져 격셔(檄書)[10]를 써 율도왕의게 젼ᄒ니, 그 격셔의 왈,

의병쟝(義兵將) 홍길동은 글월을 율도왕의게 젼ᄒ ᆫ니, 디져(大抵) 님군은 ᄒᆫ 사름의 님군이 아니오 텬ᄒ(天下) 사름의 님군이라. 이러 무로 셩탕(成湯)[11]이 벌걸(伐桀)[12]ᄒ시고 무왕(武王)[13]이 벌쥬(伐紂)[14]ᄒ시니 텬되(天道ㅣ) 즈연(自然)ᄒᆫ 일이라. 니 일즉 긔병(起兵)ᄒ여 율

---

9) [교감] 투고: 투구. 예전에 군인이 전투할 때 적의 화살이나 칼날로부터 머리를 보호하기 위하여 쓰던 모자.
10) 격서(檄書): 적군을 달래거나 꾸짖기 위한 글.
11) 셩탕(成湯): 탕왕(湯王)의 다른 이름. 탕왕은 중국 은나라의 초대 왕. 원래 이름은 이(履) 또는 대을(大乙). 박(亳)에 도읍을 정하고 국호를 상(商)이라 칭했으며, 제도와 전례(典禮)를 정비했다. 13년간 재위했다.
12) 벌걸(伐桀): 걸(桀)을 정벌한다는 뜻. 걸은 중국 하나라의 마지막 왕. 성은 사(姒). 이름은 이계(履癸). 은나라의 탕왕에게 멸망했다. 은나라의 주왕과 더불어 동양 폭군의 전형으로 불린다.
13) 무왕(武王): 중국 주나라의 제1대 왕. 성은 희(姬). 이름은 발(發). 은왕조를 무너뜨리고 주왕조를 창건하여, 호경(鎬京)에 도읍하고 중국 봉건제도를 창설했다. 후대에 현군(賢君)으로 평가받았다.
14) 벌쥬(伐紂): 주(紂)를 정벌한다는 뜻. 주는 중국 은나라의 마지막 임금. 이름은 제신(帝辛). 주(紂)는 시호(諡號). 지혜와 체력이 뛰어났으나, 주색을 일삼고 포학한 정치를 하여 인심을 잃어 주나라 무왕에게 살해되었다.

도국을 치미 먼져 쳘봉을 항복밧고 물미듯 드러오니 지나는 바의 다 투항(投降) 아니 리 업눈지라. 이졔 왕이 쏘호고져 ᄒᆞ거든 쏘호고 그러치 아니ᄒᆞ거든 일즉 항복ᄒᆞ여 살기를 도모허라

ᄒᆞ여더라.

율도왕이 남필(覽畢)15)의 디경 왈,

"아국(我國)이 젼혀 쳘봉을 밋고 지니거눌, 이졔 쳘봉을 일허시니 엇지 젹셰(敵勢)를 당ᄒᆞ리오?"

ᄒᆞ고 인ᄒᆞ여 ᄌᆞ결(自決)ᄒᆞ니, 셰ᄌᆞ(世子) 왕비(王妃) 다 ᄌᆞ결ᄒᆞ눈지라. 길동이 셩즁(城中)의 드러가 빅셩(百姓)을 안무(按撫)ᄒᆞ고 우양(牛羊)을 잡아 졔쟝(諸將) 군졸(軍卒)을 호궤(犒饋)16)ᄒᆞ고, 길동이 왕위(王位)의 즉ᄒᆞ니, 을츅(乙丑) 뎡월(正月) 이십팔일(二十八日)이라.

졔쟝을 다 각각 봉쟉(封爵)17)ᄒᆞᆯ시, 마슉으로 좌승샹(左丞相)을 삼고, 최쳘노 우승샹(右丞相)을 삼고, 그 남은 스룸을 다 각각 벼슬을 도도고, 김길노 슈문안찰ᄉ18)를 ᄒᆞ여 율도국 삼빅육십쥬(三百六十州)를 슌힝(巡幸)케 ᄒᆞ니, 만죠빅관(滿朝百官)이 일시의 쳔셰(千歲)를 부로고 하례(賀禮)ᄒᆞ며, 원근(遠近) 빅셩드리 숑덕(頌德) 아니 리 업더라. 왕이 인ᄒᆞ여 부인(夫人) 빅시(白氏)와 됴시(趙氏)로 왕비를 봉ᄒᆞ고, 부친을 츄존(追尊)19)ᄒᆞ여 현덕왕을 봉ᄒᆞ고, 모친(母親) 츈낭으로 디비(大妃)를 봉ᄒᆞ고, 빅용, 됴쳘노 부원군(府院君)20)을 봉ᄒᆞ여 궁실(宮室)을 사급(賜給)ᄒᆞ고, 부친 능호(陵號)를 션능이라 ᄒᆞ여 능상(陵上)의 올나 졔문(祭文) 지어

15) 남필(覽畢): 끝까지 읽어보기를 마침.
16) 호궤(犒饋): 군사들에게 음식을 주어 위로함.
17) 봉쟉(封爵): 제후로 봉하고 관작(官爵)을 줌.
18) [교감] 슈문안찰ᄉ: 순무안찰사(巡撫按察使). 여러 곳을 두루 다니며 백성들의 마음을 위로하고 달래며 풍속과 교육을 감독하고 범법을 단속하던 벼슬.
19) 추존(追尊): 왕위에 오르지 못하고 죽은 이에게 임금의 칭호를 주던 일.
20) 부원군(府院君): 조선시대에 왕비의 친아버지나 정일품 공신에게 주던 작호.

제(祭)ᄒ고, 모부인(母夫人) 유시로 현덕왕비를 봉ᄒ며, 환자(宦者)[21]와 시신(侍臣)을 졔도로 보ᄂᆡ여 ᄃᆡ비와 왕비를 영졉(迎接)ᄒ여 오니라.

왕이 즉위(卽位) 삼년의 일국(一國)이 ᄐᆡ평(太平)ᄒ여 ᄉᆞ방의 일이 업고 국ᄐᆡ민안(國泰民安)ᄒ니 왕의 덕ᄐᆡᆨ(德澤)이 셩탕(成湯)의 비길너라.

일일은 왕이 ᄐᆡ평연(太平宴)을 ᄇᆡ셜(排設)ᄒ고 만죠빅관을 모와 즐길 시, 모친 ᄃᆡ비를 뫼시고 셕ᄉᆞ(昔事)를 ᄉᆡᆼ각ᄒ며 우연[22] 탄식(歎息) 왈,

"쇼ᄌᆞ(小子ㅣ) 당쵸의 집의 이실 졔, 만일 ᄌᆞᄀᆡᆨ(刺客)의 손의 죽어던들 엇지 오날날 이갓치 되어스리잇고?"

ᄒ며 눈울을 흘녀 룡포(龍袍)[23]를 젹시거눌, ᄃᆡ비와 왕비 더욱 슬허ᄒ더라. 왕이 죠회(朝會)를 파(罷)ᄒ고 빅용을 갓가니ᄒ여 일너 왈,

"과인(寡人)[24]이 이졔 왕위의 거(居)ᄒ나 본ᄃᆡ 됴션(朝鮮) ᄉᆞ롬으로 우연(偶然)이 이리되어시니, 포의(布衣)[25]에 과극(過極)[26]ᄒ지라. 됴션 셩샹(聖上)이 과인을 위ᄒ여 졍죠(正租) 일쳔셕(一千石)을 ᄉᆞ급(賜給)ᄒ시니 그 덕ᄐᆡᆨ이 하ᄒᆡ(河海) 갓튼지라. 엇지 그 망극(罔極)ᄒ 셩덕(聖德)을 니즈리오? 이졔 경(卿)으로 샤례(謝禮)코져 ᄒᆞᄂᆞ니, 경은 슈고를 앗기지 말고 슈쳔니(數千里) 원노(遠路)의 무ᄉᆞ(無事)이 ᄃᆞ녀오물 바라노라"

ᄒ고 즉시(卽時) 표문(表文)[27]을 지으며 홍부(洪府)의 젼헐 셔간(書簡)을 닷가쥬고, 졍죠 일쳔셕을 큰 ᄇᆡ의 시러 관군(官軍) 슈십명(數十名)으로 ᄒ여곰 운젼(運轉)케 ᄒ니, 빅용이 봉명(奉命) 퇴죠(退朝)ᄒ고, 즉일 발ᄒᆡᆼ(發行)ᄒ여 됴션으로 향ᄒ니라.

각셜. 샹이 길동의 말ᄃᆡ로 졍죠 일쳔셕을 쥬어 보ᄂᆡᆫ 후로 십년(十年)

---

21) 환자(宦者): 내시(內侍).
22) 우연: 위연(喟然). 서글프게 한숨을 쉼.
23) 용포(龍袍): 곤룡포. 임금이 입던 정복. 누런빛이나 붉은빛의 비단으로 지었으며, 가슴과 등과 어깨에 용의 무늬를 수놓았다.
24) 과인(寡人): 덕이 적은 사람이라는 뜻으로, 임금이 자기를 낮추어 이르던 일인칭대명사.
25) 포의(布衣): 베옷. 벼슬 없는 선비를 비유적으로 이르는 말.
26) 과극(過極): 몹시 분에 넘치다.
27) 표문(表文): 표(表). 마음에 품은 생각을 적어서 임금에게 올리는 글.

이 갓가오나 쇼식(消息)이 업스믈 고이히 역이시더니, 일일은 문득 율도왕의 표문이라 ᄒ고 올니거눌, 샹이 놀나시며 쩌혀 보시니 ᄒ여시되,

전님(前任) 병됴판셔(兵曹判書) 율도국 왕 신(臣) 홍길동은 돈슈빅비(頓首百拜)[28]ᄒ옵고, 일봉(一封) 표문을 됴션국 셩샹 탑하(榻下)[29]의 올니옵ᄂᆞ니, 신이 본더 쳔비(賤婢) 쇼싱(所生)으로 못된 마음이 편협(偏狹)ᄒᆞ와 셩샹의 텬심(天心)을 산난(散亂)케 ᄒ오니, 이망[30] 불츙(不忠)이 업습고, ᄯᅩ 신의 아비 쳔흔 ᄌᆞ식(子息)으로 말미암아 신병(身病)이 되오니 이만 불효(不孝) 업습거, 젼희(殿下ㅣ) 이런 죄를 ᄉᆞ(赦)ᄒ시고 병됴판셔를 시기시며 졍죠 쳔셕을 ᄉᆞ급ᄒ옵시니, 이 망극ᄒ온 텬은(天恩)을 갑흘 길 업ᄉ오며, 신이 ᄉᆞ방으로 유리(遊離)ᄒ다가 ᄌᆞ연이 군ᄉᆞ를 모흐니 졍병이 슈쳔이라. 율도국의 드러가 ᄒᆞᆫ 번 북 쳐 나라흘 엇고 외람(猥濫)이 왕위의 거ᄒ오니 평싱(平生) 한(恨)이 업ᄉᆞ온지라. 이러무로 미양 셩샹의 디덕(大德)을 앙모(仰慕)ᄒᆞ와 졍죠 쳔셕을 환샹(還上)[31]ᄒ오니, 복망(伏望) 셩샹은 신의 외람흔 죄를 사ᄒ시고 만슈무강(萬壽無疆)ᄒ옵쇼셔.

ᄒ엿더라.

샹이 표문을 보시고 디경디찬(大驚大讚)허ᄉ, 즉시 홍인형을 명쵸(命招)ᄒ시고 율왕의 표문을 뵈시며 희환ᄒᆞᆷ믈[32] 닐ᄏᆞᆯ시니, 잇ᄯᅢ 홍인형의 벼술이 참판(參判)[33]의 거흔지라. 이날 맛춤 길동의 셔찰(書札)을 보

---

28) 돈수백배(頓首百拜): 머리가 땅에 닿도록 수없이 계속 절을 함.
29) 탑하(榻下): 탑전(榻前). 왕의 자리 앞.
30) [교감] 이망: 이만. 이만한.
31) 환상(還上): 조선시대에 곡식을 사창(社倉)에 저장했다가 백성들에게 봄에 꾸어주고 가을에 이자를 붙여 거두던 일인 환곡(還穀)을 뜻하나 여기서는 다시 되돌려 바친다는 의미.
32) [교감] 희환ᄒᆞᆷ믈: 희한ᄒᆞᆷ믈. 희한함을.
33) 참판(參判): 조선시대에 육조(六曹)에 둔 종이품 벼슬. 판서 다음이다.

고 놀나던 추의 샹의 전교(傳敎)34)ㅎ시물 듯고 즉시 예궐(詣闕)35)ㅎ여 복지(伏地) 쥬(奏) 왈,

"신의 ○오 길동이 타국(他國)의 가 비록 귀히 되여스오나 실노 셩상의 디덕이오니, 알외을 말솜 업숩거니와, 신의 망뷔(亡父ㅣ) 산쇼를 졀노 ㅎ여곰 율도국 근쳐(近處)의 쎳스오니, 이졔 젼히(殿下ㅣ) 신을 위ㅎ여 일년(一年) 말미를 쥬옵시면 단녀올가 ㅎ나이다."

샹이 올히 역이스 의윤(依允)36)ㅎ시고, 인ㅎ여 홍인형으로 율도국 위유스(慰諭使)37)를 졔슈(除授)ㅎ시며 유서(諭書)38)를 나리오시니, 참판이 하직(下直) 슉비(肅拜)ㅎ고 집의 도라와 모부인긔 탑젼(榻前) 셜화(說話)를 고ㅎ니 부인 왈,

"금일(今日) 길동의 셔출(書札)을 보니 날다려 단녀가물 닐너시나 긔력(氣力)이 부죡(不足)ㅎ여 싱의(生意)치 못ㅎ엿더니, 네 이졔 쇼분(掃墳)39) 말미를 어덧다 ㅎ니 죠각40)이 신통(神通)ㅎ지라. 흔가지로 가리니 너는 밧비 힝쟝(行裝)을 찰히라"

ㅎ여 참판이 말유(挽留)치 못ㅎ여 모부인을 미시고 길을 더니41), 삼삭(三朔) 만의 졔도 산ㅎ(山下)의 니르니, 율왕이 발셔 멀니 나와 마자 지영(祗迎)42) 디위43) 엄슉(嚴肅)ㅎ고, 여러 왕비드리 흔가지로 나와 마즈미 위의(威儀) 거룩ㅎ더라. 인ㅎ여 산쇼의 올나 쇼분ㅎ고, 궐니(闕內)의

---

34) 전교(傳敎): 임금이 명령을 내림. 또는 그 명령.
35) 예궐(詣闕): 입궐(入闕).
36) 의윤(依允): 신하가 아뢰는 청을 임금이 허락함.
37) 위유사(慰諭使): 지방에 천재지변이 있을 때 백성을 위로하기 위해 어명으로 파견하던 임시 벼슬.
38) 유서(諭書): 관찰사, 절도사, 방어사 들이 부임할 때 임금이 내리던 명령서.
39) 소분(掃墳): 오랫동안 외지에서 벼슬하던 사람이 친부모의 산소에 가서 성묘하던 일.
40) 죠각: 미상.
41) [교감] 더니: 가더니.
42) 지영(祗迎): 백관이 임금의 환행을 공경하여 맞음. 여기서는 어머니와 형 일행을 공경하여 맞는다는 뜻.
43) 디위: 미상. '주위'인 듯하다. 대오(隊伍)로 볼 수도 있다.

드러가 디연(大宴)을 비셜ᄒ고 경하(敬賀)헐니, 각 읍 슈령(守令)이 모다 각각 비단(緋緞)을 드리며 쳔셰를 부르니, 만셩(萬姓) 인민이 즐거 아니 리 업더라.

이런 고로 여러 날이 되여더니, 틱부인(太夫人) 유시 호련(忽然) 득병(得病)ᄒ여 빅략(百藥)이 무효(無效)ᄒ지라. 부인이 탄(歎) 왈,

"몸이 만니(萬里) 타국의 와 죽으니 흔심(寒心)ᄒ나 너의 부친 산쇼를 흔 번 보고 고국(故國)의 도라가지 못ᄒ고 죽으니, 슬푸다! 텬명을 엇지ᄒ리오?"

졸(卒)ᄒ니, 궁즁(宮中)이 망극 이통(哀慟)ᄒᄂᆫ지라. 형데(兄弟) 쟝예(葬禮)를 갓초와 션능의 합장(合葬)ᄒ고 쥬야(晝夜) 스러ᄒ더니, 슈월(數月)이 지닌 후 인형이 왕(王)다려 일너 왈,

"우형(愚兄)44) 이 이곳의 은 지45) 발셔 삼삭(三朔)이 지닌지라. 불ᄒᆼ(不幸)ᄒ여 모친이 기셰(棄世)ᄒ시니, 망극ᄒ믄 피츠일반(彼此一般)이로디, 오리 머무지 못ᄒ고 본국(本國)의 도라가리니, ᄯ여나미 심이 겨련(缺然)46)하나 머물 길 업스니 현지흔47) 보즁(保重)ᄒ라"

ᄒ고, 즉일 발ᄒᆼᄒ여 여러 날 만의 됴션의 득달(得達)ᄒ여 입닉(入來) 슉비ᄒ고 이런 연유를 샹달(上達)ᄒ온디, 샹이 ᄯ흔 그 모상(母喪) 만ᄂᆫ 일을 비감(悲感)이 역이시고, 삼년이 지닌 후 즉시 닙죠(入朝)ᄒ믈 당부(當付)ᄒ시더라.

츠셜(且說). 율도국왕이 형쟝을 보너고 졍ᄉ(政事)를 다스리더니, 모친 디비 ᄯ흔 득병ᄒ여 졸ᄒ니, 왕의 이통ᄒ믈 층양(測量)치 못ᄒ너라. 예(禮)를 갓쵸와 션능의 안장ᄒ고 죠셕져젼(朝夕祭奠)을 지셩으로 지너니, 그 효ᄒᆼ(孝行)이 잇스물 가히 알지라.

---

44) 우형(愚兄): 말하는 이가 아우뻘 되는 사람에 상대하여 자기를 낮추어 이르는 일인칭대명사.
45) [교감] 은 지: 온 지.
46) 결연(缺然): 모자라서 서운하거나 불만족스러움.
47) [교감] 현지흔: 현제(賢弟)는.

홍길동, 세상을 뜨다

셰월(歲月)이 여류(如流)ᄒ여 삼년(三年)을 지니고 나라 졍ᄉ(政事)를 게을니 아니ᄒ니, 강구(康衢)의 동요(童謠)[1]와 노인(老人)의 격양가(擊壤歌)[2]는 요슌(堯舜)[3]의 비길너라. 왕이 일즉[4] 삼ᄌ(三子) 이녀(二女)를 두어시니, 쟝ᄌ(長子)의 명(名)은 헌이라, 이는 빅시(白氏) 쇼ᄉᆼ(所生)이오, ᄎᄌ(次子)의 명은 챵이라, 이는 됴시(趙氏) 쇼ᄉᆼ이오, 삼ᄌ의 명은 열이라, 궁인(宮人)의 쇼ᄉᆼ이오, 이녀도 궁인의 쇼ᄉᆼ니[5], 부풍모습(父風母習)[6]ᄒ여 기기(個個) 긔골(氣骨)이 쟝ᄃ(壯大)ᄒ고 문쟝(文章) 필법(筆

---

1) 강구(康衢)의 동요(童謠): 길거리에서 부르는 어린아이의 노래. '시절이 태평함'을 뜻함. 중국 고대 요(堯)임금 때의 가요(歌謠) 이름. 요임금의 은덕(恩德)으로 천하가 절로 다스려지자 백성들이 이를 칭송하며 거리에서 부르던 노래.
2) 격양가(擊壤歌): 풍년이 들어 농부가 태평한 세월을 즐기는 노래. 중국의 요임금 때 태평한 생활을 즐거워하여 불렀다고 한다.
3) 요순(堯舜): 중국 고대 전설상의 황제인 요와 순을 함께 부르는 말. 태평성대를 이룬 성군(聖君)을 가리키거나 임금의 성덕(聖德)을 의미하는 말로 쓰인다.
4) [교감] 일즉: 일찍.
5) [교감] 쇼ᄉᆼ니: 쇼ᄉᆼ이니.
6) 부풍모습(父風母習): 모습이나 언행이 아버지와 어머니를 고루 닮음.

法)은 구예7) 일셰(一世) 긔남지(奇男子)라. 왕이 아름다이 여겨 쟝즈로 셰즈(世子)를 봉ᄒ고 기ᄎᆞ(其次)는 다 각각 봉군(封君)8)ᄒ며 이녀는 ᄎ차(次次) 부마(駙馬)9)를 간퇵(揀擇)ᄒ니, 그 거록ᄒ미 일국(一國)의 진동(震動)ᄒ며 그 위의(威儀) 비길 디 업더라.

왕이 등극(登極) 삼십년(三十年)의 년긔(年紀) 칠슌(七旬)이 된지라. 셰상(世上)이 오릭지 아니믈 짐작(斟酌)ᄒ고 젹숑즈(赤松子)10)의 즈최를 ᄎᆞᆺ고져 ᄒ더니, 일일(一日)은 왕이 후원(後苑) 영낙전의 올나 니원(梨園)11) 풍악(風樂)을 갓쵸고 비빙(妃嬪)12)과 시녀(侍女)를 모화 즐기며 산천경긔(山川景槪)를 완상(玩賞)ᄒ여 노릭를 지어 부르니, 그 노릭의 왈(曰),

　　셰상ᄉᆞ(世上事)를 싱각ᄒ니 풀 ᄭᅳᆺ히 이슬 갓도다.
　　빅년(百年)을 산다 허나 이 ᄯᅩ흔 부운(浮雲)이라.
　　귀쳔(貴賤)이 ᄶᅥ 잇스미여 다시 보기 어렵도다.
　　텬지졍슈(天之定數)13)를 인녁(人力)으로 못 ᄒ리로다.
　　슬푸다! 쇼년(少年)이 어졔러니 금일(今日) 빅발(白髮) 될 쥴 엇지 알이오?
　　아마도 안긔싱(安期生)14)과 젹숑즈를 좃ᄎ 세상 니별(離別)ᄒ미 가(可)ᄒ도다.

---

7) 구예: 미상.
8) 봉군(封君): 조선시대에 임금의 적자를 대군(大君)으로, 후궁에서 태어난 왕자나 왕비의 아버지 또는 이품 이상의 종친과 공신 등을 군(君)으로 봉하던 일.
9) 부마(駙馬): 임금의 사위.
10) 젹숑자(赤松子): 중국 전설상의 선인(仙人)의 이름으로, 신농(神農) 때 비를 다스렸다는 우사(雨師)로서, 후에 곤륜산에 입산하여 선인이 되었다고 한다.
11) 이원(梨園): 배나무 동산. 중국 당나라 때, 현종이 몸소 배우(俳優)의 기술을 가르치던 곳. 오늘날 뜻이 바뀌어 연예계, 극단, 배우들의 사회 따위를 이른다.
12) 비빙(妃嬪): 궁중에서 '비빈(妃嬪)'을 이르던 말. '비'는 임금이나 황태자의 아내. '빈'은 정일품 내명부의 품계.
13) 천지졍슈(天之定數): 정해진 운수.
14) 안기생(安期生): 중국 진(秦)나라 시황제(始皇帝) 때의 선인. 시황제가 동쪽으로 순유(巡遊)할 때 그와 사흘 밤을 함께 이야기하고서 황금과 백벽(白璧)을 주었는데, 다 두고 가면서 "천 년 후에 나를 봉래산(蓬萊山)에서 찾아달라"는 글을 남겼다 한다.

ᄒᆞ고 두 왕비(王妃)와 ᄒᆞᆫ가지로 죵일(終日) 열낙(悅樂)ᄒᆞ더니, 문득 오ᄉᆡᆨ(五色)구름이 뎐각(殿閣)을 두루며 향ᄂᆡ 진동ᄒᆞ더니, 일위(一位) ᄇᆡᆨ발 노옹(老翁)이 쳥여장(靑藜杖)[15]을 집고, 쇽발관(束髮冠)[16] 쓰고, 학창의(鶴氅衣)[17] 닙고 누상(樓上)의 오르며 공슌(恭順)이 일너 왈,

"그ᄃᆡ 인간(人間) 부귀(富貴)와 영녹(榮辱)이 엇더ᄒᆞ뇨? 이제 우이[18] 셔로 쳐쇼(處所)의 모일 ᄯᆡ를 만나시니 ᄒᆞᆫ가지로 가미 엇더ᄒᆞ뇨?"

ᄒᆞ고 집헛던 육한장(六環杖)[19]으로 난간(欄干)을 치니, 호련(忽然) 뇌졍벽역(雷霆霹靂)[20]이 텬지(天地) 진동ᄒᆞ더니 문득 왕과 두 왕비 간ᄃᆡ업ᄂᆞᆫ지라. 삼ᄌᆞ와 모든 시녜(侍女ㅣ) 이를 보고 망극(罔極)ᄒᆞ여 일장통곡(一場痛哭)허다가 거즛 관곽(棺槨)[21]을 갓쵸와 예(禮)로쎠 신능(新陵)을 졍ᄒᆞ여 안장(安葬)ᄒᆞ고 능호(陵號)를 형능이라 ᄒᆞ이라.

셰ᄌᆡ(世子ㅣ) 즉시(卽時) 왕위(王位)의 올나 만됴(滿朝)를 모화 됴회(朝會)를 베풀고 쳔셰(千歲)를 부르며, 각 읍(各邑)의 ᄉᆞ문(赦文)을 나리와 ᄇᆡᆨ셩(百姓)을 안무(按撫)ᄒᆞ며, 십년(十年) 부셰(賦稅)를 견감(輕減)허라 ᄒᆞ시니, 만셩(萬姓) 인민(人民)이 그 덕(德)을 일캇더라. 왕이 친이 졔문(祭文) 지어 션능의 친졔(親祭)ᄒᆞ시고 졔신(諸臣)을 ᄎᆞ례(次例)로 벼살을 도도니, 됴애(朝野ㅣ) 칭평(稱平)ᄒᆞ고[22] 년년(年年) 풍등(豐登)[23]ᄒᆞ여 격양가를 부르더라. 이런 고로 셰월이 여류ᄒᆞ여 왕이 ᄯᅩᄒᆞᆫ 삼ᄌᆞ를 두어스니, ᄯᅩᄒᆞᆫ ᄎᆞᆼ명(聰明)ᄒᆞ여 ᄌᆡ죠(才操)와 덕ᄒᆡᆼ(德行)이 비헐 데 업ᄂᆞᆫ지라. 이러

15) 청려장(靑藜杖): 명아줏대로 만든 지팡이.
16) 속발관(束髮冠): 머리카락이 흐트러지지 않도록 묶어놓기 위해, 의식을 거행할 때 쓰던 도사들의 모자.
17) 학창의(鶴氅衣): 소매가 넓고 뒤 솔기가 갈라진 흰옷의 가를 검은 천으로 넓게 댄 웃옷.
18) [교감] 우이: 우리.
19) 육환장(六環杖): 중이 짚는, 고리가 여섯 개 달린 지팡이.
20) 뇌정벽력(雷霆霹靂): 천둥과 벼락이 격렬하게 침. 또는 그런 천둥과 벼락.
21) 관곽(棺槨): 시체를 넣는 속널과 겉널을 아울러 이르는 말.
22) 칭평(稱平)하고: 태평(太平)함을 칭송(稱頌)하고.
23) 풍등(豐登): 농사를 지은 것이 아주 잘됨.

무로 후셰(後世)의 그 지와[24) 츙효(忠孝)를 알게 ㅎ미오. 디디(代代)로 계계승승(繼繼承承)ㅎ여 티평(太平)으로 누리더라.

治洞(야동) 新刊(신간)

---

24) [교감] 지와: 지주와. 재주와.

| 원본 |

전우치전

전운치의 탄생

    화셜(話說). 고려(高麗) 말(末)의 남셔부(南西部) 짜히 일위(一位) 명시(名士ㅣ) 이스니, 셩(姓)은 뎐(田)이오 명(名)은 슉이오 별호(別號)는 운화션싱이라. 디디(代代) 공후(公侯) ㅈ손(子孫)으로 슉의게 이르러는 쳥운(靑雲)1)의 뜻이 업셔 몸을 산님(山林)의 숨어 글를 슝샹(崇尙)ᄒ며 혹(或) 벗을 모화 산쳔(山川)과 풍월(風月)를 문답(問答)ᄒ여 셰월(歲月)를 허비(虛費)ᄒ니, 시인(時人)2)이 이르기를 산즁(山中) 쳐시(處士ㅣ)라 ᄒ더라.

    부인(夫人) 최시(崔氏)는 잠영거족(簪纓巨族)3)이오 뇨한졍졍4)하여 식덕(色德)이 겸비(兼備)ᄒ니, 쳐시 상경상화(相敬相和)ᄒ여 동쥬(同住) 십여년(十餘年)의 슬ᄒ(膝下ㅣ) 젹막(寂寞)ᄒ믈 쥬야(晝夜) 탄식(歎息)ᄒ더니,

---

1) 쳥운(靑雲): 높은 지위나 벼슬을 비유적으로 이르는 말.

2) 시인(時人): 그 당시의 사람들.

3) 잠영거족(簪纓巨族): 잠영(簪纓)은 관원이 쓰던 비녀와 갓끈을, 거족(巨族)은 대대로 번창하고 문벌이 좋은 집안을 일컫는 말이다. 잠영거족은 대대로 높은 벼슬을 한 문벌 좋은 집안을 뜻한다.

4) [교감] 뇨한졍졍: '유한정정(幽閑靜貞)'의 오기. 부녀의 태도나 마음씨가 얌전하고 바름.

일일(一日)은 최시 일몽(一夢)을 어드니, 텬상(天上)으로 조츠 흔 쩨 구름이 나려오며 구름 쏙으로셔 쳥의동지(靑衣童子ㅣ) 벽년화(碧蓮花)를 쥐고 나와 부인긔 지비(再拜) 왈(曰),

"쇼즈(小子)는 영쥬산(瀛州山)5)의셔 치약(採藥)ᄒ던 션동(仙童)이러니, 텬상의 득죄(得罪)ᄒ여 인간(人間)의 니치시민 갈 곳을 모로오니, 부인은 어엿비 녀기소셔"

ᄒ거늘, 부인이 디희(大喜)ᄒ여 다시 뭇고져 ᄒ다가 문득 ᄭ다라 심신(心身)이 황홀(恍惚)ᄒ여 쳐스를 쳥(請)ᄒ여 몽스(夢事)를 이르니, 쳐시 쳥파(聽罷)6)의 왈,

"우리 팔지(八字ㅣ) 긔박(奇薄)ᄒ여 무후(無後)ᄒ가 슬허ᄒ더니, 이졔 부인 몽시(夢事ㅣ) 여츠(如此)ᄒ니, 이는 반다시 하놀이 귀즈(貴子)를 졈지(點指)ᄒ시미라"

ᄒ며 깃거ᄒ더니, 과연 그달붓터 틱긔(胎氣) 이셔 십삭(十朔)이 ᄎ미,

일일은 치운(彩雲)이 집을 두루며 향ᄎᆔ(香臭) 진동(震動)ᄒ거늘, 쳐시 졍당(正堂)7)을 쇄쇼(刷掃)8)ᄒ고 ᄯᅢ를 기다리더니, 부인이 혼미(昏迷) 즁(中)의 눈을 드러 본즉 젼일(前日) 꿈의 뵈던 동지(童子ㅣ) 나아들거늘, 부인이 반가온 즁의 졍신(精神)이 아득ᄒ더니, 이윽고 일쳑(一尺) 옥동(玉童)을 나흔지라. 쳐시 디희ᄒ여 일변(一邊) 부인을 구호(救護)ᄒ며 아희를 솗펴본즉, 용뫼(容貌ㅣ) 화려(華麗)ᄒ고 긔골(氣骨)이 장디(壯大)ᄒ니, 쳐시 디희ᄒ여 왈,

"이 아희 꿈의 뵈던 동지(童子ㅣ)니 일흠을 운치(雲致)라 ᄒ고, 즈는 몽즁션(夢中仙)이라 ᄒ고, 별호(別號)를 구십지(口十子ㅣ)9)라"

---

5) 영쥬산(瀛州山): 중국 고대 전설상의 신선이 산다는 산 이름. 삼신산(三神山) 중 하나이자, 오도(五島)의 하나. 중국의 진시황과 한무제가 불사약(不死藥)을 구하러 사신을 보냈다는 가상의 산.

6) 쳥파(聽罷): 듣기를 다 마침.

7) 졍당(正堂): 큰 집 안에 있는 여러 채의 집 가운데 가장 주된 집.

8) 쇄쇼(刷掃): 쓸고 닦아 깨끗이 함.

9) 구십자(口十子): 구십자의 '구십'은 '口十'으로, '田' 자를 파자(破字)한 것이다.

ᄒ여, 이즁(愛重)ᄒ미 비홀 듸 업더라.

운치 졈졈 즈라 칠셰(七歲)의 이르러ᄂᆞᆫ 쳐ᄉᆡ 글를 가르치미 총명(聰明) 영오(英悟)ᄒ여 문일지십(聞一知十)ᄒ니, 쳐ᄉᆡ 과이(過愛)ᄒ여 십셰(十歲)의 이르럿더니, 슬푸다! 홍진비ᄅᆡ(興盡悲來)ᄂᆞᆫ 고금(古今) 상ᄉᆞ(常事ㅣ)라. 쳐ᄉᆡ 홀연(忽然) 득병(得病)ᄒ여 ᄇᆡᆨ약(百藥)이 무효(無效)ᄒ미 부인을 쳥(請)ᄒ여 왈,

"닌 혜라리건ᄃᆡ¹⁰⁾ 불구(不久)의 황쳔긱(黃泉客)이 될지라. 아즈(兒子)의 장셩(長成)ᄒ믈 보지 못ᄒ미 가장 유한(遺恨)이니, 부인은 모로미 슬푸믈 억제(抑制)ᄒ여 나의 부탁(付託)을 져바리지 말고 운치를 양육(養育)ᄒ여 영화(榮華)를 보고 조션(祖先) 향화(香火)를 밧드러 ᄇᆡᆨ셰(百歲) 무양(無恙)¹¹⁾ᄒ라"

ᄒ거늘, 부인이 이 말를 듯고 실셩(失性) 쳬읍(涕泣)ᄒ여 말를 이루지 못ᄒ더니, 슈일(數日) 후(後)의 쳐ᄉᆡ 기셰(棄世)ᄒᆞᆫ지라. 부인이 벽용(擗踊)¹²⁾ 통곡(痛哭)ᄒ며 운치 ᄯᅩᄒᆞᆫ 호텬(呼天) 망극(罔極)ᄒ여 즈로¹³⁾ 긔졀(氣絶)ᄒ미, 부인이 망극 즁이나 아즈를 념녀(念慮)ᄒ여 지극(至極) 위로(慰勞)ᄒ며, 운치 비록 나히 어리나 집상(執喪)ᄒ미 녜(禮)의 어긔미 업셔 쵸죵(初終)을 극진(極盡)히 ᄒ여 션산(先山)의 안장(安葬)ᄒ고 모친(母親)을 뫼셔 삼상(三喪)¹⁴⁾을 지효(至孝)로 지ᄂᆞ니, 향당(鄕黨)¹⁵⁾이 탄복(歎服)ᄒ더라.

---

10) [교감] 혜라리건ᄃᆡ: 혜아리건ᄃᆡ. 헤아리건대.
11) 무양(無恙): 몸에 병이나 탈이 없음.
12) 벽용(擗踊): 상사(喪事)에 슬피 울며 가슴을 두드리고 몸부림을 침.
13) 즈로: 자주.
14) 삼상(三喪): 삼년상. 초상(初喪), 소상(小喪), 대상(大喪)을 통틀어 이르는 말.
15) 향당(鄕黨): 자기가 태어났거나 사는 시골 마을. 또는 그 마을 사람들.

호정狐精을 먹고 천서天書를 얻다

각셜(却說). 뎐쳐ᄉ(田處士)의 친붕(親朋) 윤공(尹公)이란 스람은 문장(文章)이 광박(廣博)ᄒ고 명견만리(明見萬里)[1]ᄒᄂ지라. 운치 셔칙(書冊)을 가지고 윤공끠 슈학(受學)ᄒ더니, 일일(一日)은 운치 일즉 이러나 서칙을 가지고 셔당(書堂)으로 갈식, 흔 뫼를 너머가더니 듁님(竹林)이 무셩(茂盛)흔 곳의 흔 계집이 쇼복(素服)을 단졍(端正)히 ᄒ고 안져 울거늘, 운치 시이불견(視而不見)[2]ᄒ고 지나가셔 윤공끠 글를 비온 후의 집으로 도라올 졔 본즉 그 쳐지(處子ㅣ) 그져 울거늘, 운치 고히 녀겨 나아가 보니 년광(年光)이 삼오(三五) 이팔(二八)은 ᄒ고, 용모(容貌)ᄂ 옥(玉) 갓ᄒ여 아릿짜온 티되(態度ㅣ) 남ᄌ(男子)의 마음을 방탕(放蕩)케 ᄒᄂ지라. 운치 나아가 위로(慰勞)ᄒ며 문(問) 왈(曰),

"낭ᄌ(娘子)ᄂ 어늬 곳의 이스며 무슴 일노 아춤붓터 일즁(日中)이 되

---

1) 명견만리(明見萬里): 만리 앞을 내다본다는 뜻으로, 관찰력이나 판단력이 매우 정확하고 뛰어남을 이르는 말.

2) 시이불견(視而不見): 보아도 보이지 않음. 마음이 딴 곳에 있어 보아도 눈에 들어오지 않음. 또는 보고도 못 본 체함.

도록 슬피 우ᄂᆞ뇨?"

그 녀ᄌᆞ(女子ㅣ) 우름을 긋치고 붓그리믈 먹음고 답(答) 왈,

"나ᄂᆞᆫ 이 뫼 아러 잇더니 셜운 일이 이셔 우노라"

ᄒᆞ며 즐겨 이르지 아니ᄒᆞ거ᄂᆞᆯ, 운치 그 겻희 나아가 간절(懇切)이 무르니, 그 녀ᄌᆞ 강잉(强仍)[3] 디(對) 왈,

"나ᄂᆞᆫ 밍어ᄉᆞ(孟御使)의 ᄯᆞᆯ이러니, 오셰(五歲)의 모친(母親)을 일코 계뫼(繼母ㅣ) 드러온 후(後)로 날를[4] 부친(父親)끠 참쇼(讒訴)ᄒᆞ여 죽이고져 ᄒᆞ미, 쥬야(晝夜) 셜워ᄒᆞ여 ᄌᆞ결(自決)코져 ᄒᆞ나 참아 못 ᄒᆞ고 이갓치 우노라"

ᄒᆞ거ᄂᆞᆯ, 운치 ᄎᆞ언(此言)을 드르미 가장 긍측(矜惻)히 녀겨 왈,

"ᄉᆞ람의 ᄉᆞ싱(死生)이 유명(有命)ᄒᆞ니 낭ᄌᆞᄂᆞᆫ 부모(父母) 유체(遺體)[5]를 싱각ᄒᆞ여 술기를 도모(圖謀)ᄒᆞ라"

ᄒᆞ고 인ᄒᆞ여 옥슈(玉手)를 잡으되, 그 녀ᄌᆞ 조곰도 넝담(冷淡)ᄒᆞ미 업스미 흔연(欣然)이 교합(交合)ᄒᆞ여 냥졍(兩情)이 환흡(歡洽)ᄒᆞᆫ다가, 이윽고 셔로 ᄶᆞ날시 ᄌᆡ삼(再三) 견권(繾綣)[6]ᄒᆞ며 도라가니라.

잇튼날 운치 윤공끠 나아갈시, 그곳의 이른즉 그 녀ᄌᆞ 나와 불너 왈,

"니 발셔 이곳의 와 공ᄌᆞ(公子)를 기다린 지 오리더니라"

ᄒᆞ거ᄂᆞᆯ, 운치 반겨 손을 잡고 즐기다가 왈,

"아직 이곳의 이스라"

ᄒᆞ고 셔당의 나아ᄀᆞ니, 윤공 왈,

"네 오다가 녀ᄉᆡᆨ(女色)을 범(犯)ᄒᆞ엿스니 글를 비화도 쳔디(天地) 조화(造化)를 통(通)치 못ᄒᆞ리니, 네 이졔 도라가면 그 녀ᄌᆞ(女子)를 맛날지라. 그 녀ᄌᆞ의 입의 구슬를 먹음어슬 거시니, 그 구슬를 아ᅀᅡ다가 날를

---

3) 강잉(强仍): 마지못하여. 억지로.
4) [교감] 날를: 나를.
5) 유체(遺體): (부모가) 남겨준 몸.
6) 견권(繾綣): 생각하는 정이 두터워 서로 잊지 못하거나 떨어질 수 없음.

뵈라"

ᄒ거늘, 운치 슈명(受命)ᄒ고 그곳의 이르러 그 녀ᄌ를 맛나 옥슈를 잡고 듁님간(竹林間)으로 드러가 정회(情懷)를 펼시, 운치 보니 과연 녀ᄌ의 입에 구슬이 잇거늘, ᄒᆞᆫ번 구경ᄒᄆᆞᆯ 쳥(請)ᄒᆞᆫ즉 즐겨 뵈지 아니ᄒ니, 운치 정ᄉᆡᆨ(正色) 왈,

"낭ᄌ도 규즁(閨中) 쳐ᄌ요 나도 미혼젼(未婚前)⁷⁾이민 피ᄎᆞ(彼此) 부모ᄭᆡ 고ᄒ고 원앙(鴛鴦)의 ᄡᆼ(雙)을 지어 빅년ᄒᆡ로(百年偕老)코져 ᄒ거늘, 낭ᄌᆞ는 엇지 나의 ᄯᆺ을 좃지 아니ᄒᄂᆢ뇨?"

기녜(其女ㅣ) 말를 듯고 정(情)을 못 이긔여 입을 셔로 다히고 혀를 니혀 구슬를 구을녀 운치 입의 넛커늘, 운치 바다 입의 너코 오릭도록 쥬지 아니ᄒ니, 녀지 보치다가 못 ᄒ여 운치의 입을 버리고 니려 ᄒ거늘, 운치 인ᄒ여 숨컷ᄂᆞᆫ지라. 녀지 ᄎᆞᆺᆞ 업스믈 보고 일언(一言)을 못 ᄒ고 방셩ᄃᆡ곡(放聲大哭)ᄒ며 드을노⁸⁾ 나려가거늘, 운치 무류⁹⁾ᄒ여 도라와 윤공ᄭᆡ ᄌᆞ쵸지죵(自初至終)을 다 고ᄒ니, 윤공 왈,

"네 이믜 호졍(狐精)¹⁰⁾을 먹어스니 텬문(天文) 디리(地理)를 통(通)ᄒ며 디살(地煞)¹¹⁾ 일흔두 가지 변화(變化)를 부리고 ᄯᅩ 금년(今年) ᄉᆞ월(四月)의 진ᄉᆞ(進士)¹²⁾를 홀 거시니, 이후ᄉᆞ(以後事)는 조심(操心)ᄒ라" ᄒ더라.

ᄎᆞ셜(且說). 운치 나히 십오셰(十五歲)의 이르러는 문장은 니틱빅(李太白)¹³⁾을 압두(壓頭)ᄒ고 필법(筆法)은 왕희지(王羲之)¹⁴⁾를 딕젹(對敵)ᄒ며

---

7) 미혼젼(未婚前): 미혼(未婚)과 혼젼(婚前)이 중복되면서 합쳐진 것이다. '결혼 전'임을 뜻한다.

8) [교감] 드을노: 들로.

9) [교감] 무류: 무료(無聊). 부끄럽고 열없음.

10) 호졍(狐精): 여우의 넋.

11) 지살(地煞): 풍수지리에서 터가 좋지 못한 데서 생기는 모질고 독한 귀신의 기운.

12) 진사(進士): 조선시대에 과거의 예비시험인 소과(小科)의 복시에 합격한 사람에게 준 칭호.

13) 이태백(李太白, 701~762): 중국 당나라 현종(玄宗) 때의 시인인 이백(李白). 태백(太白)은 그의 자. 두보(杜甫)와 함께 중국을 대표하는 시인으로, 시선(詩仙)이라 일컬어졌다. 수많은 시를 남겼으며, 저서에 『이태백시집李太白詩集』이 있다.

14) 왕희지(王羲之, 307~365): 중국 남북조시대 동진(東晉)의 서예가, 문신. 동진 왕조 건설에 공

호정을 먹은 후로는 구후15) 삼십뉵(三十六) 변화를 능통(能通)ㅎ는지라.
이쩌 국가(國家)의셔 감시(監試)16)를 뵐시, 운치 장즁(場中)의 드러가 글
를 지어 바친 후의 장원(壯元)의 오르미, 삼일뉴과(三日遊街)17)를 맞고
집의 도라와 모친끠 뵈온디, 최부인(崔夫人)이 일희일비(一喜一悲)ㅎ여 왈,

"너의 부친이 싱시(生時)의 과거(科擧) 보기를 즐겨 아니ㅎ더니, 이졔
네 영화(榮華)를 뵈니 엇지 깃부지 아니ㅎ리오"
ㅎ더라.

이러구러 광음(光陰)이 어류18)ㅎ여 영19) 명년(明年) 츈(春)이 되미, 운
치 명산디쳔(名山大川)을 ᄎᆞᄌᆞ다니더니, 셰금시란 졀의 이르러 본즉 쳔
여간(千餘間) 뎐각(殿閣)이 거믜줄의 감초엿고 즁싱(衆生)이 흔낫도 업는
지라. 마음의 고히 녀겨 셩냠스의 나려오니 노승(老僧) ᄉᆞ오인(四五人)
이 나와 맞거놀, 운치 셰금스 곡졀(曲折)를 무른디, 노승 왈,

"셰금스와 이 졀 즁이 쳔여명(千餘名)이 되더니, ᄉᆞ오년(四五年) 니로
두 졀의 지변(災變)이 이셔 즁싱 등이 능(能)히 부지(扶持) 못 ㅎ여 혹
니산(離散)ㅎ며 혹 간디업ᄉᆞ와 셰금스는 다 뷔엿고 이 졀의 불과 노승
등 ᄉᆞ오 명이라"
ㅎ거놀, 운치 왈,

"이는 반다시 요얼(妖孽)20)이 작난(作亂)ㅎ미로다"
ㅎ고 집의 도라와 모친끠 셰금스 연고(緣故)를 고ㅎ디, 부인 왈,

"ᄎᆞ후(此後)는 조심ㅎ라"
ㅎ거놀, 이후(以後)로는 운치 농업(農業)을 힘쎠 모친을 봉양(奉養)ㅎ더니,

적이 컸던 왕도(王導)의 조카로, 중국 고금(古今)의 첫째가는 서성(書聖)으로 존경받고 있다.
15) 구후: 미상. '그후'로 볼 수도 있다.
16) 감시(監試): 소과(小科). 생원과 진사를 뽑던 과거.
17) 삼일유가(三日遊街): 과거에 급제한 사람이 사흘 동안 시험관과 선배 급제자와 친척을 방문하
던 일.
18) [교감] 어류: 여류(如流).
19) [교감] 영: 불필요한 글자가 잘못 들어갔다. 일사본(一簑本) 『뎐우치젼』에는 없는 글자이다.
20) 요얼(妖孽): 요망한 귀신.

일일은 셰금슈의 가 공부(工夫)하여 명년 과거 보믈 고흔디, 부인 왈,

"젼의 드른즉 그 졀의 요얼이 만하 스람을 희(害)혼다 흐니, 엇지 그 곳의 가려 흐느뇨?"

운치 디 왈,

"스불범졍(邪不犯正)[21]이오니 엇지 조곰만 요물(妖物)이 침노(侵撈)흐리오. 모친은 과렴(過念) 마쇼셔"

흐고 즉시 힝장(行裝)을 슈습(收拾)흐여 셰금슈로 갈신, 흔 곳의 이르러 는 층암졀벽(層巖絶壁) 상(上)의 일위(一位) 노인(老人)이 갈건야복(葛巾野服)[22]으로 쳥녀장(靑藜杖)[23]을 집고 흔가(閑暇)이 셧거늘, 운치 나아가 녜(禮)흔디, 노인 왈,

"그디는 엇던 스람이완디 슈고로이 녜흐느뇨?"

운치 디 왈,

"노인이 이의 계시니 쇼ㅈ(小子ㅣ) 엇지 무심(無心)히 지나오리잇고"

노인 왈,

"니 그디를 줄 거시 이셔 이곳의셔 기다린 지 오리더니라"

흐고 스미[24]로셔 부용승(芙蓉繩)이란 노[25]와 부작[26] 흔 장을 쥬며 왈,

"ㅈ연(自然)이 쓸 곳이 이스리라"

흐고 문득 간디업거늘, 운치 공즁(空中)을 향흐여 스례(謝禮)흐고 노와 부작을 가지고 셰금슈로 드러가 시동(侍童)을 명흐여 방장(方丈)[27]을 쇄쇼(刷掃)흐고 셩남스 즁의게 셕반(夕飯)을 시겨[28] 먹고 쵹(燭)을 붉혀

---

21) 사불범정(邪不犯正): 바르지 못하고 요사스러운 것이 바른 것을 건드리지 못한다는 뜻으로, 곧 정의가 반드시 이김을 이르는 말.

22) 갈건야복(葛巾野服): 갈건과 베옷이라는 뜻으로, 은사(隱士)나 처사(處士)의 거칠고 소박한 옷차림을 이르는 말.

23) 청려장(靑藜杖): 명아줏대로 만든 지팡이.

24) 스미: 소매.

25) 노: 실, 삼, 종이 따위를 가늘게 비비거나 꼬아 만든 줄.

26) 부작: 부적(符籍). 잡귀를 쫓고 재앙을 물리치기 위하여 붉은색으로 글씨를 쓰거나 그림을 그려 몸에 지니거나 집에 붙이는 종이.

27) 방장(方丈): 화상(和尙), 국사(國師) 등의 고승(高僧)이 거처하는 처소.

글를 익더니, 삼경(三更)29)은 ᄒ여 문득 문(門)을 열고 흔 녀지 드러와 엄연(儼然)이30) 겻히 안거놀, 운치 눈을 드러 본즉 그 녀지 년광이 이칠(二七)은 흔듸, 화려(華麗)흔 용모는 모란(牧丹)이 아츰 이슬를 먹음듯 션연(嬋娟)흔 퇴도(態度)는 슈양(垂楊)이 츈풍(春風)을 못 이긔는 듯ᄒ미, 가히 장부(丈夫)의 간장(肝腸)을 녹일지라.

운치 신혼(神魂)이 황홀(恍惚)ᄒ여 왈,

"낭즈는 어듸 잇관듸 이 심야(深夜)의 무슴 연고로 왓ᄂᆞ뇨?"

녀지 디 왈,

"첩(妾)은 본듸 ᄉᆞ족(士族) 부녀(婦女)로 가군(家君)31)을 ᄯᅡ라 장양 퇴슈(太守)로 가다가, 도적(盜賊)을 맛나 가쇽(家屬)을 다 죽이고 힝장을 일코 첩이 홀노 목슘을 도망(逃亡)ᄒ여, 나지면 산즁(山中)의 슘고 밤이면 힝(行)ᄒ여 고향(故鄕)을 ᄎᆞ즈가다가 먼니셔 창외(窓外) 촉영(燭影)을 바라보고 쵼가(村家)만 녀겨 왓더니, 남즈의 글 익는 쇼리 분명(分明)ᄒ나 일신(一身)이 곤뇌(困惱)ᄒ므로 불계(不計) 체면(體面)ᄒ고 드러왓ᄉᆞ오니, 원컨듸 상공(相公)은 잔명(殘命)을 구ᄒ시면 타일(他日)의 결쵸보은 (結草報恩)ᄒ리이다."

운치 왈,

"스람의 화복(禍福)을 임의(任意)로 못 ᄒᄂᆞ니, 낭지 적환(賊患)을 면ᄒ여32) 이곳의 이르미 ᄯᅩ흔 다힝(多幸)ᄒ거니와, 아지 못게라! 낭즈의 귀퇵(貴宅)은 어듸며 년광은 언마나33) ᄒ뇨?"

녀지 왈,

"첩의 집은 경셩(京城) 남문(南門) 밧기오, 나흔 십칠(十七)이로쇼이

---

28) [교감] 시겨: 시켜.
29) 삼경(三更): 밤 11시에서 새벽 1시 사이.
30) 엄연(儼然)이: 엄연히. 어떠한 사실이나 현상이 부인할 수 없을 만큼 뚜렷이.
31) 가군(家君): 남편.
32) [교감] 명ᄒ여: 면(免)하여.
33) [교감] 언마나: 얼마나.

다."

운치 왈,

"날과 동갑(同甲)이오. 경셩이 예셔 샹게(相距ㅣ)[34] 삼빅여리(三百餘里)니, 녀지 엇지 득달(得達)ᄒ리오. 싱(生)이 실노 념녀(念慮)ᄒ노라."

녀지 탄식(歎息) 왈,

"샹공은 쳡의 졍샹(情狀)을 불샹이 녀겨 ᄒ로밤 머물너 가믈 허(許)ᄒ쇼셔."

운치 왈,

"싱이 집이 빈한(貧寒)ᄒ므로 지금가지 취쳐(娶妻)치 못ᄒ고 명츈(明春) 과거의 쳔힝(天幸)으로 등과(登科)ᄒ거든 혼취(婚娶)홀가 바라더니, 금야(今夜)의 낭ᄌ를 맛나미 ᄯᅩᄒᆫ 연분(緣分)이라. 원컨터 이셩지합(二姓之合)을 미ᄌ 빅년동낙(百年同樂)ᄒ미 엇더ᄒ뇨?"

녀지 쳥파(聽罷)의 아미(蛾眉)를 슈기고 일언불답(一言不答)ᄒ니, 붓기리ᄂᆞᆫ 틴되(態度ㅣ) 쵹하(燭下)의 더욱 졀승(絶勝)ᄒᆫ지라.

운치 셔안(書案)을 물니치고 왈,

"싱이 우연(偶然)이 ᄒᆞᆫ 말노 낭지 이럿틋 노(怒)ᄒ니 도로혀 무류(無聊)ᄒ거니와 낭ᄌ는 싱각ᄒ여 젼졍(前程)을 그르치게 말나."

녀지 침음양구(沈吟良久)[35]의 왈,

"쳡의 일신이 곤박(困迫)ᄒ나 ᄯᅩᄒᆫ 스문일믹(士門一脈)이라. 출하리 죽을지언뎡 엇지 욕(辱)을 감심(甘心)ᄒ리오마는 샹공 말슴을 듯ᄌ오니 감스무디(感謝無地)[36]라. 후일(後日)의 원슈(怨讐)를 갑하쥬실진터 존명(尊命)을 엇지 봉승(奉承)치 아니ᄒ리오."

운치 이 말를 드르미 마음이 방탕ᄒ여 인ᄒ여 친합(親合)ᄒ고 문 왈,

"금일(今日)이 조흔 날이니 맛당히 합환쥬(合歡酒)[37]로 텬디(天地)믜

---

34) 샹거(相距): 떨어져 있는 두 곳의 거리.
35) 침음양구(沈吟良久): 속으로 깊이 생각한 지 오랜 뒤.
36) 감사무지(感謝無地): 고마운 마음을 이루 다 표현할 길이 없음.

밍셰(盟誓)ᄒᆞ리라"

ᄒᆞ고 죽병(竹甁)의 슐를 잔(盞)의 가득 부어 몬져 먹고 ᄯᅩ 부어 권(勸)
ᄒᆞ니, 녀ᄌᆡ 감(敢)히 거스지 못ᄒᆞ여 마시거늘, 운치 ᄯᅩ ᄒᆞᆫ 잔을 부어
권ᄒᆞ되 녀ᄌᆡ 구지 ᄉᆞ양(辭讓)ᄒᆞᆫ지라.

운치 왈,

"슐를 일이비(一二杯) 먹어든 무어시 관계(關係)ᄒᆞ리오"

ᄒᆞ니 녀ᄌᆡ 마지못ᄒᆞ여 먹거늘, 운치 다시 ᄒᆞᆫ 잔을 마시고 ᄒᆞᆫ 잔을 부
어 ᄯᅩ 권ᄒᆞᆫ디, 녀ᄌᆡ 죽기로 ᄉᆞ양ᄒᆞᆫ지라.

운치 정식 왈,

"녀ᄌᆡ 군ᄌᆞ(君子)를 조츠미 슌죵(順從)ᄒᆞ미 올커늘 엇지 이럿틋 무례
(無禮)ᄒᆞ뇨?"

녀ᄌᆡ 싱의 긔식(氣色)을 보고 강잉이 바다 마신 후의 정신(精神)이 혼
도(昏倒)[38]ᄒᆞ여 ᄌᆞ리의 것구러져 코를 고을거늘, 운치 그졔야 녀ᄌᆞ의
옷을 벗기고 쥬필(朱筆)노 여호의 가슴의 진언(眞言)[39]을 쓰되 흔젹(痕
迹)이 업스미 분명 여흰 줄 알고 부용승을 ᄂᆡ여 슈죡(手足)을 동히고
숑곳ᄎᆞ로 정박이[40]를 ᄲᅮ시며 방츄(棒鎚)[41]로 두다리니, 녀ᄌᆡ 놀나 ᄭᆡ여
디호(大呼) 왈,

"상공아! 이 무슴 일이뇨?"

운치 디미(大罵) 왈,

"이 못쓸 녀호년아. 네 이 졀의 작얼(作孼)[42]ᄒᆞ여 싱녕(生靈)[43]을 살
ᄒᆡ(殺害)ᄒᆞ미, ᄂᆡ 너를 죽여 인간(人間) ᄒᆡ를 덜녀 ᄒᆞ여 이의 기다린 지

---

37) 합환쥬(合歡酒): 신랑 신부가 서로 잔을 바꾸어 마시는 술.
38) 혼도(昏倒): 정신이 어지러워 쓰러짐.
39) 진언(眞言): 비밀스러운 어구.
40) 정박이: 정바기. '정수리'의 방언.
41) 방츄(棒鎚): 방망이.
42) 작얼(作孼): 훼방을 놓음. 죄를 지음.
43) 생령(生靈): '생명'을 뜻함.

오리더니라"

ᄒ며 숑곳츠로 두루 뿌시니, 그 요괴(妖怪) 견듸지 못ᄒ여 본상(本像)[44]을 니여 금터럭이 돗치고 ᄭᅩ리 아홉 가진 여회 되여 술기를 빌거눌, 운치 왈,

"날를[45] 호정 ᄒ나흘 쥬면 너를 살니리라."

구미회(九尾狐ㅣ) 왈,

"호정은 비 쇽의 잇거니와 호정도곤 더 나흔 쳔셔(天書) 셰 권이 이스니 목슘을 살녀쥬쇼셔"

ᄒ듸, 운치는 본듸 셔싱(書生)이라, 칙 말를 듯고 반겨 왈,

"그 칙이 어듸 잇ᄂᆞ뇨?"

요괴 왈,

"내 굴의 이스니 날를 글너노흐면 가져오리이다"

ᄒ거눌, 운치 딘로(大怒)ᄒ여 숑곳츠로 두루 뿌시니, 요괴 왈,

"발 민 거슬 글너노흐면 상공과 ᄒᆞᆫ가지로 가셔 칙을 드리리이다."

운치 그 말를 올히 녀겨 발를 글너노코 ᄯᅡ라 여호 굴노 가니, 큰 산의 장디(長大)ᄒᆞᆫ 바회 잇고 그 아리 굴이 잇ᄂᆞᆫ지라. 그 안흐로 오리(五里)나 드러간즉 숑쥭(松竹)이 창창(蒼蒼)ᄒ고 시너 잔잔(潺潺)ᄒᆞᆫ 곳의 무슈(無數)ᄒᆞᆫ 집이 단쳥(丹靑)이 찬난(燦爛)ᄒ지라.

운치 여호를 압셰우고 드러가더니 치의(彩衣) 흔 시녀(侍女ㅣ) 나와 마즈며 왈,

"아기시, 오늘 산ᄒᆡᆼ[46]ᄒ라 가시더니 ᄉᆞ망[47] 이러 오시미 맛 조히 먹으리라"

ᄒ고 다리[48]들거눌, 운치 딘로ᄒ여 잔 요괴를 낟낟이 쳐 죽이고 구미

---

44) 본상(本像): '본색'을 뜻함.
45) [교감] 날를: 나에게.
46) 산ᄒᆡᆼ: 사냥.
47) ᄉᆞ망: 미상.

호를 숑곳츠로 뿌시니, 구미회 견듸지 못ᄒ여 시녀더러 왈,

　"네 ᄲᆞᆯ리 가 성젹함(成赤函)49) 속의 잇는 셰 권 칙을 가져오라"

ᄒ거늘, 요괴 급히 가져왔는지라.

　운치 바다본즉 텬셰(天書ㅣ)라. 글ᄌᆞ를 아라볼 길 업스믹, 구미호더러 글 ᄯᅳᆺ을 가르치라 ᄒ니, 구미회 왈,

　"숀을 글너노흐면 가르치리이다"

ᄒ거늘, 운치 숑곳츠로 찌르며 방츄를 드니 구미회 허락(許諾)ᄒ믹, 운치 노50)홀 그르지 아니ᄒ고 왈,

　"나 잇는 졀노 가ᄌ"

ᄒ고 구미호를 다려 셰금ᄉᆞ로 와셔 슐를 마신 후의 구미호를 안치고 텬셔 상권(上卷)을 비화 일야간(一夜間)의 다 통달(通達)ᄒ니, 진짓 귀신 (鬼神)도 측냥(測量)치 못홀 슐법(術法)이라. 그졔야 운치 여호의 믹 거슬 풀고 등의 부작을 쩌혀 텬셔 상권의 부치고 일너 왈,

　"너를 죽여 후환(後患)을 업시코ᄌ ᄒ더니, 도로혀 네 은혜(恩惠)를 닙엇기로 술녀 보닉ᄂᆞ니, 추후 다시 작변(作變) 말나"

흔딕, 구미회 ᄉᆞ례ᄒ고 가니라.

　이윽고 문득 딕풍(大風)이 이러나 문이 열니며 쳥운(靑雲) 속의셔 워여51) 왈,

　"구십ᄌᆞ(口十子ㅣ)야 닉 부용승은 ᄎᆞᄌᆞ가고 부작은 두고 가노라"

ᄒ거늘, 운치 급히 나가보니 쳥운이 하늘노 올나가는지라.

　공중을 향ᄒ여 ᄉᆞ례ᄒ고 방으로 드러왔더니, 홀연 ᄒᆞᆫ 션빈 나귀를 타고 드러와 계하(階下)의 나리니, 이는 윤공이라. 운치 황망(慌忙)이 마ᄌ 말ᄉᆞᆷ홀시 윤공 왈,

---

48) [교감] 다리: 달려.
49) 성젹함(成赤函): 물품을 넣어두는 그릇.
50) 노: 줄.
51) 워여: 기본형은 '웨다'로 '외치다'는 뜻. '웨이어'가 '워여'가 되었다.

"이 칙은 션비의게 불가(不可)ᄒ거ᄂᆞᆯ 네 어이 보ᄂᆞ뇨?"

운치 밋쳐 답(答)지 못ᄒᆞ여 윤공이 간ᄃᆡ업스니, 운치 ᄃᆡ경(大驚)ᄒᆞ여 ᄉᆞᆲ펴본즉 텬셔 ᄒᆞᆫ 권이 업스ᄆᆡ, 가장 의심(疑心)ᄒᆞᆯ 즈음의 문득 드르니 계집의 곡셩(哭聲)이 갓가오거ᄂᆞᆯ, 운치 나가보니 ᄌᆞ긔(自己) 유뫼(乳母ㅣ) 산발(散髮)ᄒᆞ고 울며 왈,

"모부인(母夫人)이 작일(昨日)의 평안(平安)ᄒᆞ시다가 일야간의 상ᄉᆞ(喪事) 나 계시니 상공은 ᄲᆞᆯ니 가ᄉᆞ이다"

ᄒᆞ거ᄂᆞᆯ, 운치 ᄃᆡ경ᄒᆞ여 급히 셔칙을 슈습ᄒᆞᆯ식, 경긱간(頃刻間)의 유뫼 간ᄃᆡ업고 ᄯᅩ 텬셔 ᄒᆞᆫ 권이 업ᄂᆞᆫ지라. 운치 ᄃᆡ로 왈,

"흉(凶)ᄒᆞᆫ 요물이 날를 업슈이 녀겨 이갓치 쇽이니 닉 이졔 여호 굴혈(窟穴)의 가 칙을 찻고 요괴를 쇼멸(掃滅)ᄒᆞ리라"

ᄒᆞ고 방츄와 숑곳슬 가지고 여호 굴노 가니, 산쳔(山川)이 심슈(深邃)ᄒᆞ고 길이 아득ᄒᆞ여 길를 ᄎᆞᆽ즐 슈 업셔 도로 도라와 ᄉᆡᆼ각ᄒᆞ되,

'이 요괴 변홰(變化ㅣ) 불측(不測)ᄒᆞᄆᆡ 가히 이곳의 오릭 머믈지 못ᄒᆞ리라'

ᄒᆞ고 셔칙을 슈습ᄒᆞ여 도라오니, ᄃᆡ져 상권은 부작을 부친 연고로 아ᄉᆞ가지 못ᄒᆞᄆᆡ러라.

임금을 속여 얻은 황금 대들보

운치 집의 도라와 텬셔(天書)를 보아 못 홀 슐법(術法)이 업스민 과업
(科業)1)의 뜻이 업셔 스스로 싱각ᄒ되,

'니 벼슬ᄒ여 모친(母親)을 봉양(奉養)ᄒ려 ᄒ면 ᄌ연(自然)히 더듸리라'
ᄒ고 이의 흔 계교(計巧)를 싱각ᄒ여 몸을 흔드러 변ᄒ여 션관(仙官)이
되여 오운(五雲)2)을 타고 반공(半空)의 올나 바로 궐니(闕內)로 드러가
디명젼(大明殿)3)의 거즁(居中)ᄒ민 셔긔(瑞氣) 공즁의 어릐여스니 궁즁
(宮中)이 현황(眩慌)4)ᄒ여 망지쇼조(罔知所措)5)ᄒ고 됴신(朝臣) 등이 상
달(上達)ᄒ되,

"고금(古今)의 드믄 괴변(怪變)이라"

----

1) 과업(科業): 과거(科擧).
2) 오운(五雲): 오색구름.
3) 대명전(大明殿): 궁궐.
4) [교감] 현황(眩慌): 정신이 어지럽고 황홀함. 경관 37장본은 '현황'인지 '현황'인지 판독하기
   어렵다. 하지만 일사본을 통해 '현황'임을 확인할 수 있다.
5) 망지소조(罔知所措): 너무 당황하거나 급하여 어찌할 줄을 모르고 갈팡질팡함.

혼디 샹(上)이 디경(大驚)호스 졔신(諸臣)을 모화 의논(議論)호시더니, 운치 운무(雲霧) 즁(中)의 셔고 쳥의동지(靑衣童子 |) 위여 왈(曰),

"고려국(高麗國) 왕(王)은 옥졔(玉帝)[6] 젼교(傳敎)를 드르라"

호거눌, 왕이 명(命)호스 포진(鋪陳)[7]과 향안(香案)을 비셜(排設)호고 나아가 보니 일위(一位) 션관이 금관(金冠) 홍포(紅布)로 동즈(童子)를 좌우(左右)의 셰우고 오운 즁의 빳이여 단정(端正)이 셧거눌, 왕이 스비(四拜)를 맛친 후의 복디(伏地)호신디[8] 운치 왈,

"텬샹(天上) 요디(瑤池)[9] 보각(寶閣)[10]이 년구퇴락(年久頹落)호기로 이졔 즁슈(重修)코즈 호여 인간(人間) 졔국(諸國)의 젼지(傳旨)호여 모든 물건(物件)을 다 진비(進排)호엿스나 다만 황금(黃金) 들보 흐나히 업눈지라. 샹졔(上帝)계셔 그디 나라히 황금이 유죡(裕足)흐믈 아르시고 이졔 젼지호스 칠월(七月) 칠일(七日) 오시(午時)의 샹냥(上樑)[11]흐리니, 그날 밋쳐 디령(待令)흐되 쟝(長)이 십쳑(十尺) 오촌(五寸)이오 광(廣)이 삼쳑(三尺) 이촌(二寸), 만일 그날 밋지 못흐면 큰 변(變)을 나리오시리라"

호고 언파(言罷)[12]의 션악(仙樂) 쇼리 은은(隱隱)흐며 오운이 남녁흐로 향흐여 가거눌, 왕이 남텬(南天)을 향흐여 스비흐시고 젼(殿)의 오르스 문무(文武)를 모화 의논흐실시, 좌위(左右 |) 쥬(奏) 왈,

"팔도(八道)의 힝관(行關)[13]흐여 금(金)을 거두어 텬명(天命)을 밧들미 올흘가 흐느이다."

샹이 올히 녀기스 즉시 팔도의 발관(發關)[14]흐여 금을 모흐고 공쟝(工

6) 옥졔(玉帝): 옥황샹졔(玉皇上帝)의 줄임말. 도교의 가장 높은 신이며, 무쇽(巫俗)에서는 옥황텬존 (玉皇天尊)이라 하여 전통적인 하늘의 신으로 섬긴다.
7) 포진(鋪陳): 바닥에 깔아놓는 방석, 요, 돗자리 등의 총칭.
8) [교감] 복디흔신디: 복디(伏地)흐신디.
9) 요지(瑤池): 신선이 살고 있다는 연못.
10) 보각(寶閣): 훌륭한 전각.
11) 샹량(上樑): 기둥에 보를 얹고 그 위에 처마 도리와 중도리를 걸고 마지막으로 마룻대를 옮김. 또는 그 일.
12) 언파(言罷): 말을 끝냄.
13) 행관(行關): 관아에 공문을 보내던 일.

匠)을 불너 장광(長廣) 쳑슈(尺數)를 맛초아 날 밋쳐 민드러드리니, 상이 삼일(三日) 지계(齋戒)ᄒ시고 등ᄃᆡ(等待)ᄒ시더니, 이날 진시(辰時)의 오운이 궐ᄂᆡ의 ᄌᆞ욱ᄒ고 향취(香臭) 진동(振動)ᄒ며 션관이 엄연(儼然)이 운즁(雲中)의 ᄲᅡ이여 오며 낭편(兩便)의 쳥의동지 학(鶴)을 타고 나려와 요구쇠15)로 거러 올녀 치운(彩雲)의 ᄲᅡ 남(南) 디흐로16) 무지게 ᄲᅥ치고17) 오운이 각각 동셔(東西)로 훗터지ᄂᆞᆫ지라. 상과 졔신이 향안 압희 나아가 ᄉᆞ비ᄒ고 젼상(殿上)의 오르ᄉᆞ 진하(進賀)18)를 바드시니라.

---

14) 발관(發關): 상급 관아에서 하급 관아로 관문(關文)을 보내던 일.
15) 요구쇠: '요구'는 갈고리의 방언. 요구쇠는 갈고리 모양의 쇠를 뜻한다.
16) [교감] 디흐로: ᄯᅡ흐로. 땅으로.
17) [교감] 무지게 ᄲᅥ치고: 신문관본에는 '남 ᄯᅡ흐로 힝하니 무지기 하ᄂᆞᆯ에 ᄲᅥ치고'로 되어 있다.
18) 진하(進賀): 나라에 경사가 있을 때 벼슬아치들이 조정에 모여 임금에게 축하를 올리던 일.

운치를 잡아들이라

운치 님군을 속이고 황금(黃金) 들보를 어더스나 동국(東國)의는 금(金)이 진(盡)ᄒ여스미 금 들보를 미미(賣買)ᄒ미 가장 슈상(殊常)ᄒ지라. 문득 ᄒᆫ 계교(計巧)를 싱각ᄒ여 들보 머리를 버혀가지고 셩즁(城中)의 드러가 팔녀 ᄒ니, 맛춤 포도(捕盜) 장졸(將卒)이 보고 의심(疑心)ᄒ여 문(問) 왈(曰),

"이 금이 어듸셔 나며 갑슨 언마나 ᄒ뇨?"

운치 왈,

"이 금은 츌쳐(出處) 잇거니와 갑슨 오빅금(五百金)이로라."

포교(捕校)[1] 왈,

"그디 집을 이르면 닌 명일(明日)의 돈을 가지고 가리라"

ᄒ니 운치 왈,

"닌 집은 숑악산(松嶽山)[2] 남셔부(南西部)요, 셩명(姓名)은 뎐운치로라"

---

1) 포교(捕校): 포도부장. 조선시대에 포도청에 속하여 범죄자를 잡아들이거나 다스리는 일을 맡아 보던 벼슬아치.

혼디 포교 상약(相約)혼 후의 관가(官家)의 이 소연(事緣)을 고(告)혼디, 티쉬(太守ㅣ) 왈,

"이 반다시 연괴(緣故ㅣ) 이시니 이를 ᄌ세히3) 안 후의 이놈을 싱금(生擒)ᄒ리라"

ᄒ고 우션 은ᄌ(銀子) 오빅냥(五百兩)을 쥬어 소오라 흔디, 포교 즉시 남셔부의 가 운치를 보고 은ᄌ를 주니 운치 금을 쥬고 은ᄌ를 밧거놀, 포교 바다가지고 도라와 티쉬끠 고혼디, 티쉬 보고 디경(大驚) 왈,

"이 금은 들보 머리 분명(分明)ᄒ니 위션(爲先) 잡아다가 진위(眞僞)를 아라 장계(狀啓)4)ᄒ리라"

ᄒ고, 장교(將校) 십여명(十餘名)과 포교 등을 보니엿더니, 장교 등이 남셔부의 가셔 운치를 잡아니려 홀시, 운치 음식(飮食)을 니여 관디(寬待)ᄒ고 왈,

"너의 슈고로이 왓스나 나는 가지 아니ᄒ리니, 너의 티쉬의 힘으로는 날를 잡지 못홀 거시오, 왕명(王命)이 나리면 잡혀가리라"

ᄒ고 조곰도 요동(搖動)치 아니ᄒ거놀, 장교 등이 감히 햐슈(下手)5)치 못ᄒ여 도라가 티쉬끠 이 소연을 고혼디, 티쉬 디경ᄒ여 토병(討兵) 오빅(五百)을 발(發)ᄒ여 운치의 집을 에워ᄲ고 잡으라 ᄒ며 일변(一邊)이 소연으로 장계ᄒ니, 상이 디로(大怒)ᄒᄉ 빅관(百官)을 모화 의논(議論)ᄒ시고 금부(禁府)6)로 나리(拿來)7)ᄒ라 ᄒ시니라.

잇ᄯ 운치 은ᄌ를 어더 음식을 준비(準備)ᄒ여 모친(母親)끠 드리더니, 홀연(忽然) 경셩(京城)의셔 나명(拿命)8)이 나리믈 듯고 졍(正)히 계교를

---

2) 송악산(松嶽山): 경기도 개성시 북쪽 개풍군과 개성시 경계에 있는 산. 예로부터 소나무가 많아 송악산이라 불렀다.

3) ᄌ세히: '자세히'의 방언.

4) 장계(狀啓): 왕명을 받고 지방에 나가 있던 신하가 자기 관할의 중요한 일을 왕에게 보고하던 일.

5) 햐슈(下手): 손을 댐. 착수(着手).

6) 금부(禁府): 조선시대에 임금의 명령을 받들어 중죄인을 신문하는 일을 맡아 하던 관아인 의금부(義禁府).

7) 나래(拿來): 죄인을 잡아옴.

싱각호시, 추시(此時) 금부도수(禁府都事)[9]와 포교 등이 토병을 거느려 운치의 동졍(動靜)을 슮펴 잡으랴 ㅎ는지라. 운치 먹쇼용[10]을 니노코 모친더러 왈,

"밧비 이 병의 드쇼셔"

ㅎ니 부인(夫人)이 병의 들며 운치 쏘흔 들거눌, 도수와 포교 등이 고히 녀겨 다라드러 병 부리를 단단히 막아 들고 쥬야(晝夜)로 달녀올시, 병 속의셔 워여 왈,

"너 난(亂)을 피ㅎ여 병 속의 드럿거눌 뉘라셔 병 부리를 막아 슘이 막혀 죽기스니 막은 거슬 쎄히라"

ㅎ거눌, 도시 청이불문(聽而不聞)[11]ㅎ고 급히 달녀 탑젼(榻前)[12]의 이르러 운치를 잡던 슈말(首末)를 아뢴디, 상(上) 왈,

"운치 비록 요슐(妖術)이 이스나 엇지 병 속의 들니오?"

ㅎ시니, 운치 병 속의셔 쇼리 질너 왈,

"갑갑ㅎ오니 병막이를 샏혀쥬쇼셔"

ㅎ거눌, 상이 그졔야 운치 병의 든 쥴 아르시고 됴신(朝臣)더러 쳐치(處置)ㅎ믈 무르신디, 졔신(諸臣)이 쥬(奏) 왈,

"이놈의 요슐이 불측(不測)ㅎ오니 쇼로이[13] ㅎ다가는 일흘가 ㅎ느이다."

상이 뎐지(傳旨)ㅎ수 가마의 기름을 쓰리고 쇼용병을 너흐니 병 속의셔 워여 왈,

"신(臣)의 집이 빈한(貧寒)ㅎ와 쥬야 썰고 지니옵더니 금일(今日)은 더

---

8) 나명(拿命): 붙잡아오라는 명령.

9) 금부도사(禁府都事): 조선시대에 의금부에 속하여 임금의 특명에 따라 중죄인을 신문하는 일을 맡아보던 종오품 벼슬.

10) 먹쇼용: 먹소용. '소용'은 길쭉하고 자그마한 병으로 '먹소용'은 먹물을 담는 병. 즉 먹병.

11) 청이불문(聽而不聞): 듣고도 못 들은 체함.

12) 탑전(榻前): 왕의 자리 앞.

13) 쇼로이: 소루히. 생각이나 행동 따위가 꼼꼼하지 않고 거칠게.

운 디 드러 녹이오니 국은(國恩)이 망극(罔極)ᄒ여이다"

ᄒ거ᄂᆞᆯ, 아춤붓터 늣도록 ᄭᅳᆯ혀 기름이 다 조랏ᄂᆞᆫ지라.

상이 병을 ᄭᅵ치라 ᄒᄉᆡ니, 그 병이 여러 조각의 나되 아모것도 업고 병 조각마다 다름질14)ᄒ여 어젼(御前)의 나아오며 왈,

"쇼신(小臣) 뎐운치 여긔 잇ᄂᆞ이다"

ᄒ거ᄂᆞᆯ, 상이 디로ᄒᄉᆞ,

"그 죠각을 마하15) 기름의 ᄭᅳᆯ이라"

ᄒ시고, 뎐운치 집을 파가져튁(破家瀦宅)16)ᄒ라 ᄒ시며 운치를 잡기를 ᄒ실ᄉᆡ, 디신이 쥬 왈,

"이 요젹(妖賊)을 잡을 슈 업ᄉᆞ오니 후환(後患)을 덜고져 ᄒ실진디 ᄉᆞ문(四門)의 방(榜)을 부쳐 '운치 ᄌᆞ현(自現)ᄒ면 죄를 ᄉᆞ(赦)ᄒ고 관작(官爵)을 쥬리라' ᄒᄉᆞ, 만일 운치 ᄌᆞ현ᄒ거든 중임(重任)을 맛겨 다시 그름이 잇거든 죽이미 맛당ᄒᆞᆯ가 ᄒᄂᆞ이다."

상이 그 말를 올히 녀기ᄉᆞ 즉시 ᄉᆞ문의 방을 부치되,

뎐운치 비록 국가(國家)의 득죄(得罪)ᄒ엿ᄉᆞ나 졔 지죠(才操)17)을 앗겨 특별(特別)이 죄를 ᄉᆞᄒ고 벼술를 주ᄂᆞ니 밧비 ᄌᆞ현ᄒ라.

ᄒ니라.

---

14) 다름질: 달음질. 뛰어 내달려옴.

15) [교감] 마하: 신문관본에는 '병조각을 바 가루롤 만들어 다시 기름에 ᄭᅳᆯ이라'로 되어 있다. '마하'는 '바'의 오기로 '빻다'는 뜻으로 풀이할 수도 있고, '모와'의 오기로 보아 '모으다'는 뜻으로 풀이할 수도 있다.

16) 파가저택(破家瀦宅): 중죄인의 집을 헐어버리고 물을 대어 못을 만들던 형벌.

17) 재죠(才操): '재주'의 원말. 무엇을 잘할 수 있는 타고난 능력과 슬기.

백성의 억울함을 풀어주다

츠셜(且說). 운치 모친(母親)을 모시고 산즁(山中)의 드러 은즈(銀子)를 쓰며 구름을 타고 스방(四方)으로 임의(任意) 왕닉(往來)ᄒ더니, 일일(一日)은 흔 곳의 이른즉 빅발노인이 슬피 울거놀, 운치 나아가 연고(緣故)를 무른딕, 노인 왈(曰),

"닉 칠십(七十)의 흔낫 즈식(子息) 잇더니 익미(曖昧)히 살인죄슈(殺人罪囚[1])되엿기로 셜워ᄒ노라."

운치 그 익미ᄒᆷ믈 즈시 무른딕, 노인 왈,

"우리 동닉(洞里)의 왕가(王哥)란 스람이 이스되 그 계집의 인물(人物)이 고으믹 닉 자식이 스통(私通)ᄒ여 왕닉ᄒ더니, 그 계집이 음난(淫亂)ᄒ여 ᄯᅩ 조가(趙哥)와 통간(通姦)ᄒ다가 왕가의게 들키어 두 놈이 ᄡᅡ화 셔로 구타(毆打)홀싀, 닉 즈식이 맛춤 갓다가 ᄡᅡ홈을 말녀 조가를 보닉엿더니, 왕개(王哥[1]) 즉시 죽으믹 그 스촌(四寸)이 관가(官家)의 고ᄒ여 살인을 이루니, 조가는 양문긔의 문긱(門客)[1]이라 결련(結連)이 이셔 버셔나고, 내 즈식이 살인ᄒᄆ로 문셔(文書)를 만드러 죄슈 되엿스믹 이

226

갓치 셜워ᄒᆞ노라.”

운치 왈,

“진실(眞實)노 그러홀진더 니 맛당이 무ᄉᆞ(無事)ᄒᆞ게 ᄒᆞ리라”

ᄒᆞ고 노인을 니별(離別)ᄒᆞᆫ 후의 몸을 흔드러 일진쳥풍(一陣淸風)²⁾이 되여 양문긔의 집의 가니, ᄎᆞ시(此時) 양문긔 외당(外堂)의셔 거울를 더ᄒᆞ여 얼골를 보거ᄂᆞᆯ, 운치 ᄯᅩ 변ᄒᆞ여 왕개(王哥ㅣ) 되여 겻히 셧스니 양문긔 고히 녀겨 거울를 거두고 도라본즉 아모것도 업ᄂᆞᆫ지라. 싱각ᄒᆞ되,

‘빅쥬(白晝)의 요얼(妖孽)이 날를 희롱(戲弄)ᄒᆞ니 고히ᄒᆞ도다’

ᄒᆞ고 다시 거울를 보니, 앗가 뵈던 스람이 셔셔 고(告) 왈,

“나ᄂᆞᆫ 금번(今番) 조가 숀의 죽은 왕싱(王生)이라. 상셰(尙書ㅣ)³⁾ 그릇 알고 이미ᄒᆞᆫ 니가(李哥)를 가도고 조가를 노ᄒᆞ니, 이제 만일 조가 원슈(怨讐)를 아니 갑하쥬면 니 그져 잇지 아니ᄒᆞ리라”

ᄒᆞ고 문득 간더업거ᄂᆞᆯ, 양문긔 더경(大驚)ᄒᆞ여 급히 좌긔(坐起)⁴⁾를 ᄎᆞ리고 조가를 잡아 엄문(嚴問)ᄒᆞᆫ즉, 조개(趙哥ㅣ) 이미ᄒᆞᄆᆞ로 발명(發明)홀 즈음의 왕개 드러와 고성(高聲) 왈,

“이 불측(不測)⁵⁾ᄒᆞᆫ 조가놈아! 무슴 일노 나의 안히를 겁탈(劫奪)ᄒᆞ고 ᄯᅩ 날를 죽이니 이ᄂᆞᆫ 나의 깁흔 원슈(怨讐)여ᄂᆞᆯ, 네 엇지 이미ᄒᆞᆫ 니가의게 죄를 도라보ᄂᆞᆫ다?”

ᄒᆞ고, 문득 간더업ᄂᆞᆫ지라.

조개 경황(驚惶)ᄒᆞ고 양문긔 ᄯᅩᄒᆞᆫ 놀ᄂᆞ 조가를 엄형(嚴刑) 츄문(推問)ᄒᆞ니, 조개 능히 견듸지 못ᄒᆞ여 기기(箇箇) 승복(承服)ᄒᆞ거ᄂᆞᆯ, 즉시 니

---

1) 문객(門客): 세력 있는 집에 머물면서 밥을 얻어먹고 지내는 사람. 혹은 덕을 볼까 하고 수시로 그 집에 드나드는 사람.
2) 일진쳥풍(一陣淸風): 한바탕 부는 맑고 시원한 바람.
3) 상서(尙書): 고려시대에 둔 육부(六部)의 으뜸 벼슬. 성종 14년(995)에 어사(御事)를 고친 것으로 정삼품이며, 뒤에 판서(判書), 전서(典書)로 고쳤다.
4) 좌기(坐起): 관아의 으뜸 벼슬에 있던 이가 출근하여 일을 시작함.
5) 불측(不測): 생각이나 행동 따위가 괘씸하고 엉큼함.

가를 방숑(放送)ᄒ고 조가를 힝형(行刑)ᄒ니라.

운치 니가를 구ᄒ 후의 구름을 타고 가다가 구버보니 져지6) 거리의셔 냥인(兩人)이 졔두(猪│頭)7)를 붓들고 탓토거ᄂ, 운치 나려와 연고를 무른즉, 일인(一人)이 딕 왈,

"졔두를 ᄲᆞᆯ디 이셔 몬져 갑슬 졍ᄒ엿더니, 져 ᄉᆞ람이 관니(官吏) ᄌ셰(藉勢)ᄒ고8) 아ᄉ가려 ᄒ기로 탓토노라."

운치 관니를 속이려 ᄒ여 진언(眞言)을 념(念)ᄒ니 그 졔뒤(猪│頭│) 다 입을 버리고 관니를 물녀 ᄒ거ᄂ, 관니 놀나 다라나더라.

---

6) 져지: 저자. 시장을 예스럽게 이르는 말.

7) 져두(猪頭): 삶은 돼지머리.

8) ᄌ셰ᄒ고: 어떤 권력이나 세력을 믿고 의지하고. 그러므로 '져 ᄉᆞ람이 관니(官吏) ᄌ셰(藉勢)ᄒ고'는 '저 사람이 관리라는 권력을 믿고 의지하여'로 풀이할 수 있다. 신문관본에는 단지 '이 관리놈이'라 되어 있다.

거만한 선비를 혼내다

운치 또 훈 곳의 이르니 풍악(風樂)이 낭즈(狼藉)ᄒ고 가셩(歌聲)이 분운(紛紜)ᄒ거눌, 운치 좌(座)의 나아가 녜(禮)ᄒ여 왈(曰),

"나눈 과긱(過客)이러니 졔형(諸兄)의 즐기믈 구경코져 ᄒ노라."

졔셩(諸生)이 답녜(答禮)ᄒ고 셔로 통셩명(通姓名)훈 후의 운치 눈을 드러 숣펴본즉, 창기(娼妓) 십여인(十餘人)이 각각 풍악을 가지고 가스(歌詞)를 희롱(戲弄)ᄒ눈 곳의 그즁의 쇼셩(蘇生)과 셜셩(薛生)이라 ᄒ눈 사람이 가장 교만(驕慢) 거오(倨傲)ᄒ거눌, 운치 닝쇼(冷笑)ᄒ고 졔셩으로 슈작(酬酌)ᄒ더니 이윽고 쥬반(酒飯)이 나오거눌, 운치 왈,

"셩(生)이 형(兄)의 ᄉ랑을 입어 진찬(珍饌)을 맛보니 감ᄉ(感謝)ᄒ도다."

셜셩 왈,

"우리 비록 빈한(貧寒)ᄒ나 명기(名妓)와 진찬이 만ᄒ니 형은 쳐음 본 듯ᄒ리라."

운치 쇼(笑) 왈,

"그러는 ᄒ거니와 오히려 미비(未備)훈 거시 만토다."

셜싱이,

"이 무어시 미비ᄒᆞ뇨?"

운치 왈,

"우션 셔늘흔 슈박도 업고, 식곰흔 복셩화1)와 달곰흔 포도도 업스니, 무어시 가즈리오2)?"

졔싱이 ᄃᆡ쇼(大笑) 왈,

"형은 무지각(無知覺)이로다. 츠시(此時)ᄂᆞᆫ 계츈(季春)3)이라. 이 실과(實果) 등이 어듸 이스리오?"

운치 왈,

"일쳐(一處)의 온갓 여름이 열녀스믈 보앗노라."

셜싱 왈,

"그러ᄒᆞ면 형이 이졔 ᄉᆞ올손냐?"

운치 왈,

"만일 ᄉᆞ오거든 큰 너기를 시ᄒᆡᆼ(施行)ᄒᆞ라"

ᄒᆞ고 종ᄌᆞ(從者)를 다리고 흔 동산의 가본즉 남게4) 복셩홰 달녓거늘, 종ᄌᆞ로 ᄒᆞ여곰 남게 올나 ᄯᆞ셔 지이고, 그 아릭 포되 겨ᄌᆞ5)의 드리윗스미 ᄯᅩ ᄯᆞ셔 지이고, 드을노 나려간즉 슈박이 넛츨6)의 열녓거늘 이십 기를 ᄯᆞ셔 지이고 도라오니, 졔인(諸人)이 ᄃᆡ경(大驚)ᄒᆞ여 먹으며 가장 신긔(新奇)히 녀기더라.

운치 ᄃᆡ췌(大醉)ᄒᆞ민 쇼(蘇), 셜(薛) 냥싱(兩生)을 쇼기고져 ᄒᆞ여 냥인(兩人)을 향ᄒᆞ여 진언(眞言)을 념(念)ᄒᆞ더니, 이윽고 냥인 왈,

"몸이 심히 무겁고 마음이 심히 번난(煩亂)ᄒᆞ니 고이ᄒᆞ도다."

---

1) 복셩화: 복성화. 복숭아.
2) 가즈리오: 갖추어졌으리오.
3) 계츈(季春): 음력 3월을 달리 이르는 말. 늦봄.
4) 남게: 나무에.
5) 겨ᄌᆞ: 미상.
6) 넛츨: 넝쿨.

운치 왈,

"형 등이 방즈(放恣)ᄒ거니와 창기는 불긴(不緊)ᄒ가 ᄒ노라."

냥인이 노(怒) 왈,

"우리 환쟈(宦者ㅣ)7) 아니여든 엇지 창녜(娼女ㅣ) 불긴타 ᄒᄂ뇨?"

운치 쇼 왈,

"냥형은 노치 말고 손을 바지 쇽의 너허 만져보라"

ᄒ니 셜셩이 이 말를 듯고 손으로 만져보다가 쇼셩더러 왈,

"신랑(腎囊)8)이 간ᄃ업고 판판ᄒ니 이 엇진 일이뇨?"

쇼셩이 보아지라 ᄒ거눌, 셩이 너여 뵈니 과연 아모것도 업스미 쇼셩이 ᄯᅩᄒ 졔 하물(下物)를 만져본즉 역시 그러ᄒ지라. 냥인이 디경 왈,

"앗가 뎐형(田兄)이 우리를 조롱(嘲弄)ᄒ더니 과연 이런 변(變)이 잇도다. 장찻 엇지ᄒ리오"

ᄒ며 ᄯᅩ 창기 즁 ᄒ 년이 쇼문(小門)9)이 간ᄃ업고 비 우희 굼기10) 낫스미 엇지홀 쥴 모로거눌, 그즁의 은싱(殷生)이라 ᄒᄂ 쟈(者ㅣ) 가장 총명(聰明) 유식(有識)ᄒ지라. 문득 ᄭᅢ다라 운치의게 비러 왈,

"아등(我等)이 눈이 어두어 형의게 득죄(得罪)ᄒ여스니, 바라건디 형은 용셔(容恕)ᄒ라."

운치 왈,

"념녀(念慮) 말면 즈연(自然)이 도로 나으리라."

졔셩과 그년이 깃거ᄒ여 만져본즉 의구(依舊)ᄒ미 모다 치하(致賀) 왈,

"신션(神仙)이 강님(降臨)ᄒ시믈 모로와 하마 병인(病人)이 될 번ᄒ엿ᄂ이다"

ᄒ더라.

---

7) 환쟈(宦者): 내시(內侍). 내시부에 속한 궁중의 남자 내관으로 임금의 시중을 들거나 숙직 따위의 일을 맡아보았다.
8) 신랑(腎囊): 고환(睾丸). 남자의 생식기.
9) 소문(小門): 여자의 음부를 완곡하게 이르는 말.
10) 굼기: 구멍이.

곤경에 처한 백성을 구해주다

　운치 구름을 타고 동(東) 디흐로 가다가 보니, 흔 곳의셔 슈삼인(數三
人)이 의논(議論) 왈(曰),

　"장(張) 고직(庫直)[1]은 착흐고 효힝(孝行)이 잇는 스람이라. 만일 이미
(曖昧)히 죽으면 앗갑고 참혹(慘酷)다"

흐며 추탄(嗟歎)흐거놀, 운치 나려와 무른디, 기인(其人)이 디(對) 왈,

　"호됴(戶曹) 고직이 장계창이란 스람은 어질고 효힝 잇고 스룸 구졔
(救濟)흐기를 조하흐더니, 졔 문셔 잘못흔 탓스로 졔 쓰지 아니흔 은즈
(銀子) 이쳔냥(二千兩)을 무변[2]지미 그 죄(罪)로 힝형(行刑)흔다 흐기로
차탄흐노라"

흐니 운치 불상이 녀겨 다시 구름을 타고 힝형흐는 곳의 가 기다리더
니, 과연 흔 쇼년(少年)이 슐위[3]의 달녀 오고 그 뒤히 져믄 계집이 울

---

1) 고직(庫直): 고지기. 관아의 창고를 보살피고 지키던 사람.
2) [교감] 무변: 신문관본에는 '무면(無麪)'으로 되어 있음. 무면은 돈이나 곡식 따위의 물건에 부
　족이 생기는 일.
3) 슐위: 술위. 수레의 옛말.

며 싸르는지라. 운치 중인(衆人)더러 무른즉 과연 장계창이여눌, 동정(動靜)을 슘피더니 옥졸(獄卒)이 죄인(罪人)을 나리와노코 씌를 웨는지라4). 운치 바람이 되여 장계창의 부쳐(夫妻)를 거두어가지고 하눌노 올나가니 감형관(監刑官)이 디경(大驚)ㅎ여 이디로 상달(上達)ㅎ디 상(上)이 놀나시고 됴졍(朝廷)이 의혹(疑惑)ㅎ더라.

운치 집의 도라와 장계창의 부부(夫婦)를 나려노코 약(藥)을 푸러 너흔즉 이윽고 씌여 아모란 줄 모로미 운치 젼후슈말(前後首末)를 이르고 모친(母親)끠 이 ㅅ연(事緣)을 고ㅎ니라.

운치 쏘 구름을 타고 가다가 흔 ㅅ람이 통곡(慟哭)ㅎ믈 보고 연고(緣故)를 무른디, 기인(其人)이 디 왈,

"나는 한지경이려니 부상(父喪)을 당ㅎ여 장ㅅ(葬事)홀 슈 업고 칠십(七十) 노모(老母)를 봉양(奉養)홀 길 업셔 셜워ㅎ노라"

ㅎ니, 운치 긍측(矜惻)히 녀겨 쇼미로셔 흔 족즈(簇子)를 니여쥬며 왈,

"이 족즈를 집의 걸고 고직아 불너 디답(對答)ㅎ는 지(者ㅣ) 잇거든 은즈 빅냥(百兩)을 니라 ㅎ면 쥴 거시니, 그 은즈로 장ㅅ 지니고 쏘 미일(每日) 흔 냥식만 달나 ㅎ여 노친(老親)을 봉양ㅎ되, 만일 더 니라 ㅎ면 큰일이 날 거시니 부디 조심(操心)ㅎ라"

ㅎ디, 기인이 반신반의(半信半疑)ㅎ며 운치의 거쥬(居住) 셩명(姓名)을 뭇고 집의 도라와 족즈를 펴본즉 아모것도 업고 큰 집 흔나흘 그리고 그 집 압히 동즈(童子)를 그려 열쇠를 치왓거눌, 기인이 시험(試驗)ㅎ여 고직아 부른즉 과연 그림 속의셔 디답ㅎ고 나오는지라.

기인이 놀나며 은즈 빅 냥을 드리라 ㅎ니 동즈(童子ㅣ) 은즈 빅 냥을 니여 압히 노커눌, 지경이 그 은즈로 장ㅅ를 지니고 미일 고직을 불너 은즈 흔 냥식 드리라 ㅎ여 일용(日用)을 ㅎ더니, 일일(一日)은 쓸디 이셔 헤오디,

---

4) 웨는지라: '웨다'는 '외치다'의 옛말. 외치는지라.

'은ᄌᆞ 빅 냥을 ᄭᅮ어 쓰면 무슴 관계(關係) 이스리오?'

ᄒᆞ고, 고직을 불너 왈,

"쓸ᄃᆡ 이셔 은ᄌᆞ 빅 냥을 몬져 ᄭᅮ어 쓰고져 ᄒᆞ노라"

ᄒᆞᆫᄃᆡ, 고직이 허(許)치 아니ᄒᆞ거눌, 지경이 ᄌᆡ삼(再三) 달니여 이른즉, 고직이 부답(不答)ᄒᆞ고 드러가 문(門)을 여ᄂᆞᆫ지라. 지경이 ᄯᅡ라 드러가 은ᄌᆞ 빅 냥을 가지고 나오려 ᄒᆞ니 고문(庫門)이 닷쳣거눌, 일벼5) 놀라 고직을 부르되 ᄃᆡ답이 업ᄂᆞᆫ지라.

지경이 ᄃᆡ로(大怒)ᄒᆞ여 발노 문을 박ᄎᆞ더니, ᄎᆞ시(此時) 호판(戶判)이 좌긔(坐起)ᄒᆞᆯ시 고직이 알오ᄃᆡ,

"고(庫) 중의셔 스람 쇼리 나오니 가장 고히ᄒᆞ더이다"

ᄒᆞ거눌, 호판이 듯고 의괴(疑怪)ᄒᆞ여 하속(下屬)6)을 모호고 문을 여니, ᄒᆞᆫ 놈이 은ᄌᆞ을 가지고 셧거눌, 하속 등이 ᄃᆡ경(大驚)ᄒᆞ여 문(問) 왈,

"네 엇던 도젹(盜賊)이완ᄃᆡ 이곳의 드러왓ᄂᆞ뇨?"

지경이 노(怒) 왈,

"너의는 엇던 스람이완ᄃᆡ 남의 고 중의 드러와 이럿틋 ᄒᆞᄂᆞ뇨?"

ᄒᆞ거눌, 하속 등이 지경을 결박(結縛)ᄒᆞ고 호판ᄭᅴ 알왼ᄃᆡ, 호판이 지경을 계하(階下)의 ᄭᅮᆯ니고 ᄭᅮ지지니, 한개(韓哥ㅣ) 그졔야 ᄉᆞᆲ펴본즉 졔집이 아니오 곳 관긔(官家ㅣ)라. ᄃᆡ경ᄒᆞ여 왈,

"니 엇지 이곳의 왓는고? 이 ᄭᅮᆷ인가 상신(常時)가?"

ᄒᆞ며 아모란 쥴 모로거눌, 호판 왈,

"네 고 중의 드러와 은(銀)을 가져가려 ᄒᆞᄂᆞᆫ 죄ᄂᆞᆫ 죽엄즉 ᄒᆞ거니와 네 당뉴(黨類)를 다 알외라"

ᄒᆞ니, 한개 젼후곡졀(前後曲折)를 다 고ᄒᆞᆫᄃᆡ 호판이 그 족ᄌᆞ 출쳐(出處)를 무르니 한개 뎐운치의 ᄉᆞ연을 알왼ᄃᆡ, 호판 왈,

---

5) [교감] 일벼: 일변(一邊).
6) 하속(下屬): 하인배.

"뎐운치를 어늬 쩌의 보앗는다?"

한개 왈,

"보완 지 亽오삭(四五朔)이오, 그 집은 남셔부(南西部)라 ㅎ더이다"

ㅎ거늘, 호판이 이의 한가를 가도고 인ㅎ여 뉴고[7]를 번고(反庫)[8]ㅎ즉 은즈는 다 업고 쳥긔고리 가득ㅎ고, 쏘 다른 고를 본즉 돈은 업고 누른 비얌이 가득 셔렷거늘, 호판이 고히 녀겨 이 연유(緣由)를 상달ㅎ디, 상(上)이 디경ㅎ亽 졔신(諸臣)을 모화 의논ㅎ실시, 각(各) 창관(倉官)[9]이 쥬(奏)ㅎ되,

"창고(倉庫)의 뿔이 변ㅎ여 버러지 즘싱이 되엿느이다"

ㅎ며, 쏘 각 영문(營門)[10]이 쥬ㅎ되,

"고 즁 군긔(軍器) 다 업고 나모가지만 쏫혓느이다"

ㅎ며, 차지니관(次知內官)[11]이 쥬ㅎ되,

"히물(海物)이 변ㅎ여 싱션(生鮮)이 되엿느이다"

ㅎ며, 궁녜(宮女ㅣ) 쥬ㅎ되,

"궁녀 등의 족도리 변ㅎ여 금가마귀 되여 나라가고, 니젼(內殿)의 큰 범이 드러와 궁인(宮人)을 희(害)ㅎ느이다"

ㅎ거늘, 상이 디경ㅎ亽 궁노슈(弓弩手)[12]를 발(發)ㅎ여 니젼의 드러가본즉 궁녀마다 큰 범을 타시민 궁노를 발치 못ㅎ고 이 亽연을 상쯰 쥬ㅎ디, 상이 진노(震怒)ㅎ사 궁녀 아오로[13] 쏘라 ㅎ시니, 궁노쉬 드러가 일시의 쏘려 ㅎ즉 흑운(黑雲)이 이러나며 범 탄 궁녜 다 구름의 뽀이

---

7) [교감] 뉴고: 은고(銀庫). 신문관본에는 '은궤'로 되어 있다.
8) 번고(反庫): 창고에 있는 물건을 뒤적거려 조사함.
9) 창관(倉官): 창고를 관리하는 벼슬아치.
10) 영문(營門): 군문(軍門).
11) 차지내관(次知內官): 궁의 일을 맡아보던 내시(內侍).
12) 궁노슈(弓弩手): 활과 쇠뇌를 쏘던 군사.
13) [교감] 아오로: 앞으로. 신문관본에는 '암질러'로 되어 있는데, '앞질러'의 뜻으로 파악된다. '아울러'로 볼 수도 있다.

여 하늘노 올나가는지라. 상 왈,

"이는 다 뎐운치의 요슐(妖術)이니 이놈을 잡아야 국가(國家 |) 틱평
(太平)ᄒ리라"

ᄒ시더니, 호판이 쥬ᄒ되,

"가둔 도젹이 쪼흔 뎐운치 동뉴(同類 |)니 급히 죽여지이다"

ᄒ거늘, 상이 의윤(依允)[14]ᄒᄉ 한지경을 힝형ᄒ려 홀ᄉᆡ, 문득 광풍(狂
風)이 딕작(大作)ᄒ며 지경이 간딕업스니, 이는 운치 구(救)ᄒ미러라.

14) 의윤(依允): 신하가 아뢰는 청을 임금이 허락함.

선전관을 속이다

 추셜(且說). 운치 두루 다니다가 스문(四門)의 방(榜) 부치믈 보고 닝
쇼(冷笑)ᄒ며 궐하(闕下)의 나아가 워여 왈(曰),

 "쇼신(小臣) 뎐운치 ᄌ현(自現)ᄒᄂ이다"

ᄒ거눌, 정원(政院)[1]이 쥬(奏)ᄒᄃ, 상이 헤오시ᄃ,

 '이놈 환슐(幻術)이 비상(非常)ᄒ여 도쳐(到處) 작난(作亂)ᄒ니 ᄎ라리
벼슬를 쥬어 달ᄂ고 만일 다시 작변(作變)ᄒ거든 죽이리라'

ᄒ시고, 입시(入侍)ᄒ라 ᄒ시니, 운치 드러와 복디(伏地)ᄒ거눌, 상 왈,

 "네 죄샹(罪狀)를 아는다?"

 운치 부복(俯伏) ᄉ죄(謝罪) 왈,

 "신(臣)의 죄(罪) 만ᄉ무셕(萬死無惜)이오니 무슴 말슴을 알외리잇가?"

 상 왈,

 "네 ᄌ조(才操)를 앗겨 죄를 ᄉ(赦)ᄒ고 벼슬를 쥬ᄂ니, 너는 모로미

---

1) 정원(政院): 임금의 자문기관인 승정원(承政院). 승정원은 왕명의 출납을 맡아보던 관아. 신문관
본은 '정원이'가 '정원에서'로 되어 있다.

츙셩(忠誠)을 다호라"

호시고 션젼관(宣傳官)²⁾ 스복(司僕)³⁾ 니승(內乘)⁴⁾을 졔슈(除授)호시니,
운치 슈은(謝恩)호고 믈너와 스쳐⁵⁾를 졍(定)호고 궐니(闕內)의 입직(入
直)홀시 션젼관들이 조스(朝仕)⁶⁾ 보치기⁷⁾를 심히 호여 퇴(槌)치기⁸⁾를
츠례(次例)로 호거눌, 운치 가마니 망쥬셕(望柱石)⁹⁾을 샌혀다가 퇴를 맛
치니, 션젼관의 퇴 잡은 숀바닥이 맛쵀여 알파¹⁰⁾ 능히 치지 못호민,
이후는 퇴치기를 그치니라.

이러구러 슈월(數月)이 되니 션젼관들이 하인(下人)을 분부(分付)호여
허참(許參)¹¹⁾호기를 지쵹호니, 운치 왈,

"명일(明日) 평명(平明)의 빅스졍¹²⁾으로 졔진(齊進)¹³⁾호시게 호라"
호니라.

익일(翌日)의 모든 션젼관이 쥰춍(駿驄)¹⁴⁾을 타고 나아오며 슯펴본즉,
푸른 차일(遮日)은 반공(半空)의 쇼삿고 치쇡(彩色) 포진(鋪陳)은 좌우(左
右)의 버럿는디 묽은 풍악(風樂)이며 풍비(豐備)호 음식(飲食)이 가장 번
화(繁華)호더라.

졔인(諸人)이 츠례로 좌졍(坐定)호 후의 상(床)을 드려 잔(盞)을 날녀
반췌(半醉)호민, 운치 왈,

---

2) 션젼관(宣傳官): 선전관청에 속한 무관 벼슬. 또는 그 벼슬아치.
3) 사복(司僕): 사복시(司僕寺). 궁중의 가마나 말에 관한 일을 맡아보던 관아.
4) 내승(內乘): 사복시에 속하여 말과 수레를 맡아보던 벼슬아치.
5) 스쳐: 묵을 곳.
6) 조사(朝仕): 조정에서 벼슬아치가 아침마다 으뜸 벼슬아치를 만나보는 일.
7) 보치기: '보채다'의 명사형. 어떠한 것을 요구하며 성가시게 조름.
8) [교감] 퇴치기: 신문관본에는 '퇴질'로 되어 있음. '퇴질'은 심하게 때리거나 매치는 행위인
   '태질'의 오기 또는 몽둥이[槌]로 내려치는 퇴질, 즉 '퇴치기'.
9) 망주석(望柱石): 무덤 앞의 양쪽에 세우는 한 쌍의 돌기둥.
10) [교감] 알파: 아파.
11) 허참(許參): 허참례(許參禮). 새로 나아가는 벼슬아치가 전부터 있는 벼슬아치에게 음식을 차려
    대접하던 일. 관직에 참여하는 것을 허락해달라는 뜻이 있다.
12) [교감] 빅스졍: 신문관본은 '빅사쟝(白沙場)'.
13) 제진(齊進): 여럿이 한꺼번에 나아감.
14) 준총(駿驄): 걸음이 몹시 빠른 말.

"금일(今日) 쳥즁(聽衆)이 모다 즐길시 무변(無邊)의 노름이[15] 가장 무미(無味)ᄒᆞ니, 원컨디 젼일(前日) 친(親)ᄒᆞ던 계집을 다려오미 엇더ᄒᆞ뇨?"

졔인이 취즁(醉中)의 가장 깃거 왈,

"뎐조ᄉᆞ(曹司)[16]의 이런 호긔(豪氣) 잇는 쥴 아지 못ᄒᆞ엿ᄂᆞ니, 그디는 지죠디로 ᄒᆞ라."

운치 즉시 하인을 다리고 나는 다시 남문(南門)으로 드러가거놀, 졔인 왈,

"뎐조시 ᄒᆡᆼᄉᆞ(行事ㅣ) 이럿틋 긔특(奇特)ᄒᆞ니, 족(足)히 큰 도젹(盜賊)이라도 감당(勘當)ᄒᆞ리라"

ᄒᆞ고 칭찬(稱讚)ᄒᆞ더니, 오러지 아니ᄒᆞ여 운치 무슈(無數)ᄒᆞᆫ 계집을 모라와 장(帳) 밧긔 두고 다시 큰 상(床)을 드려 즐길시, 운치 나아와 왈,

"쳥말(聽末)이 쳥즁 분부를 드러 계집을 다려왓스니, 각각 ᄒᆞ나식 압히 두어 흥(興)을 도도미 엇더ᄒᆞ뇨?"

졔인이 다 좃타 ᄒᆞ거놀, 운치 몬져 ᄒᆞᆫ 계집을 불너 ᄒᆡᆼ슈(行首)[17] 압히 안치며 왈,

"너는 ᄶᅥ나지 말고 착실(着實)이 슈쳥(守廳)ᄒᆞ라"

ᄒᆞ고 ᄎᆞ례로 ᄒᆞ나식 안치니, 이는 다 션젼관의 안히라. 모든 션젼관이 셔로 알짜 두려ᄒᆞ며 아모 말도 못 ᄒᆞ고 심즁(心中)의 디로(大怒)ᄒᆞ여 문득 상을 물니고 각각 말를 너여 타고 급급히 도라가니, 하인 등은 이 ᄯᅳᆺ을 모로고 다 의괴(疑怪)ᄒᆞ더라.

션젼관들이 각 집으로 도라오니, 혹 급보(急報)를 젼(傳)ᄒᆞ라 오ᄂᆞ 니도 이스며, 혹 쳥심환(淸心丸)을 구ᄒᆞ라 약계(藥契)[18]로 가ᄂᆞ 니도 이스

---

15) 무변(無邊)의 노름이: 곁에 아무도 없는 놀이가. 신문관본에는 '오날 노리에 계집이 업셔'로 되어 있다.
16) 조사(曹司): 하급 관료를 이르는 말.
17) 행수(行首): 한 무리의 우두머리.
18) 약계(藥契): 약국(藥局).

며, 혹 의원(醫員)을 쳥ᄒ여 ᄉ관(四關)19)을 쥬ᄂ 니도 이스며, 혹 발상(發喪) 통곡(慟哭)ᄒᄂ 니도 이셔, 집집이 창황(愴怳)20) 분쥬(奔走)ᄒ민, 션젼이 연고(緣故)를 무른즉, 다 부인(夫人) 샹ᄉ(喪事ㅣ)라.

김션젼은 집의 도라온즉 시비(侍婢) 고 왈,

"부인이 앗가 의복(衣服)을 마르시다가 홀연(忽然) 별셰(別世)ᄒ엿ᄂ이다"

ᄒ거눌, 김션젼이 뎌로 왈,

"이거시 빅ᄉ졍 허참 노름의 창기(娼妓) 되어, 뎐가(田哥) 놈을 부동(扶同)ᄒ여 와셔 만좌(滿座) 즁의 욕(辱)을 뵈니, 엇지 ᄉ족(士族) 부녀(婦女)의 쇼힝(所行)이 여ᄎ(如此)ᄒ리오? 나ᄂ 벼술도 못 ᄒ고 문호(門戶)를 망(亡)ᄒ니, 통한(痛恨)ᄒ믈 엇지 측냥(測量)ᄒ리오?"

ᄒ더니, 문득 시비 급보(急報) 왈,

"부인이 ᄭ여난다"

ᄒ거눌, 션젼이 노(怒)를 그치고 급히 니당(內堂)으로 드러가니, 부인이 이러 안즈며 왈,

"쳡(妾)이 앗가 잠간 조으더니, 홍포(紅袍) 입은 지(者ㅣ) 불문시비(不問是非)ᄒ고 쳡을 잡아니며 황의(黃衣) 입은 하인이 다라드러 장옷21)슬 쓰이고 말를 틔와 어늬 곳으로 가본즉, 날 갓튼 부인이 무슈ᄒ여 아모리 홀 쥴 몰나ᄒ더니, 뎐션젼이란 놈이 날를 ᄭᆨ뒤 □허22) 샹공(相公) 압희 안치며, '착실이 슈쳥ᄒ라' ᄒ고, ᄎ례로 한나식 안친 후의 션젼관들이 열좌(列坐)ᄒ여 상을 바닷다가 별안간의 샹공이 노ᄉ(怒色)을 ᄭ의여 이러셔며 말ᄭ의 올나 도라가미 다른 ᄉ람드리 안을 도라보지 아니ᄒ

고 노긔(怒氣) 발발(勃勃)ᄒ여 다 훗터지니, 첩도 앗가 계집들과 함긔
몰니여 방황(彷徨)ᄒ다가 씨다르니, 남가일몽(南柯一夢)23)이라. 집안스람
들이 날를 죽은 쥴노 알고 발상 통곡ᄒ니, 그런 변괴(變怪ㅣ) 어듸 이스
리오?"

ᄒ거ᄂᆞᆯ, 김션젼이 이 말을 듯고 어히업셔ᄒ며 모든 션젼관이 불승통분
(不勝痛憤) 왈,

"디역부도(大逆不道) 뎐운치 놈이 닙죠(入朝)ᄒ여 우리 등을 욕을 뵈
니, 어ᄂᆞ 쩌 이놈을 죽여 이 한(恨)을 셜치(雪恥)ᄒ리오?"

ᄒ더라.

뎐운치 모든 션젼관을 쇽이고 도라와셔 헤오디,

'ᄂᆡ 나라히 죽을 죄를 면(免)ᄒ고 도로혀 벼술를 바드니 쳔은(天恩)이
망극(罔極)ᄒ지라. 맛당히 회과쳔션(悔過遷善)ᄒ여 츙셩을 극진(極盡)히
ᄒ리라'

ᄒ고, □□□□24)ᄒ며 직ᄉ25)를 다ᄉ리며 ᄉ복마(司僕馬)26)를 신칙(申
飭)27)ᄒ여 말이 술찌고 병(病)이 업스니, 죠뎡(朝廷)이 긔특이 녀기더라.

---

23) 남가일몽(南柯一夢): 꿈과 같이 헛된 한때의 부귀영화를 이르는 말. 중국의 당나라 때의 전기
   (傳奇) 작품인 「남가기南柯記」의 주인공 순우분(淳于棼)이 술에 취하여 홰나무의 남쪽으로 뻗은
   가지 밑에서 잠이 들었는데 괴안국(槐安國)으로부터 영접을 받아 20년 동안 영화를 누리는 꿈
   을 꾸었다는 데서 유래한다.
24) [교감] 일사본은 '슈신병공'으로 되어 있음.
25) 직ᄉ: 직사(職事)인 듯.
26) 사복마(司僕馬): 사복시에서 관리하던 말.
27) 신칙(申飭): 단단히 타일러서 경계함.

염준과의 대결

각셜(却說). 가달산의 염쥰이라 ᄒᆞ는 쟤(者ㅣ) 이스되 용밍(勇猛)이 과
인(過人)ᄒᆞ고 무예(武藝) 츌즁(出衆)ᄒᆞ지라. 강도(强盜) 슈쳔(數千)을 모화
산치(山寨)를 이루고 쵼가(村家)의 노략(虜掠)ᄒᆞ며, 각 읍(邑)을 쳐 군긔
(軍器), 뎐냥(錢糧)을 탈츆(奪取)ᄒᆞ며 ᄉᆞ람을 살히(殺害)ᄒᆞ니, 각 읍이 쇼
요(騷擾)ᄒᆞ지라. 감시(監司ㅣ) 이 연유(緣由)를 장계(狀啓)ᄒᆞ되, 상(上)이
크게 근심ᄒᆞᄉᆞ 졔신(諸臣)을 모화 의논(議論) 왈(曰),

"도젹(盜賊)이 이럿틋 강셩(强盛)ᄒᆞ니, 뉘 능히 도젹을 쇼멸(消滅)ᄒᆞ리
오?"

ᄒᆞ시되, 감히 디답(對答)ᄒᆞᆯ 쟤 업더니, 문득 일인(一人)이 츌반(出班)[1]
쥬(奏) 왈,

"신(臣)이 텬은(天恩)을 입ᄉᆞ오미 망극(罔極)ᄒᆞ온지라. 비록 무진(無才)
ᄒᆞ오나 염쥰의 머리를 버혀 젼하(殿下)의 근심을 덜가 ᄒᆞᄂᆞ이다"

---

1) 츌반(出班): 여러 신하 가운데 특별히 혼자 나아가 임금에게 아룀.

ᄒ거늘, 상이 보시니 이는 뎐운치라. 디희(大喜)ᄒᄉ 졔신더러 문(問) 왈,

"경(卿) 등(等) 소견(所見)의는 엇더ᄒ뇨?"

졔신(諸臣)이 다 맛당ᄒ믈 쥬ᄒᄃ, 상이 왈,

"군마(軍馬)를 언마ᄂ 죠발(調發)ᄒ고?"

운치 디(對) 왈,

"젹셰(賊勢) 크다 ᄒ오니 신이 홀노 나아가 젹셰를 탐지(探知)ᄒ온 후의 동병(動兵)ᄒ미 죠흘가 ᄒᄂ이다."

상이 윤허(允許)ᄒ시고 인검(印劍)2)을 쥬ᄉ 임의(任意) 호령(號令)ᄒ라 ᄒ시니, 운치 ᄉ은(謝恩) 퇴죠(退朝)ᄒ여 익일(翌日)의 □□시3) 츳아(此夜)의 구름을 타고 남셔부(南西部)의 가셔 모친(母親)을 뵈옵고 왕명(王命)을 밧ᄌ와 젹셰를 탐지ᄒ라 가는 연유(緣由)를 고(告)ᄒ니, 부인(夫人)이 경계(警戒) 왈,

"젹셰 허실(虛實)를 모로고 쇼루히4) 드러가미 만분(萬分) 위티(危殆)ᄒ니, 극진(極盡)이 조심(操心)ᄒ여 군친(君親)의 바라믈 져바리지 말나"

ᄒ거늘, 운치 슈명(受命)ᄒ고 경ᄉ(京師)5)로 도라와 날이 시미 포교(捕校) 등 십여인(十餘人)을 다리고 발ᄒᆼ(發行)ᄒ여 감영(監營)의 이르러 포교 등을 머믈너 두고 홀노 인검을 가지고 몸을 흔드러 변ᄒ여 슈리6)되여 가달산으로 드러가보니, 염쥰이 엄연□7) 일산(日傘)을 밧고 빅총마(百摠馬)8)를 탓시며 치의(彩衣) 홍상(紅裳)ᄒ 미녀(美女)를 좌우(左右)의 셰우고 종ᄌ(從者) 빅여명(百餘名)을 거ᄂ려 산ᄒᆼ(山行)ᄒ더니, 문득 염쥰이 분부(分付)ᄒ되,

---

2) 인검(印劍): 임금이 병마를 통솔하는 장수에게 주던 검. 명령을 어기는 자는 보고하지 않고 죽일 수 있는 권한을 주었다.

3) [교감]□□시: 일사본에는 '힝홀식'로 되어 있다.

4) 쇼루히: 소루히. 생각이나 행동 따위가 꼼꼼하지 않고 거칠게.

5) 경ᄉ(京師): 서울.

6) 슈리: 독수리.

7) [교감] 엄연□: 엄연이.

8) 백총마(百摠馬): 백마(白馬).

"오늘은 각 도(各道)의 갓던 장ᄉ(壯士) 등이 도라올 거시니 명일(明日)의 큰 쇼를 십팔(十八)만 잡고 잔치홀 긔구(器具)를 출히라"
ᄒ는지라.

운치 염쥰을 ᄉᆞᆲ펴본즉, 긔골(氣骨)이 장디(壯大)ᄒᆞ고 낫빗치 붉고 눈이 방울 갓고 슈염이 바늘를 뭇거 시운 듯ᄒᆞ니, 진짓 일셰(一世) 호걸(豪傑)이여놀, 운치 문득 ᄒᆞᆫ 계교(計巧)를 싱각ᄒᆞ고 나모닙흘 훌터 신병(神兵)을 민드러 창검(槍劍)을 들니고 긔치(旗幟)를 버려 진(陣)을 굿게 치고 운치 머리의 쌍봉(雙鳳) 투구를 쓰고 몸의 홍금(紅錦) 전포(戰袍)를 입엇스며 인검을 들고 오츄마(烏騅馬)9)를 타고 동구(洞口)를 쎄쳐 드러가보니 셩문(城門)을 구지 다닷거눌, 운치 진언(眞言)을 념(念)ᄒᆞᆫ즉 셩문이 졀노 열니는지라. 말를 모라 드러가며 좌우를 ᄉᆞᆲ펴보니, 빗는 집이 두루 버러 잇고 물싴(物色)이 십분(十分) 번화(繁華)ᄒᆞ더라. 운치 ᄉᆞ면(四面)을 둘너본 후의 변신(變身)ᄒᆞ여 슈리 되여 후원(後園)의 드러가본즉, 염쥰이 황금(黃金) 교의(交椅)10)에 안고 졔장(諸將)을 좌우의 안치고 그 뒤히 전각(殿閣)의셔 미녀 슈빅인(數百人)이 열좌(列坐)ᄒᆞ여 잔(盞)을 밧거눌, 운치 그 동정(動靜)을 보고져 ᄒᆞ여 진언을 념ᄒᆞ니, 무슈(無數)ᄒᆞᆫ 슈리 하놀노 덥혀 나려와 졔인(諸人)의 압히 노힌 상(床)을 다 거두어가지고 즁텬(中天)의 쩌 올나가며 광풍(狂風)이 디작(大作)ᄒᆞ여 모리 날니며 돌이 다름질ᄒᆞ니, 좌즁(座中)이 디경(大驚)하여 눈을 쓰지 못ᄒᆞ고 바람의 불니여 쓰러지며 ᄎᆞ일(遮日)과 □□ □물11)이 다 나라 공즁(空中)의 오르니, 염쥰은 넉시 업셔 언덕의 나무등걸를 붓들고 정신(精神)을 차리지 못ᄒᆞ며 모든 군ᄉ(軍士)는 쩍과 고기를 들고 표풍(漂風)ᄒᆞ여 딍굴딍굴 구을며 혹 쏭물도 토ᄒᆞ는지라. ᄉᆞ시(巳時)붓터 오시(午

---

9) 오츄마(烏騅馬): 검은 털에 흰 털이 섞인 말. 옛날 중국의 항우가 탔다는 준마(駿馬).

10) 교의(交椅): 의자.

11) [교감] □□ □물: 일사본에는 '포진 등물'로 되어 있음. '포진(鋪陳)'은 "바닥에 깔아놓는 요, 방석, 돗자리 따위를 통틀어 이르는 말"이며, '등물(等物)'은 "같은 종류의 물건"을 이르는 말이다.

時)가지 분분(紛紛)ᄒ다가 염쥰과 제(諸) 장쥴(將卒)이 겨우 정신을 ᄎ려 보니 문득 빅셜(白雪)이 담아붓ᄂ 다시 나려 슌식간(瞬息間)의 십여장 (十餘丈)이 쓰히민 눈을 쓰지 못ᄒ여 아모리 홀 줄 몰나 황황(遑遑)ᄒ더 니 문득 바람이 그치며 눈[雪] 믈이[12) ᄒ 졈도 업ᄂ지라.

염쥰이 디쳥(大廳)의 나와 솔발(鐸鈸)[13)를 흔드러 장쥴를 모화 고히 흔 지변(災變)을 셔로 놀난(論難)ᄒ더니, 문득 문쥴(門卒)이 보(報)ᄒ되,

"일원(一員) 디장(大將)이 군ᄉ를 모라 동문(東門)을 ᄲᅵ치고 드러온다" ᄒ거눌, 염쥰이 디경ᄒ여 군ᄉ를 지쵹ᄒ여 긔셰(氣勢)를 정졔(整齊)ᄒ고 진젼(陣前)의 졍창(挺槍) 츌마(出馬)ᄒ니, 운치 디호(大呼) 왈,

"너는 엇던 놈이완디 강악(强惡)을 밋고 산즁(山中)의 둔취(屯聚)ᄒ여 군현(郡縣)을 침노(侵擄)ᄒ며 빅셩(百姓)을 살히ᄒᄂ다? 너 갓튼 쥐 무리 를 다 잡아 국법(國法)을 졍(正)히 ᄒ리니, 네 셩명(性命)[14)을 앗기거든 일즉 항복(降伏)ᄒ여 텬명(天命)을 슌슈(順受)ᄒ여[15)."

염쥰이 디로(大怒) 즐(叱) 왈,

"니 응현슌인[16)ᄒ여 장ᄎᆺ 무도(無道)흔 님군을 업시ᄒ고 도탄(塗炭)의 든 빅셩을 건지고ᄌ ᄒ거눌, 네 엇지 감히 날를 항거(抗拒)ᄒᄂ다?"

말를 맛치며 니다라 냥미(兩馬ㅣ) 교봉(交鋒)ᄒ여 슈십여 합(合)[17)의 이르러 염쥰의 창날은 일광(日光)을 가리오고 운치의 검광(劍光)은 반공 (半空)의 무지게 되엿스이, 진짓 냥회(兩虎ㅣ) 공산(空山)의셔 밥을 닷토 며 쌍뇽(雙龍)이 벽희(碧海)의셔 여의쥬(如意珠)를 닷토ᄂ 형상(形狀)이 라. 냥장(兩將)의 정신이 졈졈 씩씩ᄒ여 승부(勝負)를 미결(未決)ᄒ여 날

---

12) 눈 믈이: 눈[雪] 물이.
13) 솔발(鐸鈸): 놋쇠로 만든 종 모양의 큰 방울. 위에 짧은 쇠자루가 있고 안에 작은 쇠뭉치가 달린 것으로, 군령이나 경고 신호에 쓴다.
14) 셩명(性命): 목숨이나 생명을 달리 이르는 말.
15) [교감] ᄒ여: ᄒ여라.
16) [교감] 응현슌인: 응천순인(應天順人). 하늘의 뜻에 순응하고 백성의 뜻을 따름.
17) 합(合): 칼이나 창으로 싸울 때, 칼이나 창이 서로 마주치는 횟수를 세는 단위.

이 이믜 져믈미 냥진(兩陣)이 징(錚)[18]을 쳐 군(軍)을 거두니라. 염쥰이 진(陣)의 도라오미 졔쟝(諸將)이 치하(致賀) 왈,

"작일(昨日) 괴변(怪變)을 맛ᄂ 마음이 놀나스되 금일(今日)의 범 갓튼 쟝슈(將帥)를 능히 디젹(對敵)ᄒ니 하놀이 도으시미여니와 젹쟝(敵將)의 용밍이 쏘흔 졀뉸(絶倫)ᄒ니 쟝군(將軍)은 경젹(輕敵)[19]지 마르쇼셔"
ᄒ거놀, 염쥰이 쇼(笑) 왈,

"젹쟝이 비록 용밍ᄒ나 니 엇지 져를 두리리오? 명일은 결단코 운치를 잡고 바로 도셩(都城)으로 향(向)ᄒ리라"
ᄒ고 익일의 진문(陣門)을 열고 염쥰이 츌□[20] 디호 왈,

"뎐운치는 쎨니 나와 나의 칼를 바드라. 금일은 □□□[21] 승부를 결(決)ᄒ리라"
ᄒ며 좌우츙돌(左右衝突)ᄒ거놀, 운치 디로ᄒ□ □를[22] 니모라 칼를 츔츄어 바로 염쥰을 취(取)ᄒ올시, 삼십여 합의 이르되 염쥰의 창법(槍法)이 일호(一毫) 차착(差錯)[23]이 업ᄂ지라. 운치 혜오디,

'무예로ᄂ 염쥰을 당치 못ᄒ리라'
ᄒ고, 몸을 흔드러 졍몸[24]은 공즁의 오르고 거즛몸은 염쥰을 디젹(大敵)ᄒ게 ᄒ고 크게 워여[25] 왈,

"니 평싱(平生)의 살싱(殺生)을 아니ᄒ더니, 네 이졔 텬명을 거역(拒逆)ᄒ미 니 마지못ᄒ여 너를 죽이ᄂ니, 날를 원(怨)치 말나"
ᄒ고, 칼를 드러 염쥰을 치려 ᄒ다가 다시 싱각ᄒ되,

'니 살싱ᄒ기를 엇지 졸연(猝然)이 ᄒ리오? 맛당이 이놈을 싱금(生擒)

---

18) 쟁(錚): 꽹과리.
19) 경적(輕敵): 적을 얕봄.
20) [교감] 츌□: 출반(出班).
21) [교감] □□□: 밍셰코.
22) [교감] 디로ᄒ□ □를: 디로(大怒)ᄒ여 몰(馬)을.
23) 차착(差錯): 어그러져서 순서가 틀리고 앞뒤가 서로 맞지 않음.
24) 졍몸: 진짜 자기의 몸.
25) [교감] 워여: 웨여. 외쳐.

ᄒ리라'

ᄒ고, 공즁의 올나 칼를 번득여 급히 워여 왈,

"니 지죠(才操)를 보라"

ᄒ니 염쥰이 디경ᄒ여 하늘를 우러러본즉 ᄒ 떼구름 속의 번기 이러나니, 이는 번기 아니오 운치의 검광이라. 디경실ᄉᆡᆨ(大驚失色)ᄒ여 적진(敵陣)으로 도라가려 ᄒ더니, 압희 운치 칼를 드러 길를 막으며 뒤히ᄯᅩ 운치 ᄯᅮ르며 좌우의 ᄯᅩᄒ 운치 에워 드러오며 머리 우희 운치 구름을 타고 칼츔 추어 염쥰의 머리를 범(犯)ᄒ는지라. 염쥰의 정신이 어즐ᄒ여 마하(馬下)의 ᄶᅥ러지거눌, 운치 구름의 나려와 거즛 운치로 군ᄉ를 호령ᄒ여 염쥰을 결박(結縛)ᄒ여 본진(本陣)으로 보니고, 운치는 말를 달녀 적진을 츙살(衝殺)ᄒ니, 적진 장쫄이 염쥰의 ᄉ로잡히믈 보고 ᄉᆇ을 뭇거 항복ᄒ거눌, 운치 적진 장쫄를 계하(階下)의 ᄭᅮᆯ니고 효유(曉諭)ᄒ여 왈,

"여등(汝等)이 반적(叛賊)을 도아 텬명을 항거ᄒ니, 그 죄 만ᄉ무석(萬死無惜)이로디 니 특별이 ᄉ(赦)ᄒᄂ니, 여등은 고향(故鄕)의 도라가 농업(農業)을 힘쎠 냥민(良民)이 되게 ᄒ라."

적장 등이 고두지비(叩頭再拜)ᄒ고 각각 허여지미, 녯날 장ᄌ방(張子房)[26]이 계명산(鷄鳴山) 츄야월(秋夜月)의 니향가(離鄕歌) ᄒ 곡죠(曲調)를 슬피 부러 강동(江東) ᄌ졔(子弟) 고향을 싱각ᄒ여 훗터짐과 갓더라.

운치 염쥰의 니실(內室)의 드러가 미녀 슈빅을 다 노하 각각 제집으로 도라보니고, 각 진(陣)으로 도라와 장디(將臺)의 안고 좌우를 명(命)ᄒ여 염쥰□[27] 디하(臺下)의 ᄭᅮᆯ니고, 여셩(厲聲) 디미(大罵) 왈,

"네 지죠와 용밍이 이슬진디 맛당이 갈튱ᄉ군(竭忠事君)[28]ᄒ여 영총

26) 장자방(張子房): 중국 한(漢)나라의 건국 공신인 '장양(張良)'의 성과 호를 함께 이르는 말. 장양은 한나라 고조 유방을 도와 천하를 통일하여, 소하(蕭何), 한신(韓信)과 함께 한나라 창업의 삼걸(三傑)로 일컬어진다.

27) [교감] 염쥰□: 염쥰을.

28) 갈충사군(竭忠事君): 충성을 다해 임금을 섬김.

(榮寵)29)이 디디로 밋치미 올커늘, 감히 역심(逆心)을 품어 국가(國家)를 쇼요케 ᄒ니, 그 죄를 엇기30) 요디(饒貸)31)ᄒ리오?"

ᄒ고 무ᄉ(武士)를 명ᄒ여 원문(轅門)32) 밧긔 참(斬)ᄒ라 ᄒ니, 염쥰이 슬피 비러 왈,

"쇼장(小將)의 죄상(罪狀)은 이삼족이 맛당ᄒ오나33) 장군은 호싱지덕 (好生之德)을 드리오시면 맛당이 허믈를 곳쳐 장군을 조츨가 ᄒᄂ이다."

운치 왈,

"네 진실(眞實)노 기과쳔션(改過遷善)홀진디 엇지 아롬답지34) 아니ᄒ 리오?"

ᄒ고, 무ᄉ를 명(命)ᄒ여 민 거슬 그르고 조흔 말노 위로(慰勞)ᄒ여 제 고향으로 도라보니고 신병ᄒ온디, 상이 인견(引見)ᄒᄉ 파젹(破敵)흔 슈 말(首末)를 무르시니, 운치 ᄌ쵸지죵(自初至終)을 ᄌ셔히 알왼디, 상이 무슈히 칭찬(稱讚)ᄒ시고 샹ᄉ(賞賜)를 만히 ᄒ시니라.

---

29) 영총(榮寵): 임금의 특별한 사랑.
30) [교감] 엇기: 엇지. 어찌.
31) 요대(饒貸): 너그러이 용서함.
32) 원문(轅門): 군영(軍營)이나 영문(營門)을 이르던 말.
33) [교감] 이삼족이 맛당ᄒ오나: 신문관본에는 "맛당이 삼족을 멸홀지라"로 되어 있다. 이로 볼 때 이삼족은 '夷三族(삼족을 베다)'으로 추정된다.
34) [교감] 아롬답지: 아름답지.

다시 선전관을 혼내다

츠설(且說). 운치 경셩(京城)의 도라온 후의 됴졍(朝廷)이 다 와셔 운치를 보고 셩공(成功)ᄒ믈 치하(致賀)ᄒ되, 홀노 션젼관(宣傳官)이 일인(一人)도 와보ᄂᆞ 니 업스니, 이ᄂᆞ 빅ᄉ졍 허참시(許參時)의 욕 뵈던 혐의(嫌疑)러라. 운치 다시 쇽이고져 ᄒ더니, 일일(一日)은 ᄉ경(四更) 쩐의 월식(月色)이 죠요(照耀)ᄒ여 벽공(碧空)의 일졈(一點) 운(雲)이 업ᄂᆞ 지라. 운치 오운(五雲)을 타고 황건녁ᄉ(黃巾力士)[1]와 이미망냥(魑魅魍魎)[2] 등을 다 모호고 신장(神將)을 불너 분부(分付)ᄒ되,

"샐니 가 모든 션젼관을 잡아오라"

ᄒ니 신장이 쳥녕(聽令)ᄒ고 가더니 이윽고 다 잡아왓거ᄂᆞᆯ, 운치 구름 교의(交椅)에 안고 좌우(左右)의 신장 등을 버려 셰우고 등쵹(燈燭)이 휘황(輝煌)ᄒ디, 운치 녀셩(厲聲) 왈(曰),

"황건녁ᄉ는 어듸 잇ᄂᆞᆸ? 모든 죄인(罪人)을 잡아드리라"

---

1) 황건역사(黃巾力士): 귀신 가운데 무력을 맡은 장수신인 신장(神將)의 하나. 힘이 세다고 한다.
2) 이매망량(魑魅魍魎): 온갖 도깨비. 산천, 목석의 정령에서 생겨난다고 한다.

ᄒ니 녁ᄉ 등이 일시(一時)에 쳥녕(聽令)ᄒ고 각각 ᄒ나씩 나입(拿入)³⁾ᄒ 는지라.

션젼관들이 황겁(惶怯)ᄒ여 ᄯᅡ히 업듸여 치미러본즉, 귀왕(鬼王)과 신 장이 좌우의 나렬(羅列)ᄒ여 위의(威儀) 심히 엄슉(嚴肅)ᄒᆫ 곳에 운치 고셩(高聲) 디미(大罵) 왈,

"니 젼일(前日)에 희롱(戱弄)코져 ᄒ여 그디의 부인(夫人)을 잠간 욕되 게 ᄒ여스나 엇지 그러틋 함혐(含嫌)ᄒ여 날를 쇼디(疏待)⁴⁾ᄒ미 심ᄒ뇨? 니 일즉 여등(汝等)을 잡아다가 지옥(地獄)으로 보니고져 ᄒ되, 니 밤이 면 텬샹(天上) 벼술에 다ᄉ(多事)ᄒ고 나지면 국가(國家) 쇼임(所任)의 골몰(汨沒)ᄒ기로 지금 쳔연(遷延)⁵⁾ᄒ엿거니와, 이졔는 마지못ᄒ여 너의 등을 풍도옥(酆都獄)⁶⁾에 보니여 고힝(苦行)을 겪거 ᄉ람을 만모(謾侮)⁷⁾ ᄒ던 죄를 속(贖)ᄒ게 ᄒ노라"

ᄒ고 말를 맛치며 녁ᄉ를 불너 왈,

"너의 이 죄인을 압녕(押領)ᄒ여 풍도옥의 가셔 염왕(閻王)⁸⁾의게 부 치되, 이 죄인을 디옥(地獄)에 가도와 팔만겁(八萬劫)을 지나거든 업츅 (業畜)⁹⁾이를 민드러 보니라"

ᄒ거늘, 모든 션젼관이 이 말를 드르미 졍신(精神)이 더욱 썰니고 혼빅 (魂魄)이 몸의 붓지 아니ᄒᄂ는지라. 슬피 비러 왈,

"우리 등이 암미(暗昧)ᄒ여 죄를 범ᄒ여스니, 바라건디 동뇨지의(同僚 之義)를 싱각ᄒ여 죄를 용셔(容恕)ᄒ쇼셔"

ᄒ거늘, 운치 침음양구(沈吟良久)¹⁰⁾의 왈,

---

3) 나입(拿入): 죄인을 법정으로 잡아들임.
4) 소대(疏待): 푸대접.
5) 천연(遷延): 일이나 날짜 따위를 미루고 지체함.
6) 풍도옥(酆都獄): 지옥(地獄).
7) 만모(謾侮): 거만한 태도로 남을 업신여김.
8) 염왕(閻王): 염라대왕. 저승에서, 지옥에 떨어지는 사람이 지은 생전의 선악을 심판하는 왕.
9) 업츅(業畜): 전생에 지은 죄로 인하여 이승에 태어난 짐승.
10) 침음양구(沈吟良久): 속으로 깊이 생각한 지 오랜 뒤.

"니 여등을 풍도에 보니여 고힝을 격계 홀 거시로디, 젼일 안면(顔面)을 고렴(顧念)11)호여 아직 십분(十分) 안셔(安恕)12)호거니와, 일후(日後)를 보아 쳐치(處置)호리라"

호며

"모라 니치라"

호니 모든 션젼관이 문득 씨다르미 남가일몽(南柯一夢)이라. 일신(一身)에 쌈이 흘너 금침(衾枕)이 져졋고 졍신이 아득한지라. 그후의 모든 션젼관이 쳥즁(廳中)의 모혀 그날 몽ᄉ(夢事)를 이른즉 모다 여츌일구(如出一口)13)여늘, ᄎ후(此後)로 운치를 디졉(待接)호미 각별(各別) 극진(極盡)호더라.

---

11) 고념(顧念): 남의 사정이나 일을 헤아려줌.
12) 안서(安恕): 잠시 용서함.
13) 여출일구(如出一口): 한 입에서 나오는 것처럼 여러 사람의 말이 같음.

역모를 꾸몄다고 모함당하다

츠설(且說). 일일(一日)은 상(上)이 호판(戶判)더러 문(問) 왈(曰),

"젼일(前日) 호죠(戶曹)의 은(銀)과 돈이 다 변호엿다 호더니 이졔는 엇더호더뇨?"

호판이 디(對) 왈,

"젼일과 그디로 그져 잇ᄂᆞ이다"

흔디, 상이 가장 근심호시거늘, 운치 츌반(出班) 쥬(奏) 왈,

"원컨디 신(新)이 각쳐(各處) 창고(倉庫)의 지변(災變)을 ᄌᆞ셰(仔細)히 탐지(探知)ᄒᆞ와 탑젼(榻前)의 알외고져 ᄒᆞᄂᆞ이다."

상이 의윤(依允)ᄒᆞ신디, 운치 즉시 호판과 흔가지로 호죠에 나아가 고문(庫門)을 열고 본즉 은이 예디로 잇거늘, 호판이 디경(大驚) 왈,

"니 어졔 번고(反庫)헐 졔 쳥기고리만 잇더니 밤사이로 도로 은이 되여스니 가장 고히ᄒᆞ도다"

ᄒᆞ고 외고(外庫)를 여러보니 쏘흔 다 의구(依舊)ᄒᆞ엿고 각 영문(營門)의 군긔(軍器) 다 여젼(如前)ᄒᆞ니 모다 놀나고 신긔(神奇)히 녀기며, 운치

솗펴본 후 탑젼에 그디로 상달(上達)ᄒ온디, 상이 깃거ᄒ시며 운치의 요슐(妖術)노 작변(作變)ᄒ믈 짐작(斟酌)ᄒ시더라.

잇ᄯᅵ 간의디뷔(諫議大夫ㅣ)[1] 엿ᄌ오디,

"호셔(湖西) ᄯᅡ히 ᄉ오인(四五人)이 둔ᄎᆔ(屯聚)ᄒ여 역모(逆謀)를 의논(議論)ᄒ다 ᄒ와 고ᄌᆡ(告者ㅣ) 문셔(文書)를 가지고 신(臣)의게로 왓습기 고ᄌᆞ를 가두고 알외ᄂᆞ이다"

ᄒ거놀, 상이 왈,

"과인(寡人)이 박덕(薄德)ᄒ여 도젹(盜賊)이 봉긔(蜂起)ᄒ니 엇지 한심(寒心)치 아니ᄒ리오?"

ᄒ시고, 금부(禁府)와 포쳥(捕廳)으로 잡으라 ᄒᄉ 즉시 잡아왓거놀, 상이 친문(親問)ᄒ실시, 기즁(其中) ᄒᆫ 놈이 알외디,

"뎐운치로 님군을 삼아 빅셩(百姓)을 진졍(鎭靜)코져 ᄒᆞ옵더니 이제 일이 발각(發覺)ᄒ오미 만ᄉ무셕(萬死無惜)이로쇼이다"

ᄒᆯ시, 츠시(此時) 운치 문ᄉ낭쳥(問事郎廳)[2]으로 시위(侍衛)에 셧다가 불의(不意)에 역젹(逆賊) 쵸ᄉ(招辭)[3]에 오른지라. 상니 디로(大怒)ᄒᄉ 왈,

"뎐운치 필경(畢竟) 모역(謀逆)홀 줄 아랏더니 이제 쵸ᄉ에 낫도다"

ᄒ시고, 샐리 운치를 잡아나려 형구(刑具)를 베풀고 하교(下教ㅣ) 왈,

"니 젼일의 네 죄를 ᄉ(赦)ᄒ고 벼술를 쥬엇더니 국가(國家)의 은혜(恩惠)을 감복(感服)지 아니ᄒ고 이제 역뉼(逆律)를 범ᄒ엿스니 발명(發明) 말고 죽으라"

ᄒ시며, 나졸(羅卒)를 엄교(嚴教)ᄒᄉ,

"ᄒᆫ 믜에 죽이라"

ᄒ시니, 나졸(羅卒)이 힘을 다ᄒ여 치려 ᄒ되 팔이 알파[4] 믜를 드지 못

---

1) 간의대부(諫議大夫): 고려시대에 문하부(門下府)에 속하여 임금에게 잘못을 고치도록 간하는 일을 맡아보던 벼슬.
2) 문사낭청(問事郎廳): 조선시대에 죄인을 신문할 때 기록과 낭독을 맡아보던 임시 벼슬.
3) 초사(招辭): 죄인이 범죄 사실을 진술한 공초(供招).
4) [교감] 알파: 아파.

ᄒᆞ더라. 운치 알외디,

"신의 전후(前後) 죄상(罪狀)은 만번(萬番) 죽어 맛당ᄒᆞ오나, 금일(今日) 역률(逆律)은 천만(千萬) 이미(曖昧)ᄒᆞ여이다"

ᄒᆞ며 심즁(心中)에 헤오디,

'이 필연(必然) 날를 모ᄒᆡ(謀害)ᄒᆞᄂᆞ니 이셔 이리ᄒᆞ미니, 엇지 인닯지 아니ᄒᆞ리오?'

ᄒᆞ고, 다시 쥬ᄒᆞ되,

"신이 이졔 죽을진디 평ᄉᆡᆼ(平生)의 비혼 지죄(才操)를 셰상(世上)에 젼(傳)치 못ᄒᆞ올지라. 복원(伏願) 셩상(聖上)은 신의 원(冤)을 풀게 ᄒᆞ쇼셔"

ᄒᆞ거눌, 상이 헤오시되,

'이놈의 지죄(才操) 가장 긔이(奇異)ᄒᆞ니 시험(試驗)ᄒᆞ리라'

ᄒᆞ시고, 하교 왈,

"네 무슴 지죄 잇ᄂᆞ뇨?"

운치 디(對) 왈,

"신이 그림을 잘 ᄒᆞ오미 나무를 그리면 졈졈 ᄌᆞ라고, 즘ᄉᆡᆼ을 그리면 거러가옵고, 산을 그리면 산에셔 쵸목(草木)이 ᄉᆡᆼ(生)ᄒᆞ옵기로 셰상의셔 명홰(名畵)라 ᄒᆞ옵ᄂᆞ니, 이 그림을 셰상에 젼(傳)치 못ᄒᆞ고 죽ᄉᆞ오면 원혼(冤魂)이 되리로쇼이다."

상이 ᄉᆡᆼ각ᄒᆞ시되,

'이놈이 죽어 원혼이 되면 괴로온 일 이스리라'

ᄒᆞ시고, 즉시(卽時) 민 거슬 글너노코 필묵지(筆墨紙)를 쥬신디, 운치 붓슬 드러 산슈(山水)를 그릴ᄉᆡ, 만학쳔봉(萬壑千峰)5)의 만장폭푀(萬丈瀑布)6) 산상(山上)으로 조ᄎᆞ 나리게 ᄒᆞ고 시너가의 버들가지 느러지게 ᄒᆞ고 그 아러 안장(鞍裝) 지은 나귀를 그린 후에 붓슬 더지고 ᄉᆞ비(四

---

5) 만학천봉(萬壑千峰): 첩첩이 겹쳐진 깊고 큰 골짜기와 수많은 산봉우리.
6) 만장폭포(萬丈瀑布): 매우 높은 데서 떨어지는 폭포

拜)ᄒ온디, 샹 왈,

"너는 죽을 죄인(罪人)이여늘 스비흔믄 무슴 뜻인고?"

운치 쥬 왈,

"신이 이졔 텬안(天顔)을 하직(下直)ᄒ고 산즁(山中)으로 드러가ᄂᆞ이
다"

ᄒ고 나귀 등에 올나 산즁으로 드러가더니 문득 간디업ᄂᆞᆫ지라. 샹이
더로 왈,

"니 이놈의게 쏘 속아시니 이를 쟝츳(將次) 엇지ᄒ리오?"

ᄒ시고, 좌우(左右)로 ᄒ여곰 그림을 쇼화(燒火)ᄒ라 ᄒ시며, 그 죄인
등을 다시 엄문(嚴問)ᄒᄉ 지만(遲晩)7)을 바든 후에 너여 쳐참(處斬)ᄒ
라 ᄒ시고, 운치의게 속으믈 못너 통한(痛恨)ᄒᄉ 각 도(道)에 힝관(行
關)ᄒ시되, 운치를 잡아드리는 쟈(者ㅣ) 이스면 천금샹(千金賞)의 벼슬를
쥬리라 ᄒ시다.

---

7) 지만(遲晩): 예전에 죄인이 자백하여 복종할 때 너무 오래 속여서 미안하다는 뜻으로 이르던 말.

누가 왕연희인가

츠설(且說). 운치 요술(妖術)를 힝(行)ᄒ여 님군을 속이고 죽을 익(厄)을 버셔나 집의 도라와 모친(母親)끽 전후(前後) 스연(事緣)을 고(告)ᄒᆫ 디, 부인(夫人)이 디경(大驚) 왈(曰),

"츠후(此後)ᄂᆫ 몸을 감쵸와 다시 됴정(朝廷)에 나아가지 말나. 네 님군을 속이니 그 죄(罪) 텬디간(天地間)에 용납(容納)지 못ᄒᆯ지라. 네 스후(死後)에 하면목(何面目)으로 조상(祖上)을 뵈려 ᄒᄂ뇨?"

ᄒ며 일장(一場) 디칙(大責)ᄒ거놀, 운치 모친 경계(警戒)를 드른 후ᄂᆫ 산즁(山中)에 이셔 고요히 글를[1] 힘쓰며 혹 나귀를 타고 물식(物色)을 구경ᄒ더니, 흔 곳의 이르러 본즉 져믄 즁이 고은 계집을 다리고 산즁으로 드러가더니, 이윽고 그 녀지(女子ㅣ) 남긔 올나 주항[2]ᄒ려 ᄒᄂ지라. 운치 맛참 쵼가(村家)의셔 슐 스먹고 산상(山上)으로 올나오다가 지경(地境)[3]을 보고 놀나 급히 나아가 민 거슬 그르며 슈족(手足)을 쥐몰

---

1) [교감] 글를: 글을.
2) 주항: 스스로 목을 맴.

너⁴⁾ 회싱(回生)ᄒᆞᄆᆡ 연고(緣故)를 무른디, 기녀(其女ㅣ) 왈,

"앗가 지나던 화샹(和尙)⁵⁾은 가군(家君) 싱시(生時) 친ᄒᆞ던 즁놈이라. 쳡(妾)이 일즉 과거(寡居)⁶⁾ᄒᆞ여 슈졀(守節)ᄒᆞ더니, 금일(今日)은 가군의 도라간 날이라. 그 즁놈이 와셔 달ᄂᆡ여 이로디, '제 졀에 가셔 지(齋)⁷⁾를 올니즈' ᄒᆞ고, ᄒᆞᆫ가지로 가믈 간쳥(懇請)ᄒᆞ기로 쳡이 신지무의(信之無疑)ᄒᆞ고 ᄯᆞ라오더니, 그놈이 불측지심(不測之心)⁸⁾을 ᄂᆡ여 이곳의 왓셔 날를 겁칙⁹⁾ᄒᆞ여 훼졀(毁節)ᄒᆞᄆᆡ ᄉᆞ라 쓸디업기로 ᄌᆞ결(自決)코져 ᄒᆞ노라."

운치 그 녀ᄌᆞ를 위로(慰勞)ᄒᆞ여 졔집으로 보ᄂᆡ고 다시 산의 올ᄂᆞ가니, 큰 암ᄌᆞ(庵子ㅣ) 잇고 어졔 보던 즁놈이 그곳에 잇ᄂᆞᆫ지라. 운치 가마니 진언(眞言)을 넘(念)ᄒᆞ여 긔운을 ᄂᆡ여 부니 그 즁이 변ᄒᆞ여 뎐운치 되거놀, 그 졀에 머믈너 두고 동졍(動靜)을 솗피더니, 맛참 포도긔찰(捕盜譏察)¹⁰⁾이 왓다가 그 즁놈을 보고 뎐운치만 녀겨 틱슈(太守)ᄭᅴ 급히 고ᄒᆞᆫ디, 틱쉬 디희(大喜)ᄒᆞ여 토병(討兵)을 발(發)ᄒᆞ여 그 즁놈을 잡아 결박(結縛)ᄒᆞ여 경ᄉᆞ(京師)로 올닌디, 상이 즉시 친국(親鞫)을 비셜(排設)ᄒᆞ시더니, 졍원(政院)이 쥬(奏)ᄒᆞ되,

"각 도(道) 각 읍(邑)의셔 뎐운치를 잡아드린 거시 삼빅뉵십일명(三百六十一名)이오니, 이는 반다시 뎐운치의 요슐인가 ᄒᆞᄂᆞ이다."

상(上)이 진노(震怒)ᄒᆞᄉᆞ 쳐치(處置)ᄒᆞ시믈 싱각지 못ᄒᆞ실ᄉᆡ, 도승지(都承旨)¹¹⁾ 왕연희 쥬 왈,

---

3) 지경(地境): 경우나 형편, 정도의 뜻을 나타내는 말. 여기서는 형편.

4) [교감] 쥬몰너: 주물러.

5) 화상(和尙): 중을 높여 이르는 말.

6) 과거(寡居): 과부로 지냄.

7) 재(齋): 죽은 이를 천도(薦度)하는 법회.

8) 불측지심(不測之心): 괘씸하고 엉큼한 생각.

9) 겁칙: 겁측. 폭행이나 협박을 하여 강제로 부녀자와 성관계를 갖는 일.

10) 포도기찰(捕盜譏察): 예전에 포도청에서 범인을 체포하려고 수소문하고 염탐하며 행인을 검문하던 일. 또는 그 일을 하는 사람.

11) 도승지(都承旨): 승정원의 으뜸 벼슬. 왕명을 전달하거나 신하들이 왕에게 올리는 글을 상달하

"뎐운치 환슐(幻術)이 불측(不測)ᄒ오니 금번(今番)도 일홀 념녜(念慮ㅣ)
잇ᄉ오미 진가(眞假)를 물론(勿論)ᄒ고 모다 버혀지이다"
ᄒ거늘, 상이 올히 녀기ᄉ 십ᄌ각(十字閣)에 젼좌(殿座)ᄒ시고 모든 뎐
운치를 잡아드려 ᄎ례로 버힐시, 그즁 ᄒ나히 나아와 알외ᄃ,

"신은 뎐운치 아니오 도승지 왕연희로쇼이다"
ᄒ거늘, 상이 보신즉 분명 왕연희라. 좌우(左右)더러 무르신ᄃ 좌위 ᄃ
(對) 왈,

"이는 뎐운치로쇼이다."

상이 탄(歎) 왈,

"국운(國運)이 불ᄒᆡᆼ(不幸)ᄒ여 요얼(妖孽)이 이갓치 작난(作亂)ᄒ니 종
ᄉ(宗社)[12]를 엇지 보젼(保全)ᄒ리오? 젹신(賊臣) ᄒ나흘 죽이려 ᄒᄆᆡ
무죄(無罪)ᄒᆫ 됴신(朝臣)과 ᄋᆡᄆᆡ(曖昧)ᄒᆫ ᄇᆡ셩(百姓)을 만히 죽이리로다"
ᄒ시고, 친국을 파(罷)ᄒ시니라. 운치 구름 속에셔 요슐를 ᄒᆡᆼᄒ고 몸을
변ᄒ여 왕연희 되여 궐문(闕門)에 나오니, 하인(下人) 등이 인마(人馬)를
ᄃᆡ령(待令)ᄒ엿다가 뫼셔 왕부(王府)로 도라가 바로 ᄂᆡ당(內堂)으로 드러
가 부인과 슈작(酬酌)ᄒ되 부인과 가ᄂᆡ인(家內人)은 젼혀 모로더니, 이
젹의 왕공(王公)이 궐ᄂᆡ(闕內)로셔 나와 하인을 ᄎᆞ즌즉 ᄒᆞ낫토 업는지
라. 고히 녀겨 동관(同官)[13]의 인마를 비러 타고 집의 도라오니, 하인
들이 문젼(門前)의 이스ᄆᆡ 왕공이 일변(一邊) ᄃᆡ로(大怒)ᄒ며 곡졀(曲折)
를 무른즉 하인 등 왈,

"쇼인(小人) 등이 앗가 상공(相公)을 뫼셔 왓ᄉ거늘, ᄯᅩ 엇지 상공이
계시리오?"
ᄒ며 면면상고(面面相顧)[14]ᄒ거늘, 왕공이 의괴(疑怪)ᄒ여 ᄂᆡ당으로 드

는 일을 맡았다.
12) 종사(宗社): 종묘(宗廟)와 사직(社稷)이라는 뜻으로, '나라'를 이르는 말.
13) 동관(同官): 동료 관리. 같이 일하는 관리.
14) 면면상고(面面相顧): 아무 말도 없이 서로 얼굴만 물끄러미 바라봄.

러가니, 시비(侍婢) 등이 손쎅 치며 왈,

"이 엇진 일이뇨? 앗가 우리 상공이 나와 계시거눌, 이 엇진 일이뇨?"

ㅎ며 짓거리는지라.

왕공이 아모란 줄 모로고 침실(寢室)노 드러가니 과연 흔 왕공이 부인과 말씀을 낭즈(狼藉)히 ㅎ거눌, 왕공이 디로 디미(大罵) 왈,

"너는 엇던 놈이완디 감히 샤부가(士夫家)15)의 드러와 나의 부인과 말를 슈작ㅎ는다?"

ㅎ고, 노복(奴僕)을 호령(號令)ㅎ여,

"셜니 결박ㅎ라"

ㅎ니 운치 왈,

"너는 우엔 놈이완디 니 얼골이 되여 니당의 드러와 나의 부인을 겁탈(劫奪)ㅎ려 ㅎ니, 이런 변괴(變故ㅣ) 어듸 이스리오"

ㅎ며, 하인을 호령ㅎ여,

"셜니 모라 니치라"

흔디, 하인 등이 이 거동(擧動)을 보미 가위슈지오지자웅(可謂誰知烏之雌雄)16)이라. 아모리 헐 줄 모로거눌, 운치 도로혀 호령 왈,

"니 전일(前日)의 드른즉 요믈(妖物)이 인형(人形)을 오리 쓰지 못헌다"

ㅎ고 왕공을 향ㅎ여 물를 쑴고 쥬스(朱沙)17)를 니여 바르니 왕공이 변ㅎ여 구미회(九尾狐ㅣ) 되니, 노복 등이 그졔야 칼과 몽치를 들고 다라드러 즛쳐 쥭이려 ㅎ거눌, 운치 말녀 왈,

---

15) 사부가(士夫家): 사대부(士大夫)의 집. 사대부는 사(士)와 대부(大夫)를 아울러 이르는 말로 문무양반(文武兩班), 즉 벼슬이나 문벌이 높은 집안의 사람을 뜻한다.

16) 가위수지오지자웅(可謂誰知烏之雌雄): 누가 까마귀의 암수를 구분할 수 있다고 말할 수 있겠는가.

17) 주사(朱沙): 수은으로 이루어진 황화 광물로 붉은색 안료(顔料)나 약재로 쓴다. 단사(丹沙), 단주사(丹朱沙), 진사(辰砂)라고도 한다.

"이 일이 큰 변괴니 나라히 고ᄒ여 쳐치헐 거시미 아직 단단히 동혀 방즁(房中)에 가도고 잘 직희라"

ᄒ니 노복 등이 쳥녕(聽令)ᄒ고 왕공을 동혀 가두니라.

왕공이 불의지변(不意之變)을 맛나미 말를 하고겨 ᄒ즉 여호의 쇼리로 나고 졍신(精神)이 아득ᄒ여 다만 눈물만 흘니고 누어시니 가위(可謂) 즘싱의 모양(模樣)이오, 스룸의 속이라. 운치 싱각ᄒ되,

'슈삼일(數三日) 속이면 스지 못ᄒ리라'

ᄒ고 츠야(此夜) 스경(四更)의 왕공을 가보고 이로디,

"네 날노 더부러 원슈(怨讎ㅣ) 업거눌, 부디 날를 죽여 나라히 요공(要功)[18]코져 ᄒ미, 니 몬져 너를 죽여 한(恨)을 씨고져 ᄒ되, 니 평싱(平生)에 살싱(殺生)을 아니ᄒ기로 너를 스(赦)ᄒᄂ니, 너는 모로미 다시 이런 힝실(行實)를 말나"

ᄒ고 진언을 념ᄒ니 도로 왕연희 된지라.

왕공이 그계야 운치의 요슐로 그리ᄒᆫ 줄 알고 황겁(惶怯)ᄒ여 왈,

"뎐공(田公)의 놉흔 지죠(才操)를 모로고 그릇 죄를 범ᄒ엿노라"

ᄒ고 무슈(無數) 스례(謝禮)ᄒ거눌, 운치 다시 당부(當付) 왈,

"그더를 구(救)ᄒ고 가느니 니 도라간 후에 집안이 쇼동(騷動)ᄒ리니 여츠여츠(如此如此)ᄒ라"

ᄒ고 남셔부(南西部)로 가니라.

왕공이 즉시 노복을 불너 왈,

"그 요괴(妖怪)를 즈시 보라"

ᄒ니 노복 등이 방에 가본즉 요괴 간더업는지라. 모다 놀나 그더로 고ᄒᆫ디, 왕공이 양노(佯怒) 왈,

"여등(汝等)이 직희기를 잘못ᄒ여 일헛도다"

ᄒ고 무슈히 ᄭ지져 물니치니라.

---

18) 요공(要功): 자기의 공을 스스로 드러내어 남이 칭찬해주기를 바람.

미인도에서 나온 선랑仙郎

운치 다시 암즈(庵子)에 가본즉 그 화상(和尙)이 그져 운치의 모양(模樣)이 되엿거눌, 운치 그 화상을 향ᄒ여 물를 뿜고 진언(眞言)을 념(念)ᄒ니, 도로 본상(本像)이 된지라. 운치 디칙(大責) 왈(曰),

"네 즁싱(衆生)이 되여 불도(佛道)를 슝상(崇尙)헐 거시여눌, 슈졀(守節)ᄒ눈 계집을 유인(誘引)ᄒ여 겁칙 훼졀(毁節)ᄒ여 즈쳐지경(自處之境)1)의 밋게 ᄒ니, 그 죄(罪) 만亽유경(萬死猶輕)이라. 너를 던운치의 얼골이 되여 죽게 ᄒ엿더니, 춤아 살싱(殺生)을 못ᄒ여 너를 살녀 도라와 다시 네 본샹을 니여쥬느니, 츠후(此後)눈 그런 힝실(行實)를 힝(行)치 말나"

ᄒ고 집으로 도라오다가 흔 곳의 다다라 본즉, 여러 쇼년(少年)이 죡즈(簇子)를 가지고 닷토아 보며 칭찬(稱讚) 왈,

"이 죡즈 그림이 텬하(天下) 명화(名畵))라"

---

1) 자처지경(自處之境): 스스로 목숨을 끊는 형편. 자처(自處)는 자결(自決).

ᄒ거놀, 운치 나아가 보니 곳 미인되(美人圖ㅣ)라. 그 미인이 아희를 안아 희롱(戲弄)ᄒᄂ 형상(形狀)이로되 입으로 말ᄒᄂ 듯 눈으로 보ᄂ 듯ᄒ여 ᄉᆡᆼ긔(生氣) 유동(流動)ᄒ거놀, 운치 ᄒᆞᆫ 계교(計巧)를 ᄉᆡᆼ각ᄒ고 우어2) 왈,

"이 그림이 무어시 명화완되 그되 등이 엇지 과히 기리ᄂᆞ뇨?"

그즁 오ᄉᆡᆼ(吳生)이란 지(者ㅣ) 답(答)ᄒ되,

"그되 눈이 놉하 그러ᄒ거니와 물졍(物情)을 모로ᄂ 말를 말나. 이 그림이 말ᄒᄂ 듯 보ᄂ 듯ᄒ니 엇지 명홰 아니리오?"

운치 웃고 갑슬 무른즉 오ᄉᆡᆼ이 되답(對答)ᄒ되,

"은ᄌᆞ(銀子) 오십냥(五十兩)이니 그림보다가ᄂ 오히려 갑시 격다"

ᄒ거놀, 운치 왈,

"니게 ᄒᆞᆫ 족지 이스니 그되 등은 보라"

ᄒ고 쇼믹 안흐로셔 미인도를 니혀노흐니, 그 미인이 가장 아롬다온되 몸의 녹의홍상(綠衣紅裳)을 닙고 머리의 화관(花冠)을 써스믹 진짓 텬향국쇡(天香國色)이오, 졀되가인(絶代佳人)이라. 졔인(諸人)이 보고 칭찬 왈,

"이 그림도 ᄉᆡᆼ긔 온젼(穩全)ᄒ여 우리 족ᄌᆞ와 방불(彷佛)ᄒ도다"

ᄒ거놀, 운치 닝쇼(冷笑) 왈,

"그되 족ᄌᆞ도 조타 ᄒ려니와 ᄉᆡᆼ긔ᄂ 이 족자만 못ᄒ니 이 화격(畵格)을 보라"

ᄒ고 족ᄌᆞ를 걸며 가마니 부르되,

"쥬션냥(酒仙娘)은 어듸 잇ᄂᆞ뇨?"

ᄒ니 문득 그 미인이 되답ᄒ며 동ᄌᆞ(童子)를 다리고 나오거놀, 운치 왈,

"모든 공ᄌᆞ(公子)끠 슐를 부어드리라."

션냥이 되답ᄒ고 잔(盞)의 슐를 부어드리니, 운치 몬져 마시고 ᄎᆞ례로 졔인이 바다 마시믹 쥬미(酒味) 가장 감열(甘烈)3)ᄒ지라. 졔인이 비

<hr>

2) 우어: 웃어. 웃으며.

쥬(配酒)⁴⁾를 피⁵⁾흔 후의 션낭이 쥬안(酒案)을 거두어 그림이 되여 드러셔니, 졔싱(諸生)이 디경(大驚)ᄒᆞ여 셔로 이로디,

"이 그림은 텬상(天上) 죠화(造化)도 아니오, 몽즁(夢中) 희롱도 아니니 만고(萬古)의 희한(稀罕)헌 보비라"

ᄒᆞ더니, 오싱 왈,

"니 시험(試驗)ᄒᆞ리라"

ᄒᆞ고 운치의게 쳥(請)ᄒᆞ되,

"우리들이 슐이 낫부니⁶⁾ 원컨디 니 쥬션낭을 불너 슐를 더 쳥ᄒᆞ여보랴."

운치 허락(許諾)ᄒᆞ거눌, 오싱이 가마니 쥬션낭을 불너 왈,

"슐이 낫부니 더 먹기를 쳥ᄒᆞ노라"

ᄒᆞ니 문득 쥬션낭이 디답ᄒᆞ고 슐병을 들며 동즈는 샹(床)을 가지고 의연(依然)이 나와 병(瓶)을 기우려 슐를 부어드리는지라. 오싱이 몬져 먹고 졔싱이 ᄎᆞ례(次例)로 일비(一杯)식 마신 후의 이러 스례(謝禮) 왈,

"오눌 존공(尊公)⁷⁾을 맛나 조흔 슐를 먹고 신긔(神奇)흔 일를 보미 가장 다힝(多幸)ᄒᆞ도다."

운치 왈,

"이 죡즈 그림이 비록 싱긔 이스나 쓸디업고 ᄯᅩ 그림의 슐를 먹고 무슴 스례 이스리오?"

오싱 왈,

"죡즈를 쓸디업거든 니게 팔고 가미 엇더ᄒᆞ뇨?"

운치 왈,

---

3) 감열(甘烈): 감격하여 기뻐함.
4) 배쥬(配酒): 술을 돌려가며 나누어 마시다.
5) [교감] 피: 파(罷).
6) 낫부니: 나쁘니. 먹은 것이 양에 차지 아니하니.
7) 존공(尊公): 지위가 높은 사람을 높여 이르는 말.

"부듸 가질 스람이 잇거든 팔고져 ㅎ노라."

오싱이 갑슬 무른듸, 운치 왈,

"슐병 가지 니는 텬상 쥬션낭이오, 슐이 일싱(一生) 마르지 아니ㅎ니 극진(極盡)ㅎ 보비라. 그런 고로 은즈 천냥(千兩)을 밧고져 ㅎ노라."

오싱 왈,

"갑지 다쇼(多少)는 불계(不計)ㅎ고 형은 니 집으로 가미 엇더ㅎ뇨?"

운치 허락ㅎ고 ㅎ가지로 오싱의 집의 가셔 죡즈를 쥬며 왈,

"니 명일(明日)의 올 거시니 갑슬 츠려두라"

ㅎ고 가더니, 오싱이 디취(大醉)ㅎ미 죡즈를 외당(外堂) 벽상(壁上)의 걸고 보니 쥬션낭이 병을 들고 셧거눌, 오싱이 그 고은 틱도(態度)를 흠모(欽慕)ㅎ여 옥슈(玉手)를 잡아 무릅 우희 안치고 스랑ㅎ믈 이긔지 못ㅎ여 침셕(寢席)의 나아가고져 헐 즈음의, 문득 문(門) 열니는 곳의 급히 달녀드러오니, 이는 오싱의 쳐(妻) 민시(閔氏)라. 원뇌 민시는 투긔(妬忌)의 션봉(先鋒)이오 시음8)의 디쟝(大將)이미 남의 일를 보아도 칼를 들고 니닷는 셩벽(性癖)이러니, 초야(此夜)의 오싱의 희롱ㅎ믈 보고 디로(大怒)ㅎ여 션낭을 치려 홀시 션낭이 발셔 그림 화상(畵像)이 되엿는지라. 민시 더욱 분노(憤怒)ㅎ여 죡즈를 뮈여9) 찌져바리니, 오싱이 디경 왈,

"남의 죡즈를 스려 ㅎ고 은즈 천냥의 샹약(相約)ㅎ엿거눌 임지 오면 엇지ㅎ리오."

민시 왈,

"임즈 오거든 니 맛당이 즐욕(叱辱)10)ㅎ리라"

ㅎ며 셔로 닷토믈 마지 아니홀시, 맛춤 운치 오거눌 오싱이 마즈 그

---

8) 시음: 샘. 남의 처지나 물건을 탐내거나, 자기보다 나은 처지에 있는 사람이나 적수를 미워함. 또는 그런 마음.
9) 뮈여: '뮈다'는 '움직이다'의 옛말. 여기서는 족자를 '떼어'의 뜻.
10) [교감] 즐욕: 질욕(叱辱)의 잘못. 꾸짖으며 욕함.

ᄉ연(事緣)을 이른디, 운치 듯고 민시를 속이고져 ᄒ여 민시를 금ᄉ망(金絲網)을 씨우니, 민시 속은 ᄉ람이나 몸은 디망(大蟒)11)이라. 말를 ᄒ려 ᄒ나 말이 나지 아니ᄒ고 이러나고져 ᄒ되 운신(運身)홀 길 업ᄂ지라. 운치 오싱더러 왈,

"그디를 위ᄒ여 죡ᄌ를 두고 갓더니 이졔 보비를 업시ᄒ여스미 그디를 맛나미 불ᄒᆡᆼ(不幸)ᄒ거니와 그디 집의 큰 변(變)이 날 거시니 조심(操心)ᄒ라."

오싱 왈,

"무슴 변괴(變怪)뇨?"

운치 왈,

"그디 집의 쳔년(千年) 무근 즘싱이 미양(每樣) 그디 부인(夫人)이 되여 작변(作變)ᄒ리라."

오싱 왈,

"무슴 일노 요얼(妖孼)이 작변ᄒ리오?"

운치 왈,

"그디 부인이 니 죡ᄌ를 찌져스미 요얼이 되여 작난(作亂)ᄒ리니, 그디는 방문(房門)을 열고 보라."

오싱이 밋지 아니ᄒ여 방문을 열고 본즉, 과연(果然) 민시는 간디업고 기리 세 발은 헌 디망이 업디엿거놀, 오싱이 디경실식(大驚失色)ᄒ여 나와 운치더러 왈,

"과연 디망이 이스니 죽이고져 ᄒ노라."

운치 말녀 왈,

"그 요괴(妖怪) 쳔년 무근 졍녕(精靈)이니 만일 죽이면 디홰(大禍ㅣ)이러날 거시니, 니 부작(符籍) 흔 장을 디망의 허리의 미여두면 금야(今夜)에 ᄌ연(自然)이 스러지리라."

11) 대망(大蟒): 이무기. 이무기는 여러 해 묵은 큰 구렁이.

ᄒ고 부작을 ᄂ여 ᄃ망의 허리에 미고 당부(當付)ᄒ여,

"문을 여러보지 말나"

ᄒ고 도라가 날 시기를 기다려 오셩의 집의 가셔 민시를 보고 ᄭ지져
왈,

"네 가군(家君)을 업슈이 녀겨 포악(暴惡)을 일삼으며 투긔를 슝상(崇
尙)ᄒ여 심지어 남의 죡ᄌ를 ᄶ고 날를 욕ᄒ미 그 죄로 금ᄉ망을 씨여
돌굼긔[12] 너허 고쵸(苦楚)를 격계 ᄒ려 ᄒᄂ니, 이졔 허물를 고칠진ᄃ
금ᄉ망을 벗기리라"

ᄒ니 민시 고긔를 좃거ᄂ, 운치 진언을 념ᄒ니 금ᄉ망이 졀노 버셔지
미 민시 황연(遑然)이[13] 이러나 ᄇ비ᄉ례(百拜謝禮)ᄒ더라.

---

12) 돌굼긔: 돌구멍.
13) 황연(遑然)이: 허둥거리며.

강림도령의 질타

운치 집으로 도라오다가 전일(前日) 동학(同學)흐던 양봉안이란 사람을 초즈가본즉 병(病)드러 누엇거놀, 운치 놀나 병 증셰(症勢)를 즈셰(仔細)히 뭇거놀, 양싱(梁生) 왈(曰),

"심복(心腹)이 알푸고 식음(食飮)을 젼폐(全廢)흔 지 오리믹 다시 회싱(回生)치 못헐가 흐노라."

운치 진믹(診脈)흐고 왈,

"이 병이 스람을 싱각흐여 난 병이니 누를 말믹암아 이 병이 낫는뇨?"

양싱 왈,

"과연(果然) 그러흐도다. 다름이 아니라 남문(南門) 안 희현동의셔 스는 뎡시(鄭氏)란 녀즈(女子)는 경국지식(傾國之色)이오, 일즉 과거(寡居)흔지라. 우리 삼촌(三寸) 집과 격린(隔隣)흐엿스믹 담 스이로 우연(偶然)이 본 후로 스모(思慕)흐는 마음이 일일 간절(懇切)흐여 병셰(病勢) 여초(如此)흐니, 필경(畢竟) 셰상(世上)이 불구(不久)헐가[1] 흐노라."

운치 왈,

"말 잘ᄒ는 미파(媒婆)를 보ᄂᆞ여 통혼(通婚)ᄒ여보라."

양싱 왈,

"그 녀ᄌᆡ 졀힝(節行)이 특이(特異)ᄒᆞ민 셩ᄉᆞ(成事)치 못ᄒ고 도로혀 욕(辱)을 취(取)헐가 ᄒ노라."

운치 왈,

"그러ᄒ면 니 형(兄)을 위ᄒ여 그 녀ᄌᆞ를 다려오미 엇더ᄒ뇨?"

양싱 왈,

"형이 아모리 ᄌᆡ죄(才操ㅣ) 능ᄒ나 그 녀ᄌᆞ를 다려오지 못ᄒ리니 부졀업시²⁾ 싱의(生意)치 말나."

운치 왈,

"형은 념녀(念慮) 말나"

ᄒ며 구름을 타고 가니라.

ᄎᆞ셜(且說). 뎡시 일즉 과거(寡居)ᄒ여 쥬야(晝夜) 슬허ᄒ여 죽고져 ᄒ되, 우흐로 노뫼(老母ㅣ) 계시고 다른 동긔(同氣) 업ᄂᆞᆫ고로 모녜(母女ㅣ) 의지(依支)ᄒ여 셰월(歲月)를 보ᄂᆞᆫ지라. 일일(一日)은 뎡시 심회(心懷)를 졍(定)치 못ᄒ여 방즁(房中)의셔 비회(徘徊)ᄒ더니, 문득 구름 속의 일위(一位) 션관(仙官)이 홍포옥ᄃᆡ(紅袍玉帶)의 머리의 금관(金冠)을 쓰고 숀의 옥홀(玉笏)³⁾를 쥐고 쳥음(淸音) 낭셩(朗聲)으로 불너 왈,

"쥬인(主人) 뎡시는 나와 옥졔(玉帝) 교명(敎命)⁴⁾을 드르라"

ᄒ거눌, 뎡시 ᄎᆞ언(此言)을 듯고 모친(母親)ᄭᅴ 고ᄒᆞᆫ디, 그 모씨(母氏) 놀나며 고히 녀겨 급히 쳥샹(廳上)에 향안(香案)을 비셜(排設)ᄒ고 뎡시 ᄯᅳᆯ의 나려 업듼디, 운치 이로ᄃᆡ,

---

1) 세상이 불구헐가: 세상이 오래지 않을까. 곧 세상을 버린다는 뜻. 신문관본에는 '살아나지 못
   홀가'로 되어 있다.
2) [교감] 부졀업시: 부질업시.
3) 옥홀(玉笏): 옥으로 만든 홀. 홀은 벼슬아치가 임금을 만날 때 손에 쥐던 물건.
4) 교명(敎命): 임금이 내리는 문서. 여기서는 옥황상제의 명령.

"문션낭(文仙娘)아! 인간 즈미 엇더ᄒ뇨? 이졔 텬상요디반도연(天上瑤池蟠桃宴)5)의 춤예(參預)6)ᄒ라"

ᄒ거ᄂᆞᆯ, 뎡시 옥척(玉嘖)7)을 듯고 디경(大驚) 왈,

"쳡(妾)은 인간 더러온 몸이오, ᄯᅩᄒᆞᆫ 죄인(罪人)이라. 엇지 텬상에 올나가리오?"

운치 왈,

"문션낭은 인간 더러온 믈를 먹어 텬상 일를 이졋도다"

ᄒ고 호로파(葫蘆玻)8)의 향온(香醞)9)을 가득 부어 동ᄌᆞ(童子)로 ᄒᆞ여곰 권ᄒᆞ거ᄂᆞᆯ, 뎡시 바다 마신즉 졍신(精神)이 아득ᄒᆞ여 인ᄉᆞ(人事)를 모로ᄂᆞᆫ지라. 운치 인ᄒᆞ여 뎡시를 구름의 ᄡᅡ 공즁(空中)의 오르니, 그 모시(母氏) 공즁을 향ᄒᆞ여 무슈(無數) 하례(賀禮)ᄒᆞ더라.

이ᄯᆡ의 강님도령(降臨道令)10)이 모든 거러지를 모화 져지 거리로 ᄃᆞ니며 냥식(糧食)을 비더니, 홀연(忽然) 향ᄎᆔ(香臭ㅣ) 옹비(擁鼻)11)ᄒᆞ며 치운(彩雲)이 동남(東南)으로 가거ᄂᆞᆯ, 강님도령이 치미러보고 손을 드러 ᄒᆞᆫ번 구름을 가르치니, 운문(雲門)이 졀노 열니며 션관과 고은 계집이 ᄯᅡ히 ᄯᅥ러지니, 이ᄂᆞᆫ 뎐운치라. 운치 뎡시를 ᄃᆞ려 구름를 타고 공즁으로 가더니, 문득 거믄 긔운이 공즁의 오르며 법슐(法術)이 졀노 풀녀 ᄯᅡ히 ᄯᅥ러지미, 운치 디경ᄒᆞ여 좌우(左右)를 술펴본즉 아모것도 업거ᄂᆞᆯ, 고히 녀겨 다시 슐법(術法)을 ᄒᆡᆼᄒᆞ려 헐ᄉᆡ, 문득 ᄒᆞᆫ 거러지 아희 나와 디ᄆᆡ(大罵) 왈,

---

5) 천상요지반도연(天上瑤池蟠桃宴): 신선이 살고 있다는 천상(天上) 연못 요지(瑤池)에서 삼천 년마다 한 번씩 열매가 열리는 복숭아인 반도(蟠桃)를 차려놓고 벌인 잔치.

6) 참예(參預): 참여(參與). 어떤 일에 끼어들어 관계함.

7) 옥책(玉嘖): 옥황상제의 소리.

8) 호로파(葫蘆玻): 호로(葫蘆)는 선약(仙藥)을 넣고 다니는 호리병박. 호로파는 호리병박 모양의 유리병인 듯하다. 신문관본에는 '호로(葫蘆)'로 되어 있다.

9) 향온(香醞): 선약(仙藥)의 한 가지.

10) 강림도령(降臨道令): 무속에서 수명이 다한 사람을 잡아 저승으로 데리고 가는 일을 하는 염라대왕의 사자. 여기서는 선계(仙界)에서 내려온 총각 정도의 의미.

11) 옹비(擁鼻): 코를 휩쌈.

"필부(匹夫) 뎐운치는 드르라. 네 요슐(妖術)를 비화 하눌를 속이고 렬부(烈婦)를 훼졀(毀節)코져 ㅎ니 엇지 명텬(明天)이 무심(無心)ㅎ시리오? 이러므로 날노 ㅎ여곰 너 갓흔 놈을 죽이라 ㅎ시미니 날를 원(怨)치 말나"

ㅎ거눌, 운치 디로(大怒)ㅎ여 찻던 칼를 쎄혀 져히고져¹²⁾ ㅎ즉, 그 칼이 화ㅎ여 빅회(白虎ㅣ) 되여 도로혀 운치를 희(害)ㅎ려 ㅎ니, 운치 의심(疑心)ㅎ여 피(避)코져 ㅎ다가 문득 발이 싸히 붓고 움죽이지 못ㅎ미 급히 변신(變身)코즈 ㅎ나 법슐이 힝치 못ㅎ눈지라. 운치 디경ㅎ여 슘펴본즉, 그 아희 의샹(衣裳)이 남누(襤褸)ㅎ나 도슐(道術)이 놉흔 줄 알고 몸을 굽혀 비러 왈,

"쇼싱(小生)이 눈이 이스나 망울이 업셔 션싱(先生)을 몰나 보오니 그 죄 만ᄉ무셕(萬死無惜)이오나 고당(高堂)¹³⁾의 노뫼 계시고 집이 빈한(貧寒)ㅎ여 능히 봉양(奉養)헐 슈 업셔 부득이 님군을 속이미오, 두번지는 목슘을 도모(圖謀)하미오, 이졔 뎡시 졀힝을 희ㅎ려 ㅎ믄 병든 벗을 살오려 ㅎ오미니, 원컨더 션싱은 죄를 ᄉ(赦)ㅎ시고 션도(仙道)를 가르치쇼셔."

강님도령 왈,

"그디 이르지 아니ㅎ여도 나는 발셔 아랏거니와, 국운(國運)이 불힝(不幸)ㅎ여 그디 갓흔 요얼이 무란히¹⁴⁾ 작변(作變)ㅎ미 그디를 죽일 거시로더 그디 노모 졍샹(情狀)을 싱각ㅎ여 아직 살니느니, 이졔 쌜니 뎡시를 다려다가 졔집의 두고 양가는 조흔 계교(計巧)로 살녀니되 뎡시를 디신(代身)헐 ᄉ람이 이스니, 일즉 부모(父母)를 여희고 혈혈무의(孑孑無依)ㅎ여 극히 빈한ㅎ나 그 마음이 어질고 셩이 뎡시오, 나히 쏘흔 삼팔(三八)이니, 그디 만일(萬一) 닉 말를 어기면 몸의 디화(大禍ㅣ) 밋츠리라."

12) 져히고져: 위협하고자. 기본형은 '져히다'로 '위협하다'는 뜻이다.
13) 고당(高堂): 부모님이 계신 방.
14) 무란히: 무단(無斷)히.

운치 스례(謝禮) 왈,

"션싱의 고셩디명(高姓大名)을 알고져 ᄒᆞᄂᆞ이다."

기인(其人) 왈,

"나는 강님도령이니 셰상을 희롱(戲弄)코져 ᄒᆞ여 두로 다니노라"

ᄒᆞ고 요슐 힝ᄒᆞᄂᆞᆫ 법을 도로 쥬려노ᄒᆞ니15), 운치 즉시 뎡시를 다리고 뎡시 집의 가셔 공즁의셔 그 모친을 불너 위여 왈,

"앗가 옥경(玉京)16)의 올나간즉 상제(上帝) 이르스디, '문션낭이 아직 죄 진(盡)치 못ᄒᆞ엿스미 도로 인간의 보너여 고ᄒᆡᆼ(苦行)을 더 지닌 후 다려오라' ᄒᆞ시기로 도로 다려왓스니 부디 션심(善心)을 닷게 ᄒᆞ라"

ᄒᆞ며 향약(香藥)을 너여 뎡시 입의 드리오니, 이윽고 뎡시 ᄭᆡ여 정신을 ᄎᆞ리더라.

ᄌᆡ셜(再說). 운치 다시 강님도령의 가셔 그 녀ᄌᆞ의 거쳐(居處)를 무르디, 강님도령이 환영단17)을 쥬며 그 집을 가르치거눌, 운치 하직(下直)ᄒᆞ고 그 집을 ᄎᆞᄌᆞ가니 일간모옥(一間茅屋)이 퇴락(頹落)ᄒᆞᆫ 곳의 ᄒᆞᆫ 녀ᄌᆞ 시름을 ᄯᅴ여 홀노 안졋거눌, 운치 나아가 달너여 왈,

"낭ᄌᆞ(娘子)의 고단(孤單)ᄒᆞᆷ은 니 이믜 아랏거니와 낭ᄌᆞ의 츈광(春光)이 삼칠(三七)이 지나도록 츌가(出嫁)치 못ᄒᆞ여 외로온 경상(景狀)이 가긍(可矜)ᄒᆞᆫ지라. 니 낭ᄌᆞ를 위ᄒᆞ여 즁ᄆᆡ(仲媒) 되고져 ᄒᆞ노라."

낭지 붓그려 머리를 슈기거눌, 운치 인ᄒᆞ여 환영단을 먹이고 물을 ᄲᅮᆷ으며 진언(眞言)을 념(念)ᄒᆞ니 의심 업슨 뎡가녀(鄭哥女)의 얼골이 된지라. 운치 뎡시더러 양싱의 병든 곡졀(曲折)과 뎡녀를 다려오던 ᄉᆞ연(事緣)을 이르며 여ᄎᆞ여ᄎᆞ(如此如此)ᄒᆞ라 ᄒᆞ고 보ᄌᆞ(褓子)18)를 ᄊᆡ워 구름을 타고 양싱의 집의 가 그 녀ᄌᆞ를 외당(外堂)에 두고 너실(內室)에 드

---

15) [교감] 쥬려노ᄒᆞ니: 푸러노ᄒᆞ니. '풀어놓으니'의 뜻. 신문관본에는 '풀어내니'로 되어 있다.

16) 옥경(玉京): 옥황상제가 산다고 하는 하늘 위의 가상공간.

17) [교감] 환영단: 환형단(換形丹). 환형단은 모습을 바꾸게 하는 약.

18) 보자(褓子): 보자기.

러가 양싱을 보고 왈,

"과연 뎡녀의 졀힝이 놉흐미 감히 말를 발뵈지[19] 못하고 그져 왓노라."

양싱이 츄연(惆然)[20] 탄(歎) 왈,

"형의 지죠(才操)로도 셩ᄉ(成事)치 못ᄒ니 엇지 다시 싱의(生意)나 ᄒ리오?"

ᄒ거놀 운치 만단기유(萬端改諭)ᄒ며 무슈히 조롱(嘲弄)ᄒ다가 왈,

"너 이번의 뎡녀는 못 다려왓거니와 뎡녀의셔 십비(十倍)나 더 고은 미인(美人)을 어더왓노라."

양싱 왈,

"너 미인을 만히 보앗스나 뎡녀 갓흔 인물(人物)은 업ᄂ니 형은 모로미 농담(弄談)을 말지어다."

운치 왈,

"너 엇지 병인(病人)과 희롱ᄒ리오? 이제 외당의 두고 왓스니 이ᄂ 경셩지ᄉ(傾城之色)이라. 나가보면 알니라"

ᄒ니 양싱이 반신반의(半信半疑)ᄒ여 강잉(强仍)이 이러 외당의 나가 본즉 과연 일위(一位) 미인이 쇼복(素服)을 ᄒ엿ᄂ디 두렷흔 얼굴은 츄텬(秋天) 명월(明月)이오, 분명(分明)흔 눈쩌[21]ᄂ 싯별 갓ᄐ여 쳔ᄐ만염(千態萬艶)[22]이 비홀 디 업ᄂ지라. 양싱이 흔 번 보미 이ᄂ 오미ᄉ복(寤寐思服)[23]ᄒ던 뎡시여놀 양싱이 졍신(精神)이 황홀(恍惚)ᄒ여 여취여광(如醉如狂)ᄒ여 반갑고 즐거오믈 참아 못 이긔여 이후(以後)로 병셰 졈졈 나하가더라.

---

19) 발뵈지: 발뵈지의 기본형은 '발뵈다'이다. '발뵈다'는 '무슨 일을 극히 적은 부분만 잠깐 드러내 보이다'라는 뜻.
20) 추연(惆然): 처량하고 슬프다.
21) 눈쩌: 눈길.
22) 천태만염(千態萬艶): 여러 가지 모양으로 곱고 아름다운 모습.
23) 오매사복(寤寐思服): 자나 깨나 늘 생각함.

서화담을 따라 세상을 버리다

각셜(却說). 운치 호쥬를 보고져 ᄒ여 례단(禮緞)을 갓쵸아가지고 호쥬
로 가니라. 이젹의 셔화담(徐花潭)[1]이 시동(侍童)을 분부(分付)ᄒ여 왈(曰),
"금일(今日) 오시(午時)에 뎐ᄉᆡᆼ(田生)이란 스람이 올 거시니 쵸당(草堂)
을 쇄쇼(刷掃)ᄒ라"
ᄒ더니, ᄎ시(此時) 운치 신문[2]의 다다라 완보(緩步)ᄒ여 두루 구경흔즉
숑쥭(松竹)은 창창(蒼蒼), 간슈(澗水)ᄂ 잔잔(潺潺)흔디 미록(麋鹿)은 벗을
ᄎ즈다니며 빅학(白鶴)은 츔을 희롱(戲弄)ᄒ니, 이 진짓 별유텬디비인간
(別有天地非人間)이라. 쥭님(竹林) ᄉ이 시비(柴扉)[3]의 나아가 두다리니,
동ᄌᆞ(童子ㅣ) 나와 문(問) 왈,
"션ᄉᆡᆼ(先生)이 그 아니 뎐공(田公)이신가?"

---

1) 셔화담(徐花潭, 1489~1546): 조선 중종 때의 학자 서경덕(徐敬德). 자는 가구(可久), 호는 복재
   (復齋), 화담(花潭). 독자적인 기철학(氣哲學)의 체계를 완성하여, 이황(李滉), 이이(李珥) 등의 학
   자들이 그 독창성을 높이 평가했다.
2) [교감] 신문: 산문(山門).
3) 시비(柴扉): 사립문.

운치 왈,

"동지 엇지 날를 아는다?"

동지 왈,

"아춤의 션싱이 이르신고로 아느이다."

운치 디희(大喜)ᄒ여 동ᄌ로 ᄒ여곰 폐빅(幣帛)을 밧드러 드리고 뵈오믈 쳥(請)ᄒ더, 화담이 즉시(卽時) 죠당으로 쳥ᄒ여 빈쥬지녜(賓主之禮)를 맛고 말ᄉᆷ혈식, 운치 왈,

"쇼싱(小生)이 션싱의 놉흔 일홈을 우레갓치 듯잡고 불원쳔리(不遠千里)ᄒ여 왓ᄉ오니 션싱은 가르치시믈 바라ᄂᆞ이다."

화담이 숀ᄉ(遜謝) 왈,

"뎐공이 날를 믹바드라4) 왓도다. 니 무ᄉᆷ 도학(道學)이 잇관디 이갓치 과찬(過讚)ᄒ느뇨? 니 드르니 그디 법슐(法術)이 놉하 모롤5) 일이 업다 ᄒ미 ᄒᆞᆫ번 보기를 원ᄒ더니 이졔 맛나미 평싱(平生) 만힝(萬幸)이로다."

운치 이러 칭ᄉ(稱謝)ᄒ고 종일(終日) 한담(閑談)ᄒ더니, 화담이 시비(侍婢)를 명ᄒ여 쥬찬(酒饌)을 직쵹ᄒ고 ᄯᅩ 칼를 ᄲᅦ혀 벽상(壁上)에 ᄭᅩ즈니 신션(神仙)의 영츌쥐6) 쥬쥰(酒樽)7)의 흘너 잠간 ᄉ이의 ᄒᆞᆫ 항이 ᄎ거눌, 즉시 칼를 ᄲᅦ히고 북벽(北壁)의 걸닌 죡ᄌ(簇子) 그림의 빗난 치각(彩閣)이 두렷ᄒ더, ᄉ창(紗窓)을 열고 본즉 치의(彩衣) 입은 션녜(仙女ㅣ) 쥬반(酒盤)을 갓초아 들고 나와 운치 압히 노코 잔(盞)을 밧드러 슐를 권ᄒ거눌, 운치 바다 먹은즉 극히 향긔(香氣)로온지라. 화담끠 칭ᄉ(稱謝) 왈,

"쇼싱이 션경(仙境)의 이르러 경장옥익(瓊漿玉液)8)과 진슈미찬(珍羞美

---

4) 믹바드라: 미상. '이어받다, 본받다'의 뜻인 듯.

5) [교감] 모롤: 모를.

6) 영츌쥬: 신선이 마시는 술의 일종.

7) 쥬쥰(酒樽): 술통.

饌)을 맛보오니 지극(至極) 감亽(感謝)ㅎ여이다."

화담이 쇼(笑) 왈,

"그디 엇지 박쥬(薄酒)9) □□□10) 일캇ᄂ뇨?"

ㅎ며 셔로 슈작(酬酌)헐시, 문득 일위(一位) 션싱이 갈건야복(葛巾野服)
으로 드러와 갈오디,

"좌긱(坐客)은 뉘시뇨?"

화담 왈,

"남셔부(南西部)의 잇는 뎐공이니라"

ㅎ고 운치를 향ㅎ여 왈,

"이는 나의 아오 용담이여니와 그디와 일면지분(一面之分)11)이 업기
로 디긱지도(對客之道)를 일허스니, 그디는 용셔(容恕)ㅎ라."

운치 눈을 드러 용담을 보니 미목(眉目)이 쳥슈(淸秀)ㅎ고 골격(骨格)
이 헌앙(軒昻)ㅎ여 위풍(威風)이 스람을 놀니ᄂ지라. 이윽고 용담이 운
치의게 녜(禮)ㅎ여 왈,

"션싱의 놉흔 슐법(術法)을 드런12) 지 오리되 금일이야 셔로 맛나미
쳔만번(千萬番) 늣도다. 그러ㅎ나 원컨디 션싱의 도슐(道術)를 흔번 구
경코져 ㅎ노라."

운치 왈,

"용렬(庸劣)흔 스람이 엇지 도슐이 이스리오?"

용담이 지삼(再三) 간쳥(懇請)흔디 운치 흔번 시험(試驗)코져 ㅎ여 즉
시 진언(眞言)을 넘(念)ㅎ니, 용담이 쓴 관(冠)이 변ㅎ여 쓸이 셰 발이나
흔 쇠머리 되여 셕상(席上)의 쩌러져 눈을 실누기고 입을 버리니13), 용

---

8) 경장옥액(瓊漿玉液): 신선이 마신다는 빛깔과 맛이 좋은 술.
9) 박쥬(薄酒): 좋지 못한 술. 손님에게 대접하는 술을 겸손하게 이르는 말.
10) [교감] □□□: 일사본 '산치을'. 산채(山菜)는 산나물. 변변치 않은 안주를 뜻함.
11) 일면지분(一面之分): 한 번 만나본 정도의 친분.
12) [교감] 드런: 들은.
13) [교감] 버리니: 벌리니.

담이 즈긔 쓴 관을 쇠머리 만들믈 보고 노(怒)ᄒᆞ여 즉시 진언을 념흔

즉, 운치의 써던 갓시 변ᄒᆞ여 돗희14) 머리 되여 암샹(嚴上)의 나려져

엄니15)를 드러닉고 귀를 쩌져16) 기ᄂᆞ지라. 운치 혜오디,

　'ᄎᆞ인(此人)의 지죄 비상(非常)ᄒᆞ니 가히 겨러보리라'

ᄒᆞ고, 졔두(猪頭)를 향ᄒᆞ여 진언을 념ᄒᆞ니 돗희 머리 변ᄒᆞ여 세 가릭

장창(長槍)이 되엿거ᄂᆞᆯ, 용담이 ᄯᅩ흔 우두(牛頭)를 향ᄒᆞ여 진언을 념ᄒᆞ

니 쇠머리 변ᄒᆞ여 큰 칼이 되여 장창과 공즁(空中)의 올나 어우러져

싸호니, 창검(槍劍)이 일광(日光)의 바이더라17). 용담이 ᄯᅩ 부체를 더지

며 진언을 념ᄒᆞ니 칼과 부치 화ᄒᆞ여 젹뇽(赤龍)과 쳥뇽(靑龍)이 되고,

운치 쥐엿던 션츄(扇鎚)18)를 더진즉 창과 션취 화ᄒᆞ여 빅뇽(白龍) 흑룡

(黑龍)이 되여 네 뇽이 어우러져 싸호믹 운뮈(雲霧ㅣ) 즈옥ᄒᆞ고 벽녁(霹

靂)이 진동(振動)ᄒᆞ여 불분승뷔(不分勝負ㅣ)러니 쳥뇽 젹룡이 졈졈 시진

(澌盡)19)ᄒᆞ거ᄂᆞᆯ, 화담이 혜오디,

　'두 ᄉᆞ람이 지죠(才操)를 결우다가는 필경(畢竟) 조치 아니리라'

ᄒᆞ고 연젹(硯滴)을 치치니20), 문득 그거시 모다 ᄯᅡ히 쩌러져 화ᄒᆞ여 도

로 본상(本像)이 되ᄂᆞᆫ지라. 운치 몬져 갓슬 집어 쓰고 션츄를 거둔 후

의 말ᄉᆞᆷ를 화(和)히 ᄒᆞ되 용담은 즐겨 션즈(扇子)와 관을 거두지 아니

ᄒᆞ거ᄂᆞᆯ, 운치 하직(下直) 왈,

　"오날 외람(猥濫)이 지죠를 결워 션성의 놉□□□□□□□□□□□21)

그 죄 가장 크오믹 후일(後日)의 ᄉᆞ죄(謝罪)ᄒᆞ리이다"

ᄒᆞ고 도라가거ᄂᆞᆯ, 화담이 운치를 보닉고 용담을 ᄭᅮ지져 왈,

---

14) 돗희: 돼지의.
15) 엄니: 어금니.
16) 쩌져: 미상. '떨며'인 듯하다.
17) 바이더라: 빛나더라. '바이다'는 '빛나다' '부시다'는 뜻의 고어.
18) 션츄(扇鎚): 부채고리에 매다는 장식품.
19) 시진(澌盡): 기운이 빠져 없어짐.
20) 치치니: 치뜨리니. 아래에서 위를 향해 던져올리니.
21) [교감] 놉□□□□□□□□□□: 일사본 '놉흔 도슐을 욕되게 ᄒᆞ오니'.

"너는 쳥농 젹농을 너고 운치는 빅농 흑농을 너니, 쳥(靑)은 목(木)이며 젹(赤)은 화(火)요 빅(白)은 금(金)이며 흑(黑)은 슈(水)니 오힝(五行)의 금극목(金克木) 슈극홰(水克火ㅣ)라. 네 엇지 운치를 이긔며 허믈며 니 집의 온 숀22)을 부졀업시 결워 희(害)코져 ᄒᆞ느뇨?"

용담이 스쥐ᄒᆞ나 마음의 가장 운치를 노(怒)ᄒᆞ여 히헐 뜻이 잇더라.

그후 삼일(三日) 만의 운치 화담을 ᄎᆞ즈뵈온디, 화담 왈,

"니 그디의게 쳥헐 일이 이스니 즐겨 좃츨쇼냐?"

운치 왈,

"무슴 일이니잇고?"

화담 왈,

"남히(南海) 즁의 큰 산(山)이 이스니 명(名) 왈 화산(華山)이오, 그 산 즁(山中)의 도인(道人)이 이스되 도호(道號)는 운슈션싱이라. 니 □쇼23)로 슈학(受學)ᄒᆞ더니 그 션싱이 여러 번 글월를 부려스되 지금 회스(回謝)치 못ᄒᆞ엿느니, 이졔 그디를 맛나스미 그디 가히 다녀올쇼냐?"

운치 흔연(欣然)이 허락(許諾)ᄒᆞ거눌, 화담 왈,

"니 싱각건디 화산은 히즁(海中)이니 슈히 다녀오지 못헐가 ᄒᆞ노라."

운치 왈,

"쇼싱이 비록 무ᄌᆡ(無才)ᄒᆞ오나 순식간(瞬息間)의 다녀오리이다."

화담이 종시(終是) 밋지 아니ᄒᆞ거눌, 운치 니렴(內念)의 화담이 업슈이 녀기는가 ᄒᆞ여 왈,

"싱이 만일(萬一) 순식간의 다녀오지 못ᄒᆞ거든 이의셔 죽어도 다시 산문(山門)을 나지 아니ᄒᆞ리이다."

화담 왈,

"진실(眞實)노 그러헐진디 가려니와 힝혀 실슈(失手) 이슬가 ᄒᆞ노라"

---

22) 숀: 손님[客].

23) [교감] □쇼: 일사본 ᄌᆞ쇼 자쇼(自少)는 "어렸을 때"를 뜻함.

ᄒᆞ고, 즉시 글월를 닷가24)쥬니, 운치 바다가지고 변신(變身)ᄒᆞ여 희동
쳥(海東靑) 보라미25) 되여 공즁의 올나 희즁을 향ᄒᆞ여 가며 바라보니
난디업슨 그믈이 압흘 가리왓거눌, 운치 너머가려 ᄒᆞ즉 그믈이 오르는
디로 놉하 압흘 가리오미 운치 쇼쇼쩌26) 아모리 그믈를 너무려 ᄒᆞ되
그믈이 졈졈 싸라 놉하 하눌의 다핫고 아리 벼리27)는 물쇽의 잠겻는지
라. ᄯᅩ 좌우편(左右便)으로 놉히 써가려 ᄒᆞ나 그믈이 텬변(天邊)의 다핫
스미 화산을 갈 슈 업셔 십여일(十餘日)를 죽기로 그음ᄒᆞ여28) 이를 쓰
다가 홀일업셔 도라와 화담을 보고 희즁(海中)의셔 신고(辛苦)ᄒᆞ던 ᄉᆞ연
(事緣)을 □□□29), 화담 왈,

"그디 큰 말 ᄒᆞ고 □□□□□□□□□□□□□□□□30)츌산문(出山
門)ᄒᆞ미 엇더ᄒᆞ뇨?"

운치 무안(無顔)ᄒᆞ여 다라나고져 ᄒᆞ더니 화담이 알고 번신(變身)ᄒᆞ여
슑이 되여 다라드니, 운치 일이 급ᄒᆞ미 변신ᄒᆞ여 보라미 되여 날녀 ᄒᆞ
즉, 화담이 ᄯᅩᄒᆞᆫ 쳥ᄉᆞ지(靑獅子ㅣ) 되여 □□31)를 무러 박지르고32) 디
미(大罵) 왈,

"너 갓흔 요슐(妖術)이 긔군망샹(欺君罔上)33)ᄒᆞ고 작난(作亂)이 무샹
(無狀)ᄒᆞ니34) 엇지 죽이지 아니ᄒᆞ리오?"

운치 이걸(哀乞) 왈,

"션셩의 □고ᄒᆞ시믈35) 모로고 존위(尊威)를 범(犯)ᄒᆞ엿스니 죄당만ᄉᆞ

---

24) 닷가: 닦아. '닦다'는 글을 지어 다듬는다는 뜻.
25) 희동쳥 보라미: 사냥에 쓰는 매의 일종.
26) 쇼쇼쩌: 솟아떠.
27) 벼리: 그물의 위쪽 코를 꿰어놓은 줄.
28) 그음ᄒᆞ여: 미상.
29) [교감] □□□: 일사본 '고흔디'.
30) [교감] □□□□□□□□□□□□□□□□: 일사본 '가더니 단여오지 못ᄒᆞ엿스미 이졔 불'.
31) [교감] □□: 일사본 '운치'.
32) 박지르고: 힘껏 차서 쓰러뜨리고.
33) 긔군망샹(欺君罔上): 임금을 속임.
34) 무샹(無狀)ᄒᆞ니: 아무렇게나 함부로 행동하여 버릇이 없으니.

278

(罪當萬死ㅣ)오나, 쇼싱의 노뫼(老母ㅣ) 잇스오니 원(願) 션싱은 잔명(殘命)
을 빌니쇼셔."

화담 왈,

"니 이번은 살니거니와 다시 그런 무상흔 일 힝(行)치 말고 그디 모
친(母親)을 봉양(奉養)ᄒ다가 그디 모친이 기세(棄世) 후의 날과 영쥬산
(瀛州山)의 드러가 션도(仙道)를 닷그미 엇더ᄒ뇨?"

운치 왈,

"션싱의 교훈(敎訓)디로 봉힝(奉行)ᄒ리이다"
ᄒ고 인ᄒ여 하직흔 후의 집의 도라와 요슐를 힝치 아니ᄒ고 모친을
봉양ᄒ더니, 셰월(歲月)이 여류(如流)ᄒ여 운치 모부인(母夫人)이 졸(卒)
ᄒ니 운치 녜(禮)를 갓쵸아 션산(先山)의 안장(安葬)ᄒ고 삼년(三年)을
밧드더니, 일일(一日)은 화담이 왓거늘, 운치 황망(慌忙)이 나와 마즈
녜필(禮畢) 좌정(坐定) 후의 화담 왈,

"그디와 샹약(相約)흔 일이 이스미 그디 지상(在喪)ᄒ믈 알고 왓거
□36) 이졔 그 산의 잇는 구미호(九尾狐)를 잡아 셕갑(石匣)의 가도고
그 굴혈(掘穴)를 불지르미 엇더ᄒ뇨?"

운치 왈,

"이졔 션싱이 그 여호를 업시ᄒ시면 진실노 일국(一國)의 만힝(萬幸)
일까 ᄒᄂ이다."

화담 왈,

"니 이□ □디를37) 다려가려 ᄒᄂ니, 힝장(行裝)을 슈습(收拾)ᄒ라"
ᄒ거늘, 운치 디□ᄒ여38) 가산(家産)을 흣터 노복(奴僕)을 쥬며 왈,

"나는 이졔 영결(永訣)ᄒᄂ니, 여등(汝等)은 무양(無恙)이 이셔 나의

---

35) [교감] □고ᄒ시믈: 일사본 '도고ᄒ신믈'. '도고(道高)하다'는 "도덕적 수양이 높다"는 뜻. 여
기서는 '도술의 경지가 높다'는 의미임.
36) [교감] 왓거□: 일사본 '왓거니'.
37) [교감] 이□ □디를: 일사본 '이졔 그대을'.
38) [교감] 디□ᄒ여: 일사본 '대희ᄒ여'.

죠션(祖先) 향화(香火)를 밧들나"

ᄒ고 션영(先塋)의 하직ᄒᆫ 후의 화담을 뫼셔 구름을 타고 영쥬산으로
향ᄒ니, 기후ᄉ(其後事)는 아지 못ᄒ니라.

丁未(정미) 仲春(중춘) 由谷(유곡) 新刊(신간)

해설

체제 혹은 사회의 문제를 비판한 불온한 판타지

홍길동의 욕망과 도전 ―『홍길동전』 읽기

『홍길동전』은 누가 지었나

근대 이전에 창작된 고전소설 작품인 『홍길동전』은 지금까지 필사본筆寫本, 판각본板刻本, 활자본活字本의 형태로 약 90여 종 정도가 전해지고 있다. 이렇게 적지 않은 텍스트가 남아 있는 것으로 볼 때, 『홍길동전』은 조선 후기의 독자들에게 널리 애독되었던 작품이었음을 짐작할 수 있다.

그렇다면 『홍길동전』은 언제 누구에 의해 창작된 것일까? 일반적으로 『홍길동전』은 허균許筠, 1569~1618에 의해 17세기 초에 지어진 작품으로 알려져 있다. 그런데 지금까지 전해지는 어떤 텍스트에도 『홍길동전』의 작자가 허균임을 밝히고 있는 것은 없다. 그렇다면 왜 허균을 『홍길동전』의 작자라 말하는가?

허균을 『홍길동전』의 작자라 추정하는 주된 이유는 다음과 같다. 첫째, 허균이 『홍길동전』을 창작했다는 기록이 남아 있기 때문이다. 이식李植. 1584~1647의 문집인 『택당집澤堂集』에는 "허균이 또한 『홍길동전』을 지어 『수호전』에 견주었다(筠又作洪吉同傳而擬水滸)"고 기록되어 있는데, 이것이 허균이 『홍길동전』의 작자임을 말해주는 기록들 가운데 가장 앞선 것이다. 이식은 허균과 거의 동시대를 살았던 인물이기에 이 기록을 그대로 좇아 허균을 작자로 보는 것이다. 둘째, 허균의 생애와 그가 가졌던 생각으로 미루어 볼 때 『홍길동전』의 내용과 부합하는 면이 있다고 파악하기 때문이다. 서자들과 어울렸으며 반역죄로 처형된 그의 생애가 『홍길동전』의 내용과 부합할 뿐만 아니라, 차별 없는 인재 등용을 주장(「호민론豪民論」)하고 억압과 수탈에 대한 저항을 긍정(「유재론遺才論」)한 그의 생각이 『홍길동전』의 내용과 부합하기 때문이다. 또한 소설에 대한 그의 관심, 내용을 중시하고 정情을 강조하는 그의 문학관이 『홍길동전』의 내용과 부합하기 때문이다.

그렇지만 허균이 오늘날 우리에게 전해지는 『홍길동전』의 작자가 아니라는 주장도 제기되고 있다. 여러 문헌 기록들을 살펴볼 때 허균은 『홍길동전』을 창작할 만한 인물이 아니며, 허균이 살았던 시대는 『홍길동전』과 같은 혁명적 내용의 소설이 창작될 만한 역사적 단계에 도달하지 못했다는 것이 이러한 주장을 펴는 핵심적인 이유이다.

『홍길동전』을 창작한 작자가 허균이냐 아니냐 하는 논란은 이 문제와 관련된 결정적인 증거 자료가 발견되지 않는 한 끝을 맺기 어려울 것이다. 하지만 그럼에도 불구하고 대체로는 허균이 『홍길동전』의 작자임을 긍정하는 견해가 받아들여지고 있다. 허균의 부정적인 면모를 기록하고 있는 문헌 기록 자료들은 허균의 인물됨을 과도하게 폄하한 것일 개연성이 매우 높으며, 『홍길동전』의 주제를 '적서차별嫡庶差別'의 문제로 한정해 파악한다면 허균의 생각, 허균의 시대와 부합할 수 있고, 『남궁선생전南宮先生傳』이나 『장생전蔣生傳』 등 허균이 지은 '전傳' 작품의 내용 또한 『홍길동전』과 부합되는 면이 있다고 보는 것이다.

하지만 오늘날 전해지는 『홍길동전』이 허균이 창작한 바로 그것은 아니다. 허균이 『홍길동전』을 창작했다 하더라도, 오랜 세월이 경과하는 동안 그 내용이 변개되었을 것인데, 『홍길동전』 경판본 텍스트에서 장길산張吉山의 존재를 언급하고 있는 점은 이러한 예를 단적으로 보여주는 것이다. 장길산은 17세기 말에 활동했던 역사적 인물이니, 허균이 창작한 작품에 등장할 수는 없다.

지금 우리에게 전해지는 텍스트가 허균의 원작이 아님은 분명하다. 그렇지만 원작의 골격이 크게 달라지지는 않은 것으로 보인다. 장길산이라는 역사적 인물은 원작의 의적義賊 화소話素를 강화시킨 내용이지 전혀 새로운 것은 아닐 것이다. 이식이 허균이 『홍길동전』과 견주었다고 기록한 중국소설 『수호전水滸傳』은 대표적인 의적소설인바, 이를 통해 원작에서 의적 화소가 주요한 내용이었음을 짐작할 수 있다. 이식의 기록에 심우영沈友英, 서양갑徐洋甲과 같은 서자들이 거명되는 것은 원작의 내용(적서차별)과 관련되기 때문일 것이다. 이런 점들로 미루어 지금 우리에게 전해지는 『홍길동전』을, 원작 그대로는 아니지만 원작의 골격을 유지하면서 부연敷衍·윤색潤色된 텍스트로 판단하는 것이다.

서자 홍길동의 비범한 능력, 비범한 일생

『홍길동전』은 홍길동의 출생으로부터 죽음까지의 행적을 서사화하고 있는 작품이다. 『홍길동전』을 '일대기 소설'이라 말하는 것은 이러한 이유에서이다. 그렇다면 홍길동의 일대기를 서사화하고 있는 이 작품이 많은 독자에게 관심을 불러일으킨 까닭은 어디에 있는가? 그것은 홍길동의 일생이 평범하지 않기 때문이다. 홍길동은 홍판서의 서자庶子로 출생해 도적(활빈당)의 우두머리로 활동하다가 율도국의 왕이 된다. 미천한 신분으로부터 고귀한 신분으로의 상승! 이를 두고 홍길동의 일생이 평범하지 않다고 말하는 것이다.

조선朝鮮의 서자들은 참으로 불평등한 삶을 살았다. 아버지를 아버지라 부르지 못했으며, 능력이 있어도 제대로 된 벼슬길에 나갈 수 없었다. 『홍길동전』은 이러한 서자들의 원통한 마음을 홍길동이라는 인물을 통해 다음과 같이 드러낸다.

대장부가 세상에 태어나 공맹을 본받지 못하면, 차라리 병법을 외워 대장군의 도장을 허리에 빗겨 차고 여러 나라를 정벌하여 나라에 큰 공을 세우고 이름을 만 대에 빛내는 것이 장부가 즐길 일이라. 나는 어찌하여 일신이 적막한가! 아버지와 형이 있으나 호부호형을 못 하니 심장이 터질 것 같도다. 어찌 원통하지 않겠는가!

홍길동은 대장부로서 살아갈 수도 없으며 호부호형조차 허락되지 않는 자신의 처지를 생각하며 심장이 터질 것 같은 통한의 마음을 토로한다. 자식으로서 떳떳하게 행세하며 능력에 맞는 직분을 얻어 보람 있게 살아가고 싶은 것은 누구나 소망하는 것일 터이다. 그러나 서자인 홍길동에게는 이러한 소망이 현실에서 실현될 수 없었기에 이같이 원통함을 토로하고 있는 것이다. 홍길동의 원통한 마음은 조선의 서자들이라면 누구나 가졌을 마음일 것이다. 그러나 홍길동은 서자로서의 원통함을 마음에 담아두기만 하지 않고 그 원통함을 세상에 알리고 '자식'으로서, '병조판서'로서, '왕'으로서의 지위를 쟁취했으니 참으로 특별한 인물이라 말할 수 있다. 홍길동의 이러한 특별한 행적을 그렸기에 『홍길동전』을 '영웅소설'이라 부르기도 하는 것이다.

그렇다면 홍길동은 어떻게 이러한 영웅적 삶을 살 수 있었던가? 그것은 홍길동이 '비범한 능력'을 지닌 인물이었기에 가능한 것이었다. 홍판서의 태몽, 무녀의 예언, 특재와의 대결, 활빈당의 우두머리로서의 활동, 울동과의 대결, 율도국 정벌 등의 대목에서 볼 수 있듯이, 홍길동은 보통 사람들과는 다른 비범한 능력을 지닌 인물로 형상화되어 있으며, 이러한 비범한 능력으로 자신이 소망하는 것을 모두 쟁취할 수 있었다.

홍길동의 비범함으로 주목되는 것은 그의 '도술력'이다. 홍길동은 무예나 지략, 계교 등 장수로서의 탁월한 능력을 보여주기도 하지만 이 정도를 두고 비범하다고 말할 수는 없다. 홍길동은 점을 쳐서 미래의 일을 예견하는 능력을 지니고 있으며, 자신의 몸을 감추고(둔갑술) 다른 모습으로 바꾸고(변신술) 여러 몸으로 나누는(분신술) 능력도 지니고 있다. 뿐만 아니라 풍백風伯, 황건역사黃巾力士, 오방신장五方神將 등의 귀신을 부리기도 하며 공중으로 치솟아 사라지기도 하고 공중에서 갑자기 나타나기도 한다. 이러한 술법들을 자유자재로 부리는 것을 도술력이라 말할 수 있는데, 홍길동의 소망 성취, 즉 영웅 되기는 바로 이러한 도술력을 바탕으로 가능한 것이었다. 『홍길동전』을 두고 '도술소설'이라 말하는 이유가 여기에 있는 것이다.

욕망해서는 안 되는 것을 욕망하다

『홍길동전』 이전에 작가에 의해 창작된 '허구적 서사'는 대개 '전기傳奇' 혹은 '전기소설傳奇小說'이라 불리는 것이었다. 전기(소설)는 '현실에 대한 비판의식을 비현실적인 사건을 통해 드러내는 이야기'로, 한문으로 표기되었으며 짧은 형식이었다. 『홍길동전』이 '도술소설'로서의 성격을 지니고 있는 것은 전기(소설)의 창작 전통으로부터 『홍길동전』이 멀리 비껴나 있지 않다는 것을 말해준다. 그렇지만 '일대기 소설'로서의 『홍길동전』의 성격은 전기(소설)와는 구별되는 면이다. 무엇보다도 '일대기' 형식을 취함으로써 『홍길동전』은 '전기'보다 서사적 시간의 편폭이 확대되었으며 서술의 분량도 더 길어졌다.

『홍길동전』이 '일대기 형식'을 취한 것은 '영웅소설'적 성격과 긴밀하게 관련되어 있다. 홍길동의 신분 상승 과정, 그 영웅적 삶을 보여주기 위해 인생의 시간을 확장할 필요가 있었기 때문이었다. 그렇지만 '일대기 형식'을 취한다고 해서 반드시 서술의 분량이 길어지는 것은 아니다. 작가에 의해 창작된 허구적 서사는 아니지만 일대기 형식을 취하고 있는 대표적인 양식으로 '신화神話'와 '전傳'이 있다. 그런데 '신화'와 '전'은 『홍길동전』보다 서술의 분량이 짧다. 이는 인물의 행적을 단편적으로 나열하여 서술하고 있기 때문이다.

『홍길동전』은 홍길동의 영웅적 행적을 그리되, 사건(영웅적 행적)을 구성하고 있는 인물들의 서사적 관계와 그 추이를 보다 구체적으로 드러낸다.

성취	호부호형	병조판서	율도국왕
대립하는 인물	홍판서 가족 : 홍길동	조선 왕 : 홍길동	율도국 왕 : 홍길동
공간	홍판서의 집	조선 사회	율도국

'일대기 소설'인 『홍길동전』은 홍길동의 출생으로부터 죽음까지의 시간 동안 홍길동이 무슨 일을 했는가를 보여주고 있다. 이 시간은 홍길동이 서자에서 왕으로 변화하는 시간이기도 하지만 이러한 변화를 추구할 수 없도록 하는 현실의 제도가 굳건하게 버티고 있는 시간이기도 하다. 이러한 홍길동의 변화는 '홍판서의 집→조선 사회→율도국'으로의 공간 이동을 통해 추구되고 획득된다. 홍길동은 각각의 공간에서 성취하고자 하는 자신의 욕망을 추구하며 자신의 욕망 추구를 방해하는 인물(들)과 갈등하며 대결한다. 홍길동이 추구하고 성취하려는 것은 호부호형(자식), 병조판서(대장부), 왕인데, 이는 서자인 홍길동이 추구해서는 안 되는, 현실적으로 성취할 수 없는 것이기에 갈등은 치열하며 대결은 첨예한 것이 된다. 홍길동이 지향하는 것은 무엇인

지, 홍길동의 지향을 방해하는 이유는 무엇인지, 홍길동의 지향을 둘러싼 갈등은 어떻게 귀결되는지를 구체적으로 보여주기 위해, 다시 말해서 홍길동의 영웅적 삶을 보다 구체적으로 보여주기 위해, 『홍길동전』의 서술 분량이 길어졌다는 것이다. 홍길동의 지향이 '도술력'을 바탕으로 성취되긴 했지만, 홍길동의 일생은 '욕망해서는 안 되는 현실의 가치'를 욕망하는 것이었으며, 『홍길동전』은 바로 이 욕망할 수 없는 것을 욕망할 수 있다는 것을, 아니 욕망해도 된다는 것을 보여주고 있는 것이다.

앞서 말했듯이, 서자인 홍길동이 욕망해서는 안 되는 것, 그렇기에 욕망하는 것은 대장부로서의 삶이다. 그것은 서자에게 가로놓여 있는 불평등의 벽을 넘어서는 것이며, 장벽처럼 버티고 있는 '적서 차별'의 현실에 도전하는 것이다. 홍길동은 아버지에게, 어머니에게 그리고 왕에게 자신이 욕망하는 것이 '이것'임을 분명히 밝히고 있으며, 결국 '이것'을 성취한다. 현실의 제도에 도전하고 이를 전복시키고 있으니, 『홍길동전』은 매우 불온한 생각을 담아내고 있는 것이다. 그렇기에 허균이 작자임을 기록한 이식이 허균의 불행을 『홍길동전』의 창작과 관련시키고 있는 것도 『홍길동전』을 불온한 이야기라 여겼기 때문이다.

『홍길동전』의 불온성은 '적서차별'의 현실 제도에 도전하는 것에 그치지 않는다. 집을 나와 도적의 소굴로 찾아 들어가 그들의 우두머리가 된 홍길동이 한 일이 무엇인가? 그것은 도적들에게 '활빈活賓'의 생각을 불어넣어주고 백성들에게 착취한 재물을 빼앗아 이를 백성들에게 나누어주는 것이었다. 왕(국가)이 해야 할 일이지만 왕(국가)이 하지 못하는 일을 일개 서자가 하고자 나선 것이니 이는 명백히 권력에 도전하는 행동이다. 홍길동의 이러한 행동에 왕이 분노하고 홍길동을 제거하고자 하는 것은 홍길동의 행동이 현실의 권력을 부정하는 불온한 일이었기 때문이다.

이처럼 『홍길동전』은 능력을 발휘할 수 없게 하는 신분 문제와 백성들의 삶을 고통스럽게 하는 수탈 문제를 제기하고 이것의 시정을 요구하는 불온한 내용의 소설이다. 『홍길동전』에서 제기한 이러한 문제는 매우 민감한 '사회적 이슈'였으며, 그렇기에 『홍길동전』을 '사회소설'이라 부르는 것이다. 많은 독자들이 『홍길동전』을 애독한 것은, 다른 이유도 있겠지만, 무엇보다 『홍길동전』에서 제기하고 있는 사회적 이슈에 공감했기 때문이었을 것이다.

『홍길동전』은 혁명소설인가

『홍길동전』의 연구사에서 가장 쟁점이 되고 있는 것은 '주제'이다. 『홍길동전』이 '사회적 이슈'를 제기하고 있는 소설이라는 판단에 대해서는 두루 동의하고 있으나, 사회적 이슈를 제기하고 있는 생각의 수준이 어느 정도냐에 대해서는 이견이 있다.

『홍길동전』에서 제기하고 있는 사회적 이슈의 불온성에 대해 가장 적극적이면서 긍정적으로 해석하는 이들은 『홍길동전』을 '혁명소설'이라 규정한다. 적서차별의 문제를 집중적으로 제기하고 있으나 이는 봉건적인 신분 차별 제도를 근본적으로 부정하는 생각으로부터 비롯된 것으로 보며, '활빈당' 활동을 통해 드러내고 있는 애민의식은 왕(봉건 국가)을 근본적으로 부정하는 생각을 바탕으로 표출된 것으로 판단한다. 결국 『홍길동전』은 중세 체제를 근본적으로 부정하는 혁명(적) 의식을 담아내고 있는 소설이라는 것이다.

하지만 이러한 해석에 전혀 동의하지 않는 견해도 있다. 『홍길동전』이 그러한 사회적 이슈를 제기하고 있는 소설이라는 점에는 동의하지만, 『홍길동전』의 궁극적인 서사적 관심은 '사회의 변혁'에 있는 것이 아니라 홍길동 '개인의 욕망 성취'에 있다고 보는 것이다. 『홍길동전』이 사회적 이슈를 제기하고 있으나, 이러한 문제 제기는 결국 홍길동

개인의 신분 상승 욕망을 성취하게 하는 것으로 귀결될 뿐이기 때문이다. 호부호형을 허락받고 병조판서를 제수받았으나 그렇다고 해서 이러한 홍길동의 성취가 제도의 변화를 가져온 것은 아니라는 것이다. 현실의 제도를 변화시키는 데까지 나아가지 않고 조선을 떠나 율도국의 왕이 된 것은 신분 상승의 욕망을 끝까지 추구한 것이며, 그렇기에 『홍길동전』을 '개인의 욕망 성취'를 주제로 한 소설로 파악하는 것이다.

『홍길동전』에는 '혁명소설'로 파악하기를 주저하게 하는 면이 있는 것은 사실이다. 봉건 체제에 도전하는 불온한 인물로 홍길동을 그리고 있으나 한편으로 홍길동은 봉건적 질서의 이념적 핵심이라고 말할 수 있는 '충'과 '효'를 근본적으로 부정하지 않는 모습을 보여주기 때문이다. 특히 율도국의 왕이 되어 아버지의 장례를 치르는 길동의 태도는 서자가 아닌 적자로서 효의 의무를 다하는 모습을 보여준다. 율도국의 왕이 되어 여러 부인을 거느리고 있는 것도 일부다처제의 봉건적 가족 질서를 그대로 승인하는 태도로 해석될 수 있다.

『홍길동전』의 주제를 사회적 이슈와 분리하려는 생각에도 타당한 면이 있으나, 그렇다고 해서 사회적 이슈를 『홍길동전』의 주제적 관심에서 떼어낼 수는 없다. 사회적 이슈는 단지 개인의 욕망을 성취하는 서사적 계기일 뿐만 아니라 성취하고자 하는 욕망의 구체적 내용에 해당되는 것이기 때문이다.

『홍길동전』을 '혁명소설'로 해석하는 생각에도 지나친 면이 있다. 율도국의 왕이 된 홍길동이 일부다처의 봉건적 가족 질서를 승인한 것에서 알 수 있듯이, 『홍길동전』은 봉건 체제를 근본적으로 부정하는 의식을 드러내는 작품은 아니라 판단된다. 주제적 관심은 '적서차별'의 문제에 한정해 집중되어 있으며, 그런 정도의 수준에서 사회 변화의 꿈을 담아낸 소설이라 자리매김하는 것이 온당한 듯하다. 허균이 17세기 초에 창작한 『홍길동전』은 이렇듯 제한된 범위에서 비판적 문제의식을 드러낸 수준이었을 것이며, 현재 전해지는 『홍길동전』의 이본에서 포착되는, 좀더 확장된 범위에서 근본적 문제의식을 드러내는 몇몇 화소는 19세기까지 전승되는 과정에서 첨입添入되었을 것으로 보인다.

경판 30장본의 의의

지금까지 전해지는 『홍길동전』의 여러 이본은 대체로 필사본 계열, 경판본 계열, 완판본 계열로 분류된다. 필사본은 붓으로 써서 묶어낸 책을 말하며, 판본은 나무판에 글씨를 새긴 후 이를 찍어 묶어낸 책을 말한다. 경판본은 서울에서 간행된 책이며, 완판본은 전주에서 간행된 책이다. 세 계열 가운데 지금까지 가장 많이 남아 전해지고 있는 것은 필사본이며, 경판본이 그다음이다. 세 계열로 구분하는 것은 책의 제작상의 차이 때문이 아니다. 그렇다면 경판본과 완판본을 나눌 필요는 없다.

『홍길동전』의 여러 이본들은 대체로 비슷하다. 이야기를 구성하는 사건, 사건을 구성하는 화소가 거의 비슷하게 서술되어 있다. 그런데 대체로는 같지만 다른 면도 있다. 홍길동이 병조판서를 제수받은 후 조선을 떠나 남경을 다녀오는 화소, 홍길동이 율도국의 왕이 된 후 조선왕에게 사신을 보내는 화소가 존재하는 것은 경판본 계열의 특징이다. 완판본 계열은 불교를 배척하는 사건을 구성하는 화소가 경판본 계열보다 확장되면서 불교를 배척하는 의식을 더욱 강렬하게 드러내고 있다. 필사본 계열은 경판본 계열이나 완판본 계열에서 볼 수 없는 삽화揷話가 다수 존재하며 따라서 그 길이도 훨씬 길다. 세 계열로 구분하는 이유는 이러한 차이를 드러내려는 것이다.

『홍길동전』은 대체로 길이가 축약되는 방향으로 변모된 것으로 파악하고 있다. 길이가 가장 긴 필사본 계열이 축약되면서 경판본 계열의 이본이 나타났으며, 완판본 계열은 경판본 계열보다 더 후대에 나타났을 것으로 추정하고 있다. 하지만 이는 지금까지 전해지고 있는 이본들을 대상으로 한 추정일 뿐이며, 이러한 추정에는 허균이 창작한 원본에 대한 고려는 배제되어 있다.

지금까지 전해지는 이본 가운데 『홍길동전』을 대표하는 것으로 주목되고 있는 것은 김동욱 89장본(필사본 계열), 경판 30장본, 경판 24장본(경판본 계열), 완판 36장본(완판본 계열)이다. 김동욱 89장본은 허균의 창작을 고려하지 않을 경우 지금까지 전해지는 이본 가운데 가장 원본에 가까운 것으로 추정하고 있는 텍스트이다. 경판 30장본은 경판본 계열에서 가장 선행하는 텍스트이며, 경판 24장본은 허균의 원작과 가장 가까운 최고본最古本, 최선본最善本으로 주목되었던 텍스트이다. 완판 36장본은 완판본 계열을 대표하는 텍스트로 인정되고 있는 것이다.

이들 가운데 현대의 독자들에게 가장 널리 알려진 이본은 경판 24장본인데, 이는 이 이본을 『홍길동전』을 대표하는 텍스트로 파악하는 견해가 한동안 널리 인정되어, 그로 인해 가장 많이 소개됐기 때문이다. 그렇지만 지금은 경판 24장본이 경판 30장본의 후반부가 축약된 텍스트로 판명되었으며, 경판 30장본이 판본으로 간행된 이본 가운데 가장 선행하는 대표적 텍스트로 인정되고 있다. 그럼에도 불구하고 현대의 독자들에게 경판 30장본은 전혀 소개된 적이 없다.

판본 가운데 대표적인 텍스트임에도 불구하고 경판 30장본이 소개되지 않았던 것은 이것이 낙장본落張本이었기 때문이다. 김동욱 선생이 파리 동양어학교에 소장되어 있는 것을 영인影印해 소개했으나(『영인고소설방각본전집(5)』, 김동욱 외, 연세대 인문과학연구소, 1975), 제27장의 뒷면과 제28장의 앞면이 빠진 상태였다. 임성래 교수는 파리 동양어학교 소장본에서 낙장된 부분을 복사해왔으며, 이로써 30장본의 전모를 온전히 파악할 수 있게 되었다. 낙장 부분을 이윤석 교수가 『홍길동전 연구』(계명대출판부, 1997)에 '부록'으로 수록했다. 파리 동양어학교에 소장되어 있는 경판 30장본의 복사물을 홍윤표 선생도 가지고 있는데, 이를 '한글디지털박물관'에서 찾아볼 수 있다.

※ 전우치의 도술, 그 작란作亂의 의미 찾기 —『전우치전』 읽기

『전우치전』의 이본과 계열

『전우치전』은 작자와 창작연대를 알 수 없는 고전소설로, 조선 성종 및 중종 무렵인 15세기 중반에서 16세기 중반의 시대를 살았던 실존인물 '전우치'를 주인공으로 한 이야기이다. '전우치 이야기'는 문헌설화로 정착되기도 하고 소설로 정착되기도 했는데, 소설로 정착되는 과정에서 이야기의 내용이 상이한 두 계열이 형성되었다.

지금까지 알려진 『전우치전』의 이본은 국문필사본 7종, 국문경판본 3종, 국문활자본 9종, 한문필사본 2종 등 21종이나 된다(조희웅, 『고전소설 이본목록』, 집문당, 1999). 이 가운데 이덕형의 『죽창한화竹窓閑話』와 편찬자 미상의 『잡기유초雜記類抄』 등에 전해지는 2종의 한문필사본은 민간에서 구전되던 설화를 도술담을 중심으로 간략히 기록한 것으로 엄밀하게 말해 소설이라 하기 어렵다. 그러므로 『전우치전』의 소설 이본은 모두 19종이라 할 수 있다.

이 19종의 소설은 크게 두 계열로 나눌 수 있다. 그 한 계열이 '전우치전 계열'로 필사본으로 남아 있는 김동욱본, 사재동본, 박순호본, 전웇치전, 일치전 등이 여기에 속한다. 이 계열의 가장 큰 특징은 서사구조나 삽화 등이 『홍길동전』과 유사하다는 것이다. 『홍길동전』의 영향 아래 '홍길동'과 같은 영웅적 인물을 '전우치'로 대체해 창작된 작품이다. 중국 황제와 전우치의 대결을 비중 있게 그리고 있어 중국과의 대결 의식을 드러내고 있는 점이 이 계열의 중요한 특징이다.

다른 한 계열은 '전운치전 계열'이다. 이 계열은 주인공의 이름과 주인공이 도술을 부린다는 사실, 그리고 임금을 속이고 황금대들보를 가져간다는 삽화 외에는 '전우치전 계열'과 공통점이 거의 없어 '전우치전 계열'과는 다른 계열을 형성한다. 서사구조 면에서도 '일대기 구조'에서 많이 벗어나 삽화를 나열하면서 엮어나가는 '병렬적 삽화편집 구조'로 이루어져 있다. 그 때문에 '전우치전 계열'과는 달리 『홍길동전』의 영향과 모방에서 벗어나 나름의 독자성을 보여주는 계열이라 평가받고 있는 것이다.

'전운치전 계열'에는 19세기 중반 이후에 간행되어 상업적으로 유통되던 이본인 경판 37장본, 경판 22장본, 경판 17장본이 모두 포함되어 있다는 점이 주목된다. 1847년에 경판 37장본이 판각되어 간행된 이후, 경판 37장본은 상업적인 이유로 경판 22장본, 경판 17장본으로 축약되어 간행되었던바, 이로 볼 때 조선 후기의 소설 독자들은 이 계통의 이본을 가장 애독했다고 말할 수 있다.

국문필사본 가운데 일사─襄 방종현方鍾鉉 선생이 소장했던 일사본은 경판 37장본을 저본으로 형성된 이본으로 '전운치전 계통'에 포함되며, 이 계통은 활자본 가운데 가장 이른 시기인 1914년에 간행된 '신문관본'으로 이어지게 된다. 경판본 및 활자본은 서사구조 면에서 크게 '전운치'의 출생 및 도술 습득 과정을 보여주는 서두부, '전운치'의 도술 행적을 보여주는 전개부, 서화담을 따라 입산하는 과정을 보여주는 결말부로 나뉜다. 이본에 따라 서두부가 생략되기도 하고(활자본), 결말부가 생략되기도 하나(경판 22장본, 경판 17장본), 작품의 핵심이 되는 전개부를 이들 이본들이 모두 포함하고 있어 하나의 계열로 묶일 수 있는 것이다.

『전운치전』과 『전우치전』

실존 인물 전우치를 주인공으로 한 소설의 이름은 하나가 아니다. '전운치전全雲致傳' '전우치전田禹治傳, 田羽致傳' '전웆치전' '일치전' 등 이본에 따라 그 이름이 다르다. 이 가운데 이본군異本群 전체를 대표할 정도로 가장 널리 알려진 이름은 '전우치전'이다. 그렇지만 활자본이 간행되기 이전인 19세기까지는 '전운치전'이란 이름이 '전우치전' 못지않게 널리 사용되었으며, 활자본이 간행된 이후에도 '전우치전'과 '전운치전'은 거의 대등한 정도로 함께 사용되었다. 그렇지만 오늘날에는 '전운치전'이란 이름은 사라진 채 '전우치전'만이 대표성을 갖게 되었다.

'전우치전'이 대표성을 가지게 된 이유를 분명하게 말하기는 어렵다. 하지만 이유를 추정하면서 우선 떠올려야 할 사실은 '전우치전'의 주인공인 '전우치'가 허구의 인물이 아니라 역사적으로 실존했던 인물이며, 남아 있는 문헌 기록으로 볼 때 그 실제 이름이 '전우치'였을 것이라는 점이다. 19세기에 서울에서 판각본으로 간행된 이본들이 모두 '전운치전'이란 이름을 사용했음에도 불구하고, 이를 계승한 20세기 초 이본인 신문관본이 '전우치전'이란 이름으로 간행된 것은 소설의 주인공 '전운치'의 실제 이름이 '전우치'였기 때문이 아닐까 생각된다.

신문관본 간행 이후 '전우치전'이라는 이름을 내건 활자본이 여럿 간행되었지만, 그렇다고 해서 '전우치전'이란 이름으로 통일된 것은 아니었다. 10여 종의 활자본 가운데 5종이 '전우치전'이며(신문관본, 동창서옥본, 세창서관본, 광동서관본, 박문서관본), 나머지 5종이 '전운치전'인 것으로 볼 때(영창서관본, 해동서관본, 동일서관본, 회동서관본, 보성사본), 20세기 초반까지도 '전운치전'과 '전우치전'이 함께 나란히 사용되던 상황은 여전히 지속되었던 것으로 보인다.

오늘날 '전우치전'이 대표성을 갖게 된 결정적인 이유는 김태준金台俊,

1905~1949?의『조선소설사』에서 찾아야 할 것으로 생각된다.『조선소설사』에서 김태준은 역사적 인물 '전우치'에 대한 문헌 기록을 열거하면서 작품명을 '전우치전'으로 표기하고 있는데, 기술하고 있는 작품의 내용으로 볼 때 이는 '전우치전 계열'이 아니라 '전운치전 계열'이다. 그럼에도 불구하고 '전우치전'으로 표기한 것은, 신문관본의 경우와 마찬가지로, 주인공의 실제 이름이 '전우치'였기 때문이라 생각된다. 이후 고전소설 관련 주요 저서들에서도『조선소설사』의 전례를 이어 '전우치전'이란 이름을 사용했으며, 현대활자본들도 '전우치전'이란 이름으로 보급되면서 점차 '전우치전'이 역사적 인물 전우치가 등장하는 고전소설 작품을 대표하는 이름이 되었던 것이라 여겨진다.

지배계층에 따끔한 일침을 놓다

앞서 언급했듯이, 두 계열 가운데 서사 구조 혹은 구성상『홍길동전』과 흡사한 것은『전우치전』이다.『전우치전』은 관노官奴의 아들로 태어난 전우치가 중국 황제와 대결하면서 연燕나라의 왕이 되는 '일대기 구조'를 취하고 있으며, 전우치의 활동 공간이 조선에서 해외로 확대되는 방식으로 구성되어 있다. 이러한 구조 혹은 구성상의 특징은『홍길동전』과 매우 흡사한 것이다. 뿐만 아니라 출가出家, 절의 재물 약탈, 왕과의 대결, 해외 진출, 왕으로의 등극, 도술을 통한 혼인, 공업功業 성취 후 부모를 모시는 장면 등도 아주 유사하다. 그렇기에 많은 연구자들이『전우치전』을『홍길동전』의 영향과 모방의 자장 안에서 성립된 것으로 평가했던 것이다.

그렇지만 이러한 유사성을 통해『전우치전』이『홍길동전』과 궁극적으로 관련 맺는 주제적 의미의 범위는 '개인의 욕망 성취'로 집중된다. 전우치는 관노의 아들로 태어나 도적의 장수를 거쳐 중국의 황제에게 각로閣老 벼슬을 제수받고 조선왕에게는 병조판서 벼슬을 제수받는다.

더 나아가 중국과 연나라의 부마가 되었다가 마침내 연나라 왕에 오른다. 서자의 아들로 태어나 율도국의 왕에 오르는 홍길동의 행적과 유사하다. 그런데 여기서 우리는 이러한 전우치의 욕망 성취가 사회적 현실의 문제에 의해 직접적으로 촉발된 결과가 아니라는 점을 놓쳐서는 안 된다. 전우치는 비록 관노의 아들로 태어났으나, 그가 세상을 주유하기 위해 집을 떠난 때는 관노의 아들이 아니라 동래첨사를 지낸 고귀한 아버지를 둔 상황이었으며, 아버지는 오히려 그에게 과거를 통해 입신하기를 종용한다. 그가 집을 떠나 세상으로 나온 것은 제왕의 기상이 될 것이라는 점쟁이의 말을 듣고 이를 염려해 아버지가 아들을 죽이고자 했기 때문인데, 이러한 '영웅 아들 살해 모티프' 또한 『홍길동전』과 흡사하다. 그렇지만 『홍길동전』에서처럼 '능력'을 제한하는 사회적 문제를 구체화하지 않은 채 추상화하고 있으며, 그렇기에 『홍길동전』에서는 사회적 현실의 맥락과의 관계 속에서 서사적 긴장이 야기되는 데 비해 『전우치전』에서는 그 긴장이 매우 느슨하게 이완되면서 전우치 개인의 욕망 성취가 반복적으로 확장되고 있는 것이다.

『전우치전』의 가장 큰 특징은 주인공이 활동하는 공간의 범위를 중국으로 설정하고, 주인공인 전우치와 중국 황제의 대결을 통해 중국을 비판하는 의식을 표출하고 있는 점이다. 『전우치전』은, 사회 문제는 추상화했지만, 민족 문제는 오히려 강조함으로써 '민족의식'을 강하게 표출하는 작품이 되었다.

『홍길동전』의 사회성, 그 욕망 성취에 내재되어 있는 현실에 대한 비판 의식과 주제적으로 밀접하게 관련되는 것은 『전운치전』이다. 『전운치전』의 이본 가운데 최고본最古本으로 인정되고 있는 경판 37장본은 전운치의 출생과 도술 습득—도술 행적—도술 경쟁—입산 수련의 순서로 서사 단락이 구성되어 있는데, 이를 정리하면 다음과 같다.

(1) 출생과 도술 습득

1. 전운치는 고려 말 전숙의 아들로 태어났다. 부친이 죽자 아버지 친구인 윤공에게 수학했다.

2. 여우에게 호정을 빼앗아 삼키고, 천서를 빼앗아 읽은 후 도술력을 얻었다.

(2) 도술 행적

3. 선관으로 변신하여 임금에게 황금대들보를 빼앗고 일부러 잡혔다가, 임금을 우롱하고 도망쳤다.

4. 동네 부인과 사통하다 살인 누명을 쓰고 옥에 갇힌 백발노인의 아들을 구해주었다.

5. 백성의 돼지머리를 빼앗아가는 관리를 징치했다.

6. 선비들의 연회에 참석하여, 교만한 선비와 창기를 혼내주었다.

7. 장부 정리를 잘못한 죄로 곤경에 처한 호조의 고직이 장계창을 살려주었다.

8. 가난뱅이 한재경에게 돈이 나오는 족자를 주어 모친을 봉양하게 했다. 한재경이 욕심을 부려 관가에 잡히자, 전운치가 창고의 식량, 돈, 군기를 더러운 벌레로 변하게 했다.

9. 선전관 벼슬을 제수받은 후 선전관들이 못살게 굴자 백사장에서 허참연을 열고 선전관의 부인들을 기생으로 데려와 수청을 들게 했다.

10. 난을 일으킨 도적 염준을 토벌했다.

11. 자신을 업신여기는 선전관을 혼내주었다.

12. 벌레로 변한 창고의 식량과 돈을 원상태로 돌려놓았다.

13. 수절과부를 훼절한 중을 자신의 모습으로 변하게 하여 징벌한 후 본래대로 돌려놓았다.

14. 역모 사건에 연루되어 죽게 되자, 그림 속의 나귀를 타고 도망

쳤다.

15. 임금에게 전운치를 죽이라고 말한 왕연희를 구미호로 변하게 하여 곤욕을 치르게 했다.

16. 질투심 강한 오생의 부인 민씨를 구렁이로 변하게 해 혼내주었다.

(3) 도술 경쟁

17. 상사병에 걸린 친구 양봉한을 구하려다가 강림도령에게 질책당하고, 대신 다른 처녀와 결혼하게 했다.

18. 용담과의 도술 경쟁에서는 이겼으나, 화담과의 도술 경쟁에서는 굴복했다.

(4) 입산 수련

19. 모친의 삼년상을 마치고 구미호를 잡아 죽인 후, 서화담을 따라 선도를 닦기 위해 영주산으로 들어갔다.

서사단락 (1)~(4) 가운데 서사적 비중이 가장 높은 것은 전운치의 도술 행적 부분인 (2)이다. 『전운치전』은 전운치의 도술 행적을 보여주는 여러 삽화들을 편집編輯해 전운치가 현실의 여러 문제를 도술을 통해 해결하는 모습을 반복적·병렬적으로 나열하여 보여주면서 부정적 현실에 대한 비판 의식을 표출하고 있다.

그렇다면 『전운치전』에서는 여러 삽화들을 통해 현실을 어떻게 부정적으로 그려내고 있는가? 무엇보다도 먼저 주목되는 것은 고통과 억울함을 해결할 길 없는 백성들의 삶을 보여주는 삽화들이다. 살인 누명을 쓴 백발노인의 아들, 관리에게 돼지머리를 빼앗긴 시장의 백성, 장부 정리를 잘못해 죽음의 위기에 몰린 고직이 장계창, 모친을 봉

298

양할 수 없는 가난뱅이 한재경. 이들의 모습을 통해『전운치전』은 백성들의 고단한 삶을 폭로한다. 백성들의 삶이 이토록 고단함에도 불구하고 백성들의 삶을 돌봐야 할 지배계층의 모습은 어떠한가?『전운치전』은 동일한 삽화 또는 다른 삽화를 통해 지배계층의 부정적 모습을 대비적으로 보여준다. 백성들의 고통과 억울함을 야기하는 장본인들이 바로 지배계층에 속한 관리들임에도 불구하고 그들은 화려한 연회를 즐기며 교만을 부리고 하급 관리를 부당하게 괴롭히며 위세를 부린다. 유흥과 사치에 빠져 있으며 명분에 사로잡혀 있고 체면만을 차리려고 해 전운치에게 수모를 당한다.『전운치전』은 이렇듯 여러 삽화들을 통해 백성의 삶과 지배계층의 행태를 대비하면서 현실이 얼마나 부정적인가에 대해 비판적으로 발언하는데, 이는『홍길동전』에서 사회적 문제를 제기하는 것과 마찬가지이다.『전운치전』이『홍길동전』과 함께 사회소설로 분류되는 것은 이러한 까닭에서다.

도술의 힘과 한계

『홍길동전』에서 부정적 현실에 도전해나가는 힘은 홍길동 개인의 '도술'이다. 마찬가지로『전운치전』에서도 전운치는 자신의 '도술'로 현실의 문제를 해결해나간다. 두 작품 모두 '도술'을 통해 현실에 도전하고 문제를 해결하지만 그렇다고 해서 '도술'이 문제를 해결하는 현실적인 방법은 아니다. 역설적으로 도술은 부정적 현실을 현실적으로 극복할 수 있는 방법의 부재를 의미한다. 그렇기에 도술은 현실을 변화시키는 상상적 힘으로 긍정될 수도 있지만 현실적이지 못하다는 점에서 부정되고 회의될 수도 있다.

『홍길동전』은 홍길동의 도술을 부정적 현실을 변화시키는 힘으로 긍정한다. 홍길동의 도술은 홍길동이 스스로 획득한 능력이며 도술은 부정적 현실을 타개할 유일한 힘이기에,『홍길동전』에서는 도술에 대한 어떠한 '회의'도 표명되지 않는다. 도술은 오롯이 현실의 변화를 열망하는 홍길동 개인의 욕망을 충족시키는 환상적 도구이며 그렇기에 도술은 부정적 현실은 변화되어야 하며 변화될 수 있다는 강렬한 소망과 긴밀하게 결합되어 있다.

하지만 『전운치전』은 전운치의 도술을 회의하고 부정한다. 전운치의 도술을 회의하고 부정하는 이유는 무엇보다 그의 도술이 사술邪術이기 때문이다. 진정한 도술은 오랜 수련에 의해 얻어지는 것임에도 불구하고 전운치는 여우의 책을 얻고 호정狐精을 먹는 방법으로 도술력을 획득한다. 사람을 현혹시키는 구미호의 설화적 이미지가 그렇듯이 전운치의 도술 또한 세상을 현혹시키는 '사술'로서 바라보는 시각이 '전운치전'에는 강력하게 자리 잡고 있는데, 이는 서사단락 (3)에서 강림도령과 서화담이란 인물을 통해 집중적으로 제기된다. 강림도령과 서화담은 한층 더 높은 도술로 전운치를 제압할 수 있는 능력을 지닌 인물들인데, 이들은 전운치의 도술을 사특한 요술妖術이라 여겨 부정하고 있다.

> 필부 전운치는 들으라. 네 요술을 배워 하늘을 속이고 열녀의 절개를 깨뜨리려 하니 어찌 하늘이 무심하겠느냐? 그러므로 나에게 너와 같은 놈을 죽이라 한 것이니, 나를 원망하지 마라. (강림도령의 발화)
>
> 그 정도의 요술로 임금을 속이고 함부로 장난하여 버릇이 없으니 어찌 죽이지 아니하리오? (서화담의 발화)

강림도령은 절개를 지키는 여자를 훼절케 하는 전운치의 행동을 질책한다. 서화담은 임금을 속이고 우롱한 전운치의 행동을 나무란다. 여자를 훼절케 해서는 안 되며 임금을 속여서는 안 된다는 이들의 발화에는 '절개'와 '임금'을 훼손되어서는 안 되는 절대적인 가치로 여기는 생각이 담겨 있다. 그러므로 이 절대적인 가치를 훼손하는 수단인 전운치의 도술은 요망한 사술이며, 이러한 요망한 사술을 부리는 전운치의 행동을 그들은 변란變亂이고 작란作亂으로 규정한다. 사회적 약자를 돕는 정의正義의 도구였던 전운치의 도술은 바로 이 지점에서부터 현실의 절대적 가치를 훼손하여 현실의 질서를 문란케 하는 방종放縱의 도구로 전락하게 된다. 전운치가 서화담을 좇아 입산하기 직전에 끝내 여우를 죽이는 것도 여우로 상징되는 사술과의 단절을 의미하는 것이다.『전운치전』의 종결부에 오면 이제 더이상 전운치의 도술은 부정적 현실을 변화시키는 환상적 도구가 아니게 된다.

그렇다면 전운치를 제압하는, 전운치를 능가하는 도술력을 지닌 강림도령과 서화담의 도술은 어떠한가? 이에 대한 대답은 자명하다. 강림도령과 서화담이 전운치의 도술을 변란과 작란이라 규정한 그 순간, 강림도령과 서화담은 현실의 문제에 개입하지 않겠다는 생각을 표명한 것이며, 따라서 전운치를 능가하는 그들의 도술력 또한 더이상 현실의 변화를 추동하는 환상적 도구일 수 없게 되는 것이다. 전운치가 서화담을 따라 입산入山한 것은 서사적 관심을 사회에서 개인으로 전환하면서 현실불개입을 최종적으로 승인한 것이며 그렇기에『전운치전』을 현실의 질서를 옹호하면서 현실의 문제를 회피하는 생각이 담겨 있는 소설이라고 평가하는 것도 가능한 것이다.

『전운치전』은 두 층위의 의식이 공존하고 있는 소설이다. 비록 종결부에 와서는 부정적 현실에 대해 비판하고자 하는 의식의 층위를 지우려 애쓰고 있지만 그렇다고 해서 지워질 수 있는 것이 아니다. 전운치의 도술 행적을 통해 현실을 비판하는 의식을 표출하는,『전운치전』의 중심을 이루는 삽화들의 비중을 간단히 무시해버리기에는 현실을 옹호하고 회피하는 의식을 드러내는 종결부가 너무 빈약하기 때문이다. 그렇기에 기존 연구에서 이 두 층위의 세계관적 이질성을 포착하여 두 이질적인 층위가 공존하고 있는 것을『전운치전』의 특징으로 지적했던 것이다.

　『전운치전』에 이질적인 두 층위가 공존하고 있는 것은 '부정적 현실'을 바라보는 서로 다른 생각이 텍스트 내부에서 각축하고 있다는 것을 의미한다. 현실에 개입하여 변화를 모색하려는 생각과 현실불개입을 선언하고 개인의 완성을 추구하려는 생각이 이질적인 두 층위에 각각 반영되어 있으며, 전자의 생각을 민중층 혹은 몰락양반층의 세계관으로, 후자의 생각을 도교적 지식인의 세계관으로 호명했다. 무엇이라 부르든,『전운치전』은 신분과 계층을 달리하는 사람들의 이질적인 목소리를 담아내고 있다고 말할 수 있다.

　『전운치전』은 경판 37장본을 필두로 해 경판 22장본, 경판 30장본을 거쳐 신문관본으로 계승되었다. 앞서 언급했듯이, 경판 22장본과 경판 17장본은 결말부에 변모를 보이는 이본이며 신문관본은 서두부에 변모를 보이는 이본이다. 결말부의 변모란 경판 22장본과 경판 17장본에서 이질적인 두 층위 가운데 현실을 옹호하고 회피하는 층위를 약화 혹은 소거시킨 것을 말하는데, 이로 인해 이질적인 층위의 공존으로 인한 서사적 불통일성이 다소간 조정될 수 있었다. 서두부의 변모란 신문관본에서 경판본의 '도술 습득 삽화'가 탈락/대체된 것을 말하는데, 이는 사회비판적 내용을 강화하려는 의도와 관련된다. 황금대들보를 팔아 빈민을 구제하고, 임금의 실정을 면전에서 공박하는 내용 등의 사회비판적 내용을 전운치의 도술 행적 삽화에 첨입添入하기 위해 전운치의 도술을 사술로 인식케 하는 '도술 습득 삽화'를 탈락시키는 것이 필요했던 것이다. 신문관본은 전운치가 서화담을 좇아 입산하는 결말부를 그대로 유지하고 있는데, 이는『전운치전』의 이질적 두 층위를 그대로 승인한 것이다. 하지만 추구해야 할 '정대正大한 도리'를 '단군사상'으로 대체해, '민족주의'적 각성이 무엇보다 긴요함을 강조했다.

이러한 변모의 궤적은『전운치전』이 전운치의 '도술 행적'을 단순한 흥미 추구의 신기神奇한 환상으로만 보여주고 있는 것이 아님을 알게 한다. 현실의 문제가 무엇이며 이러한 현실 속에서 우리가 추구해야 할 바른 길이 무엇인가에 대한 고민과 모색을 전운치의 도술 행적을 통해 흥미롭게 담아내고 있는 것이 바로『전운치전』의 핵심이자 요체인 것이다.

『전운치전』 경판 37장본의 의의

『전우(운)치전』은 여전히 작자와 창작 시기를 알 수 없는 소설이다. 작자(층)를 추정하고 창작 시기를 가늠하는 여러 견해가 제기되고는 있지만 아직 불분명한 상태이다.

지금까지 전해지는 이본 가운데『전우(운)치전』을 대표하는 것으로 주목되고 있는 것은 '전운치전 계열'의 경판 37장본, 일사본, 신문관본과 '전우치전 계열'의 나손본이다. 이들 가운데 현대의 독자들에게 먼저 알려진 이본은 일사본과 신문관본 등 경판본을 계승하고 있는 '전운치전 계열'의 텍스트이다. '전우치전 계열'인 나손본이 알려지게 된 것은 비교적 최근의 일이다.

경판본 가운데 가장 선행하는 텍스트이면서 현존하는 이본 가운데 최고본最古本으로 인정되고 있는 경판 37장본이 알려지지 않은 것은, 그것의 존재가 뒤늦게 파악됐기 때문이다. 그러므로 현대의 독자들에게 경판 37장본은 전혀 소개된 적이 없다.

일사본은 경판 37장본을 저본으로 필사한 것으로 경판 37장본과 거의 동일한 텍스트이다. 경판 37장본의 존재를 알지 못했을 때는 일사본을 경판본에 선행하는 텍스트로 파악해, 한동안 일사본은『전운치전』을 대표하는 텍스트로 널리 인정됐다. 하지만 일사본이 경판 37장본을 필사한 것으로 판명되면서 지금은 경판 37장본이 전운치전 계열을 대표하는 텍스트로 평가받고 있다. 경판 37장본은 '한국학중앙연구원'에 소장되어 있는데, 『이야기·책·이야기』(이창헌, 보고사, 2003)에도 '한국학중앙연구원' 소장본이 영인影印·수록되어 있다.

세 개의 키워드—비판, 판타지, 전통

『전우(운)치전』은 『홍길동전』과 매우 깊은 인연이 있는 소설이다. 『홍길동전』의 작자로 알려진 허균은 시선집詩選集인 『국조시산國朝詩刪』을 편찬하면서 실존 인물 전우치의 시를 처음으로 수록했다. 또한 김태준은 『조선소설사』에서 허균을 『전우(운)치전』의 작자로 추정하면서, 『홍길동전』과 『전우(운)치전』을 사회소설로 함께 분류했다. 허균이 실존 인물 전우치의 시를 처음으로 수록한 것은 전우치에 대한 관심이 있었기 때문일 터인데, 그 관심은 홍길동에 대한 관심과 다르지 않았을 것이다. 김태준이 『전우(운)치전』의 작자를 허균이라 추정한 데에도 이러한 고려가 있었을 것이다.

역사적 실존 인물인 홍길동과 전우치의 공통점은 사회 혹은 체제 바깥의 인물이라는 점이다. 도적盜賊으로 기록된 홍길동은 물론 도인道人의 삶을 살았던 전우치 또한 사회 혹은 체제의 울타리 안에 편안히 머물 수 없는 그런 인물이었다. 비록 두 작품 사이에 일정한 차이는 있지만, 이런 이들을 허구의 세계로 불러내, 사회 혹은 체제의 문제를 비판한 불온한 소설이 바로 『홍길동전』과 『전우(운)치전』이었던 것이다.

『홍길동전』과 『전우(운)치전』의 불온한 비판은 '도술'이라고 하는 환상적 상상에 의해 가능할 수 있었는데, '판타지'와 불온한 비판 의식의 절묘한 결합으로 인해 『홍길동전』과 『전우(운)치전』이 우리 소설의 '전통'으로 평가받을 수 있었다는 것을 기억할 필요가 있다. 고전 서사 가운데 판타지의 형상 세계를 보여주는 텍스트는 적지 않으나, 판타지가 현실 비판 의식과 긴밀하게 결합되어 형상화된 텍스트는 드물다.

그러므로 『홍길동전』과 『전우(운)치전』에서 판타지만을 읽어내서도 안 되며 불온한 비판 의식만을 주목하고 강조해서도 안 된다. 이 둘의 적절하고 절묘한 결합을 통해 우리 소설사에 '사회소설'의 전통을 마련한 작품이 『홍길동전』과 『전우(운)치전』인 것이다.

김현양

해설을 쓰기 위해 참고한 주요 논저

홍길동전

김일렬, 「홍길동전의 구조와 의미」, 『국어국문학』 99, 국어국문학회, 1988.

박일용, 「홍길동전의 문학적 의미 재론」, 『고전문학연구』 9, 한국고전문학회, 1994.

이원수, 「홍길동전의 논리와 의미」, 『문학과 언어』 17, 문학과언어학회, 1996.

이윤석, 『홍길동전 연구』, 계명대학교 출판부, 1997.

장효현, 「홍길동전의 생성과 유전에 대하여」, 『국어국문학』 129, 국어국문학회, 2001.

전우치전

박일용, 「전우치전과 전우치설화」, 『국어국문학』 92, 국어국문학회, 1984.

이현국, 「전우치전의 형성과정과 이본간의 변모양상」, 『문학과 언어』 7, 문학과언어연구회, 1986.

방대수, 「전우치전 이본군의 작품구조 연구」, 서울대 석사학위논문, 1988.

변우복, 『전우치전 연구』, 보고사, 1998.

조혜란, 「민중적 환상성의 한 유형 — 일사본 전우치전을 중심으로」, 『고소설연구』 15, 한국고소설학회, 2003.

우리가 고전에 눈을 돌리는 것은 고전으로 회귀하기 위해서가 아니다. 한국의 고전은 고전으로서 계승된 역사가 극히 짧고 지금 이 순간에도 발견되고 있으며 심지어 어떤 작품은 저 구석에서 후대의 눈길을 간절하게 기다리고 있기도 하다. 우리의 목표는 바로 이런 한국의 고전을 귀환시키는 것이다. 그러니까 고전 안에 숨죽이며 웅크리고 있는 진리내용들을 다시 불러들이고 그것으로 이 불투명한 시대의 이정표를 삼는 것, 이것이 우리의 궁극적인 목적이다.

문학동네 한국고전문학전집은 몇몇 전문가의 연구실에 갇혀 있던 우리의 위대한 유산을 널리 공유하는 것은 물론, 우리 고전의 비판적·창조적 계승을 통해 세계문학사를 또 한번 진화시키고자 하는 강한 열망 속에서 탄생하였다. 그래서 문학동네 한국고전문학전집은 이미 익숙한 불멸의 고전은 말할 것도 없고 각 시대가 새롭게 찾아내어 힘겨운 논의 끝에 고전으로 끌어올린 작품까지를 두루 포함시켰다. 뿐만 아니라 한국 고전의 위대함을 같이 느끼기 위해 자구 하나, 단어 하나에도 세밀한 정성을 들였다. 여러 이본들을 철저히 비교하는 과정을 거쳐 정본을 확정했고, 이제까지의 모든 연구를 포괄한 각주를 달았으며, 각 작품의 품격과 분위기를 충분히 살려 현대어 텍스트를 완성했다. 이 모두가 우리의 고전을 재발명하는 것이야말로 세계문학의 인식론적 지도를 바꾸는 일이라는 소명감 덕분에 가능했음은 물론이다. 부디 한국의 고전 중 그 정수들을 한자리에 모은 문학동네 한국고전문학전집이 그간 한국의 고전을 멀리했던 독자들에게 널리 읽히고 창조적으로 계승되어 세계문학의 진화를 불러오는 우리의, 더 나아가 세계 전체의 소중한 자산으로 자리하기를 기대해본다.

문학동네 한국고전문학전집 편집위원
심경호, 장효현, 정병설, 류보선

옮긴이 **김현양**

연세대학교 국어국문학과를 졸업하고 같은 대학에서 석사, 박사학위를 받았다. 현재 명지대학교 방목기초교육대학 교수이다. 주로 근대 이전의 한국 고전소설을 역사적 관점에서 연구하고 있다. 저서로는 『한국 고전소설사의 거점』 등이 있고, 「영웅군담소설의 연구사적 조망」 「조선 중기, '욕망하는 주체'의 등장과 '소설'의 기원」 등의 논문이 있다.

한국고전문학전집 007

홍길동전 · 전우치전

ⓒ 김현양 2010

1판 1쇄 2010년 8월 28일
1판 15쇄 2025년 2월 3일

옮긴이 김현양

책임편집 구민정 | 편집 임혜지 오동규 | 독자모니터 김경범
저작권 박지영 형소진 오서영 | 디자인 윤종윤 한충현 김민하
마케팅 정민호 서지화 한민아 이민경 왕지경 정유진 정경주 김수인 김혜원 김예진
브랜딩 함유지 함근아 박민재 김희숙 이송이 김하연 박다솔 조다현 배진성
제작 강신은 김동욱 임현식 | 제작처 영신사

펴낸곳 (주)문학동네 | 펴낸이 김소영
출판등록 1993년 10월 22일 제2003-000045호
주소 10881 경기도 파주시 회동길 210
전자우편 editor@munhak.com | 대표전화 031)955-8888 | 팩스 031)955-8855
문의전화 031)955-3579(마케팅), 031)955-2671(편집)
문학동네카페 http://cafe.naver.com/mhdn
인스타그램 @munhakdongne | 트위터 @munhakdongne
북클럽문학동네 http://bookclubmunhak.com

ISBN 978-89-546-0896-1 04810
       978-89-546-0888-6 04810 (세트)

www.munhak.com